HEYNE BÜCHER

SCIENCE FICTION

Herausgegeben
von Wolfgang Jeschke

Ein Verzeichnis weiterer Bände dieser Serie
finden Sie am Schluß des Bandes.

DIANE CAREY

DER VERRÄTER

STAR TREK

Raumschiff ›Enterprise‹

Roman

Deutsche Erstausgabe

Science Fiction

WILHELM HEYNE VERLAG
MÜNCHEN

HEYNE SCIENCE FICTION & FANTASY
Band 06/4848

Titel der amerikanischen Originalausgabe:
BATTLESTATIONS!
Deutsche Übersetzung von Andreas Brandhorst
Das Umschlagbild schuf Boris Vallejo
Die Zeichnung auf Seite 313
ist von Mirjam Wehner

5. Auflage

Redaktion: Rainer Michael Rahn

Printed in Germany 1996
Satz: Kort Satz GmbH, München
Druck und Bindung: Ebner Ulm

ISBN 3-453-05372-9

Dieses Buch widme ich Kapitän Joseph Maggio,
der mir mit seinem prächtigen Schoner *William H. Albury*
das Segeln beibrachte.
Er bewies mir, daß es tatsächliche Kapitäne gibt,
die sich ihren Schiffen ebenso verbunden fühlen wie
James Kirk der *Enterprise.*

---

*»Damals konnte man den Wind im Nacken spüren und
das Rauschen des Meeres hören...
Aber selbst wenn man Wind und Wasser fortnimmt,
es hat sich kaum etwas verändert.
Man steuert das Schiff und fühlt es — und die Sterne sind
noch immer da, Pille.«*

COMPUTER M 5

Dieses Buch widme ich Captain [illegible] [illegible], der [illegible] [illegible] Schoner [illegible] [illegible] das Segeln beibrachte.
Ich bewies mir, daß es tatsächlich Kapitäne gibt, die sich ihren Schiffen ebenso verbunden fühlen wie James Kirk der Enterprise.

Damals konnte man den Wind um [illegible] bitten, das Rauschen der [illegible]
Aber selbst wenn man Wind und Wasser fürchten [illegible], [illegible] etwas [illegible]
Man steuerte das Schiff [illegible] [illegible] noch immer [illegible]

[illegible]

KAPITEL 1

Das Schiff des Gegners näherte sich von der Backbordseite her und zwang uns, nach Steuerbord auszuweichen. Aber unser Kapitän stand an der vorderen Reling und lehnte es ab, auch nur einen Meter nachzugeben.

»Wir bleiben auf Kurs«, sagte er ruhig, und irgendwie verstanden wir ihn, obgleich das Schiff laut ächzte.

»Das ist Wahnsinn, Jim.«

»Dreh nicht ab, ganz gleich, was dein Magen sagt.«

Ein dunkelblauer Himmel spannte sich über uns. Aus dem azurnen Meer – die älteren Offiziere nannten diese Farbe ›Kadettenblau‹ – wuchsen hohe, grüne Wellen mit weißen Schaumkronen.

»In Bereitschaft halten! Piper, Sie übernehmen die Pardune. Pille, du kümmerst dich um die Fockschot. Und zieh den Kopf ein.«

»Um *meinen* Kopf brauchst du dir keine Sorgen zu machen.«

Der weiße Rumpf und das grüne Deck neigten sich um fünfundvierzig Grad. Ich schluckte, kämpfte gegen die Übelkeit an und beobachtete, wie sich der Bug des Schiffes ins Meer zu bohren schien. Wind blähte die Segel auf, und das Bugspriet tanzte auf und ab. Wir prallten gegen die Wellen und glitten direkt neben der vorderen Spiere des Feindes dahin. Ich rechnete jeden Augenblick mit einer Kollision.

Rasch löste ich die Pardune auf der Backbordseite, so daß sie nicht im Weg war, wenn der Großbaum herumschwang. Dann rutschte ich auf dem schiefen Deck zur Pardune der Steuerbordseite, bereit dazu, sie festzuziehen, sobald das Segel die neue Position einnahm. Dort verharrte ich, zitterte und wartete auf den Befehl, in den Wind zu drehen. Das Schiff hatte sich so sehr zur Seite geneigt, daß ich die Reling am Oberschenkel fühlte. Ich stand nicht, sondern lag fast. Direkt hinter mir, nur eine Armeslänge entfernt, grub die dicke Spiere Furchen ins Meer, wenn der Schoner kippte. Das weiße Hauptsegel erweckte den Eindruck, als rage es aus dem Wasser auf – es spannte sich, wirkte so starr wie gegossenes Rhodinium. Ich erlebte etwas geradezu Unglaubliches, und das rasende Pochen meines Herzens fragte: *Warum hast du dich darauf eingelassen?* Doch die Gefahr war nur ein Aspekt, Ehre ein anderer.

Unser altes Schiff durchpflügte die Ozeane dieses Planeten schon seit mehr als hundertzwanzig Jahren, und der allmähliche Niedergang seiner Art verhalf ihm zu neuem Ruhm. Ursprünglich hatte man es als nostalgische Nachbildung eines Lotsenschoners aus dem neunzehnten Jahrhundert gebaut. Es handelte sich um ein Arbeitsschiff und nicht um eine Yacht. Das Y-Wort war an Bord verboten. Nirgends gab es eine Winde. Alle Taue mußten per Hand angezogen werden, so schwer es auch fiel. Die vielen Dutzend Quadratmeter Segeltuch – hölzerne Ringe verbanden sie mit den Masten, Seile befestigten sie an den Gaffeln und Spieren – bildeten eine verwirrende Masse aus sich gegenseitig überlappenden Rechtecken und Dreiecken. Gemeinsam formten sie eine seetüchtige Pyramide aus Kanevas und Takelwerk. Hübsch. Aber während ich an der Pardune hockte, ein hilfloses Opfer der Aufregung, während ich beobachtete, wie wir schäumende Barrieren aus drei Meter hohen Wellen durchbrachen, konnte ich kaum etwas Hübsches erkennen. Ich versuchte, mich in die Lage der Besatzung des anderen Schiffes zu versetzen: Die Ketsch mit dem breiten, vollen Bug war zwei Meter länger als unser Schoner, entfernte sich nun von unserer Steuerbordseite. Doch kurz darauf näherte sie sich erneut.

»Da kommt sie schon wieder«, brummte Mr. Scott am Ruder. Sein schottischer Akzent wurde stärker, als die Anspannung wuchs. Er saß nicht etwa am Steuer, sondern stand davor, umfaßte die Speichen des Holzrads mit beiden Händen und blickte aus zusammengekniffenen Augen nach vorn. Das feuchte Haar klebte ihm an der Stirn und wies erste graue Strähnen auf. Sein Blick galt in erster Linie dem Kapitän. Und der Kapitän starrte zum feindlichen Schiff.

Dr. McCoy hockte mittschiffs, schnitt eine Grimasse und klammerte sich an der Fockschot fest. Wind zerrte an seinem Haar, und Gischt spritzte ihm ins Gesicht.

Unser Bug hob sich wie ein fliegender Fisch aus dem Wasser, und der halbe Kiel folgte ihm. Unmittelbar darauf sank er wieder in die Fluten zurück, wie eine herabsausende Guillotine. Der fast vier Meter lange Bugspriet verschwand im Meer, ebenso der untere Teil des Klüvers. Ich zuckte zusammen und krümmte die Schultern.

Die Ketsch krängte nach Steuerbord. Sie war praktisch ein Spiegelbild unseres eigenen Schiffes, sah man von einigen geringfügigen Unterschieden ab: Ihre Masten waren anders angeordnet, das Vormarssegel flatterte nicht, und der Bug wirkte stumpf, nicht annähernd so schnittig wie unserer. Als der Kapitän zum erstenmal von der Ketsch sprach, glaubte ich, das englische Wort ›catch‹, also fangen, zu hören. Ich verstand erst, was er meinte, als ich seine Kabine besuchte und in den Fachbüchern blätterte. Die Ketsch *Gavelan*, unser Feind. Wir wollten sie erwischen, und sie uns.

Meine Hände zitterten, als ich nach der Pardune griff. Nach wie vor wartete ich auf den entscheidenden Befehl, sah zum Kapitän und fragte mich, warum er sich soviel Zeit ließ. Es war gefährlich genug, bei diesem Seegang alle Segel zu setzen, aber unter solchen Bedingungen über Stag zu gehen …

Er stand auf dem Vorderdeck, die Augen nurmehr schmale Schlitze. Er trug eine dicke braune Seejacke, hatte den Kragen hochgeschlagen, und in dieser Aufmachung sah er aus wie das Werbehologramm einer interplanetaren Reiseagentur. Das sandfarbene Haar – oben hell, an den Seiten etwas dunkler – schimmerte deutlich, aber der Glanz in seinen Pupillen war noch auffallender. Er versuchte nun, die Absichten des anderen Kapitäns zu erraten, bevor er eine Entscheidung traf. Vermutlich wünschte er sich, jetzt auf den Planken der *Gavelan* zu stehen und zu hören, welche Anweisungen sein Widersacher gab, was er dachte und fühlte. Vielleicht glaubte er, Antworten auf seine Fragen zu bekommen, wenn er die Ketsch lange genug beobachtete.

»In den Wind drehen«, sagte er schließlich. »Jetzt.«

Dr. McCoy ließ die Fockschot einen Sekundenbruchteil zu früh los, und Mr. Scott mußte rasch das Steuer drehen, um zu verhindern, daß die Focksegel ins Wasser tauchten. Ich hielt die Pardune so lange wie möglich fest, aber unter mir bebte das Deck, als der Schoner den Kurs änderte und sich den hohen Wellen entgegenwarf. Es pfiff in der Takelage, und die Holzringe knarrten so laut, daß ich fürchtete, sie könnten auseinanderbrechen.

Bumm! Der Schonerbaum schwang nach Backbord. Das Segel luvte, blähte sich dann auf. Einen Augenblick später folgte auch der Großbaum, und Mr. Scott duckte sich gerade rechtzeitig, um heftige Kopfschmerzen zu vermeiden. Unser Schiff neigte sich mit überraschender Anmut ins Meer zurück.

»Einholen!« rief der Kapitän. »Ich meine Sie, Piper. Bringen Sie das Hauptsegel in den Wind.«

Ich schüttelte mich, eilte übers schiefe Deck und zog an den Seilen des Großsegels, bis wir so nah am Wind waren, daß uns jedes Kippen des Bugs in Salzwasser badete. Der Kapitän beobachtete mich. Ich war ganz sicher. Oh, er sah zur Ketsch, aber trotzdem behielt er *mich* im Auge.

»Noch stärker einholen«, sagte er.

Ich zog mit ganzer Kraft an den Seilen und opferte dabei drei Fingernägel.

Wie zwei Phantome aus der Vergangenheit näherten sich die beiden Schiffe, umhüllt von sprühender Gischt. Ich sah Segel- und Mastspitzen, dachte an Wellentäler, die tief genug waren, um einen ganzen Schoner zu verbergen. Furcht kroch in mir empor, als ich mich an der Reling abstützte. Der Abstand zwischen der *Gavelan* und unserem Schiff schrumpfte schnell; ich rechnete mit einer verheerenden Kollision.

»Jim, ich bin nicht mit dir hierhergekommen, um zu einem verdammten Walroß der Südsee zu werden!« wandte sich Dr. McCoy an den Kapitän. Er hielt sich verzweifelt an der vorderen Luke fest und starrte aus weit aufgerissenen Augen zur Ketsch.

Der Kapitän antwortete nicht. Selbst jetzt zeigte sich eine seltsame Ruhe in seinem Gesicht. Das Abenteuer lag ihm im Blut – was andere Menschen als Frieden empfanden, kam für ihn der Langeweile gleich. Wenn er nicht mit interstellaren Zwischenfällen oder Problemen der interplanetaren Politik rang, forderte er den Tod auf jenen Ozeanen hinaus, die für unsere gemeinsamen Vorfahren der Weltraum gewesen waren.

An Bord des anderen Schiffes führte nicht etwa ein rigelianischer Schlammspringer das Kommando, sondern ein Mensch. Silbriger Schaum spritzte über die Reling der *Gavelan,* als sie im Wind blieb und uns entgegenraste. Erneut pfiff es in der Takelage, und die Falleinen spannten sich.

Ich schnappte nach Luft, hielt den Atem an und schloß die Augen. Der Kapitän meinte, ich sollte lernen, das Schiff zu hören – um auf diese Weise festzustellen, ob etwas nicht stimmte. Manchmal forderte er mich auch auf, mir die Ohren zuzuhalten. Um zu *fühlen,* ob alles mit rechten Dingen zuging. Ich beschloß, diese besondere Gelegenheit zu nutzen, um neue Erfahrungen zu sammeln.

Segel ächzten. Wellen schmetterten an den Kiel. Gaffel und Spiere knackten. Wind zischte und füllte das Großsegel. Die Rümpfe der beiden Schiffe schnitten durchs Meer; wir waren noch immer auf Kollisionskurs. Unser Bug durchstieß eine hohe Welle, neigte sich dann in ein zwei Meter tiefes Tal, und plötzlich fiel das Deck unter mir fort. Ich blieb nur deshalb an Bord, weil ich den Arm um die Pardune schlang. Dr. McCoy rief etwas, als die Planken meinen Füßen keinen Halt mehr gewährten. Drei schreckliche Sekunden lang schwankte ich auf der Reling, und dann fiel ich, rutschte auf einem Knie sechs Meter weit übers Deck, bis ich gegen irgendein Hindernis stieß.

Mr. Scott wandte sich kurz vom Ruder ab. »Alles in Ordnung, Mädchen?« fragte er.

Ich nickte und rieb mir das Knie. Aber der Kapitän gönnte mir keine Pause.

»Auf die Beine, Piper!« rief er. »Bereiten Sie sich darauf vor, in den Wind zu drehen.«

»Schon wieder?« klagte McCoy. »Was bist du? Ein verdammter Tümmler?«

»Längsseits bleiben, Scotty«, fügte unsere Geißel hinzu. »Die Ketsch soll auf keinen Fall luvwärts gehen. Piper, den Klüver straffen. Sie haben ihm zuviel Spielraum gelassen.«

Dauernd stachelte er uns an. Warum? Hatte er nicht genug Lorbeeren, auf denen er sich ausruhen konnte? Himmel, er war eine lebende Legende! Warum hackte er ausgerechnet auf mir herum?

Doch während mein Blick auf dem Kapitän ruhte, wich der Zorn allmählich Mitgefühl. Die meisten Menschen konnten es sich leisten, ihre Fehler zu verbergen, doch der Kommandant eines Raumschiffs – der Kommandant *irgendeines* Schiffes, wie ich nun begriff – wurde ständig mit seinen Fehlern konfrontiert. Er mußte sich ihnen stellen. Und mehr noch: Alle anderen sahen sie ebenso deutlich wie er. Ich schauderte innerlich und dachte an eine ganze Galaxis voller Kritiker. Man brauchte Kraft, *viel* Kraft, um nicht daran zu zerbrechen.

Wenn der Kapitän – der Captain – so stark sein konnte, wenn er nicht nur seine eigenen Fehler hinnahm, sondern auch meine... Nun, dann verdiente er zumindest, daß ich seine Anweisung befolgte und aufstand.

Ich stemmte mich in die Höhe und wankte zum Bug, hielt mich dabei an der Reling fest, die nun nicht mehr glatt war, sondern rauh. Sie verlangte danach, poliert zu werden. Von wem wohl?

Ich zog den Klüver an und spürte den Druck des Windes, als wir stark krängten. Diesmal gelang es mir, das Segel richtig zu spannen, und ich wollte gerade erleichtert aufatmen, als ich zur *Gavelan* sah.

»Was...« brachte ich hervor. Die Ketsch war so nahe, daß ich die Planken in ihrem Rumpf zählen konnte. Gischt sprühte, und das Schiff hielt direkt auf uns zu, schien aus einem Alptraum zu kommen. Ich erstarrte.

Der Kapitän hob die Hände und bildete daraus einen Trichter vor dem Mund. »Jetzt, Scotty!«

Mr. Scott kniff die Augen zu, drehte das Steuerrad und sprang dann zur Pardune, um sie zu lösen. Der Großbaum schwang herum. Die Segel über uns – sie sahen aus wie große Schwingen – luvten kurz.

Ich gewann den Eindruck, daß der Schoner einige Sekunden lang schwebte und heftig erzitterte. Dann fiel er plötzlich zurück. Das Bugspriet ragte vor den Bug der Ketsch und zwang das andere Schiff, aus dem Wind zu drehen.

Ein derartiges Manöver wagte nur jemand, der den Verstand verloren hatte.

Die Spiere schwangen zurück und nahmen wieder ihre übliche Position ein. Der Schoner erkletterte eine Welle, schüttelte grünes Meerwasser ab und richtete sich mit knarrenden Segeln auf.

Der Kapitän lehnte sich zurück, und ich stellte mir vor, wie er eine Pfeife hervorholte und rauchte. »Leewärts vom Strich abfallen«, sagte er, woraufhin Mr. Scott wieder das Steuer drehte.

Dr. McCoy kauerte sich auf der vorderen Luke nieder. »Landurlaub. Meine Güte!«

Ich holte mehrmals tief Luft und versuchte, auf dem Deck das Gleichgewicht zu wahren. Meine Zunge bewegte sich von ganz allein, als ich sagte: »Jetzt brauchen wir nur noch einen Heckphaser.«

Die *Gavelan* befand sich jetzt nicht mehr im Wind. Ihre Segel flatterten hilflos.

Der Kapitän drehte sich zu mir um und hob beide Brauen. »Haben Sie etwas gesagt?«

Ich war noch immer außer Atem, blinzelte und gab mich unschuldig. »Ich? Kein Wort.«

Er preßte kurz die Lippen zusammen. Eine Art Lächeln. Oder vielleicht auch nicht. »Gut.«

Benommen beobachtete ich, wie er über das lange grüne Deck schlenderte – der starke Neigungswinkel schien ihm überhaupt nichts auszumachen. Er übernahm das Ruder und lavierte so elegant, daß die Segel kaum reagierten. Kurz darauf ging er querab zur *Gavelan.*

Der bärtige Skipper des anderen Schiffes blickte über die Reling. »Hervorragend, Captain!« rief er. »Ich gebe mich geschlagen.«

»Danke, Botschafter. Ich freue ich schon auf den Hummer.«

»Sie werden ihn bekommen«, erwiderte der *Gavelan*-Kapitän. Seine bunt zusammengewürfelte Crew sah zu uns herüber. »Den besten im nächsten Hafen. Außerdem dürfen Sie meinen Spirituosenschrank plündern.«

»Das geschieht schneller, als Sie ein Dingi vertäuen können.«

Der Botschafter lachte schallend. Die Segel der *Gavelan* blähten sich wieder auf, und das andere Schiff folgte uns. Endlich – *endlich* – kehrten wir zum ursprünglichen Kurs zurück.

Meine Aufmerksamkeit galt dem Captain, als er den Schoner mit beneidenswerter Mühelosigkeit steuerte. Ich mied noch immer seine Nähe, obwohl San Francisco schon weiter hinter uns lag. Ging es mir nur darum, respektvolle Distanz zu wahren? Oder ließ ich mich von Feigheit leiten? Er bemerkte die Unvollkommenheit sofort: eine etwas zu spät weggefierte Falleine, die nicht stark genug angezogene Pardune, den falschen Knoten im Seil ... Für mich gab es nichts Unangenehmeres in der ganzen Galaxis, als rechtzeitig an Deck zu kommen, um festzustellen, wie James Kirk meine Fehler korrigierte.

James Kirk. Ein rätselhafter Mann Mitte Dreißig. Dort stand er und nahm das Kommando über den zweiundzwanzig Meter langen Schoner ebenso ernst wie seine Aufgaben als Captain in der fliegenden Stadt, die wir Raumschiff *Enterprise* nannten. Je mehr Zeit ich in seiner Gesellschaft verbrachte, desto mehr erschreckte mich die auf seinen Schultern lastende Verantwortung. Wie wurde er damit fertig? Er gewährte nur selten Blicke in seinen inneren Kosmos. Oh, er sprach oft genug, aber er *verriet* nichts. Die Neugier brannte so heiß in mir, daß sich der Starfleet-Kommandokandidat namens Piper manchmal in einen Schnüffler verwandelte. Zwar versuchte ich, Kirks Integrität nachzuahmen, aber gelegentlich ließ ich mich dazu hinreißen, an der geöffneten hinteren Luke zu lauschen, wenn der Captain mit McCoy und Scott sprach. Natürlich brachte ich dabei nur wenig in Erfahrung. Häufig teilten die drei Männer ein Schweigen, um das ich sie beneidete. Es brachte mehr zum Ausdruck als viele Worte, doch das änderte nichts an meiner Neugier. Und ich sehnte mich immer mehr danach, zu ihrer Gemeinschaft zu gehören.

Kirks geheimnisvolle Aura schien sich zu verdichten, als ich ihn besser kennenlernte. Ich wandte mich jetzt von ihm ab, sah über die Reling und betrachtete die mit jägergrünen Schnörkeln verzierten Buchstaben am Rumpf: *Edith Keeler*.

Ein Schriftzug, dessen Bedeutung ich nicht verstand. Ein weiblicher Name, und soweit ich wußte, genoß er auf der Erde keine große Beliebtheit mehr. Man hatte Segelschiffe immer nach Männern oder Frauen benannt, und die Geschlechtsbestimmung reduzierte meine Neugier um fünfzig Prozent. Der Rest blieb dunkel.

Fast drei Uhr, terranische Zeit. Ich wußte nur selten, wie spät es war, aber als ich die hintere Kajüte betrat, fiel mein Blick auf die altertümliche Schiffsuhr neben den Navigationskarten auf Kirks Schreibtisch. Ich konnte ihre Anzeige deuten. Was die Karten betraf ... Ich zuckte hilflos mit den Achseln.

Da ich ein Tablett mit Kaffeebechern trug, entschied ich mich für die achtern gelegene Treppe, kletterte nach oben und kam direkt vor dem hölzernen Steuerrad an Deck. Dahinter stand der Captain, lächelte stumm und lenkte die *Keeler* durch Wellen, die auf sein Geheiß hin niedriger zu werden schienen. Wir segelten mitten im Karibischen Meer, und ein ruhiger, glatter Ozean erstreckte sich um uns herum.

Mr. Scott und Dr. McCoy entspannten sich mittschiffs, und zuerst brachte ich ihnen Kaffee. Dann kehrte ich zum Captain zurück. Er nahm den Becher mit einem Nicken entgegen, setzte sich auf den Stuhl des Steuermanns und musterte mich aus nußbraunen Augen.

»Haben Sie etwas auf dem Herzen, Commander?«

Ich starrte ins Kielwasser der *Keeler*. Die krassen Farbunterschiede faszinierten mich: In den nun wesentlich kleineren Wellentälern glänzte es dunkelblau, und die Kämme schimmerten grünweiß. Das Plätschern und Rauschen am Rumpf erschien mir inzwischen vertraut, aber ich war noch nicht daran gewöhnt, mit ›Commander‹ angesprochen zu werden. Wahrscheinlich nannte Kirk ganz bewußt meinen neuen Rang.

Er wartete.

Ich hielt den Kaffeebecher in beiden Händen und drehte mich um, so daß mir der Wind einige honigbraune Strähnen in die Augen wehte. Einige Wochen unter der irdischen Sonne hatten meinem Haar den gleichen hellen Ton verliehen wie Captain Kirks kurzen Locken. »Sir . . . Haben Sie genug davon?«

Wenn er glaubte, daß diese Frage vorwurfsvoll klang, so ließ er sich nichts anmerken. Er zeigte nun ein anderes Gesicht als während des Kriegsspiels; jetzt bestanden seine Züge aus sanften goldenen Pinselstrichen. Zwei der Pinselstriche wölbten sich. »Wovon?«

»Ich meine den Kampf. Die Sache mit dem Schlachtschiff liegt gerade erst hinter uns. Es herrscht noch immer ziemliche Aufregung in der Föderation — nach Rittenhouses Versuch, Starfleet unter seine Kontrolle zu bringen. Aber Sie sind hier mitten im Nichts und lassen sich auf gefährliche Wettkämpfe mit einem anderen Schiff ein. Wenn ich mich recht entsinne, stellten Sie uns eine ruhige Segeltour in Aussicht.«

Kirk neigte eine Schulter. Ich erkannte dieses Bewegungsmuster und sah vor dem inneren Auge, wie er im Kommandosessel der *Enterprise* eine bequeme Haltung suchte. »Ich habe nichts versprochen, Piper. Das wissen Sie.«

»Ich weiß es jetzt.«

Der Captain trank einen Schluck Kaffee und gab uns dadurch Zeit zum Nachdenken. »Nun«, sagte er schließlich, »dieses Erlebnis ist sicher nützlich für Sie. Wenn es nach mir ginge, müßte jeder zukünftige Raumschiffkommandant Erfahrungen mit einem Segelschiff sammeln. Es geht dabei nicht um eine persönliche Leidenschaft, sondern um Logistik. Bevor man mit einem Feind im Weltraum fertig werden kann, sollte man lernen, ihn auf einem Planeten zu bezwingen.« Kirk unterstrich seine Worte, indem er die Hand hob und zwei Finger zu einem V spreizte.

Ich versuchte, mich unter Kontrolle zu halten, aber alles in mir vibrierte, als er mich als zukünftigen Raumschiffkommandanten bezeichnete. Die damit einhergehenden Vorstellungen weckten sowohl Aufregung als auch Entsetzen in mir. Ich schreckte so sehr davor zurück, daß ich rasch das Thema wechselte.

»Mr. Scott hat als Steuermann ausgezeichnete Arbeit geleistet«, kam es von meinen Lippen. »Ich wußte gar nicht, daß er auch ein guter Seemann ist.«

»Er war wie Sie«, erwiderte Kirk. »Er hatte nie Gelegenheit, auf dem Meer unterwegs zu sein. Aber er kam bestens zurecht, als er begriff, wodurch sich das Schiff fortbewegte.«

Ich errötete. Captain James Kirk ging nicht besonders großzügig mit Komplimenten um.

Er blickte über den Ozean und sah kurz zur *Gavelan*, als

Botschafter Shamirian ein Glas hob und ihn grüßte. Kirk erwiderte die Geste mit seinem Kaffeebecher und lächelte, als er sich wieder mir zuwandte. »Tief in seinem Innern ist Scotty ein alter Heilbutt«, fügte er hinzu. »Er hat es nur erst jetzt herausgefunden.« Daraufhin beobachtete er Scott und McCoy, die auf dem Vorderdeck saßen und vermutlich den überstandenen Wahnsinn diskutierten. Kirks Gesicht mit den weichen Wölbungen, die Augen mit den angedeuteten Tränensäcken ... Dadurch gewann die ruhende Kraft des Captains etwas Sanftes. Er wirkte immer nachdenklich, und nie ging ihm nur ein Gedanke durch den Kopf. Nach der letzten Bemerkung galt Kirks stumme Aufmerksamkeit weiterhin den beiden anderen Männern, und nun ließ er mich nicht mehr an seiner Meinung über sie teilhaben.

Die älteren Offiziere spürten den Blick des Captains aus reiner Angewohnheit, trafen eine wortlose Entscheidung, standen auf und näherten sich uns. »Klingen mir die Ohren aus einem bestimmten Grund?« fragte Dr. McCoy.

»Du siehst aus, als hättest du ein Gespenst gesehen, Pille«, entgegnete Kirk und schmunzelte.

»Auf dem Meer gibt es keine Gespenster, Jim«, sagte McCoy und lehnte sich mir gegenüber an die Reling. »Nur den Klabautermann. Beziehungsweise Entitäten, die auf überschäumende Phantasie zurückzuführen sind.«

»Hast du gerade Spock zitiert?«

»Nein, Jim. Spock wiese bestimmt darauf hin, wie absurd es ist, sich ohne einen triftigen Grund erheblichen Gefahren auszusetzen. Und er würde wohl kaum darauf verzichten, seiner Kritik ein ›höchst unlogisch‹ hinzuzufügen.«

Ich glaubte tatsächlich zu hören, wie Spocks Bariton diese beiden Worte formulierte. Sie fehlten nur selten, wenn er die Besonderheiten anderer Völker oder die Unsinnigkeit von Wettkämpfen kommentierte.

»He, keine schlechte Idee«, brummte Mr. Scott, als er ein Bein streckte und an den Halteseilen des Großsegels zupfte. »Mr. Spock an Bord dieses Schiffes... Er wäre sicher ein Fisch auf dem Trocknen.«

»Die Erde ist ein Wasserplanet, Scotty«, erwiderte Kirk amüsiert. »Einer von wenigen. Segelschiffe entstanden mit der Entwicklung unserer Kultur. Außerdem — gefiele es Ihnen, Spock noch grüner zu sehen als sonst?«

Die drei Männer lachten und fanden offenbar Gefallen daran, über ihren abwesenden Freund zu scherzen. Sie vergaßen, daß ich zwar ein Mensch war, aber nicht von der Erde stammte. Es gab keinen Grund für mich, neidisch zu sein, doch ich konnte nicht in das Lachen einstimmen.

»Wohin sind wir unterwegs, Sir?« fragte ich.

»Als Treffpunkt mit den anderen Schiffen der Flottille haben wir New Providence vereinbart.«

Ich rechnete mit mehr. Vielleicht lag es am Tonfall, an dem kurzen Blitzen in seinen Augen — oder daran, daß ich gelernt hatte, mehr von ihm zu erwarten als nur das Offensichtliche. Nach einigen Sekunden konnte ich mich nicht länger gedulden. »Aber...«

McCoys geschwungene Brauen wölbten sich. »Sag es ihr, Jim. Spann sie nicht länger auf die Folter. Schon seit einer Woche beobachtet sie dich wie eine mißtrauische Katze, obwohl sie sich dessen nicht bewußt ist.«

Ich errötete erneut, und McCoys schelmischer Blick veranlaßte mich, den Kopf zu senken und verlegen zu lächeln. Eins stand fest: Unser Ziel hieß nicht New Providence.

Kirk grinste kurz und beobachtete mich aus den Augenwinkeln. »Wir segeln in Ihre Zukunft, Piper.«

»Bananenrepublik«, sagte Kirk, stützte den einen Fuß auf die Reling und griff nach einer Speiche des Steuerrads. »Eine abfällige Bezeichnung für besiedelte Inseln in den tropischen Regionen der Erde. Die Jungferninseln, die Großen und Kleinen Antillen, Jamaika und so weiter. Damit sind praktisch alle Westindischen Inseln gemeint.«

»Weil dort Bananen wachsen?«

»Weil dort Bananen wachsen. Weil die Bewohner Bananen verkaufen. Und weil man dort den typischen Bananen-Lebensstil findet.«

Kirk starrte aufs Meer zwischen McCoy und Scott. »Ich schätze, heute haben wir Ben Shamirian eine ordentliche Lektion erteilt«, sagte er und beobachtete die *Gavelan.* Sie segelte einige Schiffslängen hinter der *Keeler.*

»Und ob, Sir«, pflichtete ihm Scott bei. »Er wird sie so schnell nicht vergessen. Allerdings sind der Doktor und ich ein wenig angeknackst...«

»Schlaffen Sie bereits ab, Scotty? In Ihrem Alter? Ich bin bestürzt.«

»Und ich bin seekrank«, warf McCoy ein.

Was mich anging... Ich brannte darauf festzustellen, was der Captain mit der Bemerkung über meine Zukunft gemeint hatte.

Unsicherheit erfaßte mich, als ich fragte: »Haben Sie irgendeine Überraschung für mich geplant, Sir?«

Er nickte, ließ sich einmal mehr Zeit mit der Antwort und trank einen Schluck Kaffee. »Ihr erstes Kommando.«

Er verspottete mich. Und es war noch schlimmer, weil ich nicht wußte, was er meinte. Ich nahm auf der Reling Platz und lehnte mich an ein Tau. »Vermutlich betrifft es einen Fischkutter, nicht wahr?«

Kirk schüttelte den Kopf. »Nein, ein Raumschiff.« Während ich ihn erstaunt musterte, fügte er hinzu: »Mit atmosphärischem *und* interstellarem Potential.«

Ich starrte ihn groß an, und nach einer Weile tränten meine Augen im Wind. Mr. Scott lachte leise.

»Wollen Sie mich auf den Arm nehmen?« entfuhr es mir.

»Commander, es handelt sich um ein Starfleet-Passagierschiff, und es wartet in Man-o-War Cay darauf, daß Sie den Befehl übernehmen.« Als Kirk meinen Gesichtsausdruck bemerkte – die Verblüffung darin hatte wahrscheinlich etwas Groteskes –, schmunzelte er kurz.

McCoy beugte sich vor und stützte beide Hände auf die Knie. Er bedachte mich mit einem bedeutungsvollen Blick.

»Für wie schwer halten Sie es, jemandem ein Kommando zu besorgen, der als jüngster Flottenoffizier mit der Tapferkeitsmedaille ausgezeichnet wurde?«

»Aber ... aber ... *Warum?*«

Meine Frage galt erst McCoy, glitt dann zu Scott weiter und erreichte schließlich Captain Kirk. »Ich habe eine kleine Mission für Sie«, sagte er nach einigen Sekunden. »Eine Art Postdienst.«

»Der Weltraum ... Eine Mission im All?«

»Ja.«

Ich holte tief Luft und trachtete danach, das Chaos hinter meiner Stirn zu ordnen.

»Glauben Sie, dazu fähig zu sein?«

»Nein!«

Captain Kirk lachte. »Diese Antwort beweist mir das Gegenteil. Nun, morgen nachmittag treffen wir in Man-o-War Cay ein. Versuchen Sie, sich an diese Vorstellung zu gewöhnen, Commander. Morgen haben Sie ein eigenes Schiff.«

KAPITEL 2

»Ihre möglichen Aussagen werden Ihnen bereits zur Last gelegt.«

TÖDLICHE SPIELE AUF GOTHOS*)

Ein eigenes Kommando.

Gladiator. Excalibur. Odyssee. Bezwinger. Troubadour.

Ich bekam das Schiff während meines Aufenthalts auf der Erde, und deshalb sollte es eigentlich einen terranischen Namen erhalten. Dieser Planet mochte kaum mehr sein als ein leiser Quiekser, der zu einem lauten Donnern wurde, aber die irdische Geschichte hatte eine Menge anzubieten, mehr Edelmut und Tollkühnheit als andere, zivilisiertere Kulturen. Diesen Umstand begann ich allmählich zu schätzen. Die Erde, Heimat meiner Vorfahren, weckte Faszination und Neugier in mir, aber bisher war ich nicht in der Lage gewesen, ihr so etwas wie Respekt entgegenzubringen.

Während Starfleet einige tausend Kilometer hinter uns Säuberungsaktionen und Kriegsgerichtsverfahren durchführte, dachte ich an den Namen *meines Schiffes.* Verdiente ich es? In Ordnung, ich hatte eine schlimme Situation überstanden. So etwas erhoffte sich Starfleet, als man die Akademie schuf, um das Erz der Kommandokandidaten zu verarbeiten, nicht wahr? Der Preis war recht hoch: Die ganze Besatzung eines Schlachtschiffs kam ums Leben. Nein, dafür trug ich keine unmittelbare Verantwortung, aber meine Hartnäckigkeit führte diese Konsequenzen zumindest indirekt herbei. Ich hatte maßgeblich daran mitge-

---

*) Die den folgenden Kapiteln vorangestellten Motti sind Zitate aus verschiedenen Episoden der Fernsehserie ›Raumschiff Enterprise‹; Anm. d. Red.

wirkt, die Pläne des Vizeadmirals Rittenhouse zu durchkreuzen, Chaos in der Flotte zu säen und die Völker der Galaxis unter seiner Herrschaft zu vereinen. Ein Triumph, ja, aber trotzdem fühlte ich mich nicht besonders gut dabei. Es dauerte sicher noch eine Weile, bis ich meinen inneren Frieden wiederfand. Und das galt auch für Starfleet.

Ich stand in der Kombüse des Schoners und erhitzte Kaffee auf einem archaischen Gasofen. Ich wußte inzwischen, wie man mit dem Ding umging, doch ich fragte mich noch immer, warum der Captain solchen Wert auf historische Genauigkeit legte. In diesem Zusammenhang erinnerte ich mich an die Schilderungen Dr. McCoys: Als Kirk das Schiff kaufte, war es erst halb restauriert, und man hatte die entsprechenden Arbeiten eingestellt, weil kein Geld mehr dafür zur Verfügung stand. Kirk setzte die Restauration fort, Seil für Seil, Falleine für Falleine, und er hielt sich dabei streng an den alten Stil. Daher der Gasofen.

Vielleicht sollte ich einen weiblichen Namen wählen, um darauf hinzuweisen, daß der Captain eine Frau war. *Edna St. Vincent Millay.* Zu lang. *Sommerregen. Mythos. Sirene.* Oder eine berühmte Persönlichkeit: *Zuriak; Boone; Philipp von Makedonien; James T. ...*

Das Durcheinander in Starfleet Command schien ihn überhaupt nicht zu belasten. Einer von wenigen Raumschiffkommandanten – und er benutzte eine der langsamsten Möglichkeiten, um über seinen Heimatplaneten zu reisen. Warum half er nicht dabei, wieder Ordnung in der Flotte zu schaffen? Bestimmt gab es wichtige Entscheidungen, die getroffen werden mußten. Ich zweifelte nicht daran, daß sich irgendein Admiral an seinen Adjutanten wandte und sagte: »Verdammt, ich wünschte, Jim Kirk wäre hier.«

Donnervogel. Chimära. Kumulus. Zigeunerin.

Der Kaffee war erst lauwarm, als ich ein vertrautes, aber völlig unerwartetes Sirren hörte. Aus dem Sirren wurde ein Summen, und ich fühlte eine leichte, aber deutlich wahrnehmbare Oszillation von Luftpartikeln. Ich spürte den Lufzug an den Wangen und Unterarmen — ein elfenbeinfarbener Overall bedeckte den Rest meines Körpers. Ich war vollkommen verwirrt. Ein Transporterfeld?

Das Summen verklang allmählich. Ich eilte zur vorderen Kajüte, kletterte dort die Treppe weit genug hoch, um die Ellenbogen aufs Deck zu stützen. Dann erstarrte ich verblüfft. Drei Gestalten materialisierten auf dem Achterdeck. Der Kontrast zwischen Altem und Neuem hatte die gleiche Wirkung auf mich wie ein heranziehendes Gewitter. Schwierigkeiten bahnten sich an.

»Was für eine Unverschämtheit!« platzte es aus mir heraus. Der Wind stahl mir den Atem von den Lippen, schleuderte ihn in die Focksegel. Sich einfach auf den Schoner zu beamen! Offenbar zeichneten sich die Neuankömmlinge durch einen eklatanten Mangel an Taktgefühl aus.

Sie waren kaum mehr als Säulen aus schimmerndem Licht, nur wenige Meter von jener Stelle entfernt, an der ich Kirk und die anderen zurückgelassen hatte, als ich unter Deck floh, um dort meine Gedanken zu sammeln. Der Captain schien nicht bereit zu sein, mir Einzelheiten in Hinsicht auf den ›Postdienst‹ zu nennen, und ich sah keinen Sinn darin, ihn weiterhin anzustarren. Deshalb suchte ich die Kombüse auf und starrte statt dessen in den Kaffee.

Aber das plötzliche und unangekündigte Eintreffen von Besuchern gab meiner Neugier einen Fokus. Zorn quoll angesichts dieses Affronts in mir empor, aber irgend etwas veranlaßte mich, zu verharren und am Großmast vorbeizuspähen.

Drei Uniformen der Starfleet-Sicherheitsabteilung gewannen feste Substanz und schimmerten nicht mehr. Zwei Männer, hochgewachsen und muskulös. Und eine kräftig gebaute Frau, die ebenso beeindruckend wirkte wie ihre beiden Begleiter.

Kirk saß auf dem Stuhl des Steuermanns, stand nun auf und näherte sich den Neuankömmlingen wie ein hungriger Ghar-Tiger. »Was hat das zu bedeuten?« fragte er scharf.

»Captain James Kirk?« fragte ein großer Lieutenant, der

wie ein Schlägertyp aussah. Seine Worte leiteten einen formellen Vortrag ein.

»Ja.«

»Lieutenant Alexander, Sir. Ich bin angewiesen, Sie zum Starfleet-Hauptquartier zu eskortieren. Es geht um eine Untersuchung, die von Starfleet Command und dem militärischen Beraterkomitee der Föderation angeordnet wurde...«

»Warum?« Kirk nahm wie üblich kein Blatt vor den Mund und kam sofort zum Kern der Sache.

»Die Ermittlungen betreffen den Diebstahl einer besonderen Technologie. Ein Mitglied Ihrer Besatzung ist dafür verantwortlich.«

Kirks Tonfall veränderte sich ein wenig. »Welches Mitglied?«

»Lieutenant Sarda.«

Ich zuckte so heftig zusammen, daß ich mit dem Kopf an die Luke stieß. Sarda... Vor einigen Wochen hatte meine größe Sorge in bezug auf Sarda darin bestanden, ihm eine Möglichkeit zu geben, sich mit den vulkanischen Disziplinen zu beschäftigen. Die pazifistischen Vorurteile seines Volkes drängten ihn in die Rolle des Ausgestoßenen. Der gemeinsame Kampf gegen Rittenhouses Verschwörung brachte uns einander näher. Auf welche Weise war er während seines Landurlaubs in Spionage verwickelt worden? Ich hielt mich am Rand der Luke fest, bohrte die Fingernägel ins Holz und empfand das dringende Bedürfnis, mit ihm zu reden, die Hintergründe zu klären...

»Zum Teufel auch!« entfuhr es McCoy.

Scott trat neben Kirk, und die beiden Männer bildeten eine geschlossene Front. Er musterte Lieutenant Alexander mit einem finsteren Blick. »Wenn das ein Witz sein soll, so muß ich darauf hinweisen, daß uns Ihre Art von Humor nicht gefällt«, warnte er. »Lieutenant Sarda ist mit dem Silbernen Palmzweig ausgezeichnet worden.«

Der Sicherheitsbeamte zuckte mit den Schultern. »Und wenn schon.«

Mr. Scott holte tief Luft. »Sarda hat der Föderation einen großen Dienst erwiesen. Ihre Anklagen sind absurd.«

Alexander seufzte leise, ignorierte den Chefingenieur der *Enterprise* und wandte sich wieder an den Captain. »Mein Befehl lautet, Sie zum Starfleet-Hauptquartier zu bringen, und dort werden Sie in Hinblick auf den Diebstahl befragt. Wenn Sie sich weigern, mich zu begleiten, bin ich autorisiert, Sie unter Sonderarrest zu stellen ...«

»Mit anderen Worten: Ich komme in jedem Fall mit, ob ich will oder nicht.« Kirk kniff die Augen zusammen.

»Das ist richtig, Sir.« Alexander richtete seinen Blick auf Mr. Scott. »Chefingenieur Montgomery Scott?«

»Aye ...«

»Sir, ich bin angewiesen, Sie zum Starfleet-Hauptquartier zu eskortieren. Es geht um eine Untersuchung, die von Starfleet Command und dem militärischen Beraterkomitee ....«

»Ja, das habe ich schon gehört.«

»Mein Befehl lautet, Sie zum Starfleet-Hauptquartier zu bringen, und dort werden Sie in Hinblick auf den Diebstahl befragt. Wenn Sie sich weigern, mich zu begleiten, bin ich autorisiert, Sie unter Sonderarrest zu stellen.«

Ich duckte mich. Die Sache erschien mir völlig hirnrissig, und gleichzeitig spürte ich, daß mehr dahintersteckte. Rasch kehrte ich unter Deck zurück, eilte durch den Kajütengang, versteckte mich an der hinteren Treppe und lauschte. Ich rechnete halb damit, daß Alexander seine Worte auch McCoy gegenüber wiederholte, aber statt dessen wandte er sich einmal mehr an Kirk. »Sir, bitte nennen Sie mir Commander Spocks gegenwärtigen Aufenthaltsort. Starfleet Command wünscht auch seine Aussage.«

Stille folgte.

»Mr. Spock befindet sich nicht an Bord«, erwiderte Kirk leise.

»Wo ist er, Sir?«

»Er hat Landurlaub. Und ich weiß nicht, wo er ihn verbringt.« Etwas lauter fügte der Captain hinzu: »Lieutenant, es handelt sich um ziemlich schwere Beschuldigungen. Ich verlange Auskunft darüber, wer diese Anklage gegen uns erhebt.«

»Es gibt keine Anklage, Sir. Derzeit geht es nur um dringende Ermittlungen. Nun, ich benötige auch Informationen darüber, wo wir folgende Flottenoffiziere erreichen können: Lieutenant Commander Hikaru Sulu, Lieutenant Nyota Uhura und Lieutenant Commander Piper.«

Mein Herz schrumpfte, schlüpfte mir aus der Brust und verbarg sich irgendwo in der Takelage. Ich konnte nicht einmal mehr schlucken.

»Ich bin nicht daran gewöhnt, den Landurlaub meiner Besatzungsmitglieder zu überwachen«, sagte Kirk und übermittelte mir eine geheime Botschaft. »Keine der genannten Personen befindet sich an Bord.«

»Dann schlage ich vor, daß Sie und Mr. Scott Ihre Sachen packen. Ich weise den Kreuzer an, uns hochzubeamen.«

Kirks Stimme brachte den Mangel an unmittelbaren Alternativen zum Ausdruck. Ich konnte ihn nicht sehen, stellte mir jedoch den Glanz in seinen Augen vor. »Dr. McCoy kann den Schoner nicht allein steuern, Lieutenant. Sie müssen warten, bis wir einen Hafen erreichen.«

Ich wich eine Stufe weiter in die hintere Kajüte zurück. Kirks Worte boten mir zwar keine Erklärung an, forderten mich jedoch zu einem bestimmten Verhalten auf.

»Ich verstehe, Sir«, erwiderte Alexander. »Ein Atmosphärenschlepper Starfleets ist hierher unterwegs und kümmert sich um das Schiff. In dem Segelplan, den Sie bei der Marinekontrolle in San Francisco hinterließen, wird New Providence als Zielhafen genannt. Man wird dieses Boot dorthin bringen – es sei denn, Sie geben ein anderes Ziel an. Wir könnten es auch fortbeamen, falls sich das als notwendig erweisen sollte. Bis auf weiteres ist es beschlagnahmt.« Ich beobachtete, wie Alexander der Sicherheitsbeamtin ein Zeichen gab. »Unteroffizier Philotoff bleibt an

Bord, bis der Schlepper eintrifft. Sie weiß, wie man dieses Ding steuert.«

Das ganze Schiff fortbeamen? Donnerwetter!

»Einen Augenblick«, warf McCoy verärgert ein. »Welchen Wert kann unsere Aussage vor dem Untersuchungsausschuß haben? Schon seit einer ganzen Weile sind wir mitten auf dem Meer unterwegs und standen mit niemandem in Kontakt. Himmel, welche Informationen erhofft man sich von uns?«

»Ich weiß es nicht, Sir.«

Einige Sekunden lang hörte ich nur das Knarren der Planken. Schritte.

»Captain«, sagte Alexander dann, »ich habe einen Durchsuchungsbefehl für die im nordamerikanischen Schiffahrtsregister eingetragene *Edith Keebler,* ausgestellt vom Obersten Kongreßrichter Michael Riley, Sternzeit 4720.2.«

Kirk schnaufte. »Der Name lautet *Keeler.*« Dieser Fehler des Lieutenants ging ihm offenbar sehr gegen den Strich. Bestimmt hatte man Alexander extra für diese Aufgabe ausgewählt. Eine Begegnung mit dem legendären Captain der *Enterprise* — die meisten Sicherheitsbeamten wären eingeschüchtert gewesen.

»Wenn Sie nichts dagegen haben...« sagte Alexander. »Lieutenant Harsch und ich sehen uns jetzt um.«

»Sie meinen unter Deck«, entgegnete Kirk. »Und ich habe tatsächlich etwas dagegen, Lieutenant. Meine Privatsphäre ist verletzt worden. Ganz gleich, wie dringend die Angelegenheit sein mag... Es gibt keine Rechtfertigung dafür, daß Sie sich einfach so auf privaten Besitz gebeamt haben. Ich werde darüber in Starfleet Command mit Ihren Vorgesetzten sprechen.«

»Dennoch muß ich das Boot durchsuchen, Sir.«

Ich lief zur vorderen Kajüte und sah mich verzeifelt um. Nein, der Bug kam nicht als Versteck in Frage — dort würde man bestimmt nachsehen. Die Schränke in der Kombüse boten nicht genug Platz, und die Kojen... Die

Laken darauf waren säuberlich gespannt, und es gab keine Stapel aus Decken, unter die ich kriechen konnte. Ein Segelsack? Ja, vielleicht. Aber dazu mußte ich nach oben, ohne gesehen zu werden. Und wenn die Focksegel-Luke offenstand?

Alexander und Harsch ingorierten den verbalen Widerstand des Captains und begannen mit der Durchsuchung des Schoners. Ich versetzte mich in ihre Lage und beobachtete in Gedanken, wie die beiden Sicherheitsbeamten einen Blick in die kleine Frachtkammer warfen, sich dann den Maschinenraum vornahmen — natürlich enthielt er einen alten Dieselmotor — und ihre Suche in den Vorratskammern und Kabinen fortsetzten. Bestimmt sahen sie in jeden Winkel, der groß genug war, um einen Menschen aufzunehmen. Ich wünschte mir vulkanische Ohren, als ich ihre leisen Schritte hörte. Zuerst blieben sie oben, stocherten in den Segelsäcken, starrten hinter die Focksegel und den Klüver. Ich vernahm Stimmen, doch so sehr ich mich auch bemühte: Ich verstand kein einziges Wort. Meine Hände waren kalt und schweißfeucht. Ich knetete sie und überlegte fieberhaft. Eine Falle für Kirk? Wurde Sarda als Dieb und Spion dargestellt, um den Captain hereinzulegen? Oder sollte damit von anderen Verbrechen während Rittenhouses Verschwörung abgelenkt werden? Mehrere Angehörige der Admiralität standen in Verdacht. Zwei hatte man schon verurteilt, und einer war bereits im Gefängnis. Damit noch nicht genug: Vier Raumschiffkommandanten mußten ihren Abschied nehmen. In Starfleet Command ging es noch immer drunter und drüber, aber die De-facto-Verhaftung Captain Kirks ... Unfaßbar!

Meine Haut prickelte, und die Luft um mich herum vibrierte. Ein dumpfes Summen, und dann herrschte wieder Stille, abgesehen vom leisen Zischen des Winds.

Ich verließ die Speisekammer, stützte mich an einer hölzernen Verschalung ab, die das Gestell für eine Koje bildete, kletterte dann auf einen Stuhl. Das Kissen rutschte herunter, als ich mich in die Höhe stemmte. Ich streckte die

Beine und verzog das Gesicht, als ich mich zwischen Konservendosen und Proviantkisten zwängte. Erst einige Wochen nach Beginn unserer Segeltour hatte ich dieses kleine Schlupfloch entdeckt.

Langsam und lautlos schob ich mich zur Treppe der vorderen Kajüte, sah am Großmast vorbei und blickte zum Steuerrad. Unteroffizier Philotoff stand dort und beobachtete den blauen Himmel. Vermutlich hielt sie nach dem Atmosphärenschlepper Ausschau. McCoy lehnte neben der hinteren Luke, hielt sich an einem Flaschenzug fest und starrte übers Deck. Als er mich bemerkte, beugte er sich ein wenig vor und runzelte die Stirn, blieb jedoch still. *Verstecken Sie sich weiterhin,* teilte er mir mit, indem er kurz mit den Augen rollte. Allem Anschein nach verstand auch er Kirks Bemühen, die Suche zu verzögern. *Piper soll sich verbergen und die Chance bekommen, etwas zu unternehmen.* Aber was? Wie sollte ich mich verhalten? Was erwartete der Captain von mir? Sarda war bestimmt kein Dieb und Verräter — das wußte ich ganz genau. Kirk wäre zweifellos bereit gewesen, Mr. Spock in einer ähnlichen Situation zu helfen. Ich mußte jetzt nur noch herausfinden, wie er gehandelt hätte. Ganz einfach, nicht wahr?

Der Atmosphärenschlepper erschien am Horizont und näherte sich rasch. Ich duckte mich wieder tiefer in die Luke, und eine Zeitlang klebte mein Blick an dem flachen Schlepper fest, der nicht nur in der Lufthülle eines Planeten fliegen konnte, sondern auch raumtüchtig war. Stoßabsorber säumten den schildkrötenförmigen Rumpf; darüber zeigten sich Starfleet-Insignien und ein Zahlencode. Kein Eigenname — typisch für die Sicherheitssektion.

Artus... Culloden... Korinther... Versailles, Amerika, Proxima... Pionier... Konnte ich ein Raumschiff benennen, ohne es vorher gesehen zu haben? Ich schauderte bei der Vorstellung, daß jemand mein Schiff beschlagnahmte. Ich war nicht imstande, ruhig zuzusehen, wie die *Keeler* ein Opfer der Starfleet-Bürokratie wurde. Sie sollte den vom Captain bestimmten Zielhafen erreichen.

Mir zitterten die Hände, als ich das dumpfe Brummen des Schleppers hörte, der nun dicht neben dem Schoner schwebte. Ich kramte in den Archiven meines Gedächtnisses und versuchte mich daran zu erinnern, wie viele Besatzungsmitglieder an Bord eines AS arbeiteten. Zwei oder drei, mehr nicht. Hinzu kam Unteroffizier Philotoff auf dem Deck. Ich beschloß, mich in Geduld zu fassen. Sollte man uns ins Schlepptau nehmen. Und dann... Phaser. Irgendwo an Bord mußten sich Phaser befinden. Kirk war vorsichtig. Jeder Seemann lernte, mit Piraten zu rechnen. Bestimmt verzichtete der Captain nicht auf die Möglichkeit, sich zu verteidigen und sein Schiff zu schützen. Schlußfolgerung: Es gab Waffen an Bord. Aber wo?

»*Gavelan* ruft *Keeler.* Haben Sie Probleme, Jim?«

Mein Herzschlag setzte aus. »Verdammt!« hauchte ich. Das Kom-Gerät in der hinteren Kabine! Wenn Botschafter Shamirians Stimme Philotoff unters Deck lockte...

Ich spielte mit dem Gedanken, ins kleine Schlupfloch unter der Koje zurückzukriechen, als ich plötzlich Dr. McCoy hörte.

»Mit Ihrer Erlaubnis...« sagte der Arzt. »Ich rede mit dem Kapitän des anderen Schiffes dort drüben. Er möchte bestimmt wissen, was hier bei uns los ist.«

»Gehen Sie nur, Sir«, erwiderte Philotoff. Ihre Stimme klang rauh, doch sie sprach in einem versöhnlichen Tonfall.

Ich stellte mir vor, wie McCoy verärgert die Brauen hob. »Herzlichen Dank«, brummte er spöttisch.

Ich begegnete dem Arzt in der hinteren Kajüte und bedeutete ihm mit einer raschen Geste, kein Wort an mich zu richten. Er nickte und wandte sich dem Kommunikator zu. »Botschafter Shamirian, hier ist Leonard McCoy.«

»Was geschieht bei Ihnen, Doktor?« ertönte es aus dem Lautsprecher. »Warum der Schlepper?«

»Wir... sollen abgeschleppt werden, Botschafter. Captain Kirk wurde zu Starfleet Command zurückbeordert. Aus... administrativen Gründen.«

»Oh, das überrascht mich nicht. Brauchen Sie Hilfe?«

McCoy gab die Frage mit einem Seitenblick an mich weiter. Ich schüttelte den Kopf.

Der Arzt schluckte. »Derzeit nicht, Botschafter«, antwortete er. »Sie hören rechtzeitig von mir.«

»Wir bleiben in der Nähe, Doktor.«

»Danke. McCoy Ende.«

Er desaktivierte das Sendemodul des Kommunikators und setzte zu einer Bemerkung an, doch ich hob den Zeigefinger vor die Lippen. Dann breitete ich die Arme aus und flüsterte: »Phaser?«

Die blauen Pupillen McCoys weiteten sich, und er starrte mich so groß an, als seien mir blumenkohlförmige Ohren gewachsen. Er warf einen besorgten Blick in Richtung Luke und zuckte übertrieben mit den Achseln. Offenbar war es ihm nicht in den Sinn gekommen, die Starfleet-Sicherheitsabteilung daran zu hindern, ihre für uns geplanten Maßnahmen durchzuführen.

Oben erklangen Stimmen.

Jemand rief vom Schlepper: »Wissen Sie, wie man das Fossil steuert, Unteroffizier?«

»Ich kann es auf Kurs halten«, antwortete Philotoff. »Aber ich habe keine Ahnung, wie man den Kurs ändert. Meine Güte, dieses Ding gehört in ein Museum!«

»Können Sie die Membranen zusammenfalten?«

»Man nennt sie Segel, Vallo. Nun, ich werde es zumindest versuchen. Ich brauche Hilfe. Mit so einem Relikt bekomme ich es jetzt zum erstenmal zu tun. Ich bin an das automatische Zusammenrollen von Segeln gewöhnt.«

»Warten Sie.«

Die *Keeler* erzitterte kurz, als der Atmosphärenschlepper längsseits ging und so langsam schwebte, daß die Stabilisatoren laut brummten. Wir hörten ein dumpfes Pochen, als Vallo aufs Achterdeck sprang. »Na schön«, begann er. »Womit fangen wir an?«

»Doktor«, drängte ich halblaut. »Die Phaser!«

McCoy rieb sich das Kinn und dachte nach. »Ich nehme

an, sie befinden sich irgendwo in der Nähe von Jims Koje«, raunte er schließlich. Er streckte den Arm aus und deutete zur Kajüte des Captains.

Wir suchten in allen Schubladen und Fächern, nahmen uns dann auch den Rest der Kabine vor. Nach einer Weile strahlte McCoy triumphierend — er fand die Waffen ausgerechnet in der Kajütentoilette! Er kannte Kirk gut, und wahrscheinlich hatte er sich gefragt, wo jemand versteckte Phaser garantiert *nicht* vermuten würde.

Ich durchquerte die Kabine rasch, und McCoy sah mir wortlos zu, als ich den Griff eines Strahlers von der Energiekapsel trennte und ihn in der Tasche meines Overalls verstaute. Glücklicherweise war es heute morgen kühl gewesen, als ich das Ruder der *Keeler* übernahm. Andernfalls hätte ich jetzt vielleicht Shorts getragen — bestimmt keine geeignete Kleidung für diese Sache.

»Was haben Sie...«

»Pscht.«

»Was haben Sie vor?« fragte McCoy wesentlich leiser.

»Ich übernehme das Schiff«, erwiderte ich. »Ich schätze, damit werde ich den Erwartungen des Captains gerecht. Irgendwelche Vorschläge?«

»Ich? Himmel, ich bin Arzt, kein Spion. Ich weiß von nichts. Außerdem deutet alles darauf hin, daß Jim Ihnen den Ball zugespielt hat.«

Ich musterte ihn verdutzt. »Was für einen Ball?«

»Wollen Sie sich auch den Schlepper schnappen?« erkundigte sich McCoy.

»Ja. Und anschließend lasse ich ihn zurück.«

»Er ist schneller als die *Keeler*.«

Ich nickte und justierte den Phaser mit zitternden Fingern auf starke Betäubung. »Aber die Position des Schleppers läßt sich jederzeit feststellen. Der Schoner hingegen... Im Bereich der Bahamainseln herrscht ziemlicher Verkehr, und dort wird die *Keeler* zu einem Schiff unter vielen anderen. Bleiben Sie hier.« Ich griff nach einem zweiten Phaser, den ich nicht demontierte. Fest schloß ich die Hand um den Griff, schlich durch den schmalen Gang und erreichte kurze Zeit später den spitz zulaufenden Bug. Über mir stand eine Luke offen, doch es fehlte eine Leiter. Ich neigte den Kopf in den Nacken und sah den hohen Fockmast. Das Segel schirmte mich vom Achterdeck ab, aber mir drohte trotzdem die Gefahr, entdeckt zu werden: Wenn ich nach oben kletterte, konnte ich mich nicht sofort zur einen oder anderen Seite wenden. *Turbulenz... Gegenangriff... Identitätskrise...* die S.S. *Nervengriff...*

Ich benutzte die Kojen rechts und links als Trittbrett, stemmte mich hoch und passierte die Öffnung unmittelbar hinter dem Mast.

Ein oder zwei Sekunden lang blieb ich flach auf dem Deck liegen, bevor ich über die grünen Planken kroch und darauf achtete, daß ein großer Segelsack zwischen mir und den Sicherheitsbeamten blieb.

Das Schiff erbebte, schien sich zu schütteln, und ich vernahm laute kratzende Geräusche. Ich wagte es nicht, den Kopf zu heben, spürte jedoch, wie die *Keeler* langsamer wurde — das Großsegel fiel. Vallo und Philotoff, die nun versuchten, das Segel zusammenzurollen...

Ich schnitt eine Grimasse. Das Einholen war nicht weiter schwer; dazu brauchte man nur die entsprechenden Seile zu lösen. Aber um die vielen Quadratmeter Segelleinen zu falten, benötigte man Erfahrung. Kirk hatte es mir mehrmals gezeigt, aber ich kam noch immer nicht damit zurecht. Kein Wunder, daß Philotoff bald zu fluchen begann.

Der Phaser ruhte warm in meiner Hand. Die Ergkapsel enthielt geballte Energie, und daher fühlte sich die Waffe immer warm an, selbst wenn man sie nicht verwendete. Meine Finger schwitzten noch stärker, als ich aufstand, den Strahler mit beiden Händen umfaßte und so weit wie möglich in den Bug des Schoners zurückwich, bis zum Klüver. Dort stützte ich mich an der Reling ab und zielte auf die Stelle, wo einer der Uniformierten stehen mußte, um das Focksegel herabzulassen.

»Das genügt«, sagte Philotoff. »Wir rollen das verdammte Ding später zusammen.«

»Ich weiß nicht... Sollen wir Captain Kirks Floß wirklich in einem solchen Zustand lassen?«

»Vielleicht ist dieser ›Zustand‹ normal. Außerdem handelt es sich nicht um ein Floß, sondern um ein Boot.«

»Schon gut, schon gut.«

Die Keeler *ist ein Schiff, du Dummkopf,* dachte ich. Die typische Dämlichkeit von Sicherheitsbeamten.

Ich schürte das Feuer des Zorns in mir, dachte an die einfältige Arroganz der Störenfriede, an die herablassende Behandlung der *Keeler.* Ich verdichtete den Ärger in mir, ließ mir von ihm Kraft und Entschlossenheit geben — bis ich es gar nicht mehr abwarten konnte, den Phaser endlich abzufeuern. Ich brachte mich so sehr in Rage, daß ich Philotoff und die anderen von ganzem Herzen haßte, als das Focksegel sank.

Holzringe knarrten. Seile strichen am Mast entlang. Segelleinen erschlafften und sammelten sich auf dem Deck. Der Schoner geriet völlig aus dem Wind. Es dauerte nicht lange, bis sich die Gaffel in meiner Augenhöhe befand. Ich krümmte langsam den Zeigefinger.

Hinter dem weißen Tuch kamen zwei Gesichter zum Vorschein.

Vallo und Philotoff starrten mich verblüfft an. Einen Sekundenbruchteil später griff der Mann nach seinem Strahler.

Ich krümmte die Schultern und feuerte.

KAPITEL 3

»Ahoi, Mr. Spock.«
WELTRAUMFIEBER

Ein aktiver Phaser wird schnell heiß. Die konzentrierte Energie führt zu einem Rückstau im Gehäuse, und dadurch erwärmt sich der Strahler schnell. Er erinnert den Benutzer an ihre Macht – eine Waffe mit Gewissen. Meine Hände schwitzten, als die Entladung Vallo traf und ihn nach hinten aufs Deck schleuderte. Er prallte an die Reling, blieb dann reglos liegen. Ich schreckte nicht davor zurück, Gebrauch von einem Phaser zu machen, aber jetzt setzte ich ihn ohne einen klaren Grund ein, und das bestürzte mich.

Vielleicht zögerte ich aufgrund eines vagen Schuldgefühls. Ich sah mich im Gespinst einer komplexen Situation gefangen, die ich nicht verstand, hielt unwillkürlich den Atem an, als Vallo zu Boden ging. Dadurch blieb Philotoff genug Zeit, ihren eigenen Strahler zu ziehen. Aus den Augenwinkeln bemerkte ich, wie sie ihre Waffe hob, und ich sah sogar das Glühen im Abstrahlfokus. Ich reagierte rein instinktiv. Vielleicht hatte mich Starfleet besser ausgebildet, als ich dachte – oder vielleicht lag es nur an primordialen Reflexen. Wie dem auch sei: Ich fand mich auf grünen Planken wieder, als ein blauer Energieblitz über mich hinwegraste.

Schritte vibrierten durchs Deck, und ich begriff, daß Philotoff zur anderen Seite hastete, um mich zu erwischen. Ich krabbelte wie ein Hündchen auf Eis, schaffte es irgendwie zum Vorderdeck und verbarg mich hinter dem Klüver. Nur dieses Segel war noch gesetzt. Nach dem Einholen der Focksegel machte der Schoner praktisch keine Fahrt mehr, und der Klüver diente nurmehr zur Stabilisierung, als wir auf dem lapislazuliblauen Meer trieben.

»Warum wollen Sie sich unbedingt in Schwierigkeiten bringen, Commander?« rief Philotoff, als sie am Fockmast vorbeiging und sich näherte. »Ich weiß, wo Sie sind. Kirk hat sich gefügt, und Sie sollten seinem Beispiel folgen.«

Ich gab keine Antwort, hielt den Phaser schußbereit und duckte mich. Der spitze Bug bot nur wenig Platz, und ich konnte auch nicht über Bord gehen — das Netz unter dem Bugspriet war keine Lösung für mein Problem. Nein, ich mußte auf dem Deck bleiben.

Die gelbe Sonne der Erde erwies sich als so freundlich, mir Philotoffs Silhouette am Segel zu zeigen. Eine kräftig gebaute Frau, etwas kleiner und in den Hüften breiter als ich. Sie schien ihr Handwerk zu verstehen und genau zu wissen, worauf es jetzt ankam — eine Gegnerin, die ich auf keinen Fall unterschätzen durfte. Nur noch ein Meter trennte die Sicherheitsbeamtin vom Rand des Segels. Zuerst sah ich ihren Phaser, und dann folgte die freie Hand, tastete nach dem Tuch, zog daran... Das Segel luvte.

Mit einem jähen Ruck riß Philotoff die Plane beiseite; der Baum wackelte. Ich sprang, und der Strahl zischte über mich hinweg, verschwand jenseits der Steuerbordreling im Meer. Ich bedauerte es fast, nicht zurückgeblieben zu sein, um Philotoffs Gesichtsausdruck zu sehen. Sie suchte nach mir, stürmte übers Vorderdeck und fiel durch die offene Luke unter dem herabgesunkenen Focksegel. Ich hörte, wie sie durch die Kombüse und die einzelnen Kajüten lief, und als sie die Achterdeckluke erreichte, wartete ich dort auf sie. Die Sicherheitsbeamtin kletterte nach oben, und im hellen Sonnenschein gewann ihr graubraunes Haar einen umbrafarbenen Ton. Ich schoß, und Unteroffizier Philotoff sank bewußtlos auf die Treppe.

Wie benommen starrte ich auf sie hinab, die Arme weit ausgestreckt, noch immer beide Hände um den Phaser geschlossen. Einmal mehr fragte ich mich, ob ich die richtige Entscheidung getroffen hatte...

»Keine Bewegung, junge Dame!«

Ich hatte den Strahler bereits gesenkt, und die Stimme

ertönte durch eine breite Bresche in meiner Wachsamkeit. Der Schlepper. Langsam drehte ich den Kopf und sah über die Schulter in Richtung mittschiffs. Der schildkrötenförmige Atmosphärenschlepper schwebte neben unserer Backbordseite und projizierte einen jadegrünen Schatten aufs Meer. Ein stämmiger Mann stand an der Reling über den Stoßabsorbern und zielte mit einem Phaser auf mich.

»Rühren Sie sich nicht von der Stelle«, sagte er. »Lassen Sie die Waffe fallen.«

Die Niederlage beschämte mich. Daß mir ein solcher Fehler unterlaufen konnte... Offenbar hatten mich die Wochen auf See abgestumpft. Eine wichtige Erkenntnis. Ich nahm mir vor, beim nächsten Landurlaub daran zu denken. Meine Finger lösten sich vom Strahler, und er fiel auf den Lukendeckel vor mir. Erst dann sprang der Mann vom Schlepper herunter, griff nach der Reling des Schoners und schwang sich aufs Deck. Ich regte mich nicht und kehrte ihm weiterhin den Rücken zu. Aus den Augenwinkeln sah ich, daß die Waffe auf mich gerichtet blieb – der Mann wollte kein Risiko eingehen. Das imaginäre Gesicht Kirks erschien im Schatten, als der Sicherheitsbeamte aus dem Schlepper übers grüne Deck ging. Was sollte ich jetzt unternehmen? Was erwartete der Captain von mir? Ich hatte überhaupt keine Chance, solange ich einen schußbereiten Phaser hinter mir wußte.

Der Großmast stöhnte in einem plötzlichen Windstoß, und sein Ächzen brachte meine Gefühle zum Ausdruck. Ich beobachtete den Mann: groß und muskulös. Es würde mir sehr schwer fallen, ihn in einem Kampf zu überwältigen – vorausgesetzt, ich bekam überhaupt Gelegenheit dazu. Das hielt ich für unwahrscheinlich. Er näherte sich vorsichtig und mißtrauisch. Noch einige Schritte, und er konnte meinen Strahler nehmen.

Das eingeholte Focksegel flatterte an der heruntergelassenen Gaffel, und von einem Augenblick zum anderen schwang der betreffende Baum von der Steuerbordseite herum. Der Mann hob die Hände, als er das Durcheinander aus dickem Holz, Seilen und Kanevas sah, aber er konnte dieser schweren Masse nicht standhalten. Baum und Gaffel trafen ihn an der Brust. Er verlor das Gleichgewicht, fiel und prallte an den Flaschenzug des Großmastes. Der Bursche gab einen schmerzfüllten, zornigen Schrei von sich, und sein Gesicht wies deutlich darauf hin, daß er sich meinen rechten Arm zwischen seinen zusammengebissenen Zähnen wünschte. Er schüttelte sich, und irgendwie schaffte er es, wieder auf die Beine zu kommen und das Hindernis zurückzudrücken. Der Baum schwang erneut herum, diesmal zur anderen Seite.

Aber ich hatte nicht einfach abgewartet, hielt nun wieder die Waffe in der Hand. Mit einem Satz sprang ich von der Luke fort, zielte kurz und drückte ab. Der Betäubungsstrahl tastete über die Schulter des Mannes und erfaßte dann den ganzen Leib. Mein Gegner zitterte, taumelte an die Reling, drehte sich um die eigene Achse und fiel ins Meer.

Ich richtete mich langsam auf und schnappte erschrokken nach Luft, als der Sicherheitsbeamte über Bord ging und unter die Wasseroberfläche sank. Ein kurzer Blick nach Steuerbord: Dr. McCoy eilte herbei und beugte sich mittschiffs über die Reling.

»Sie habe ich ganz vergessen!« platzte es erleichtert aus mir heraus.

Der Arzt duckte sich unter den schwankenden Baum und griff nach dem linken Arm des Bewußtlosen, als ihn eine Welle zur *Keeler* trug. Ich steckte den Phaser ein und lief los, um McCoy zu helfen. Mit der gelösten Falleine des Klüvers band ich ihn an der Seite des Schiffes fest und vergewisserte mich, daß er nicht ins Wasser zurückrutschen konnte.

»Und jetzt?« fragte Dr. McCoy.

Ich schlang das Seil noch zweimal unter die Achseln des Sicherheitsbeamten und erwiderte dann: »Bin gleich zurück.« Mit diesen Worten kletterte ich auf die Reling, spannte die Muskeln in den Beinen und stieß mich ab. Der

Schlepper war weiter entfernt, als es zunächst den Anschein hatte. Die Stoßabsorber quietschten unter mir, und einige gefährliche Sekunden lang rang ich um mein Gleichgewicht. Auf keinen Fall wollte ich mich noch einmal überraschen lassen. Eine halbe Minute später hatte ich den Schlepper durchsucht und brauchte mir keine Gedanken mehr darüber machen, daß ein weiteres Besatzungsmitglied erschien, um mir einen metaphorischen Knüppel zwischen die Beine zu werfen. Ich kehrte nach draußen zurück und rief: »Alles klar. Helfen Sir mir, Philotoff und die beiden Männer hier unterzubringen.«

McCoy betrachtete die völlig durchnäßte Gestalt des Mannes am Rumpf, sah dann zu Philotoff und Vallo, die betäubt auf dem Achterdeck lagen. »Steuern Sie das Ding näher heran«, erwiderte er, seufzte und vollführte eine kapitulierende Geste.

Der Doktor und ich trugen die drei Besinnungslosen in den Schlepper und desaktivierten die elektronische Navigationsbake, um eine Positionsbestimmung zu erschweren. Als wir wieder an der Reling des AS standen, zeigte sich eine weitere vergessene Präsenz.

»Was ist eigentlich los?« rief Botschafter Shamirian. Drei seiner Besatzungsmitglieder hielten die beiden Schiffe zusammen. Einige dicke Gummipolster verhinderten, daß Holz über Holz schabte. Die Segel der Ketsch waren eingeholt, und sie trieb ebenso wie unser Schoner.

»Oh...« Ich schob den Phaser tief in die Tasche meines Overalls und folgte McCoy aufs grüne Deck der *Keeler.* Mit einigen langen Schritten erreichte ich die Backbordseite, trat auf die Reling und hielt mich an einem Tau fest. »Ich brauche Ihre Hilfe, Botschafter.«

Shamirian: ein Mann mit tonnenförmigem Leib, zerzaustem Bart und tintenschwarzen Augen. Die Züge seines dunklen Gesichts wirkten überraschend sanft. Er trug ein kragenloses gelbes Hemd, und als er tief Luft holte, wölbte sich die Brust vor, zeigte meliertes Haar. Er war ein Abenteurer, was er während der vergangenen Wochen bei wiederholten Wettkämpfen mit Kirk bewiesen hatte. Aber seine Abenteuerlust verbarg sich hinter einer ausgeprägten Väterlichkeit. Der Captain fehlte, und deshalb wandte ich mich an Shamirian.

In seinen zusammengekniffenen Augen glitzerte es erwartungsvoll und auch ein wenig amüsiert.

»Stehe jederzeit zu Diensten«, sagte er.

Wir segelten tagelang, und ich zählte jede einzelne Stunde. Ich fand nur dann ein wenig Ruhe, wenn Dr. McCoy darauf bestand, daß ich mich in meine Kabine zurückzog und schlief. Nun, eigentlich gab es nichts zu tun. Es ging nur darum, einen geraden Kurs zu halten. Botschafter Shamirian übernahm mit der *Gavelan* die Führung, und wir folgten im Kielwasser der Ketsch. Ich wechselte mich mit zwei Mitgliedern seiner Besatzung am Steuer ab. Vier Stunden Wache, vier Stunden frei. Das Warten setzte mir ebenso zu wie einige Träume, die ich immer mehr als Belastung empfand. Sie zeigten mir einen James Kirk, der winkte und mich stumm aufforderte, ihm in eine schwarze Leere zu folgen. Ihm fiel es wesentlich leichter, eine fast symbiotische Einheit mit dem Ozean zu bilden, sich dem Meer anzupassen. Eine Zeitlang glaubte ich, mein Vertrauen in ihn zu verlieren, und das erschreckte mich. Wenn ich Kirk nicht mehr vertraute, wem dann?

Das Warten... Unter normalen Umständen hätten wir einfach einen Transporter benutzt und wären innerhalb weniger Sekunden am Ziel gewesen. Statt dessen pflügten wir quälend langsam durch die Wellen, krochen wie Insekten über die Oberfläche der Erde. Die Reise schien kein Ende zu nehmen. Ich bedrängte Dr. McCoy mit Fragen, weil ich vermutete, daß er mehr als ich von Kirk erfahren hatte. Aber die Antworten bestanden nur aus unterschiedlichen Versionen von »Ich bin Arzt, kein Geheimagent«. Nach einer Weile glaubte ich ihm. Vielleicht wußte selbst er nicht Bescheid. Dadurch wurde ich noch nervöser: Was konnte so wichtig sein, daß Kirk nicht einmal Leonard McCoy einweihte?

Die Anwesenheit von zwei Crewmitgliedern der *Gavelan* an Bord unserer *Keeler* beruhigte mich. Ich hatte Shamirian gegenüber nicht eingestehen wollen, daß mich die wechselhaften Winde der Erde häufig verwirrten. Mit seinem Angebot, uns zwei erfahrene Männer zu schicken, nahm er mir wenigstens eine Sorge. Captain Kirk hatte mir beibringen wollen, die jeweilige Windrichtung zu fühlen, aber so sehr ich mich auch bemühte, ich lernte es einfach nicht.

Als wir Man-o-War Cay — eine der Abaco Islands — erreichten, fühlte ich mich wie eine alte Frau. Ich nahm mir kaum Zeit, die besonderen Gerüche zu genießen oder mich darüber zu freuen, daß diese subtropische Insel bisher vom Dilithium-Zeitalter verschont geblieben war. Der Heimathafen des Schoners *Keeler* war ein Ort, wo man jahrhundertelang kleine Segelschiffe gebaut hatte — seit dem Amerikanischen Freiheitskrieg, wie Botschafter Shamirian behauptete. Die Bevölkerung bestand aus Haitianern und blonden Einheimischen; deren helle Haut war ein genetisches Erbe von Schiffbrüchigen, die vor einem halben Jahrtausend an diesen Gestaden gestrandet waren. Die Raumfahrt gab vielen Bürgern der Erde die Möglichkeit, ihren Urlaub auf exotischen fernen Welten zu verbringen, und dieser Umstand führte zu einer drastischen Verringerung des Tourismus auf den kleinen karibischen Inseln. Auf Man-o-War Cay ging es nun recht gemütlich zu. Die Bewohner bauten und reparierten Schiffe, so wie ihre Vorfahren. Ich überlegte, was mich hierher verschlug.

»Und nun?« fragte Dr. McCoy, nachdem er mir geholfen hatte, die Segel einzuholen.

Mein Rückgrat knackte, als ich mich aufrichtete. »Der Captain meinte, hier wartet ein Schiff auf mich. Ein Raumschiff. Auf einer so kleinen Insel gibt es bestimmt nicht viele.«

Der Arzt zuckte mit den Schultern. »Na schön. Sehen wir uns um.«

Ich nahm diesen Vorschlag mit großer Dankbarkeit entgegen, denn ich wollte nicht den Eindruck erwecken, Leonard McCoy Befehle zu erteilen. Im Prinzip war er mein Vorgesetzter, aber er gehörte nicht zur Kommandostruktur. Was ihn keineswegs störte. Captain Kirk hatte die Sache — worum auch immer es dabei ging — mir überlassen, und der Arzt schien froh zu sein, nicht selbst Verantwortung tragen zu müssen. Aber sicher verstand er, daß ich mir derzeit nichts sehnlicher wünschte, als das Rätsel endlich zu lösen.

Wir verließen den Schoner, verabschiedeten uns von Botschafter Shamirian und begannen mit der Raumschiffjagd.

Es handelte sich tatsächlich um eine Bananenrepublik. Ich bemerkte sogar einen tatterigen Haitianer, der einen mit Bananen gefüllten Karren schob und sein Obst feilbot. Hier waren wir, Dr. McCoy und ich, zwei Starfleet-Offiziere, die mit Bananenbüscheln durch den staubigen Dockbereich wanderten. Wir fragten mehrere Passanten nach dem Weg und gelangten schließlich zu einer anderen Bucht, wo sich angeblich ein Hangar mit Raumhüpfern und kleinen Flugzeugen befand. Der erste Eindruck täuschte: Die Krankheit des Fortschritts hatte auch Man-o-War Cay angesteckt. Der Hangar war groß genug, um mehrere raumtüchtige Shuttles aufzunehmen. Als wir das rechteckige blaue Gebäude betraten, sahen wir vier Raumfähren der Föderation, die gerade gewartet wurden. Daneben standen zwei private Gleiter. Weiter hinten wölbte sich die zusammengeflickte Stahlmasse eines Wracks, das man offenbar ausschlachtete, um Ersatzteile zu gewinnen. Es beanspruchte den größten Teil des Hangars.

»Vielleicht hinter dem Wrack«, sagte ich.

»Oder wir sind hier falsch«, entgegnete McCoy. »Jener Bursche, der uns den Weg hierher erklärte... Ich bin nicht sicher, ob er wirklich Englisch verstand. Oder Jims Beziehungen haben nicht so funktioniert, wie er es sich dachte.«

»Wir sollten trotzdem nachsehen.«

Ich versuchte, nicht enttäuscht zu sein, als wir uns unter

dem schiefen Bug des Wracks hinwegduckten und darauf achteten, nicht an vorspringende Teile aus Metall oder Fiberplast zu stoßen. Hinter dem Schrotthaufen erstreckte sich ein leerer Hangar. Ich ging einige Schritte weit, seufzte und fragte mich, wann endlich alles einen Sinn ergab.

»Nichts«, kommentierte McCoy und trat an meine Seite. »Vielleicht wäre es besser, wenn wir einen Kontakt zu Starfleet herstellen. Möglicherweise können wir mit Jim sprechen.«

Ich preßte kurz die Lippen zusammen. »Nein, noch nicht. Ich habe Patrouillenoffiziere der Flotte angegriffen, um hierherzukommen. Und ich verlasse diesen Ort erst, wenn ich ganz sicher bin, daß es hier kein Raumschiff für mich gibt.« Ich starrte in den leeren Rest des Hangars und hoffte, daß mir irgendeine Stimme Erklärungen zuflüsterte. Doch ich hörte nur jemanden, der im Wrack zur Melodie klappernder Werkzeuge sang. Nun, wenn ich niedergeschlagen war, brauchte nicht gleich die ganze Welt zu trauern.

Die grölende Stimme eines Mannes, der nicht das geringste Gespür für Musik hatte. Ich lauschte eine Weile, und plötzlich ging mir das sprichwörtliche Licht auf.

Ich schloß die Augen und stöhnte. »O nein...«

McCoy sah mich an. »Stimmt was nicht?«

Ich ließ den Kopf hängen. »Die Stimme klingt viel zu vertraut.« Ich sammelte meine ganze Selbstbeherrschung, drehte mich wie in Zeitlupe um und betrachtete das Panorama eines verbeulten, zerkratzten und an vielen Stellen reparierten Schiffsrumpfes. Dann holte ich tief Luft, knirschte mit den Zähnen und rief: »Scanner!«

An der Unterseite pochte es hinter einer Fiberplatte, und es folgte ein veranschaulichendes »Au! Verdammter Mist!« Ein Gesicht erschien dort, wo niemand eine Luke vermuten würde. Als ich die jungenhaften Züge, braunen Augen und das ungekämmte Haar sah, spürte ich sowohl Erleichterung als auch Ärger. »Piper!« rief Scanner mit seinem deutlichen Tennessee-Akzent. »Sie sind spät dran.«

Mit dem Kopf voran kroch er durch die Luke. Ich fing ihn auf und bemerkte, daß er keinen Starfleet-Uniformpulli trug, sondern ein Hemd mit orangefarbenen und blauen Blumenmustern. Mit beiden Händen preßte ich Scanner gegen den fleckigen, hier und dort wie verbrannt wirkenden Rumpf.

»Warum sind Sie hier?«

Scanners Lächeln verblaßte, und er versuchte, sich aus meinem Griff zu befreien. Zwar fehlte mir die Kraft eines Mannes, aber ich hatte drei Vorteile Scanner Sandage gegenüber: eine Größe von eins fünfundsiebzig, jede Menge Ungeduld und seinen Respekt. »He, immer mit der Ruhe, Piper«, begann er vorsichtig. »Fahren Sie Ihr Warptriebwerk nicht gleich auf Vollast hoch. Ich weiß, was Ihnen durch den Kopf geht.«

»Heraus damit.«

»Mr. Spock meinte, Sie seien sicher überrascht darüber, plötzlich ein eigenes Kommando zu bekommen, aber ich dachte...«

»Spock war hier?«

»Ja, sicher, für eine Weile... Als wir das Warptriebwerk und die Computer installierten.«

Ich ließ Scanner los, trat einen Schritt zurück und betrachtete das Schiff fassungslos. Nach einigen Sekunden glaubte ich, eine bestimmte Struktur zu erkennen, aber sie verlor sich in Erweiterungen und Modifikationen, jede in einer anderen Form, jede mit ihrer eigenen Farbe. Nur der stumpfe Bug und ein Teil des Steuerbordrumpfes waren nicht mit zusätzlichen Dingen ausgestattet worden. Das Wrack — das Raumschiff? — sah aus wie eine prähistorische Eidechse, und die Beobachtungsschlitze in den Seiten wirkten wie Kiemen, geschaffen von einer Laune der Evolution. Ich atmete tief durch. »Dieser häßliche Schrotthaufen ist zu einem Warptransfer fähig?«

Scanner legte die Hand aufs Herz, beugte die Knie und erwiderte: »Und ob! Das Prachtstück erreicht Warp vier!« Er bedachte Dr. McCoy mit einem hilflosen Blick und wandte sich dann wieder an mich. »Sie müssen das aus der richtigen Perspektive sehen, Piper. Raumschiffe bekommen erst dann eine eigene Persönlichkeit, wenn sie mindestens zwanzig Jahre alt sind.«

»Tatsächlich?« entgegnete ich. »Und welcher Teil dieses Schiffes ist nur zwanzig Jahre alt?«

Dr. McCoy folgte wortlos, als Scanner meinen Ellenbogen nahm und mich langsam am Rumpf vorbeiführte. Die unleserlichen Namen von Personen und Projekten waren in Beulen und stählerne Flicken gekratzt. An anderen Stellen hatte man dazu offenbar Schweißbrenner oder ähnliche Werkzeuge benutzt. »Sie haben die falsche Einstellung«, beharrte Scanner. »Als mich Captain Kirk nach einem Schiff für eine geheime Mission fragte, schlug ich sofort das hier vor. Während meines Studiums an der Akademie verdiente ich mir ein wenig Geld, indem ich an Bord dieses Kreuzers arbeitete.«

»*Sie* haben das Schiff für mein erstes Kommando ausgewählt?«

»Ja! Es hat Schneidelaser, Traktorstrahlen — mit dem Warptriebwerk verbunden —, gebündelte Intervaller, Druck- und Fesselfelder, Greifarme, ein Werkzeugmodul im Rumpf, Passagierkabinen *und* hochmoderne Computer, bei deren Einbau meine Wenigkeit mitgeholfen hat. Hinzu kommen eine architektonische Bibliothek *und* die Starfleet-Registrierung.« Bei den letzten Worten bohrte er mir mehrmals den Zeigefinger in die Schulter. »Flugerlaubnis in allen Sektoren der Föderation.«

»Wofür Kirk gesorgt hat, nehme ich an.«

Scanner straffte die Gestalt vor mir, trachtete danach, größer und breiter zu werden. Der unförmige Konstruktionsschlepper bildete einen seltsamen Hintergrund. »Erinnern Sie sich an den Riesenschlepper der Ersten Föderation?« fragte er, und in seinen braunen Pupillen glühte es. »Sie entsinnen sich daran, nicht wahr, Doktor?«

»Ja, allerdings«, ließ sich McCoy vernehmen. Er rollte mit den Augen. »Der Kommandant jenes Schiffes riskierte viel. Er bluffte uns, und wir fielen darauf herein. Wir hätten unsere neutralisierten Bordsysteme irgendwie reaktivieren und das Schiff mit einigen Phasersalven vernichten können — es hatte weder Waffen noch Deflektoren, nur einen unglaublich starken Traktorstrahl.« Er schüttelte den Kopf und legte die Hände nachdenklich auf den Rücken. »Die allgemeine Dramatik beeindruckte Jim.«

»Genau«, sagte Scanner. »Ein Superschiff, dazu bestimmt, große Asteroiden einzufangen und sie zu den Verarbeitungsanlagen zu bringen. Soviel Energie — und sie stand einem raumtüchtigen Laster zu Verfügung. Wir lernten viel daraus. Und wir bekamen den Traktorstrahl, als wir diplomatische Beziehungen mit der Ersten Föderation aufnahmen. Er gehört zur Ausrüstung dieses Schiffes.« Scanner hob die Arme und schien den Schrotthaufen umarmen zu wollen. »Es ist eine *Fesarius*!«

»Es ist ein Wrack!«

Ich wich einige Schritte zurück und hoffte, daß der Schlepper dadurch einen besseren Anblick bot. Kurz darauf wurde ich mit einer neuerlichen Überraschung konfrontiert. In der Luftschleuse erschien ein zweites vertrautes Gesicht und bestätigte eine meiner Vermutungen. Die schlanke junge Frau bemerkte mich und kniff ihre schrägen, mandelförmigen Augen — der einzige Hinweis darauf, daß sie kein Mensch war — andeutungsweise zusammen, bevor sie die lange Rampe herunterkam. Das blonde Haar schien ein wenig heller zu sein als bei unserer letzten Begegnung, was ich auf das erbarmungslose Licht der irdischen Sonne zurückführte. Nach der langen Segeltour mit dem Schoner wies auch mein Haar einige zusätzliche goldene Strähnen auf, aber es schimmerte nicht in einem perlmuttenen Ton.

»Merete«, hauchte ich. Es klang fast wie ein Stöhnen.

»Hallo, Piper«, sagte sie, erreichte das Ende der Rampe und trat auf uns zu. Ihr Tonfall verriet, daß sie genau wußte, was ich nun empfand. Sie sah den Arzt an und streckte die Hand aus. »Wie geht es Ihnen, Dr. McCoy?«

Er drückte kurz zu. »Nun, *mir* geht es bestens, Dr. AndrusTaurus. Was machen Sie hier?«

Merete zuckte mit den Achseln. »Medizinischer Dienst. So hieß es jedenfalls. Langsam zweifle ich daran.«

Mir genügten die Förmlichkeiten. Einmal mehr gab ich meiner Neugier nach. »Wissen Sie, was los ist? Bisher weiß ich nur, daß auch Scanner und seine bizarre Parodie auf ein Raumschiff daran beteiligt sind. Ich hoffe, daß dieses Ding wirklich fliegt, denn ich habe Starfleet-Patrouillenoffiziere angegriffen, um es zu bekommen.«

Meretes sanft geschwungene Lippen bildeten eine dünne Linie, und sie bedachte mich mit einem Blick, der Mitgefühl zum Ausdruck brachte. Ganz offensichtlich hatte sie keine Antworten für mich und verzichtete deshalb darauf, meine Stimmung noch weiter zu verschlechtern. Wie üblich gab sie mir ihr bestes Rezept: eine ruhige Präsenz.

Scanner schüttelte meine Worte ab und schaltete innerlich um. »Es ist ein gutes Schiff, Piper. Es hat ein Herz. Hier, sehen Sie diese Delle? Dazu kam es, als die erste interstellare Kommunikationsstation gebaut wurde. Und dann die abgedichtete Stelle dort... Eine Erinnerung an die Konstruktion des orbitalen Medo-Zentrums der Marskolonien. Und hier... Das geschah beim Bau des neuen Docks für Starfleet Command. Ich war dabei.« Scanner klopfte sich auf die Brust. »Mein Name steht da. Judd Sandage, mit einem Laser in den Stahl gebrannt. Und dort drüben... Liex Muller. Er starb bei den Arbeiten. Piper, dieses Schiff ist ein Denkmal für Dutzende von Konstruktionsprojekten im Sol-System, ein Archiv für die lokale interplanetare Geschichte. Und es gehört Ihnen!«

Seine Begeisterung hatte etwas Mitleiderweckendes. Ich drehte den Kopf und beugte mich zu Dr. McCoy, während Scanner aufgeregt vor seinem gestaltgewordenen Stolz wartete.

»Er liebt das Schiff«, flüsterte ich dem Arzt zu. »Wie soll ich mich jetzt verhalten?«

Dr. McCoy verschränkte die Arme und wippte einige

Male auf den Zehen. »Geben Sie ihm eine Chance. Dieses Raumschiff ist unschuldig, bis das Gegenteil bewiesen wird.«

Ich fügte mich seufzend, nickte und versuchte, die Niedergeschlagenheit aus meinen Zügen zu verbannen. »Ich... ich verstehe, was Sie meinen, Scanner. Nun, eine gewisse... Einzigartigkeit läßt sich nicht leugnen.«

Er nickte so heftig, daß ihm das Haar in die Augen fiel.

Der lange blaue Rumpf – verbeult, teilweise rußgeschwärzt, an vielen Stellen mit Fiberplatten geflickt – reichte durch den Hangar und erflehte Anerkennung. Selbst die langen Zähne, die jemand an die Wölbung unter dem Brückendeck gemalt hatte, schienen sich zu bemühen, freundlich zu lächeln. Ich befeuchtete mir die Lippen, und mein Blick wanderte über die vielen Namen im Stahl. Nach einem gründlichen Räuspern vertraute ich meiner Stimme. »Wie heißt es?«

Scanner holte tief Luft, hob den Kopf und verkündete: *»Tyrannosaurus Rex.«*

Ich spürte, wie meine Nerven vibrierten. Dr. McCoy wich langsam von meiner Seite – vielleicht sah er den Rauch, der mir aus den Ohren quoll.

In dem Versuch, meine Enttäuschung unter Kontrolle zu halten und Scanner davor zu schützen, ignorierte ich seinen hoffnungsvollen Gesichtsausdruck und ging an ihm vorbei. »Jetzt bekommt es einen anderen Namen.«

»Hier ist der VFP-Konstruktionstransporter S.S. *Bananenrepublik.* Wir bitten um Starterlaubnis.«

»Starfleet-Planetenpatrouille, *Bananenrepublik.* Geben Sie Ihren Registrierungscode an.«

»MTK 4247, Patrouille. Ein neuer Code.«

»Empfang bestätigt. Es handelt sich nicht um einen neuen Code, sondern um einen Wiedereintrag ins Register. Bitte nennen Sie den alten Code.«

Ich wandte mich um. »Scanner, übernehmen Sie.«

Er saß neben mir im Maat-Sessel vor den Kontrollen, die

nicht nur beunruhigend alt wirkten, sondern auch deutliche Narben einer Überholung zeigten. Einige neue Module verbanden sie mit den zusätzlich installierten Bordsystemen. Scanner Sandage schaltete sich in den Kom-Kanal. »Patrouille, unser Schiff ist als Konstruktionsschlepper 87 registriert gewesen — S.S. *Tyrannosaurus Rex*, Eintrag MKT 1187.« Er lehnte sich so weit wie möglich zurück. »Und jetzt macht ein wenig Dampf.«

Ich warf ihm einen warnenden Blick zu. »Ich möchte keine weiteren Verzögerungen«, flüsterte ich. »Wenn wir die Starterlaubnis bekommen, können wir das Starfleet-Hauptquartier in fünfzehn Minuten erreichen.« Ich beugte mich zum Kommunikator vor. »Patrouille, bekommen wir die Genehmigung für den Transfer ins All?«

Ärgerliche Stille folgte. Eigentlich gab es keinen Grund, uns warten zu lassen; der Grund für das Schweigen hieß Arroganz gegenüber zivilen Raumschiffen. Nach einer Weile erklang die gleiche Stimme wie vorher. »Bestätigung, 4247. Kurs fünf sieben sieben Komma zwei sechs zwei. Wir wünschen Ihnen einen guten Flug.«

»Zum Teufel mit euch«, brummte Dr. McCoy, der im Passagierbereich hinter uns saß. Die Kabine des Vormanns hatte eine neue Einrichtung bekommen und bot nun Platz für Passagiere. Die Renovierungen wirkten weitaus ästhetischer als der an vielen Stellen reparierte und mit technischen Innovationen erweiterte Rumpf. Der Konstruktionstransporter sah nicht etwa wie ein Raumschiff aus, sondern wie eine Ansammlung sonderbar geformter Container, die irgendwie zusammengeschweißt waren. Dr. McCoy rekelte sich nun in einem der neuen Drehsessel, und Merete AndrusTaurus blickte durch den nahen Beobachtungsschlitz. Neben uns glitt ein Kreuzer der Starfleet-Planetenpatrouille durch die Wolken. Merete winkte und lächelte, um unseren übermittelten Worten die Schärfe zu nehmen. Sie wünschte sich nur Seelenfrieden — *meinen* Seelenfrieden.

»Nun, Commander Piper...« sagte McCoy. »Sobald

wir die Atmosphäre verlassen haben, sind Sie ganz offiziell der Captain eines Raumschiffs. Eine erstaunliche Leistung, wenn man bedenkt, daß Sie kaum lange genug im All waren, um die Uniform zu wechseln. Wenn Sie nicht aufpassen, denkt Kirk, daß Sie eine noch schnellere Karriere anstreben als er.« Der Arzt lächelte, wobei sich beide Brauen amüsiert wölbten.

Ich errötete, spürte jedoch keinen Stolz. »Es war nicht meine Idee, Doktor«, erinnerte ich ihn und verdrängte das Gefühl der Demütigung, indem ich die Navigationskontrollen überprüfte.

»Oh, es geschieht meistens auf diese Weise, Commander«, erwiderte McCoy weise.

Scanner nickte. »Er hat recht, Piper. Wissen Sie, die gute alte *Rex* hat viele Missionen hinter sich und an zahllosen Konstruktionsprojekten mitgewirkt, aber sie bekam nie einen Captain. Sie hatte Einsatzleiter, Vormänner und Bauaufseher, aber keinen Captain. Sie sind der erste!« Er lehnte sich zurück, schlug die Beine übereinander und starrte zum Kabelgewirr an der Decke hoch. »Captain Piper. Klingt gut.«

Vielleicht drehten sich die Drehsessel zu leicht. Ich stand auf, krümmte die Schultern und griff nach Scanners Stuhl. Das Ding knarrte leise, als ich ihm einen Stoß gab. Ein erschrockener Schrei löste sich von Scanners Lippen, und er verlor den Halt, fiel auf den Boden. Verblüfft sah er zu mir auf.

»Was habe ich getan?« fragte er. »Womit habe ich das verdient?«

Ich stand über ihm, sein linkes Bein zwischen meinen Füßen. Eine Zeitlang starrte ich auf ihn hinab, und mein Blick war so scharf und durchdringend, daß er nicht aufzustehen wagte. McCoy und Merete saßen wie erstarrt.

»Nennen Sie mich nie wieder so«, zischte ich und trat zur Seite. »Geben Sie mir Bescheid, wenn wir über San Francisco sind.«

»Haben Sie es überstanden?«

Eindeutig die sanfte Stimme einer Frau. Und alles deutete darauf hin, daß sie von einem Menschen stammte. Man konnte Merete sofort für eine menschliche Frau halten, wenn sie entschied, nichts von ihrer Palkeo-Abstammung zu verraten. Das Palkeo Est-Volk von Altair Vier — eine Kultur, die sich völlig unabhängig entwickelt hatte, jedoch viele Gemeinsamkeiten mit den Bewohnern der Erde aufwies, zumindest in Hinsicht auf die Lebensweise. Es gab nur einige physiologische Unterschiede, die den genetischen Code betrafen, die chemische Struktur des Blutes, das Zellkernplasma und andere biologische Dinge, deren Namen ich nicht kannte. Ja, Merete schien ein Mensch zu sein, aber gleichzeitig spürte ich bei ihr eine vage Aura der Fremdartigkeit — und damit erinnerte sie mich an Sarda.

Sarda... Ein kulturelles Findelkind. Ein Vulkanier, von seinem eigenen Volk verstoßen. Das Schicksal hatte ihn in einen kleinen isolierten Tümpel gespült, und er versuchte, einen Graben auszuheben, der ihn zum Hauptfluß der vulkanischen Tradition zurückbrachte. War er unter dem Druck des Kummers zerbrochen? Konnte ein Vulkanier, dem es nicht an persönlichem Ruhm mangelte, mit einer solchen Demütigung fertig werden? Oder gab er irgendwann auf?

»Haben Sie die Kopfschmerzen überstanden?« wiederholte Merete mit der für sie typischen Geduld.

Sie berührte das warme Tuch auf meinen Augen.

Ich horchte in mich hinein, um festzustellen, ob das Pochen hinter der Stirn aufgehört hatte. »Nein«, sagte ich schließlich.

Merete nahm auf der Kante meiner Koje Platz. »Ich möchte Ihnen keine Arzneien geben, wenn es sich vermeiden läßt.«

»Es sind nur Kopfschmerzen«, erwiderte ich. »Sie bringen mich bestimmt nicht um.« Ich zog das Tuch beiseite und blinzelte im trüben Licht der Vormann-Kabine, die nun mir gehörte. Ein kleines, spartanisches Quartier.

Komfort und Bequemlichkeit spielten an Bord von Konstruktionsschleppern nur eine untergeordnete Rolle, und selbst die Renovierungen hatten nichts gegen den Platzmangel ausrichten können. »Ich werde sie sofort los, wenn ich Gelegenheit bekomme, mit dem Captain zu sprechen. Wenn ich erfahre, was eigentlich vor sich geht.«

»Sie wissen überhaupt nichts?« fragte Merete und nahm ihren Worten einen Teil des Ernstes, indem sie das Wärmetuch in der Medo-Tasche verstaute.

»Ich weiß nur, daß Sarda in Schwierigkeiten ist.« Ich setzte mich auf und lehnte den Rücken an die kühle Metallwand. »Das hat bestimmt etwas damit zu tun. Kirk wollte verhindern, daß die Sicherheitsbeamten von meiner Anwesenheit an Bord des Schoners erfuhren. Vermutlich wußte er, wie ich auf die Nachricht reagieren würde, Sarda sei in irgendeine Art von Spionage verwickelt.« Ich zupfte an Meretes Ärmel, um ihre Aufmerksamkeit zu gewinnen. Als sie mich ansah, fügte ich hinzu: »Sind Sie absolut sicher, daß Mr. Spock nichts von einem sogenannten ›Postdienst‹ erwähnte?«

Aus Achtung vor mir nahm sich Merete Zeit, um über die Frage nachzudenken. Nach einer Weile schüttelte sie den Kopf. »Nein, er ging mit keinem Wort darauf ein. Er gab einige Anweisungen in bezug auf das Raumschiff und schickte mehrere Techniker und Ingenieure, die neue Anlagen installierten. Scanner und ich erfuhren erst vor einer Woche, daß der Schlepper für Sie bestimmt war. Ich dachte zunächst, ich sollte eventuelle Verletzungen der Crew behandeln. Der Befehl, einfach abzuwarten, blieb mir ein Rätsel. Dann teilte Mr. Spock Scanner mit, Sie seien unterwegs. Wir glaubten, Sie würden einen Transporter benutzen und nach wenigen Minuten eintreffen. Warum kamen Sie ausgerechnet mit einem Segelschiff?«

Gute Frage, Doktor, dachte ich. »Es ist Kirks Schiff. Er bot mir Landurlaub an, wenn ich mich bereit erklärte, an Bord des Schoners an der Jährlichen Internationalen Seeschlacht für Mastschiffe teilzunehmen. Kriegsspiele. Einige

Segelfans versuchen dabei, sich gegenseitig auszumanövrieren. Ich hielt das für primitiv und töricht, bis zwei Schiffe kenterten. Sie waren natürlich kleiner als die *Keeler*, aber auch wir liefen einige Male Gefahr, gerammt zu werden. Die Freizeitkapitäne nehmen den Wettkampf sehr ernst.« Ich starrte auf meine Knie und lauschte dem eigenen Herzschlag. »Und das gilt auch für Jim Kirk. Nur selten habe ich jemanden gesehen, der mit einer derartigen Entschlossenheit danach trachtete, den Sieg zu erringen. Er ist ein faszinierender Mann, Merete. Wenn ich in seiner Nähe bin, fühle ich Ehrfurcht und... Verwirrung. Ständig fordert er mich heraus, seine Gedanken zu erahnen. Dauernd plant er irgend etwas. Aber diesmal hat er sich verrechnet: Man hat ihn vom Schoner gebeamt, bevor er mir erklären konnte, worum es geht. Ich muß ihn finden«, betonte ich. »Ich muß mit ihm reden. Um herauszufinden, was ich unternehmen soll.«

Sicher spürte Merete den emotionalen Sturm in mir, aber sie ließ sich nichts anmerken, nickte langsam und vergewisserte sich, daß ich zuhörte. »Sie werden Gelegenheit bekommen, mit dem Captain zu sprechen. Bald sind wir über San Francisco. Vielleicht erfahren Sie dann, daß alles wesentlich unkomplizierter ist, als Sie glauben. Vielleicht handelt es sich nur um ein Mißverständnis. Vielleicht hat Kirk bereits alles in Ordnung gebracht, wenn es Ihnen gelingt, sich mit ihm in Verbindung zu setzen.«

»Das hoffe ich«, lautete meine Antwort. »Ich fürchte keine Auseinandersetzungen, aber ich verabscheue es, nicht Bescheid zu wissen.«

Ein seltsames Heulen unterbrach unser Gespräch, und es folgte mehrfaches Klicken. Aus irgendeinem Grund wußte ich, daß Scanner versuchte, die Fehler im neuen Kommunikationssystem zu beseitigen. Ich wollte gerade das Interkom neben der Koje einschalten, als eine besorgte Stimme aus dem Lautsprecher drang.

»Piper! Kommen Sie sofort hierher! Das Schiff leitet von ganz allein den Warptransfer ein!«

KAPITEL 4

»Machen Sie das Beste aus einer ungewissen Zukunft.«

TÖDLICHE SPIELE AUF GOTHOS

»Status!«

Die Polster seufzten, als ich im Kommandosessel Platz nahm und die flackernden Kontrollampen beobachtete.

Scanner zitterte ein wenig, aber er versuchte, darüber hinwegzutäuschen, indem er sich rasch zu den Anzeigen vorbeugte. »Das Schiff hat den Orbit verlassen, als wir den Anflugkorridor für die Westküste erreichten.«

»Eine Fehlfunktion?« fragte ich. Der Bildschirm zeigte Jupiter und seine Monde.

»Nein, ich glaube nicht. Die *Rex* scheint einen eigenen Willen entwickelt zu haben. Die Energiebank des Warptriebwerks wird geladen. Ich schätze, der Computer steckt dahinter. Allem Anschein nach steht uns eine längere Reise bevor. Vielleicht müssen wir das Mittagessen verschieben.«

Die Schalttafel unterschied sich nicht vom Rest des Schiffes. Sie stellte eine chaotische Mischung aus alten und neuen Instrumenten dar, ohne erkennbare Ordnung. Ich kam mir wie ein Prolet vor, als ich mich bemühte, einen Überblick zu gewinnen. »Unterbrechen Sie den Aktivierungsprozeß.«

»Ich hab's versucht«, erwiderte Scanner.

»Und?«

Er warf mir einen verzweifelten Blick zu. »Das System reagiert nicht.«

Ich schauderte unwillkürlich und drehte kurz den Kopf. Die beiden Ärzte saßen im Passagierbereich und warteten stumm. Merete rührte sich nicht von der Stelle. McCoy wirkte etwas entspannter, sah mich jedoch aus großen

Augen an. Die Verantwortung für ihr Leben lastete schwer auf meinen Schultern, und außerdem war mir bewußt, daß McCoy häufig beobachtet hatte, wie sich James Kirk in kritischen Situationen verhielt.

Nein, daran durfte ich jetzt nicht denken. Wenn ich mich mit dem Captain verglich, verschwendete ich nur Zeit und geistige Energie. Als ich wieder auf die Anzeigen starrte, stellte ich erschrocken fest, daß wir bereits weit über die Umlaufbahn Jupiters hinaus waren.

Blaue und graue Schatten huschten über Scanners Gesicht, während er einen Datenschirm im Auge behielt. »Das Warpmanöver steht unmittelbar bevor, Piper.«

»Dr. McCoy, Merete... Bitte schnallen Sie sich an.«

»Was ist los?« fragte McCoy. »Warum fliegen wir in den interstellaren Raum?«

»Sie waren die ganze Zeit über hier, Sir. Also wissen Sie ebensoviel wie wir. Scanner, hat der Computer volle Navigationskontrolle? Andernfalls könnte uns der Warptransfer auseinanderreißen.«

»Volle Computerkontrolle bestätigt. Wir haben keine Ahnung, was jetzt geschieht, aber die *Rex* weiß es genau.

Ich fluchte leise. »Berechnen Sie den Kurs. Ich möchte wenigstens erfahren, wohin wir unterwegs sind.«

»Wie denn?« erwiderte Scanner. »Dieses Schiff wäre durchaus imstande, mehrere Wochen oder Monate mit Überlichtgeschwindigkeit zu fliegen. Nur der Computer kennt unser Ziel.«

Wir wechselten einen stummen Blick, und ich begriff, daß er mir wirklich keine Erklärung anbieten konnte. Trotzdem erwachte die Rebellin in mir. »Ich frage ihn.« Meine Hände verharrten kurz über den Kontrollen, bis ich herausfand, welche Tasten es zu betätigen galt, um das Interesse des Elektronengehirns auf mich zu lenken. »Computerkontrolle, Kommando-Autorisierung.«

Das Terminal summte und klickte eine Zeitlang, als wisse es nicht, was es mit meinen Worten anfangen sollte. Dann ertönte eine klangvolle weibliche Stimme. »Bitte nennen Sie den Identifikationscode für Kommando-Autorisierung.«

Ich warf Scanner einen raschen Blick zu. Er blinzelte und deutete dann auf die Konsole. »Die alte *Rex* hält sich offenbar für eine zweite *Enterprise«*, sagte er verblüfft.

»Aber es bringt gewisse Vorteile mit sich, wenn der Computer weiß, daß er einer bestimmten Person gehorchen muß«, erwiderte ich.

Dr. McCoy lehnte sich so weit vor, wie es die Sicherheitsgurte erlaubten. »Hoffen wir nur, daß Sie die betreffende Person sind, Commander.«

»Automatischer Warptransfer«, sagte Scanner. Eine Sekunde später verwandelten sich die Sterne in bunte Streifen.

Hilflosigkeit gewann die Form eines langen Schweigens, und jeder von uns stellte sich eine stumme Frage: *Hält das Schiff die Belastung aus?*

»Warp zwei«, meldete Scanner. »Zwei Komma fünf. Warp drei. Geschwindigkeit konstant.« Er schüttelte den Kopf und seufzte. »Das wär's.«

Als das Prickeln auf meiner Haut nachließ, gab ich dem Computer meinen persönlichen Identifikationscode. Die Maschine reagierte augenblicklich. »Akzeptiert. Lieutenant Commander Piper, Starfleet-Offizierspatent Sternzeit 3988.1, Kommandostatus bestätigt. Vielen Dank.«

Ich holte tief Luft und sah Dr.McCoy an. »Ich lebe noch.« Er wirkte ein wenig benommen und schwieg auch weiterhin. Ich versuchte, klar zu denken und mich auf die elektronische Pseudointelligenz des Bordrechners einzustellen. »Computer.«

»Bereitschaft«, erwiderte die weibliche Stimme, und der fragende Tonfall forderte mich auf, mein Anliegen zu nennen.

»Schalte auf manuelle Navigation um.«

»Das ist nicht möglich.«

»Und der Grund dafür?«

»Das gegenwärtige Navigationsprogramm enthält eine

Anweisung, die Modifikationen des Programms verhindert, bis das Ziel erreicht ist.«

»Verdammt!«

»Zumindest wissen wir jetzt, daß es sich nicht um eine Fehlfunktion handelt«, sagte Merete. »Es gibt ein Ziel.«

Ich räusperte mich. »Computer, Zielangabe.«

Das Klicken wiederholte sich. »Tau Ceti-Quadrant, Ciatella-System, Planet Argelius.«

»Wie bitte?« entfuhr es McCoy.

»Das hat mir gerade noch gefehlt«, ächzte Scanner.

Ich lehnte mich zurück. »Argelius? Warum ausgerechnet Argelius? Der langweiligste Planet in der ganzen Föderation! Auf keiner anderen Welt in der bekannten Galaxis ist weniger los. Warum schickt er uns dorthin?«

Meine drei Reisegefährten musterten mich mit sprachloser Verwirrung. Schließlich brachten Merete und Scanner gleichzeitig hervor: »Wer?«

Ich senkte die Brauen und gab mich bedeutungsvoll. »Wer wohl?«

Die Antwort bestand aus mehrfachem Nicken. Der Weltraum war samtig und düster, als wir durch die Leere rasten. Das alte Schiff begann nun mit einer Mission, bei der weder Anker eingeholt noch Segel gesetzt werden mußten.

Zum erstenmal in ihrer Existenz erhielt die *Rex* Gelegenheit, richtig zu fliegen. Abgesehen von einigen leichten Erschütterungen, kam sie gut mit ihrem neuen Warptriebwerk zurecht. Es blieb warm auf der winzigen Brücke, und wir hatten es sogar einigermaßen bequem. Ich glaubte zu spüren, daß der ehemalige Konstruktionsschlepper Gefallen daran fand, wie ein wahres Raumschiff durch den interstellaren Kosmos zu rasen.

»Wann erreichen wir Argelius?« fragte ich.

»In zweiundneunzig Stunden.« Scanner starrte mit finsterer Miene auf die Anzeigen, als fühlte er sich von der *Rex* verraten. Ich konnte nichts tun, um die Situation zu verändern, und endlich rang ich mich dazu durch, nicht nur auf meine eigenen Empfindungen zu achten, sondern auch auf die eines Freundes.

»Es ist nicht Ihre Schuld, Scanner«, sagte ich sanft. »Sie tragen keine Verantwortung dafür.«

Er schüttelte den Kopf. »Ich würde wirklich gern wissen, was das alles zu bedeuten hat. Verdammt, ich habe bei der Installation mitgeholfen! Das Navigationssystem war nicht programmiert. Ich bin ganz sicher.«

Ich ließ die Schultern hängen. »Sie sind sauer darauf, von Mr. Spock überlistet worden zu sein. Und ich bin sauer, weil Captain Kirk mich in diese Sache verwickelt hat. Ich wußte, daß er irgend etwas beabsichtigte, aber ich fand nicht den Mut, ihn danach zu fragen — bis es zu spät war. Wenn jemand Schuld hat, so bin ich es.«

»Sie?«

Ich verzog die Lippen zu einem schiefen Lächeln. »Ein Kommandoprivileg.«

»Blödsinn.«

Ich zuckte mit den Achseln. »Man hämmert es uns Kommandokandidaten immer wieder ein. Wer den Befehl führt, darf nicht damit rechnen, nur immer Ruhm zu ernten. Es bedeutet in erster Linie, Verantwortung zu tragen.«

Scanner seufzte, erhob sich und warf einen traurigen Blick aufs Computerterminal. »Ich horche ein bißchen an der Matratze. Uns sind ohnehin die Hände gebunden. Arme *Rex* — ihre erste Mission, und wir haben überhaupt keine Möglichkeit, Einfluß auf den Kurs zu nehmen.«

Mein erstes Kommando. Davon hatte ich geträumt, seit man mir an der Starfleet-Akademie anbot, die Ausbildung als Kommandokandidat fortzusetzen — eine einzigartige Ehre, die jährlich nur wenigen Absolventen zuteil wurde. Die Chance betraf nicht nur einen hohen Rang, sondern auch den Befehl über ein Starfleet-Raumschiff. Dann folgte das Durcheinander im Zusammenhang von Rittenhouses Verschwörung, sich überstürzende Ereignisse, die dazu führten, daß man mich mit der Tapferkeitsmedaille auszeichnete. Ich wußte, was es bedeutete, ganz plötzlich mit dem Unerwarteten konfrontiert zu werden. Wieviel Zeit war inzwischen vergangen? Wie lange hatte ich zur Besatzung der *Enterprise* gehört? Für einige Wochen, die mir wie Jahre erschienen. Ich sträubte mich gegen dieses Gefühl.

Nachdenklich sah ich mich im kleinen Kontrollraum der *Bananenrepublik* um. Ich war jetzt allein. Merete hatte sich in ihre Kabine zurückgezogen, McCoy in eine andere, die er mit Scanner teilte. Der Computer und die übrigen Instrumente summten leise und glücklich vor sich hin — sie wußten genau, worum es ging, im Gegensatz zu uns. Zweiundneunzig Stunden. Fast vier Tage, bevor ich mit Antworten rechnen durfte. Vier Tage des untätigen Wartens.

Das entsprach nicht unbedingt meinen Träumen von einem eigenen Kommando.

Stunden verstrichen, und jede einzelne verspottete mich. Bis ich schließlich genug hatte. Bis mein Geduldsfaden riß.

Scanner zuckte heftig zusammen, als ich ihn weckte. »W-was? Alarmstufe Rot? Ein Schwarzes Loch, das uns zu verschlingen droht?«

»Stehen Sie auf«, drängte ich. »An die Arbeit.«

Er strich sich übers Haar und murmelte. »Sind wir schon am Ziel?«

»Nein«, erwiderte ich und sprach laut, um den Nebel von Scanners Benommenheit zu durchdringen.

Auf einer der anderen Kojen, die in einem ehemaligen Lagerraum standen, bewegte sich jemand. McCoy hob den Kopf. »Ist was passiert?«

Ich nickte. »Ja, Sir. Mein Vorrat an Geduld hat sich gerade erschöpft.«

Scanner schüttelte sich, stand auf und taumelte. »Ich hoffe, Sie haben einen guten Grund dafür, mich einfach so aus dem Schlaf zu reißen.«

»Allerdings. Ich bin fest entschlossen, das Navigationsprogramm irgendwie lahmzulegen, um die Kontrolle über das Schiff zu bekommen.«

Diese Bemerkung brachte Scanner endgültig in die Wirklichkeit zurück. »Sie wollen was? Sind Sie übergeschnappt? Das Programm stammt von Spock. Und er hat den Computer auf Kirks Befehl hin programmiert.«

Ich straffte die Schulter und versuchte trotz der niedrigen Decke, kerzengerade zu stehen. »Beginnen Sie trotzdem damit, es zu neutralisieren«, sagte ich fest. »Captain Kirk mag die Anweisung gegeben haben, aber dies ist *mein* Schiff.«

Ich drehte mich um, eilte aus dem Raum und achtete nicht auf das Erstaunen in den Zügen der beiden Männer. Eigentlich sollte es gar kein dramatischer Abgang sein. Ich wollte nur so schnell wie möglich fort, falls McCoy und Scanner zu lachen begannen.

Sie folgten mir zur Brücke. Als wir an Meretes Kabine vorbeikamen, schien sie zu ahnen, daß etwas vor sich ging. Hastig verließ sie ihr Quartier und schloß sich uns an. Ich war dankbar dafür, nicht allein zu sein. Die Anwesenheit meiner ›Besatzung‹ zwang mich, in der trotzigen Stimmung zu bleiben, ohne ihren Sinn in Frage zu stellen. Angenommen, es ergaben sich Schwierigkeiten. Angenommen, wir wurden angegriffen. Angenommen, es kam zu irgendeinem bedrohlichen Defekt an Bord. Sollte ich dann einfach mit den Schultern zucken und darauf hinweisen, es sei Kirks Problem?

Meine Gedanken kehrten immer wieder zum Captain zurück, und ich fühlte mich innerlich hin und her gerissen zwischen Vertrauen und Rebellion, Gehorsam und Auflehnung. Natürlich respektierte ich ihn, aber konnte ich *mir selbst* mit Respekt begegnen, wenn ich jetzt einfach die Hände in den Schoß legte und das akzeptierte, was er ohne eine Erklärung für mich entschieden hatte? Nun, vielleicht wäre ich tatsächlich dazu in der Lage gewesen, doch es gab noch etwas anderes, das in mir nagte und mich nicht zur Ruhe kommen ließ.

Sarda.

Lieutenant Sarda, Empfänger des Silbernen Palmzweiges mit Stern für ›Hervorragendes Heldentum‹. Ein junger vulkanischer Techniker, Wissenschaftler und Waffenspezialist. Ein Pionier auf dem Gebiet der Waffenentwicklung, was ihn oft in Verlegenheit brachte. Ein Klassenkamerad während meines Studiums an der Starfleet-Akademie. Die einzige Person, die mir im Verlauf der Schlachtschiff-Affäre vor einigen Wochen unerschütterliche Unterstützung gewährt hatte. *Vor einigen Wochen,* wiederholte ich in Gedanken. *Es sind nur einige Wochen vergangen.*

Wie stand es nun um ihn? Vergrößerte der Computer dieses Schiffes die Entfernung zwischen uns? Hinderte er mich daran, Sarda zu helfen? Ich mußte unbedingt die Wahrheit herausfinden, und an Bord der *Bananenrepublik,* die fremden Navigationsbefehlen gehorchte, gab es keine Möglichkeit dazu. Mein vulkanischer Freund hatte irgendwie den Pfad verlassen, der ihn zur Kultur Vulkans zurückführte; er beschritt jetzt einen neuen Weg, gepflastert mit Argwohn und Mißtrauen. *Diebstahl einer besonderen Technologie;* ich erinnerte mich an die Worte des Sicherheitsbeamten. Was für eine Technik war damit gemeint? Nach der Zerstörung des Schlachtschiffs mit dem von ihm erfundenen Projektionssystem hatte Sarda an keinen mir bekannten Neutentwicklungen gearbeitet. Jene Ereignisse kamen gerade für ihn einem profunden Schock gleich. Armer Sarda. Er versuchte ständig, mit seinem speziellen Talent für Waffen neue Verteidigungsapparaturen zu schaffen, aber Starfleet Command bestand darauf, das Ergebnis seiner Bemühungen auch zu offensiven Zwecken zu nutzen, falls es notwendig werden sollte. Sarda bekam immer wieder Auszeichnungen und Belobigungen, die ihn vor der vulkanischen Kultur beschämten. Bisher hatte man keine seiner Erfindungen bei einer Aggression verwendet — sah man einmal von Vizeadmiral Rittenhouse ab. Aber Rittenhouse war tot, und mit ihm starb sein Traum von einem galaktischen Krieg, der alle Völker unter einer Herrschaft vereinen sollte.

Was ist geschehen? dachte ich. *Was hat sich seit der Segeltour mit dem kühnen James T. Kirk verändert?*

Ich zwang meine Konzentration zum unmittelbaren Problem zurück und deutete mit dem Zeigefinger aufs Computerterminal. »Ich möchte wissen, wie das Ding mit dem Navigationssystem verbunden ist. Ich möchte, daß jeder einzelne Schaltkreis kontrolliert wird, bis wir einen Weg finden, das Programm zu unterbrechen. Beginnen Sie damit, alles zu überprüfen. Ich kümmere mich um die mechanischen Komponenten. Ich möchte das uneingeschränkte Kommando über dieses Schiff. Wie wir es anstellen, ist mir völlig gleich.«

Scanner starrte mich groß an und stemmte die Hände in die Hüften. »Es scheint Herbst in Piperland zu sein — die Blätter fallen von Ihrem Baum.«

Ich bedachte ihn mit einem eisigen Blick. »Es ist mein Ernst, Scanner. Ich lasse mich nicht als Schachfigur hin und her schieben, nicht einmal von Kirk.«

Dr. McCoy hielt mich am Arm fest, als ich zum Maschinenraum ging. »Haben Sie sich das gut überlegt? Das Computerprogramm könnte nicht nur mit der Navigation verbunden sein, sondern auch mit dem Lebenserhaltungssystem und anderen wichtigen Anlagen.«

»Es wird sich bald herausstellen«, erwiderte ich.

»Jim hat sich bestimmt etwas dabei gedacht, als er Spock anwies, den Computer zu programmieren ...«

»Trotzdem. Ich bin nicht bereit, ohne jede Erklärung Einschränkungen meines Kommandos hinzunehmen. Ich will dieses Raumschiff unter meine Kontrolle bringen.«

Scanner griff nach meinem Sessel und schüttelte ihn. »Begreifen Sie denn nicht, Piper?« jammerte er. »Sie funken James T. Kirk dazwischen!«

Die letzten Zweifel in Hinsicht auf meine Entscheidung verflüchtigten sich, als ich Scanners Ärger bemerkte und zu dem Schluß gelangte, daß mir auch die Kontrolle über meine Besatzung fehlte. Für Sandage und Merete war ich nur eine Kollegin, die ebenfalls an der Starfleet-Akademie studiert hatte. Dr. McCoy hielt mich vermutlich für einen talentierten Emporkömmling. Die Hindernisse vor mir wuchsen, als ich sie wahrzunehmen begann. Kontrolle über das Schiff; der Respekt meiner Crew. Ich fühlte ein imaginäres Gewicht auf den Schultern. »Da haben Sie völlig recht«, sagte ich kühl. »Und Kirk würde so etwas nie zulassen.«

McCoys Gesichtsausdruck wies darauf hin, daß ich eine eherne Wahrheit ausgesprochen hatte. Ich verbuchte den Sieg und floh zum Maschinenraum.

Während der nächsten vierzig Stunden trieb ich die anderen und mich selbst bis an die Grenze der physischen und psychischen Belastbarkeit. Ich stellte Forderungen, die ihre Geduld auf eine ebenso harte Probe stellten wie meine. McCoy entschied sich für den Dienst in der Kombüse und sorgte dafür, daß wir ab und zu Mahlzeiten bekamen, wenn auch keine besonders schmackhaften. Wenigstens brauchten wir nicht zu verhungern — obwohl Scanner fürchtete, daß uns Brokkoli mit Erdnußbutter früher oder später umbrachten. Im Laufe der Zeit stellten wir fest, wie das Computersystem funktionierte und auf welche Weise es mit dem Warptriebwerk verbunden war. Außerdem fanden wir heraus, aus welchen Schaltkreisen, Kabeln, elektronischen Modulen und Multi-Prozessoren der Navigationskomplex bestand. Ab und zu gab ich meinen Helfern Gelegenheit, ein wenig zu schlafen, aber nur dann, wenn Dr. McCoy als Medo-Offizier darauf bestand. Manchmal brachte er seine medizinische Autorität auch mir gegenüber zur Geltung, und dann zog ich mich für ein kleines Nickerchen zurück — um vom nächsten Schaltbereich zu träumen, den ich mir vornehmen wollte. Ich weigerte mich hartnäckig, das Offensichtliche zu akzeptieren: Es war unmöglich, das Programm außer Kraft zu setzen. Je deutlicher diese Erkenntnis in mir heranreifte, desto größer wurde meine Entschlossenheit, irgendwo einen Fehler zu finden, eine Hintertür, die es mir erlaubte, auch den Kurs des Schiffes zu kontrollieren.

Am dritten Tag litten wir alle unter den Auswirkungen der ständigen Anspannung. Das galt insbesondere für Scanner, da der größte Druck auf ihm lastete und er immer wieder zur Zielscheibe meines Zorns wurde. Ich war keine technische Spezialistin, aber ich kam trotzdem mit Maschinen zurecht — vielleicht deshalb, weil ich sie ebensowenig verstand wie sie mich. Tief in meinem Innern wußte ich, daß sie die Bezeichnung ›dumm‹ verdienten, auch wenn sie manchmal beeindruckend intelligent erschienen. Es *mußte* möglich sein, sich in ein Programm einzuschleichen, den Code zu knacken, die Sicherheitsschranken zu umgehen und dem Computer ein Schnippchen zu schlagen. Wenn so etwas besondere Maßnahmen erforderte, so würde ich nicht zögern, sie zu ergreifen. Ich lehnte es hartnäckig ab, in dieser Beziehung eine Niederlage hinzunehmen.

»Verdammt, Sie treiben mich noch in den Wahnsinn!« explodierte Scanner schließlich, als wir beide auf dem Rücken lagen, unter der demontierten Schalttafel im Kontrollraum. Er kroch zur Seite, stand auf und holte tief Luft. Die Wut in ihm verlangte nach einem Ventil. Sein Gesicht war blaß und eingefallen; dunkle Ringe zeigten sich unter den Augen. Hinter ihm rang Merete mit einem Instrument, das ich auseinandergenommen hatte. Sie sah auf und hörte zu, gab jedoch keinen Ton von sich, als Scanner begann: »Wir haben alles versucht: logische Überlagerung, negative Auslese, Systemverwirrung, Datenschwund, Überbrükkung der einzelnen Speicherelemente und so weiter. Fehlanzeige. Himmel, das Programm stammt von Spock! Wie können Sie glauben, daß ihm ein Fehler unterlief?«

Ich erhob mich ebenfalls und klopfte mehrere Jahre alten Staub von den Beinen meines Overalls. »Selbst Spock würde nie ein völlig sicheres System schaffen, Scanner. Er hat sich bestimmt die Möglichkeit gelassen, es außer Kraft zu setzen.«

»*Er* mag dazu in der Lage sein. *Wir* nicht!«

»Unsinn. Es gibt einen Weg, um das Programm zu neutralisieren, und wir werden ihn finden.«

Ich trat an Scanner vorbei. Er griff nach meinem Arm und zog so heftig, daß ich zu ihm herumschwang. Wir waren beide überrascht: ich über das Ausmaß seines Ärgers, und er über meine Sturheit. Wir standen uns dicht gegenüber; nur dreißig oder vierzig Zentimeter trennten uns voneinander.

»Hören Sie«, sagte Scanner heiser, »ich weiß, daß Sie Lieutenant-Commander-Streifen an Ihrem Ärmel tragen. Ich weiß auch, daß Sie der jüngste Flottenoffizier sind, der mit der Tapferkeitsmedaille ausgezeichnet wurde. Wenn Sie mir die Socken ausziehen und mich an den Füßen kitzeln, würde ich sogar zugeben, daß Sie das Ding verdient haben. Aber ein dickes Ding wiegt nicht acht oder zehn Jahre Erfahrung auf. Wenn man an der Oberfläche kratzt, sind Sie genauso wie Sarda, ich oder sonst jemand, nicht mehr. Wir brauchen Hilfe, um mit dieser Sache fertig zu werden! Sie können hier nicht einfach hereinspazieren und befehlen, einen Code zu knacken, den Spock programmiert hat! Das ist un-mög-lich!«

Scanners Worte schabten an meinen Nervenbahnen entlang. Ihre Wahrheit, der Funken in ihnen, entzündete das brennende Bedürfnis, jene Grenzen festzulegen, die man für mich bestimmt hatte. Hinzu kam der heiße Wunsch, Kirks Erwartungen gerecht zu werden. Das war noch wichtiger als die demütigende verbale Abreibung durch einen Untergebenen. Ein ganz besonderer Zorn quoll in mir empor, und ich versuchte nicht einmal, ihn zu unterdrücken.

»Hören Sie mir gut zu, Mister.« Ich trat noch etwas näher an Scanner heran, und meine eigene Stimme klang mir fremd. »Sie dürfen mir den Status melden. Sie dürfen mir mitteilen, was geschieht und was nicht. Sie dürfen mir auch berichten, was in der Vergangenheit passierte. Sie haben sogar die Erlaubnis, mich zu verfluchen. Aber Ihnen steht keineswegs zu, mir zu sagen, wozu ich Ihrer Meinung nach in der Lage bin und wozu nicht.«

Die Bemerkungen brodelten zwischen uns. Ich hatte nur

geflüstert — das Zischen eines Dämons, der bisher in mir geschlafen hatte.

Scanner starrte mich an. Offenbar verblüffter ihn meine Worte noch mehr als mich selbst. Zum erstenmal machte ich von meinem Rang Gebrauch.

Er blinzelte langsam und senkte den Blick. Wir verstanden nun beide, daß wir Distanz zwischen uns benötigten, und ich fühlte die Einsamkeit des Kommandos.

Ich wartete nicht darauf, daß sich die Spannung zwischen mir und Scanner weiter verdichtete, drehte mich um und verließ die Brücke. Merete stand im schmalen Korridor. Ich sah ihren toleranten Gesichtsausdruck, hörte ihre sanfte Stimme. »Er hat recht, und das wissen Sie.«

Daraufhin kehrte der Dämon zurück, und ich schob das Kinn vor. Der falsche Zeitpunkt, die falsche Laune.

»Ich habe den Befehl über dieses Schiff, Doktor«, lautete meine scharfe Antwort. »Ich sage Ihnen, wann er recht hat.«

Die Einsamkeit folgte mir, als ich durch die *Bananenrepublik* wanderte und nach Frieden suchte. Mein Tonfall gefiel mir nicht. Ich überlegte, ob sich Captain Kirk jemals in einer solchen Situation befunden hatte: er auf der einen Seite, und auf der anderen jene Personen, die er schützen wollte. Was empfand er dabei? Wie gelang es ihm, seinen guten Freunden — Spock, McCoy, Scott — Befehle zu erteilen, sie herumzukommandieren, wenn das erforderlich wurde? Vielleicht gab es überhaupt keine Unterschiede. Vielleicht mußte die Freundschaft ganz und gar geopfert werden. Wagte ich es, daran zu glauben? Es schien der leichteste Weg zu sein, aber er führte auch zu Trostlosigkeit.

Dutzende von demontierten Schaltkreisen des Steuerungsmechanismus lagen um mich herum, als ich in eine Wartungsnische kroch und meine Unsicherheit verdrängte, indem ich die Stromspannung an einigen Anschlüssen maß. Nach einer Weile spürte ich eine zweite Präsenz. Es regte sich keine Schuld in mir, also konnte es nicht Scanner sein. Und Merete kam ebenfalls nicht in Frage – es fehlte die Aura des ruhigen Mitleids.

»Fühlen Sie sich jetzt besser?« fragte jemand.

»Ich weiß es nicht«, erwiderte ich ehrlich.

Schritte näherten sich, und Dr. McCoy nahm neben mir Platz. Ich setzte die Arbeit fort, und einige elektronische Module knisterten erschöpft.

»Wollen Sie darauf hinweisen, daß ich mich irrational verhalten habe?« kam es von meinen Lippen.

Der Arzt zuckte mit den Achseln und wölbte eine Braue. »Irrational? Nein, noch nicht. Allerdings zeigen Sie eine gewisse ... Besessenheit.«

»Und Besessenheit ist nicht irrational, Sir?«

»Das kommt darauf an, wer diese Neigung entwickelt«, entgegnete McCoy wie beiläufig. »Halten *Sie* sich für irrational?«

Es klang wie eine Frage, aber ich argwöhnte eine Feststellung. Langsam ließ ich das Meßinstrument sinken, drehte den Kopf und sah den Arzt an. »Trotz ist vollkommen rational«, sagte ich und hoffte, daß es vernünftig und einleuchtend klang.

McCoy hob beide Brauen. »Interessant«, murmelte er. »Das höre ich jetzt zum erstenmal.« Er musterte mich einige Sekunden lang. »Sind Sie ganz sicher, daß Sie das Navigationsprogramm neutralisieren wollen? Es entstand auf Jims Anweisung hin.«

Ich konzentrierte mich wieder auf die Arbeit. Ein Ablenkungsmanöver. »Ja.«

»Wir erreichen Argelius in achtundzwanzig Stunden«, sagte McCoy. »Vielleicht finden Sie dort alle Antworten, die Sie suchen.«

»Vielleicht auch nicht.« Ich wußte, daß ich schnodderig klang. »Sir, Sie kennen Captain Kirk. In seinem eigenen Schiff hätte er so etwas bestimmt nicht zugelassen. Ich glaube, das erwartet er auch von mir.«

Dr. McCoy sah mich ruhig an. »Sie quälen sich selbst, indem Sie dauernd Vergleiche mit ihm anstellen.«

Meine Hände schwitzten in der schmalen Nische, und elektrische Entladungen hatten mehrere kleine Verbrennungen an ihnen hinterlassen. Ich zog sie zurück und begriff, daß ich mir etwas vormachte: Es gab keine mechanische Möglichkeit, das Programm außer Kraft zu setzen. Ich kroch in den Raum zurück und lehnte mich ans Schott.

»Ich stelle Vergleiche mit mir selbst an«, sagte ich.

McCoy schürzte die Lippen und ließ das Thema fallen. Ich spürte, daß er nachdachte und meinen geistigen Zustand mit den Werkzeugen seiner langjährigen Erfahrung analysierte. Eigentlich begrüßte ich die Gelegenheit, mit ihm zu sprechen, meine Gefühle zu sortieren und ihn sogar um Rat zu fragen. Aber dazu blieb nicht genug Zeit.

»Sir, Sie kennen auch Commander Spock. Wie würde er dafür sorgen, daß ein Programm nur von ihm selbst modifiziert werden kann?«

McCoy breitete die Arme aus. »Das fragen Sie mich? Himmel, ich weiß nicht einmal, wie er den Computer dazu bringt, mit ihm Schach zu spielen. Er geht natürlich rein logisch vor und eliminiert jeden denkbaren Fehler. Vermutlich ließe er sich vom Elektronengehirn dabei helfen. Doppelte Absicherung.«

»Es muß möglich sein, trotzdem Einfluß auf das Navigationssystem zu nehmen«, beharrte ich. »Es ist nur eine Frage der ...« — ich suchte nach dem richtigen Wort —, »... Wahrscheinlichkeit.«

McCoy runzelte die Stirn und hob den Zeigefinger. »Oh. Sie meinen: Wenn man unendlich viele Schimpansen an unendliche viele Schreibmaschinen setzt ...«

»So wird irgendwann einer von ihnen zu einem Shakespeare.« Ich lächelte, und ein Teil der Anspannung löste sich auf.

»Aber Sie überschätzen Ihre Möglichkeiten, Piper«, sagte der Arzt. »Niemand von uns ist imstande, es mit einem so fähigen Computerexperten wie Spock aufzunehmen. Soweit ich das feststellen kann, haben Sie bereits alles versucht, um das Programm lahmzulegen. Ihnen bleibt gar nichts anderes übrig, als das Handtuch zu werfen.«

Wir saßen auf dem Boden, an zwei verschiedene Schotten gelehnt. Dr. McCoys Gelassenheit und sein emotionales Verständnis für meine Situation öffneten mir eine Tür. An diesem stillen, abgeschiedenen Ort fand ich wieder zu mir selbst; erst jetzt wurde ich mir im vollen Ausmaß meiner Ziele und Absichten bewußt, obwohl sie mir auch zuvor völlig klar erschienen waren. Ich gewann ein wenig Abstand, und darin lag vielleicht meine Rettung.

»Das Handtuch werfen«, murmelte ich und seufzte. Kapitulierte ich? Ja, vielleicht.

McCoy hatte ebenfalls nachgedacht und sah nun auf. »Wie? Oh. Ja. Es deutet alles darauf hin, daß wir uns mit der gegenwärtigen Situation abfinden müssen.«

Ich starrte in die Wartungsnische. Die Schaltkreise starrten spöttisch zurück.

Scanner spähte vorsichtig durch den Zugang, und sein hohlwangiges Gesicht wirkte völlig unschuldig. »Bitte um Erlaubnis, die Kammer betreten zu dürfen.«

Ich kniff die Augen zusammen, doch dann entspannte ich mich. »Erlaubnis erteilt.«

Er hockte sich neben McCoy, ließ den Kopf hängen und mied meinen Blick. »Ich bin auf die Idee gekommen, einige Spiralkreise dort miteinander zu verbinden, wo sie in den Computer führen, aber ich wollte Sie um Genehmigung bitten, bevor ich das Schiff in die Luft jage.«

Ich überlegte und verstand, wie sehr ich Scanner zugesetzt hatte, um meinen eigenen Ehrgeiz zu befriedigen. Er schien es völlig ernst zu meinen. Und das bedeutete, er war verzweifelt. Ich schauderte. Die Verbindung von Spiralkreisen. Brrr.

»Setzen Sie sich, Scanner«, sagte ich. »Gönnen Sie sich eine Pause. Ob Sie's glauben oder nicht: Mir liegt nichts daran, Sie ›in den Wahnsinn‹ zu treiben.«

Er streckte die Beine, lehnte sich an die Wand und winkte. »Schon gut. Ich hab' mich selbst zum Narren gemacht.«

McCoy verlagerte sein Gewicht. »Ich glaube, wir könnten jetzt alle Ruhe gebrauchen.« Er zögerte und musterte mich ernst. »Vorausgesetzt natürlich, wir finden uns damit ab, nach Argelius unterwegs zu sein.«

Ich legte mir einige Worte zurecht, die ziemlich übel schmeckten, doch ich verdrängte meinen Stolz lange genug, um sie auszusprechen — immerhin war ich für die anderen Personen an Bord verantwortlich. Ich konnte meine Entscheidungen nicht mit Verweiflung rechtfertigen: Es ging nicht darum, Leben zu retten; es stand auch nicht der Erfolg einer Mission auf dem Spiel. Das Motiv hieß ›verdammte Sturheit‹, wie sich Scanner ausgedrückt hatte. Mir fehlte eine ehrenhafte Entschuldigung für mein Verhalten, und deshalb mußte ich in den sauren Apfel beißen — wobei ich einmal mehr versuchte, mir ein Beispiel an Kirk zu nehmen. »Wir haben uns alle Mühe gegeben und jede erdenkliche Möglichkeit genutzt, um das Programm zu neutralisieren. Selbst der Captain kann nicht mehr von uns verlangen.«

Scanner rieb sich die Augen. »Auf der Liste unserer Optionen stehen nur noch magische Beschwörungen.«

Mein Nacken schmerzte, als ich müde nickte. Ich stützte die Hände auf die Knie, blickte ins Leere, vorbei an dem Meßgerät, mit dem ich bis eben gearbeitet hatte. Magische Beschwörungen. Hm.

»Alle *normalen* Möglichkeiten...« murmelte ich.

Etwas bewegte sich vor mir. McCoy und Scanner sahen sich an und richteten ihre Aufmerksamkeit dann wieder auf mich.

»Oh-oh«, stöhnte Scanner. »Das Lächeln gefällt mir überhaupt nicht.«

Vielleicht lächelte ich tatsächlich — ich wußte es nicht genau. Die Haut an meinen Wangen fühlte sich plötzlich straffer an, aber ich achtete nicht darauf. Vor dem inneren Auge sah ich ein Segelschiff, das in den Wind drehte und auf einen neuen Kurs ging, der es am Bug der feindlichen Ketsch *unmöglich* vorbeiführte. Ich erzitterte.

»Wir haben die Sache völlig falsch angefaßt«, sagte ich.

Scanner krümmte sich zusammen. »Ich wußte es«, ächzte er. »Ich *wußte*, daß sie so etwas sagen würde...«

»Kommen Sie!« Ich stand auf und ging zur Brücke zurück, war mir dabei kaum meiner Bewegungen bewußt. Die Bürde der Erschöpfung wich von meinen Schultern, McCoy und Scanner folgten mir, wahrscheinlich nur aus Neugier. Merete konnte selbst eine Supernova verschlafen, aber die knisternde Aufregung weckte sie. Mit einem zögernden Schritt verließ sie ihre Kabine, blinzelte benommen und schloß sich uns an. Ein Blick in unsere Gesichter genügte ihr, um festzustellen, daß sich etwas anbahnte. Kurz darauf erreichten wir die Brücke und sahen dort ein Trümmerfeld aus mechanischen Komponenten – Scanners zweiter Versuch, die Anweisungen des Computerprogramms durchs zentrale Steuerungssystem zu verfolgen. Ich nahm im Kommandosessel Platz.

»Wir sind falsch laviert«, sagte ich.

Scanner schüttelte den Kopf, und einige Strähnen fielen ihm tief in die gerunzelte Stirn. »Laviert?« wiederholte er.

McCoy und Merete kamen näher, als ich erklärte: »Unsere Bemühungen galten einzig und allein dem Programm. Statt dessen hätten wir daran denken sollen, von wem es stammt.«

Scanner lächelte schief. »Von Spock.«

»Ja. Ein durch und durch rationales Programm. Ohne eine rationale Möglichkeit, es zu verändern.«

»Worauf wollen Sie hinaus?« fragte McCoy.

»Ich zwinge den Apparat, irrational zu werden.«

»Ausgeschlossen«, erwiderte Scanner. »Ein Computer hat gar keine andere Wahl, als logisch zu sein.«

»Es handelt sich um eine Maschine, Scanner. Maschinen sind ausgezeichnete Werkzeuge, aber dumm. Wissen Sie, warum man Computer nicht mit Beinen ausstattet? Weil Sie von einer hohen Klippe springen würden, wenn man sie dazu auffordert.«

Der verwirrte Scanner ließ sich auf den nächsten Sitz

sinken. »Na schön«, brummte er. »Aber nur eine Maschine weiß, was in ihr vor sich geht.«

»Ganz meine Meinung.« Ich beugte mich vor und aktivierte das Terminal. »Computer, identifiziere meine Stimme.«

»Lieutenant Commander Piper, Starfleet-Identifikation.«

Es summte leise. »Lieutenant Commander Piper, Kommandostatus-Autorisierung Sternzeit 3374.4.«

»Bestätige meine persönliche Autorität, Kommandopriorität Klasse A-1 anzuordnen.«

Diesmal dauerte das Summen etwas länger. Dann: »Bestätigt.«

»Gut«, murmelte ich. »Computer, ich ordne hiermit Kommandopriorität Klasse A-1 an.«

»Anweisung entgegengenommen. Prioritätsmodus. Bitte fahren Sie fort.«

»Frage: Läßt sich das gegenwärtig aktive Navigationsprogramm neutralisieren?«

»Negativ.«

Diese Antwort überraschte mich nicht. Ich überlegte rasch. »Gibt es eine Möglichkeit, das gegenwärtig aktive Navigationsprogramm zu umgehen und / oder durch ein anderes zu ersetzen?«

»Bitte haben Sie etwas Geduld.« Klicken. Summen. Surren. »Bestätigung.«

»Wie?«

»Gemäß der Starfleet-Vorschriften für Not-Kommando, Sektion Z-12, Subparagraph B. Der autorisierte Kommandant muß dazu die Notfall-Computeraktivierung befehlen.«

Ich holte tief Luft. »Computer, hier spricht Lieutenant Commander Piper. Als Kommandant dieses Schiffes befehle ich die Notfall-Computeraktivierung aufgrund der genannten Vorschriften.«

»Bestätigung.«

»Ersetze das gegenwärtig aktive Navigationsprogramm durch ein anderes«, sagte ich nervös und formulierte jedes einzelne Wort mit besonderer Sorgfalt. »Schalte auf manuelle Kontrolle um.«

»Eine unverzügliche Ausführung dieser Anweisungen ist nicht möglich. Zuerst muß eine Analyse aller betroffenen Schaltkomponenten stattfinden.« Woraufhin ein eifriges Summen begann.

Scanners Mund stand weit offen. »Ist das zu fassen?« brachte er hervor.

Der Computer brauchte nur vier Minuten, um einen Weg zu finden, die eigene Programmierung zu umgehen. Niemand von uns wagte es, einen Ton von sich zu geben. Dann ertönte wieder die weiblich klingende Sprachprozessorstimme und gab uns die erhofften Hinweise.

»Die Verbindungen des Navigationssystems in der Speichereinheit CKC müssen neu geschaltet werden: Sektionen 72R bis 197X, durch den separaten Dexter-Nelson-Dateicluster. Bei der neuen Datenzuordnung wird folgendes Indexmuster empfohlen...« Auf dem Monitor erschienen lange Zahlenkolonnen. Scanner zögerte nicht und gab sie wortlos ein. Seine Nervosität ließ vermuten, daß er überhaupt nicht verstand, welche Veränderungen er bewirkte.

»Was passiert jetzt?« fragte Merete leise. Sie schien zu fürchten, die Konzentration des Computers zu stören, wenn sie zu laut sprach.

»Das Ding teilt uns mit, wie wir manuelle Kontrolle bekommen können«, erwiderte ich schlicht.

McCoy trat an die Konsole heran und zeigte einen seltsamen Enthusiasmus, der mir rätselhaft blieb. »Es gelingt Ihnen tatsächlich, Spocks Programm zu überlisten?«

»In gewisser Weise«, antwortete ich. »Es kann nicht lahmgelegt oder irgendwie außer Kraft gesetzt werden. Er wußte, daß wir so etwas versuchen würden, und hat seinen Code entsprechend geschützt.«

»Dann verstehe ich nicht, was...«

»Eine Neutralisierung ist unmöglich. Aber das Programm kann *ersetzt* werden.«

McCoy sah mich verwirrt an. »Das klingt wie Wortklauberei.«

»Mag sein, aber für die *Bananenrepublik* spielt das keine Rolle. Das Schiff ist nicht in der Lage, den Unterschied festzustellen; es gehorcht den Anweisungen, die es bekommt. Der Computer hat keinen Grund, uns *nicht* bei der Neuprogrammierung zu helfen, und deshalb geht er auf unser Anliegen ein. Wie ich schon sagte: Maschinen sind dumm!« Ich freute mich so sehr, daß ich wie ein kleines Mädchen kicherte, aber ich war viel zu froh, um darauf mit Verlegenheit zu reagieren.

»Das wär's.« Scanner lehnte sich zurück. Kleine Schweißperlen glänzten auf seiner Oberlippe. »Jetzt warten wir ab.«

Wir setzten uns. In der Computerkonsole summte und klickte es inzwischen so laut, daß ich jeden Augenblick mit ihrem Auseinanderplatzen rechnete. Kontrollampen glühten und flackerten, tanzten einen optischen Reigen. Die Zahlenkolonnen rasten so schnell über den Monitor, daß ihnen kein menschliches Auge folgen konnte. Gittermuster und Diagramme erschienen, während die einzelnen Bestandteile des elektronischen Systems miteinander kommunizierten.

Buntes Licht huschte über Gesichter, die das Wunder der menschlichen Macht erneuert hatten. Man erfinde eine Maschine, plane und baue sie, lasse sich von ihr zu fernen Welten bringen — und sei trotzdem schlauer als sie. Eine Partnerschaft. Eine Symbiose. Wir vertrauten unser Leben einer Maschine an, und ihre Existenz hing wiederum von uns ab.

Der helle, schimmernde Glanz trübte sich, und das Klikken verklang. Eine Zeitlang summte und sirrte es noch, und dann herrschte Stille. Das Bild auf dem Monitor verblaßte.

Dann erschienen zwei einfache Worte aus roten Buchstaben:

MANUELLE NAVIGATION

Der Sprachprozessor wiederholte die Nachricht ruhig und schwieg.

Ich schloß die Augen und senkte den Kopf.

Hinter mir drehten sich McCoy und Merete um, wechselten einen erstaunten Blick, der unseren Erfolg bestätigte.

Selbst Scanner strahlte absolute Verblüffung aus. Sprachlos hob er die Hand und berührte den Monitor wie zärtlich – die törichte Geste eines Menschen. Nach einigen Sekunden wandte er sich an mich. »Nun, jetzt haben Sie das Schiff vollkommen unter Kontrolle. Ich hätte es nicht für möglich gehalten.« Er klopfte sich aufs Knie. »Die *Rex* gehört Ihnen. Welches Ziel sollen wir ansteuern?«

Ich zwang die Lider wieder nach oben, stand langsam auf, blickte aus dem Beobachtungsschlitz und bewunderte die herrliche Anmut des Alls im Warptransfer.

»Wir fliegen nach Argelius« erwiderte ich. »Aber auf *meinen* Befehl hin.«

KAPITEL 5

»Dazu haben Sie mich nicht für fähig gehalten, oder?«

ICH HEISSE NOMAD

Scanner plante wahrscheinlich, mich zu ermorden. Merete zweifelte sicher an meiner geistigen Gesundheit, und Dr. McCoy schüttelte immer wieder den Kopf. Aus diesem Grund hielt ich es für besser, von der Brücke zu verschwinden – erneut eine Flucht, die wie ein dramatischer Abgang wirkte – und mich in die Sicherheit meiner Kabine zurückzuziehen. Den folgenden Tag verbrachte ich damit, auf den Computerschirm zu starren.

Ich blieb drei Stunden allein, bevor man mich während der nächsten Tagesphase vermißte. Natürlich war es Merete, die beschloß, nach dem Rechten zu sehen.

»Störe ich?« fragte sie.

Mein Blick wanderte vom Monitor zur Ärztin; ansonsten blieb ich völlig reglos. Ich war so sehr in Gedanken versunken, daß es einige Sekunden dauerte, bis ich Merete bewußt wahrnahm. Schließlich löste ich meine Hand von den Lippen. »Nein. Kommen Sie herein.«

Die Besucherin setzte sich auf den Stuhl neben der Koje und nickte in Richtung Bildschirm. »Technische Daten?«

»Sehen Sie sich das an«, sagte ich und betätigte einige Tasten. Eine andere Darstellung erschien. »Schon seit einer halben Ewigkeit beschäftige ich mich damit, aber ich verstehe es noch immer nicht.«

»Worum geht es?«

»Um vulkanische Ausbildungsstufen.«

Merete atmete tief durch und seufzte. »Oh. Sie denken an Sarda. Haben Sie diesmal einen besonderen Aspekt im Sinn?«

»Seinen Clan.«

Sie kniff die Augen zusammen. »Sardas Clan? Es überrascht mich, daß Sie überhaupt Gelegenheit haben, sich mit so geheimen Daten zu befassen.«

Ich brummte zustimmend. »Geheim. Genau das richtige Wort. Die Vulkanier sind dafür bekannt, daß sie großen Wert auf ihre Privatsphäre legen. Allerdings... Unser diplomatisches Komitee in der Konföderation von 40 Eridani hat gute Beziehungen. Es überzeugte die Vulkanier davon, kulturelle Geheimnisse preiszugeben, so daß Außenweltler zumindest einige Traditionen Vulkans verstehen und respektieren können. Ich wette, an jenem Tag ging die Logik über Bord.«

»Und wenn schon«, erwiderte Merete. »Sarda gehört nicht gerade zur Elite von ShiKahr, so wie Mr. Spock. Er stammt aus der südlichen Hemisphäre des Planeten, stimmt's?«

»Er hat mir nie etwas von seiner Herkunft verraten. Wochenlang habe ich in den elektronischen Bibliotheken gesucht. Bevor ich mit der *Keeler* aufbrach, hinterließ ich in den Mainframe-Speichern der Starbase Eins ein kleines Programm, das die Indizes durchgeht, um Informationen über Sarda und seinen ›Stamm‹ zu sammeln. Ich brauchte mich nur von hier aus mit dem System in Verbindung zu setzen, um die Daten abzurufen.«

»Also ist der neue Computer dieses Schiffes recht praktisch für Sie.«

»Ja.«

»Was haben Sie herausgefunden?«

»Es ergab sich zum Beispiel ein Name«, antwortete ich. »Lyr Zor.«

Mit diesem Hinweis konnte Merete nichts anfangen. »Clan oder Region?«

»Clan«, entgegnete ich. »Die Region heißt Lyr T'aya, wenn die Übersetzung richtig ist. Sie gehört tatsächlich zur südlichen Hemisphäre Vulkans und befindet sich in der Vuldi-Schlucht. Die nächste Stadt heißt Jia'anKahr. Sagt Ihnen das etwas?«

Merete nickte, und ihre Pupillen weiteten sich. »Ein sehr abgelegenes Gebiet. Ich wußte, daß Sarda nicht aus den Stadtclans stammt, die für gewöhnlich mit Starfleet in Kontakt stehen, aber ich hatte keine Ahnung...«

Ich beugte mich vor. »Können Sie sich vorstellen, wie groß der Druck sein muß, um den Angehörigen eines solchen Clans zu zwingen, den Planeten zu verlassen? Bestimmt fühlt sich Sarda sehr einsam. Außerdem wußte er, daß er in der Flotte auffallen mußte. Wir bekommen es nicht jeden Tag mit blonden Vulkaniern zu tun.«

»Worauf wollen Sie hinaus?« fragte Merete sanft. Vermutlich hielt sie meine geistige Stabilität für ebenso empfindlich wie die Sardas.

Ich holte tief Luft. »Vulkanische Clans behandeln die Ausbildung ihrer Sprößlinge als private Angelegenheit. Erst wenn die Kinder das sogenannte *Norn-La-Hal* erreichen, beginnt der allgemeine Unterricht. Die Vulkanier bilden eine planetare Gemeinschaft, aber nur ab einem gewissen Punkt — wenn Sie verstehen, was ich meine.«

»Ja«, bestätigte Merete. »Und Sie ärgern sich über die Ausbildungsmethode des Lyr-Zor-Clans.«

Diese Bemerkung brachte ihr einen durchdringenden Blick ein. Woher wußte sie von meinen Empfindungen? Zeigte ich sie so deutlich? Ich wollte widersprechen, mich herausreden, indem ich behauptete, kulturelle Eigenheiten und so weiter zu achten, aber Merete hätte mich bestimmt durchschaut. Ich winkte sie näher an den Bildschirm. »Nun, sehen Sie sich das an.«

Gemeinsam lasen wir über die Vulkanier der Vuldi-Schlucht, und um uns herum verdichtete sich die Atmosphäre der Bedeutung.

AUSBILDUNGSDATEI UI-77. LYR-ZOR-CLAN, REGION LYR T'AYA, VULDI-SCHLUCHT, VULKAN. KONTAKT: SUNVAR, MAGISTRAT FÜR INTERPLANETARE BEZIEHUNGEN, JIA'AN-KAHR, VULKAN.

NEUGEBORENE BIS 4 JAHRE: VISUELLE MATHEMATIK, ELEMENTARE BERECHNUNGEN, BEGINN DER NEUROLOGISCHEN ORGANISATION. LYR-ZOR-IDENTITÄTSVERSCHMELZUNG.

VIER JAHRE: MATHEMATIK UND SPEZIES-IDENTIFIKATION, PHYSISCHE KOORDINATION, ALGEBRA, GEOMETRIE, PHYSIK.

ACHT JAHRE: PRÄLIMINARE TELEPATHISCHE KOMMUNIKATION UND ETIKETTE. LYR-ZOR-CLANGESCHICHTE. VULKANISCHE ANTHROPOLOGIE. KALKÜL. QUANTENPHYSIK.

ZEHN JAHRE: UNTERDRÜCKUNG VON KORTIKALEN STIMULI IN DER DOMINANTEN HEMISPHÄRE. VULKANISCHE KULTURGESCHICHTE. STUDIUM DER VULKANISCHEN *RITES DE PASSAGE*.

ELF JAHRE: NERVENPUNKTE FÜR MENTALVERSCHMELZUNG. ERINNERUNGSGENAUIGKEIT. INTERNE ZEITBESTIMMUNG. EINFÜHRUNG IN LOGIK UND DEFINITION. ANALYSEPRINZIPIEN. GEDANKENKLARHEIT. PHYSISCHES VERHALTEN.

DREIZEHN BIS FÜNFZEHN: BEGINN DER FORMELLEN AUSBILDUNG.

»Ziemlich beeindruckend, nicht wahr?« murmelte ich voller Mitgefühl für die vulkanischen Kinder. »Das steht allen Jungen und Mädchen des Lyr-Zor-Clans bevor.«

»Beziehen sich die Jahresangaben auf die vulkanische oder irdische Zeitrechnung?« fragte Merete.

»Auf die irdische. Mein Gott, stellen Sie sich so eine Belastung vor. Denken Sie an die unglaubliche mentale Disziplin, die dazu notwendig ist. Damit noch nicht genug.« Ich sah die Ärztin an. »Sie bemerken sicher, daß soziale Anerkennung ebenfalls eine große Rolle spielt. Kulturgeschichte, physisches Verhalten... Und das alles *vor* der formellen Ausbildung. Meine Güte, es kommt Kindesmißhandlung gleich!«

Merete lehnte sich zurück und bewies ihre Reife, indem sie mir Zeit genug gab, mich wieder zu beruhigen. »Ja, Sie haben recht. Aber vergessen Sie nicht, daß Vulkanier damit aufwachsen. Wahrscheinlich wären vulkanische Kinder geistig labil, wenn ihre enorme Intelligenz nicht schon früh festen Halt bekommt.«

Ich setzte zu einem Einwand an, überlegte es mir dann anders und erwiderte: »Na schön. Mal sehen, was Sie von den nächsten Informationen halten. Computer, weitere Angaben über die Lyr-Zor-Ausbildung.«

Das kleine Terminal summte, und neue Worte bildeten sich auf dem Schirm.

> FORMELLE AUSBILDUNG: *TAL T'LEE.* ERSTE MEDITATIONEN MIT DER HILFE EINES ADEPTEN AUS DEM LYR-ZOR-RAT. KONTROLLE DES SUBDOMINANTEN KORTEX. *DWEMISH NI-AN.* IDENTITÄTSISOLIERUNG. HIRNKONTROLLE MIT ZAHLSYSTEMEN UND GLEICHUNGEN. MULTIPLIKATION LINKS NACH RECHTS. *ENOK-KAL FI LAR.* DEFINITIONSPROZESS. KONZEPTIONSENTWICKLUNG.
>
> SECHZEHN BIS NEUNZEHN: *AN-PRELE.* SCHMERZKONTROLLE. MEDITATION MIT RATSADEPT. LEKTÜRE: *GRUNDSÄTZE DER*

DISZIPLIN VON SURAK UND *ANALYSE DER PSEUDODOXIE* VON T'VEEN AUS JIA'ANKAHR. HIRNLAPPENTRENNUNG.

»Warum das alles, Piper?« warf Merete ungeduldig ein. »Sie helfen Sarda nicht, indem Sie zu einer Expertin für die vulkanische Ausbildung werden.«

»Wirklich nicht? Wenn ich die Sache richtig sehe, müßte Sarda inzwischen über die Phase des *Venlinahr* hinaus sein. Das gilt zumindest für alle anderen Vulkanier in seinem Alter. Die meisten vulkanischen Erwachsenen haben dieses Niveau erreicht. Es befindet sich zwei Stufen unter... Ich zeig's Ihnen. Hier geht es ums *Katra.* Lesen Sie.«

Widerstrebend wandte sich Merete wieder dem Monitor zu. Mattes blaues Licht fiel auf ihre Züge.

ZWANZIG BIS VIERUNDZWANZIG: *DIE RUNEN VON T'VISH,* LOGIK-PARADIGMEN. VERHALTENSMODIFIKATION. MULTIPLIKATION RECHTS NACH LINKS UND DIAGONAL. MULTIPLE MULTIPLIKATION. *KATRA*-ISOLATION.

FÜNFUNDZWANZIG BIS NEUNUNDZWANZIG: *SELE-AN-T'LEE.* LEKTIONEN IN SUBDOMINANTER HIRNORGANISATION, HÖHERER PHILOSOPHIE UND LOGIK, MUSKELKOORDINATION UND WILLENSKONTROLLE. FÜNF STUFEN. GLAUBENSDISZIPLIN, REALITÄTSBEWUSSTSEIN, SINNESSCHÄRFE, VISUELLE KALKULATION, FAKTENANALYSE. LEKTÜRE: *LOGIK UND DEFINITION* VON LYRAS, *DAS INNERE* VON TAL LUXUR, ROMULUS, *GLEICHUNGEN* VON SCORUS, *LOGISCHE SYSTEME* VON SURAK, *ZIELSTREBIGKEIT ALS PRIMÄRE MOTIVATION*

VON SURAK. AUSSERDEM
FORTGESCHRITTENE TECHNIKEN DER
MENTALVERSCHMELZUNG.

»Auf dieser Stufe befand sich Sarda, als er versuchte, sich die übrigen vulkanischen Disziplinen beizubringen«, sagte ich. »*Sele-an-t'lee.* Können Sie sich vorstellen, wie schwer es ist, das alles ganz allein zu lernen? Er muß sehr darunter gelitten haben. Wie sollte er in Erfahrung bringen, worum es bei den ›fortgeschrittenen Techniken der Mentalverschmelzung‹ geht, wenn es niemanden gab, mit dem er sein Bewußtsein verschmelzen konnte? Und er war noch immer zwei Ausbildungsebenen im Rückstand. Nein, sprechen Sie nicht. Lesen Sie.«

DREISSIG BIS FÜNFUNDDREISSIG:
NORN-LA-HAL. HOHE KONTROLLE ÜBER
MEDITATION UND NEUROLOGISCHE
ORGANISATION. BEDEUTUNG VON WÜRDE
UND TRADITION IN DER VULKANISCHEN
IDENTITÄT. KONTEMPLATIONEN DER
UNENDLICHKEIT. *VENLINAHR.* STATUS DER
MEISTEN VULKANISCHEN ERWACHSENEN.
INDIVIDUELLE MEDITATIONEN. WEITERES
STUDIUM DES VULKANISCHEN DHARMA.
LEKTÜRE ZUSÄTZLICHER WERKE DER
MYSTAGOGEN SURAK, SCORUS, T'ENNE,
T'VISH, PRISU UND SELTAR.

»Verstehen Sie?« fragte ich und klopfte mit dem Fingernagel an den Schirm. »Erst auf diesem Niveau können sie sich entspannen. *Venlinahr.* Dann sind sie nach ihren eigenen Maßstäben wahre Vulkanier. Sarda müßte eigentlich so weit sein. Anschließend kommt die höchste aller Hürden.«

»Ja«, entgegnete Merete. Ihre Stimme war ebenso ernst wie die Worte auf dem Monitor.

KOLINAHR. ENDGÜLTIGE TRENNUNG VON GEHIRN, KÖRPER UND *KATRA* VON ALLEN EMOTIONALEN REAKTIONEN. FALLS NOTWENDIG, WIRD DAS *KOLINAHR* DURCH MEMORIALE ABERRATION ERREICHT.

LISTE VOLLSTÄNDIG.

Ich lehnte mich zurück. »Computer aus.«

Der Schirm wurde dunkel. Das blaue Glühen verblaßte, wich wie die schimmernden Blätter eines Schuppenbaums auf Proxima von Meretes Zügen. Die kurze Erinnerung an meine Heimat verschaffte mir heute keinen Trost.

Bedrückendes Schweigen herrschte, und keiner von uns wagte, es zu beenden. Schließlich sammelte Merete genug Mut, um die Stille fortzudrängen. »Ziemlich streng«, kommentierte sie und hielt ihr Mitgefühl in Schranken.

»Mörderisch«, verbesserte ich. »So etwas ist unentschuldbar. Und schlimmer noch: Es gibt keine Rechtfertigung dafür, diese Lektionen jemandem vorzuenthalten, der sie braucht. Warum hat man Sarda das angetan? Ein unvollständig ausgebildeter Vulkanier könnte den Verstand verlieren, wenn er versucht, die Lücken zu füllen.«

Merete sah mich an, und ich glaubte zu erkennen, wie es hinter ihrer Stirn arbeitete, als sie die Informationen einzuschätzen versuchte. Viele Jahre einer erbarmungslosen geistigen Ausbildung, in wenigen Sätzen auf einem Computermonitor zusammengefaßt. Doch die Konzepte hinter den einzelnen Worten hatten ein ungeheures Gewicht. »Glauben Sie, Sarda könnte deshalb in Schwierigkeiten geraten sein?«

Diesmal erschien das Schweigen laut und gab eine deutliche Antwort.

»Sie haben ihn davor bewahrt, Piper«, fügte Merete hinzu. »Sie brachten ihn mit Spock zusammen, und Spock besorgte ihm einen vulkanischen Lehrer. Es ist jetzt nur noch eine Frage der Zeit.«

»Nein«, hielt ich ihr scharf entgegen. »Es kommt nur auf das *Jetzt* an. Sarda hat *jetzt* Probleme, und es ergibt überhaupt keinen Sinn. Spionage? Das paßt nicht zu ihm. Zumindest nicht zu einem gesunden Sarda. Vielleicht ...« Ich zögerte und spürte Schmerz. »Vielleicht war es bereits zu spät. Vielleicht belastete es ihn zu sehr, die Ausbildung mit der Hilfe eines anderen Vulkaniers fortzusetzen. Vielleicht ist er dadurch übergeschnappt.«

Merete stand auf, trat zum Lebensmittelsynthetisierer im Korridor und kehrte mit Kaffee zurück. Sie schloß meine Finger um einen der beiden Becher, nahm ganz langsam Platz und ließ mir Zeit, die Paranoia zu überwinden. »Vielleicht haben Sie recht, Piper«, sagte sie dann.

Ich sah auf. »Was?«

»Vielleicht haben Sie recht«, wiederholte Merete. Es klang geduldig, nicht gönnerhaft. »Aber Sie sollten auch andere Möglichkeiten in Betracht ziehen. Was diese Sache betrifft, gibt es noch immer viele Dinge, über die wir nicht Bescheid wissen. Durch die in einer elektronischen Bibliothek enthaltenen Daten über vulkanische Ausbildungsstufen werden wir nicht zu Fachleuten auf diesem Gebiet. Wir sind keine Vulkanier. Vielleicht ist das alles ganz normal für sie. Vielleicht fällt ihnen das ebenso leicht wie uns, den Umgang mit einem Gleiter zu lernen.«

»Aber warum litt er so daran?« Meine eine Hand ruhte am Schott, und die andere hielt den mit heißem Kaffee gefüllten Becher. »Warum ist er in diese Angelegenheit verwickelt? *Hat* er den Verstand verloren?«

Merete zuckte mit den Schultern. Sie zögerte, um Zeit zu gewinnen. Und ihre verdammte Taktik funktionierte. Überraschend wurde mir die Wahrheit in ihren Worten klar, und ich begriff, daß ich warten mußte.

»Was glauben Sie?« fragte die Ärztin nach zehn oder fünfzehn Sekunden. »Halten Sie es für möglich, daß Sarda verrückt geworden ist?«

Wieder schloß sich Stille an, und ich konnte sie nicht ertragen. Das Warten brachte *mich* um den Verstand.

»Keine Ahnung«, murmelte ich. Dampf stieg aus dem Becher, bildete einen Schleier vor meinem Gesicht.

Das Summen des Interkom rettete mich. Scanners Stimme erklang, bevor ich reagieren konnte.

»Piper, ich habe gerade ein Raumschiff geortet. Es nähert sich rasch. Keine Identifikation, keine Signale. Es ignoriert unsere Anfrage auf den Grußfrequenzen, und die Struktur ist fremdartig. Soll ich die Geschwindigkeit reduzieren?«

Ich sprang zum Kommunikator und betätigte die Aktivierungstaste. »Nein! Warten Sie ab! Verfügt die *Bananenrepublik* über Deflektoren?«

»Ja. Allerdings genügen sie nur, um eine Phasersalve zu absorbieren. Wir haben nicht damit gerechnet...«

»Schilde hoch! Kurs und Geschwindigkeit halten. Ich bin unterwegs zu Ihnen.«

Wer auch immer es sein mochte – er hatte ein schnelles Schiff. Merete und ich benötigten nur wenige Sekunden, um durch die Korridore der *Bananenrepublik* zu stürmen und den Kontrollraum zu erreichen. Als wir dort eintrafen, ging gerade ein goldenes und rotes Dreieck längsseits, paßte seine Geschwindigkeit der unsrigen an.

»Irgendeine Mitteilung?« fragte ich.

Dr. McCoy saß im Kommandosessel, stand nun auf und überließ den Platz mir. »Nichts. Das Ding gibt keinen Piepser von sich.«

»Ist eine Identifizierung der Schiffsstruktur möglich, Scanner?«

»Nein.« Er wirkte nervös, hielt den Kommunikator ans Ohr und starrte durch den Beobachtungsschlitz. »So einen Flitzer sehe ich jetzt zum erstenmal.«

Aufregung haftete wie Schweiß an mir. Nein, es war wirklich Schweiß. Klebriger Schweiß. Verdammt, ein Captain sollte nicht verschwitzt sein! »Verbindung Schiff zu Schiff.«

»Kanal offen. Schießen Sie los!«

Ich räusperte mich. »Hier ist die S.S. *Bananenrepublik.* Bitte identifizieren Sie sich und nennen Sie Ihre Absichten. Das automatische Übersetzungsmodul ist eingeschaltet.«

Ich lauschte dem Echo meiner Stimme. Die große goldene Schwinge des anderen Raumschiffs schien sich über uns zu wölben und den Schlepper in einen Zwerg zu verwandeln. Wir waren angemessen beeindruckt.

Scanner versteifte sich. »Ich höre etwas ... ja ... Statik.«

»Filtern Sie das Rauschen und Knistern heraus.« Ich wußte, daß er sich Mühe gab, aber ich mußte diese Worte trotzdem aussprechen.

Merete und McCoy standen an den Fenstern der Backbordseite und beobachteten das fremde Schiff. Ihr unheilverkündendes Schweigen erinnerte mich an die unvermeidlichen Gefahren, denen sich die Menschheit stellte, als sie sich ins All wagte. Wir konnten im Weltraum leben und uns mit moderner Technik schützen, aber völlige Sicherheit gab es nie für uns.

Scanner lauschte und drehte am Kommunikator. »Wir werden um visuellen Kontakt gebeten.«

Ich überlegte kurz und zuckte dann mit den Schultern. »Na schön. Visuelle Verbindung.«

Der Bildschirm flackerte, und die Darstellung des fremden Schiffes wich der eines ernsten, eleganten Gesichts, dessen Reserviertheit ich wiedererkannte.

»Spock!« entfuhr es McCoy. Aber ich konnte deutlich sehen, daß er nicht *sehr* überrascht war.

Kirks Gesicht bestand aus Wölbungen und McCoys aus Quadraten, doch Spocks Züge boten sich als eine Mischung aus Dreiecken dar, gesäumt von kurzem schwarzem Haar und langen vulkanischen Ohren. Erleichterung durchströmte mich, und gleichzeitig kehrten meine Gedanken zu Sarda zurück.

»Bitte um Erlaubnis, an Bord kommen zu dürfen, Commander«, sagte der Erste Offizier der *Enterprise.*

»Erlaubnis erteilt«, erwiderte ich sofort.

»Danke. Ich befestige den Kupplungsstutzen und bin gleich bei Ihnen. Spock Ende.«

Das Bild wechselte, zeigte wieder das All.

Merete legte mir die Hand auf den Arm und drückte kurz zu. »Zeit für Antworten«, sagte sie ruhig.

»Gut«, brummte Scanner. »Wir haben nämlich eine Menge Fragen.«

Wir warteten mit erzwungener Geduld, als Spock sein Schiff an die *Bananenrepublik* flanschte. Es glitt an den Hauptfenstern vorbei, und kurz darauf konnte man es nur noch durch die Beobachtungsschlitze sehen. Unser Schlepper stöhnte leise und zitterte, als zwischen den Luftschleusen der beiden Raumschiffe ein Tunnel entstand. Wir eilten zum Steuerbord-Ladedock, und kurz darauf öffnete sich das Innenschott. Commander Spock trat ein.

Ich schnappte unwillkürlich nach Luft. Er trug nicht mehr seine Starfleet-Uniform, und diese neue Aufmachung schien ihn in eine ganz andere Person zu verwandeln. Eine graubraune Kapuze wölbte sich über dem Kopf, und an den Schultern spannte sich ein burgunderroter Umhang. Dunkelblauer Samt umhüllte die hochgewachsene Gestalt des Vulkaniers – eine gegürtete Tunika. Mit den hohen Gamaschen und Wadenstiefeln sah er aus wie der Globetrotter eines Provinzplaneten. Oder wie jemand aus dem Mittelalter; es hing von der Phantasie des Beobachters ab. Nur seine Würde erinnerte daran, wer vor uns stand. Einen weiteren Hinweis lieferten die Computerkartuschen, die er mitgebracht hatte – Datenfutter für die neue Mainframe-Anlage der *Bananenrepublik.*

»Sir«, begann ich, »Sie...«

»...tragen keine Uniform«, sagte McCoy kühn.

Spock richtete den Blick auf ihn, und in seinen Augen funkelte es kurz. »Eine sehr scharfsinnige Feststellung, Dr. McCoy«, erwiderte er. Mit wehendem Umhang schritt er auf meine Brücke. »Ein Geschenk von den Organianern.«

»Jetzt verstehe ich, warum die Sachen einen vertrauten Eindruck erwecken«, brummte McCoy.

»Sie erwiesen sich als geeignet.« Es machte Spock offenbar nichts aus, daß seine Kleidung wohl kaum den Starfleet-Vorschriften entsprach. »Auf Argelius sollten wir es vermeiden, unsere Identität preiszugeben. Um unseren Aufgaben gerecht zu werden, müssen wir inkognito bleiben.«

McCoy runzelte die Stirn. »Soll das heißen, ich soll mich ebenso anziehen wie Sie?«

Spock hatte die Kontrollen betrachtet, um sich ihre Funktionen ins Gedächtnis zurückzurufen, und nun drehte er sich zum Bordarzt der *Enterprise* um. »Sie werden bestimmt einen interessanten Anblick bieten, Doktor.«

Ich riß die Augen auf und kniff sie absichtlich zusammen, als ich mir meiner Reaktion bewußt wurde. McCoy verschränkte die Arme und neigte den Kopf zur Seite, ließ sich jedoch zu keinen weiteren Kommentaren in bezug auf Spocks Gewand hinreißen.

Der Vulkanier legte die Datenmodule aufs Navigationspult und wandte sich mir zu. Er wirkte nach wie vor völlig gelassen. Seine unerwartete Präsenz übte eine starke Wirkung auf mich aus: Ich spürte eine sonderbare Mischung aus Besorgnis und Neugier, hatte das Gefühl, auf einem hohen Drahtseil zu balancieren, das Gleichgewicht zu verlieren und in einen Haufen aus dornigen Antworten zu fallen. Vielleicht erfuhr ich bald, worum es ging, aber ich fürchtete, daß mir zumindest einige der Auskünfte nicht gefallen würden.

»Können Sie mir unsere Situation erklären, Sir?« fragte ich.

Spock verärgerte mich und amüsierte McCoy, indem er durchaus aufrichtig erwiderte: »Ja.«

Mir wurden die Hände feucht. Ich wischte sie am elfenbeinfarbenen Stoff des Overalls ab und befeuchtete meine Lippen. McCoy beobachtete mich, rollte mit den Augen und murmelte. »Früher oder später gewöhnen Sie sich daran.«

»Danke, Doktor«, sagte Spock. »Ich erkläre alles, sobald ich das Navigationsprogramm desaktiviert und Commander Piper die volle Kontrolle über ihr Schiff gegeben habe. Wir müssen den Schlepper manuell in die Umlaufbahn steuern.«

Scanner hüstelte und verbarg sich hinter Merete.

Ich gebe zu, daß ich mich auf der Brücke umsah und ebenfalls nach einem Versteck suchte.

McCoy setzte sich in Bewegung und stolzierte auf den Vulkanier zu. »Ich glaube, das mit dem Programm können Sie sich sparen.«

Spock musterte ihn verwirrt und wartete auf eine Erklärung. McCoy versuchte, sich nichts anmerken zu lassen, aber ich sah subtile Anzeichen seines Triumphes und schwitzte noch stärker.

»Der Kurs des Schiffes kann jederzeit geändert werden«, sagte McCoy, und in seinen Mundwinkeln zuckte es kurz.

Dünne Falten bildeten sich in Spocks Stirn. »Wie bitte?«

»Die Navigationskontrollen reagieren auf alle Anweisungen, die wir ihnen geben. Piper hat das Programm neutralisiert.«

Wenn ich bisher geglaubt hatte, bei Vulkaniern sei keine sprachlose Verblüffung möglich, so sah ich mich nun eines Besseren belehrt. Zwei oder drei Sekunden lang verharrte Spocks ungläubiger Blick auf McCoy, glitt dann zur Konsole. Er streckte die Hand danach aus, zögerte und bekam es mit einem Problem seiner vulkanischen Natur zu tun. Die Überraschung war so groß, daß er in Versuchung geriet, sie ganz deutlich zu zeigen. Er beherrschte sich gerade noch rechtzeitig und wölbte nur eine geschwungene Braue. »Bemerkenswert«, sagte er. Als er sich zu mir umdrehte, war sein Gesicht wieder ausdruckslos.

Trotzdem erstarrte ich innerlich.

»Ich bin beeindruckt, Commander«, gestand er ein. »Und gleichzeitig verwundert. Wie haben Sie das geschafft?«

»Menschlicher Einfallsreichtum hat die vulkanische Logik besiegt.« McCoy grinste von einem Ohr zum anderen.

Spock wirkte verärgert – ein vager Schatten, der auf seine Züge fiel und sofort wieder verschwand. Er blickte noch einmal auf die Navigationskonsole, wie jemand, der eine Katze sieht und damit rechnet, daß sie sich plötzlich in einen Tiger verwandelt. Dann atmete er tief durch. »Allem Anschein nach habe ich irgendein wichtiges Element übersehen. Ich wäre Ihnen sehr dankbar, wenn Sie mir alle Einzelheiten schildern würden, Commander – nach unserer Mission.«

Ich seufzte lautlos. Der vulkanische Sinn für Prioritäten bewahrte mich erst einmal vor einem Verhör. Ich entspannte mich langsam. »Ja, Sir. Bitte nehmen Sie Platz.«

Die letzten Worte kamen einer Aufforderung gleich, uns die Hintergründe zu erläutern, und das wußte Spock natürlich. Er drehte seinen Sessel zu uns herum. Wir anderen setzten uns in den nahen Passagierbereich und spitzten die Ohren.

»Captain Kirk wurde von Dr. Boma auf die gegenwärtige Situation hingewiesen«, begann Spock. Typisch für ihn. Er hielt sich nicht mit einer Einleitung auf. »Sie erinnern sich bestimmt daran, daß er sich um die wissenschaftlichen Aspekte des Schlachtschiffprojekts kümmerte.«

»Und ob ich mich daran erinnere«, sagte ich mit Nachdruck.

»Natürlich.« Spock nickte verständnisvoll. Er sprach mit einer sanften Milde, die er nur nach vielen Jahren mühsamer Erfahrungen mit Menschen gelernt haben konnte. Meine Achtung vor ihm wuchs. »Nur einige wenige ausgewählte Personen waren an jenem Projekt beteiligt«, fuhr er fort. »Der verstorbene Vizeadmiral Rittenhouse griff nur auf die Hilfe von Leuten zurück, denen er vertraute oder deren Fachkenntnisse er unbedingt benötigte. Er versuchte, das Risiko auf ein Minimum zu reduzieren.

»Und zu diesem Minimum gehörte auch Sarda?« vermutete ich.

»Ja«, antwortete Spock, und ich hörte einen bedauernden Unterton in seiner Stimme. »Durch seine speziellen

Talente in Hinsicht auf Waffentechnik wurde Lieutenant Sarda unentbehrlich für einen Mann, der einen galaktischen Krieg herbeizuführen plante. Rittenhouse wollte das neue Projektionssystem. Außer Sarda gab es noch drei andere Mitglieder des wissenschaftlichen Teams, die nicht ums Leben kamen, als Rittenhouses Schiff explodierte.« Er schob eine Datenkartusche in den Abtaster und betätigte mehrere Tasten. Der Bildschirm zeigte nun einen würdevollen Mann mit länglichem Gesicht und durchdringend blikkenden Augen. Nur der silbergraue Glanz an den Schläfen deutete auf sein Alter hin. »Dr. Samuel Boma, der den Rumpf und die Struktur des Schlachtschiffes entwickelte. Seit einiger Zeit arbeitet er mit Starfleet zusammen, und deshalb hat man ihm praktisch Straffreiheit gewährt.« Erneut huschten Spocks Finger über die Tasten, und daraufhin erschien eine Frau im Projektionsfeld: Mitte Fünfzig, das Haar pechschwarz, kurzgeschnitten und trotzdem zottig, ein blasses Gesicht mit kleinen blauen Augen. Sie sah aus, als könnte sie alles sein, nur keine Wissenschaftlerin.

»Professor Ursula Mornay von der Universität Tarrigor, Altair Sechs«, sagte Spock. »Sie hat die Transwarp-Theorie perfektioniert und gehört zu den besten Theoretikern in der Föderation. Professor Mornay ist für ihr skrupelloses Verhalten bekannt. Wir glauben, sie ist der ausschlaggebende Faktor, die Determinante.«

»Und wobei gibt sie den Ausschlag, Sir?«

Spock drehte den Sessel und sah mich an, lenkte unsere Aufmerksamkeit vom Bildschirm auf seine Worte. Wir konnten es gar nicht mehr abwarten, daß er endlich die Katze aus dem Sack ließ. »Die Transwarp-Technik ist gestohlen worden.«

Der Vulkanier sprach so ruhig, daß wir zunächst nicht die volle Bedeutung dieses Hinweises erfaßten. Er bemerkte das offenbar und fuhr fort: »Mornay wandte sich mit einem Ultimatum an Boma. Die Professorin teilte ihm mit, sie und ihre ›Mitarbeiter‹ verließen das Laboratorium mit allen Transwarp-Daten.«

McCoy beugte sich vor. »Warum?«

Spock hatte mit dieser Frage gerechnet und präsentierte sofort die Antwort. »Mornay ist eine Subversive. Sie hat nie Loyalität gegenüber irgendwelchen Systemen oder Personen gezeigt. Sie nahm Geld aus zweifelhaften Quellen an, und es geht ihr nur um den persönlichen Erfolg. Regierungssystemen begegnet sie mit Verachtung.«

»Meinen Sie damit die Regierung der Föderation?« erkundigte sich McCoy.

»Ich meine *jede* Regierung, Doktor. Professor Mornay ist nicht wählerisch.«

»Weshalb hat sie an einem so wichtigen Projekt gearbeitet?«

»Weil sie die Theorien entwickelte, Doktor.«

»Und niemand behielt sie im Auge?«

Spock seufzte leise und erklärte die Gründe. »Bisher hat sie sich nichts zuschulden kommen lassen und genoß daher die gleichen Rechte wie alle anderen Bürger und Wissenschaftler der Föderation. Allerdings stellte sie sich ganz offen auf die Seite von Rittenhouse und befürwortete seinen Plan, die Galaxis mit Gewalt unter einer Herrschaft zu vereinen. Nach dem Tod des Vizeadmirals fürchtete sie um ihren Status. Mit dem Diebstahl der Transwarp-Technik versucht sie, ihren Einfluß zu wahren.«

Ich erzitterte innerlich. »Erpressung?« stieß ich hervor. »Sie will das Transwarp-System verwenden, um Druck auszuüben?«

»Ja. Und damit noch nicht genug. Die Wissenschaftler planen, es allen galaktischen Mächten anzubieten. Sie wissen natürlich, daß die Föderation einen Verlust der neuen Technologie nicht zulassen kann. Unglücklicherweise sind Professor Mornays Vorstellungen in Hinsicht auf interstellare Politik eher naiv. Wenn die Technik tatsächlich an den Meistbietenden gehen soll, so kommt es mit ziemlicher Sicherheit zu einer Art kosmischer ... Balgerei.«

Es erstaunte mich, daß Spock eine solche Ausdrucksweise benutzte, aber seine Worte hatten die gleiche Wirkung wie eine Sturmwarnung auf hoher See. Ich spürte Scanners und Meretes neugierige Blicke auf mir ruhen, kniff die Augen zusammen und versuchte, ein einheitliches Bild aus den Informationen zu schaffen. Galaktische Mächte plus supermoderne Techologie plus gefährliche Wissenschaftlerin gleich ... »Dann geht's drunter und drüber.«

Spock schürzte die Lippen und nickte nachdenklich. »In der Tat. ›Kosmische Balgerei‹ ist natürlich eine umgangssprachliche Bezeichnung, aber sie beschreibt die Situation recht genau. Mornay unterschätzt die ernsten Konsequenzen ihrer Entscheidung. Wenn die kosmische Balgerei beginnt, stehen individuelle Leben und der galaktische Frieden auf dem Spiel. Lassen Sie es mich so formulieren: Mornay verurteilt sich und die anderen Wissenschaftler zu einem gewaltsamen Tod.«

»Boma möchte das verhindern, aber seine Kollegen hören nicht auf ihn.«

»Ja. Er unterrichtete Captain Kirk, weil ...«

»Er hat die gleichen Gründe wie Paul Burch, als er versuchte, Rittenhouses Pläne zu vereiteln«, warf ich ein. »Er weiß, daß Captain Kirk zuverlässig *und* diskret ist. Richtig?«

»Korrekt. Darüber hinaus sind ihm die Folgen der kosmischen Balgerei bewußt. Mehrere Kriege könnten ausbrechen und die gegenwärtige Struktur der galaktischen Ordnung nachhaltig stören. Wenn eine feindliche Regierung die Transwarp-Technik erhält, würde sich das Machtgleichgewicht drastisch verschieben. Wer die neue Technologie bekommt, wird zu einer Supermacht, sowohl ökonomisch als auch militärisch.«

»Stellt sie etwas so Besonderes dar?« fragte McCoy. »Es handelt sich doch nur um einen Antrieb, oder?«

Spock runzelte die Stirn. »Aus einer vereinfachenden Perspektive gesehen, ja. Aber es steckt mehr dahinter. Mornay und ihr Team betrieben spezielle Forschungen, bei denen es um die sehr komplizierte Veredelung von Dilithium zu Trilithium ging.«

Er schwieg, und der Blick seiner dunklen Augen glitt zu McCoy. Ich beobachtete die beiden Männer, ebenso wie Scanner und Merete, und nach wenigen Sekunden stellte ich fest, daß eine Art Schlagabtausch zwischen ihnen stattfand. Spock blieb stumm, wartete, strafte McCoy für seine früheren Sticheleien und forderte ihn dazu auf, seine Unwissenheit ganz offen einzugestehen.

McCoy rutschte voller Unbehagen zur Seite, senkte den Kopf und erlag dem Sie-dummer-Tölpel-Blick. »Na schön«, brummte er. »Heraus damit.«

Spock verbarg seinen Triumph und errang dadurch einen noch größeren Sieg. »Bis vor vier Jahren existierte Trilithium nur in der Theorie. Diese Substanz ermöglicht es, den Energiefluß im Transwarp-Triebwerk zu fokussieren. Dr. Mornay synthetisierte sie in fester Form, aber Trilithium ist nur während der Annihilationsphase von Materie und Antimaterie stabil. Anders ausgedrückt: Wenn der Wandler abgeschaltet und damit die Energiezufuhr unterbrochen wird, zerfallen die Kristalle. Im vergangenen Jahr griff Mornay auf die Hilfe von Perren, Boma und Sarda zurück, und gemeinsam gelang es ihnen, einen ganz bestimmten Mechanismus zu entwickeln: Er sorgt dafür, daß Trilithium selbst dann eine Zeitlang stabil bleibt, wenn Materie und Antimaterie nicht aufeinander reagieren. Daraus ergibt sich weit mehr als nur ein neues Triebwerk, Doktor.«

Spock wählte seine Worte vorsichtig — er wußte um die Komplexität der Situation und wollte sicherstellen, daß wir alles verstanden. Seine präzise Eloquenz ermöglichte uns den richtigen Blickwinkel. Langsam begann ich zu verstehen. Wenn die Klingonen, Romulaner, Orioner, Tholianer oder K'zinti eine Gelegenheit sahen, sich diese neue Technik anzueignen ... dann begann das Chaos. Und der Föderation blieb gar nichts anderes übrig, als an der ›kosmischen Balgerei‹ teilzunehmen, um zu verhindern, daß Transwarp in die Hände des Feindes fiel. Rittenhouse hatte geglaubt, die Föderation sei in der Lage, jeden Krieg zu gewinnen; Mornay gab sich wahrscheinlich den gleichen Illusionen hin.

Ich befeuchtete mir die Lippen. »Verlangt die Professorin bedingungslose Amnestie für sich und ihre Assistenten?«

Spock hob den Kopf. »Woher wissen Sie das?«

Ich zuckte mit den Achseln. »Es ergibt einen Sinn.« Ich fügte nicht hinzu, daß sich nur ein verzweifelter Mensch auf diese Weise verhielt. Ich wollte uns — mich — nicht noch mehr in Verlegenheit bringen.

Spock nickte langsam, berührte erneut die Kontrollen und rief ein anderes Bild auf den Schirm. Die durch und durch menschlichen Züge Ursula Mornays verflüchtigten sich und wichen dem kantigen Gesicht eines Vulkaniers. Ich verdrängte die Gedanken an Sarda und konzentrierte mich auf die neue Person. Ein Mann, jung, wenn auch nicht ganz so jung wie Sarda; das Haar so schwarz wie Spocks, aber länger. Es reichte fast bis auf die Schultern hinab und war hinter auffallend spitze Ohren zurückgekämmt. In den silbergrauen Augen glühte Trotz — oder bildete ich mir das nur ein?

»Das dritte Mitglied der Gruppe«, sagte Spock. »Er heißt Perren und ist Spezialist für multidimensionale Physik. Mornay und er haben acht Jahre lang an den wissenschaftlichen Grundlagen für Transwarp gearbeitet. Die Professorin kümmerte sich um alle theoretischen Aspekte, und Perren setzte sie in die Praxis um. Sie entwickelte und verfeinerte das Konzept, und er konstruierte die entsprechenden Anlagen.«

»Ein weiterer Vulkanier, der mit Instrumenten der Gewalt zu tun hat?« fragte Merete.

Spock neigte kurz den Kopf. »Transwarp ist nicht unbedingt ein Instrument der Gewalt. Aber Sie haben recht, wenn Sie vermuten, daß Perrens Verhalten nicht den Traditionen Vulkans entspricht.«

»Mit anderen Worten: Er ähnelt Sarda«, sagte ich. »Ein Ausgestoßener. Aufgrund seiner besonderen Talente.«

»Ja, er ähnelt Sarda«, bestätigte Spock. »Aber nur bis zu einem gewissen Punkt. Sarda bedauert seine... Distanz von der vulkanischen Kultur und versucht, sie zu überbrücken. Perren hingegen hat kein Interesse daran.«

Ich hörte nur mit halbem Ohr zu, als Spock die Gründe für unsere Reise nach Argelius erläuterte. Mornay war zu jener fernen Welt am Rand der umstrittenen Raumsektoren geflohen, um sich durch die Neutralität des Planeten und die Leidenschaftslosigkeit seiner Bewohner zu schützen. Seltsam, daß die Gefahr einer kosmischen Balgerei ausgerechnet dem ruhigsten Volk in der bekannten Galaxis galt. Eine Ironie des Schicksals?

»Offiziell hat die Föderation noch keine Kenntnis von dem Diebstahl«, sagte Spock. »Bisher ließ Mornay noch nichts verlauten, aber der Zeitfaktor spielt eine wichtige Rolle. Boma wollte, daß Captain Kirk den Planeten als erster erreicht. Er hält es für möglich, daß der Captain das wissenschaftliche Team von den Gefahren überzeugen kann, die es heraufbeschwört. Vielleicht ist er imstande, eine Vereinbarung mit der Professorin zu treffen, bevor die anderen galaktischen Mächte von Transwarp erfahren.«

Ich straffte den Rücken und hörte, wie er knackte. Die Frage verlangte schon seit einer ganzen Weile danach, gestellt zu werden. »Und ich?«

»Sie, Commander Piper, sind Kirks Trumpf im Ärmel, wie es so schön heißt. Es würde sicher Aufsehen erregen, die *Enterprise* nach Argelius zu schicken...«

»Ja«, knurrte Scanner. Seine Stimme erinnerte mich daran, daß er bisher geschwiegen hatte. »Wie ein Schlachtschiff in der Badewanne.«

Spock zögerte und versuchte, sich das vorzustellen. Dann beschloß er, den Vergleich zu ignorieren. »Ich kehre in mein Schiff zurück, und anschließend nähern wir uns der Stadt aus verschiedenen Richtungen. Ihr Auftrag besteht darin, Lieutenant Sarda zu finden, ihn von Mornay und Perren zu trennen. Ich versuche, Perren zu isolieren. Captain Kirk kümmert sich um Professor Mornay.«

»Teile und herrsche«, murmelte McCoy.

»Darum geht es im wesentlichen, ja. Außerdem: Wenn die Wissenschaftler voneinander getrennt sind, haben sie keine Möglichkeit mehr, jemandem die vollständige Technologie zu übergeben. Dadurch verringert sich die Gefahr.«

Die Kante meines Sessels übte zunehmenden Druck an den Oberschenkeln aus. »Aber Captain Kirk befindet sich auf der Erde«, wandte ich ein. »Er wurde von Sicherheitsbeamten abgeholt, die sich auf den Schoner beamten, um ihn zu irgendeinem Untersuchungsausschuß zu bringen...«

»Captain Kirk wird zum richtigen Zeitpunkt hier sein, Commander«, sagte Spock.

»Aber...«

Sein Vertrauen in Kirk erübrigte die Erklärung, nach der ich mich bisher gesehnt hatte. Überrascht spürte ich, wie sich die letzten Zweifel in mir auflösten und der Überzeugung wichen, Teil eines gut durchdachten Plans zu sein. Ich verglich mich mit einem Zahnrad, das sich in einem großen Getriebe drehte. Spocks Blick reichte bis zu den Grundfesten meines Ichs, und als er kurz blinzelte, verstanden wir beide unsere Vorstellungen in bezug auf Kirk.

Ich klappte den Mund wieder zu. Wer Kommando-Verantwortung trug, mußte auch lernen, mit unvollständigen Antworten zu leben.

»Sir«, begann ich langsam, »ich weiß, daß es für Sarda nicht sehr gut aussieht, aber... Ich bin sicher, daß er Dr. Mornay keine freiwillige Hilfe leistet. Bestimmt ist er ein Opfer der Umstände.«

»Worauf gründet sich Ihre Annahme, Commander?«

Ich erstarrte. Wenn mir Kirk diese Frage gestellt hätte, wäre ich sofort bereit gewesen, mit ›Intuition‹ zu antworten. Aber der Mann, der mich jetzt musterte, hieß Spock. Ein Vulkanier, der nur Logik zuließ und Rationalität verlangte. Warum *fühlte* ich, daß Sarda keine Schuld traf?

Schließlich erwiderte ich: »Es gibt keinen Grund für ihn, irgendwohin zu fliehen. Die Föderation hat ihn ausgezeichnet. Er stand von Anfang an auf der ›richtigen‹ Seite.«

»Und?« Spocks ruhiger Blick durchbohrte mich, erreichte die entlegensten Winkel meines menschlichen Selbst.

Ich beschloß, ehrlich zu sein.

»Und ich vertraue ihm.«

Spock nickte, zufrieden über etwas, das ein Vulkanier eigentlich gar nicht verstehen konnte. »Ich pflichte Ihnen bei«, fügte er hinzu.

Aus den Augenwinkeln sah ich, wie Scanners Kinnlade nach unten klappte. Ehrfurcht angesichts meiner plötzlichen Glaubwürdigkeit? Oder Verblüffung darüber, daß Spock mein ganz und gar menschliches Vertrauen in Sarda teilte? Ich wußte es nicht. Schuld kratzte an meinem Gewissen, und die Zweifel kehrten zurück, als ich mich an das Gespräch mit Merete erinnerte. Würde die Wirklichkeit meinen Behauptungen eine feste Grundlage geben oder sie als Illusion entlarven?

»Trotzdem sollten wir vorsichtig sein«, fuhr Mr. Spock fort. »Sie kennen Sardas Bemühungen, die vulkanischen Disziplinen zu lernen, und Ihnen dürfte auch klar sein, welchen Belastungen er ausgesetzt war, bevor Sie das Problem an mich herantrugen. Ich bin zumindest teilweise für sein Wohlergehen verantwortlich, weil ich ihm einen vulkanischen Lehrer empfahl.«

Meine Haut prickelte, als ich die subtilen Hinweise in Spocks Stimme deutete. Ich biß mir auf die Lippe und fühlte die Trockenheit zusätzlicher Komplikationen.

»Perren«, sagte ich leise.

Stille folgte. Eine bisher recht übersichtliche Situation verwandelte sich plötzlich in ein unüberschaubares Labyrinth. Spock wußte, wie problematisch die vulkanische Natur sein konnte, beobachtete uns stumm, als wir versuchten, das Gespinst der Möglichkeiten und Konsequenzen zu entwirren.

Er streckte die langen Beine und räusperte sich. »Sarda und Perren kannten sich bereits, und Perren hatte den Vorteil, Sardas Talenten nicht mit den typischen vulkanischen Vorurteilen zu begegnen. Nun, Perren gilt seinerseits als Abtrünniger, aber er ist auch älter als Sarda und hat eine höhere Ausbildungsstufe erreicht. Er war die logische Wahl.« Ein oder zwei Sekunden lang starrte Spock ins Leere. Entschuldigte er sich auf seine eigene Art und Weise? Er wußte, daß wir beide Einfluß auf Sardas Leben genommen hatten, natürlich nur mit den besten Absichten, aber vielleicht war er gerade dadurch in Schwierigkeiten geraten. *Hat ihn Perren zu sehr in Versuchung geführt?* überlegte ich besorgt.

Spock unterbrach meine Grübeleien. »Kann ich Sie unter vier Augen sprechen, Commander?«

»Oh...« Unsicher sah ich die anderen an.

»In Ordnung.« Scanner klopfte sich aufs Knie und stand auf. Merete und McCoy trachteten danach, über ihre Neugier hinwegzutäuschen, indem sie in aller Ruhe davonschlenderten. Als ich mit Spock allein war, wünschte ich mir ihre Präsenz.

»Commander, ich möchte Ihnen einige vertrauliche Informationen geben«, begann der Erste Offizier der *Enterprise* und beeindruckte mich einmal mehr mit seiner so elegant wirkenden Selbstbeherrschung.

»Ich verstehe«, erwiderte ich und nickte.

Es war nicht einfach für ihn — das konnte ich deutlich sehen. Um was auch immer es sich handelte: Offenbar hatte er lange nachgedacht, bevor er entschied, mit mir darüber zu reden. Ich glaubte zu erkennen, wie er sich einen inneren Ruck gab. »Die vulkanischen Ausbildungsmethoden sind eine sehr private Angelegenheit. Es geht dabei um wesentlich mehr als nur das Erlernen gewisser Dinge. Für mich bilden sie den einzigen Grund, Lieutenant Sardas Integrität in Frage zustellen.«

Spock drückte sich mit voller Absicht unklar aus. Um Zeit zu gewinnen? Weil er hoffte, daß ich von ganz allein zu den richtigen Schlüssen gelangte und ihm dadurch die Mühe ersparte, Einzelheiten zu erklären? Ich versuchte es aus Respekt vor ihm.

»Ist es möglich, daß sich Sarda Perren gegenüber irgendwie verpflichtet fühlt?«

Meine Frage bereitete Spock Unbehagen. Er blickte zu Boden und rang mit einer Entscheidung, vor der jeder Vulkanier zurückschreckte: Sollte er einen Nichtvulkanier in Geheimnisse einweihen, die sein Volk so sehr schützte? Aber es ging ihm nicht nur um die Verletzung wichtiger vulkanischer Regeln. Ein zusätzlicher Druck lastete auf ihm, und ich spürte ihn ebenfalls. Ein Mensch, der imstande war, Freundschaft mit einem Vulkanier zu schließen, führte zu Komplikationen, und diese besondere Bürde lastete nun auf meinen Schultern.

»Die geistige Ausbildung junger Vulkanier kann nicht vereinfacht werden, Piper«, sagte Spock langsam. »Es ist unmöglich, sie auf einige wenige Worte zu reduzieren.«

Ich ahnte, worauf er hinauswollte. »Die Daten sind in den elektronischen Bibliotheken gespeichert. Ich habe mich mit ihnen beschäftigt und ...«

»Computeraufzeichnungen sind nicht Vulkan«, unterbrach mich Spock. Er seufzte und suchte nach den richtigen Worten – ausgerechnet er! –, um etwas zu erklären, das überhaupt nicht erklärt werden konnte. »Auf dem Monitor erscheinen einige Begriffe«, fügte er hinzu. »Aber es gibt keine Möglichkeit, die Bedeutungstiefe hinter ihnen zu vermitteln. Es ist der Unterschied zwischen der exakten Definition eines Wortes und seiner Verwendung in einem persönlichen Kontext.« Er sah mich an, um festzustellen, ob ich verstand, und diesmal wandte er den Blick nicht wieder von mir ab.

Ich nickte. »Meinen Sie eine symbiotische Beziehung, die über das Lernen von Fakten hinausgeht? Einen sozialen Aspekt?«

Spocks Brauen bewegten sich kurz und gaben mir die Antwort.

»Die vulkanische Ausbildung erfordert eine mentale Beziehung zwischen Schüler und Lehrer. Eine Art ... geistiger Verbindung. Sie wird mit Hilfe der Mentalverschmelzung herbeigeführt. Unter normalen Umständen hielte ich es für unlogisch, daß Sarda Mornays Pläne aus freiem Willen unterstützt. Aber wir müssen dabei auch den Kontakt mit Perren berücksichtigen, der zu einer kritischen Phase während seiner Beschäftigung mit den vulkanischen Disziplinen erfolgte.«

Zum erstenmal bekamen meine Zweifel in Hinsicht auf Sarda eine konkrete Basis. Zu meiner Schande muß ich eingestehen, daß ich so etwas wie Eifersucht empfand. Ich versuchte, mich davon zu befreien, um klar zu denken. »Eine sympathetische Beziehung«, murmelte ich.

Spock nickte. »Und daraus könnten sich erhebliche Gefahren ergeben. Offen gesagt: Ich bin skeptisch, soweit es Perrens geistigen Zustand betrifft. Eigentlich würde kein Vulkanier die von Mornay gestellten Bedingungen dulden und erst recht nicht das Leben vieler unschuldiger Personen riskieren. Wenn sich Perrens vulkanische Einstellungen so sehr verändert haben, besteht Anlaß zu großer Sorge.«

Ich atmete tief durch. »Das bedeutet auch: Wir haben keine Ahnung, wie es um Sardas Psyche steht.«

»In der Tat«, bestätigte Spock leise.

KAPITEL 6

*»Auf daß wir gemeinsam mehr sind
als die Summe von uns.«*

SEIT ES MENSCHEN GIBT

Argelius ist einer von mehreren Planeten in den umstrittenen Raumsektoren am Rand des stellaren Territoriums der Föderation. Er genießt relative Sicherheit, wobei die Betonung auf *relativ* liegt. Gelegentlich bekommen jene Welten unerwünschten Besuch, weil sie der Föderation so nahe sind. Wenn es zu einem galaktischen Zwischenfall kommt, so bleibt er nicht ohne Folgen für sie. Die meisten Randwelten kommen mit ihrer speziellen Situation gut zurecht, aber auf Argelius herrscht völlige Passivität. Früher waren die Bewohner dieses Planeten ebenso kriegerisch und aggressiv wie die historischen Vulkanier, doch dann entwikkelten sie sich zu einer regressiven Gesellschaft, die Gleichmut und Gefälligkeit zu den höchsten aller Tugenden erklärte. Die erwachsenen Argelianer streiten fast nie miteinander, und das gilt auch für ihre Kinder. Es fällt ihnen sogar schwer, verärgert zu sein. Mit ihrem Zorn haben sie Ehrgeiz, Wachstum, Technik und die Mentalität des freien Marktes verloren. Sie sind nett und freundlich, aber hilflos. Sie holen Verwalter von anderen Planeten, weil sie sich nicht selbst verwalten können. Ihr einziges Handelsgut – Gastfreundschaft – tauschen sie gegen Nahrung, medizinische Dienstleistungen und alle anderen notwendigen Dinge ein. Anders ausgedrückt: Argelius ist ein professioneller Urlaubsplanet. In dieser Hinsicht verstehen die Argelianer ihr Handwerk.

Der Kultur fehlt nicht ein gewisser Reiz. Alle Gebäude bestehen aus Naturstein oder Holz, und die Kleidung erinnert an die klassische Periode im Nahen Osten der Erde.

Schleier, Pantoffel, Turbane, Bauchtanz, Mosaike, einfache Musikinstrumente und so weiter. Einige anthropologische Föderationsstudien gingen von der Hypothese aus, daß die Argelianer eine von mehreren Völkern terranischen Ursprungs sind, die von einer überlegenen Kultur auf anderen Welten angesiedelt wurden, um ihre Eigenheiten zu bewahren. Der größte Haken dabei ist die Tatsache, daß manche argelianische Frauen eine erbliche telepathische Begabung aufweisen. Zwar haben sich auf Argelius drei Bevölkerungszentren gebildet, die man als ›Städte‹ bezeichnen könnte, aber sie sind alt und chaotisch. Viele Straßen warten schon seit Jahrhunderten darauf, einen Namen zu bekommen. Es gibt keine Klassenstrukturen: Die Armut betrifft alle Einheimischen. Woraus folgt: Yelgor City ist nicht in einzelne Viertel unterteilt. Die Frage, welcher Bereich Wissenschaftler anlocken würde, die untertauchen wollten, mußte unbeantwortet bleiben.

Wir schwenkten in den Orbit und warteten darauf, daß Mr. Spock herausfand, wie wir Mornay und die anderen finden konnten. Vermutlich glaubte jeder von uns, nur Spock sei imstande, dieses Problem zu lösen. Wir beobachteten, wie er neue und alte Daten über die Wissenschaftler analysierte, um irgendeinen Hinweis auf das mögliche Versteck zu bekommen. Nach einer Weile gelangten wir zu dem Schluß, daß auch Spock kein Zauberer war.

Auch er stellte sich dieser Erkenntnis. Einige dünne Linien der Anspannung, die sich in Wangen und Stirn bildeten, zeigten es deutlich. Reglos saß er vor dem Monitor, bewegte sich nur, um eine Taste zu betätigen und andere Informationen über Mornay und Perren auf den Bildschirm zu rufen. Anschließend begann er noch einmal von vorn, und diesmal befaßte er sich mit Yelgor City und den vielen kleinen Vororten. Dr. McCoy und Merete beschlagnahmten die Wissenschaftler-Daten, nahmen an einem anderen Terminal Platz und versuchten, mit menschlicher Psychologie einen Erfolg zu erzielen. Sie hofften, etwas zu finden, das Spock übersehen hatte. Unterdessen leistete ich dem Vulkanier Gesellschaft und beschäftigte mich ebenfalls mit der Stadt. Gemeinsam hielten wir nach architektonischen Besonderheiten Ausschau, die vielleicht das Interesse von abtrünnigen Wissenschaftlern weckten, nach Orten, die mehrere Fluchtwege, natürlichen Schutz und dergleichen boten. Es fiel uns schwer, Mornays Überlegungen nachzuvollziehen, und dafür gab es einen guten Grund: Ich war keine Wissenschaftlerin und Spock kein Abtrünniger.

Scanner vertrieb sich die Zeit, indem er die Anzeigen beobachtete und eine Sensorerfassung des Planten vornahm. Er gab sich damit zufrieden, die Veränderungen von Magnetfeldern und infraroten Strahlungen zu messen, während sich Argelius unter uns drehte. Ich dachte plötzlich daran, daß er nie mehr verlangt hatte. Er ging seinem Hobby nach, und dadurch nahm er auf der Liste meiner Sorgen den letzten Platz ein.

Ich merkte erst, wie lange Scanner schon geschwiegen hatte, als er sich ruckartig vorbeugte, was nicht nur meine Aufmerksamkeit weckte, sondern auch die Mr. Spocks. Seine Nase berührte fast das Pult. »Bei den sieben Raumteufeln, was ist *das* denn?«

Spock drehte seinen Sessel herum. »Mr. Sandage?«

Scanner blinzelte, schüttelte den Kopf, schnitt eine Grimasse und zuckte mit den Schultern. »Sir... Ein solches Wellenmuster habe ich noch nie zuvor gesehen.«

Der Vulkanier schaltete unseren Bildschirm um, und der Computer zeigte die grafische Darstellung einer Strahlungswelle, die von einem bestimmten Bereich des Planeten ausging. Wir bekamen keine Gelegenheit, sie genauer zu betrachten – Spock reagierte mit einer Schnelligkeit, die mich verblüffte. Er sprang zur Seite und war mit einem Satz an Scanners Navigationskontrollen. Seine Schulter stieß so heftig an den Sitz, daß Scanner den Halt verlor und aufs Deck fiel. Einen Sekundenbruchteil später neigte sich das Raumschiff abrupt zur Seite und verließ die Umlaufbahn.

Das Triebwerk schnaufte und ächzte. Die künstliche Schwerkraft an Bord verschob ihr Zentrum und überließ uns einer Zentrifugalkraft, die mich ans Steuerbordschott schleuderte. Scanner rutschte durch den ganzen Raum und prallte mit dem Kopf an eine Luke. Merete und McCoy folgten ihm wider Willen.

Ich wollte mich in die Höhe stemmen, spürte jedoch, wie mich etwas zur Seite riß. Das eigene Gewicht warf mich gegen Merete, die zwischen meinen Beinen und dem Schott festsaß. McCoy kämpfte gegen den wachsenden Druck an und versuchte, die Hand unter Scanners blutenden Kopf zu schieben — mehr konnte er derzeit nicht für ihn tun.

Der Antrieb des Konstruktionsschleppers klang wie eine altertümliche Lokomotive, die mindestens tausend Waggons ziehen mußte. Spock klammerte sich irgendwie an der Schalttafel fest; sein Umhang flatterte wie eine Fahne zur Steuerbordseite. Reine Entschlossenheit hielt ihn an der Konsole, als sich die beiden miteinander verbundenen Schiffe aus dem Orbit lösten.

Mir tränten die Augen. Ich zwang mich, sie nicht zu schließen, bemühte mich zu verstehen, warum uns Spock in solche Gefahr gebracht hatte. Als der Druck endlich nachzulassen begann, als sich das artifizelle Gravitationsfeld wieder stabilisierte, traf uns eine Stoßwelle.

Sie kam zweifellos vom Planeten. Ich spürte ihre Fremdartigkeit mit geradezu übernatürlicher Intensität und wußte sofort, daß sich ihre Ursache nicht an Bord der *Bananenrepublik* befand. Übelkeit erfaßte mich, und zu dem substanzlosen, energetischen Strömen kamen seltsame Verzerrungen hinzu, ein Loslösen von der Realität. Ich beobachtete, wie sich die Wände der Brücke streckten und gähnten, wie sie durchsichtig wurden und mir Sterne zeigten, deren Farben nicht stimmten. Meine Arme wuchsen und veränderten ihre Form ... Die Wirklichkeit kehrte zurück, aber nur für wenige Sekunden, wich dann den Deformierungen der nächsten Stoßwelle.

Irgendwo in der Außenhülle des Schiffes platzte eine

Schweißnaht, und mit einem Zischen entwich die Luft ins Vakuum des Alls. Ein schmatzendes Geräusch folgte, als die automatische Versiegelung das Leck schloß. Das Schiff versuchte, auf sich selbst achtzugeben. Was uns betraf... Die Risse in den Ichstrukturen ließen sich nicht so einfach abdichten.

Zwischen jeder Welle kam ein Moment beunruhigender Realität, als sei die Wirklichkeit ein Traum zwischen Phasen des Erwachsens. Verschiedene Dimensionen schienen sich zu überlappen, raubten uns die Orientierung, verwandelten uns in Schattenwesen.

Mein Nervensystem summte und sirrte. Herzschlag, Atmung — alles geriet außer Kontrolle. Ich wußte nicht mehr, ob ich Luft holte oder den Atem anhielt. Ich hörte auf, die einzelnen Wellen zu zählen, als wir uns weiter vom Planeten entfernten. Es schien kaum etwas zu nützen: Die energetischen Stoßfronten blieben erbarmungslos stark. Im Nebel meiner Benommenheit flüsterte eine innere Stimme und wies mich darauf hin, daß Spock durch sein rasches Handeln unser Leben gerettet hatte. Wir wären sicher nicht in der Lage gewesen, einen direkten und unmittelbaren Kontakt mit dieser Energie zu überstehen.

Schließlich kroch die letzte Welle durch den Rumpf der *Bananenrepublik*, passierte unsere vibrierenden Körper und verschwand im All. Ich zitterte und wartete auf die nächste, aber die Wirklichkeit floh nicht noch einmal. Langsam stand ich auf und taumelte zu Spock.

»Was war das? Wer ist dafür verantwortlich?«

Der Vulkanier warf mir einen kurzen Blick zu und beugte sich dann über die Anzeigen. Sein Schweigen erschien mir unheilvoll.

McCoy kniete neben Scanner und half ihm auf. »Wer ist für was verantwortlich?«

»Mornay und die anderen«, erwiderte ich. »Niemand sonst auf Argelius könnte einen so starken energetischen Ausstoß verursachen.«

»In der Tat«, sagte Spock. Er offenbarte ein bemerkenswert menschliches Verhalten, als er durch das große Hauptfenster starrte und den Planeten beobachtete — er schien dem Computer nicht völlig zu vertrauen. Ruhig betätigte er mehrere Tasten, um die Funktion der Instrumente zu testen. »Commander, ich schlage vor, wir kehren jetzt in die Umlaufbahn zurück.«

Ich zögerte. »Sie sind der Senior-Offizier an Bord, Sir.«

»Ja. Aber vielleicht verstehen Sie nicht die Bedingungen, unter denen Ihnen Captain Kirk dieses Schiff zur Verfügung stellte. Er hat ein spezielles Prioritätskommando veranlaßt. Selbst jemand, der einen höheren Rang einnimmt, kann Ihnen nicht den Befehl über den Schlepper streitig machen.«

In meinem Gesichtsausdruck zeigte sich ein »Wollen Sie mich auf den Arm nehmen?«, aber ich hütete mich davor, diese Worte laut auszusprechen. Nach einigen Sekunden faßte ich mich wieder. »Und wenn ich ums Leben komme?«

Spock neigte den Kopf zur Seite. »Dann bliebe dem Senior-Offizier gar nichts anderes übrig, als Ihre Nachfolge anzutreten. Er könnte das Schiff fliegen, doch auf die Mission hätte er keinen Einfluß. Captain Kirk erachtet den Schlepper als entbehrlich, doch auf Sie kann er nicht verzichten. Soll ich uns jetzt in den Orbit zurückbringen?«

Ich nickte nur, verwirrt von den Worten des Vulkaniers. Als ich erneut fragen wollte, was geschehen war, lenkte mich Scanners Stöhnen ab. McCoy betastete seinen Kopf, und Merete untersuchte ihn mit einem Tricorder.

Ich durchquerte den Raum und ging vor Scanner in die Hocke. »Sie haben sich eine ziemliche Beule geholt, was?« murmelte ich mitfühlend.

Er lehnte sich ans Schott, während McCoy Blut von einer angeschwollenen Stelle an der Schläfe tupfte. Scanner war blaß und noch immer desorientiert, aber es gelang ihm trotzdem, lässig mit den Schultern zu zucken. »Ich schätze, von jetzt an werde ich auf dem Boden sitzen. Um zu vermeiden, noch einmal aus dem Sessel zu fallen. Was war das für eine Energie? Ich habe so etwas zum erstenmal erlebt.«

»Sie hat direkten Einfluß auf unsere autonomen Nervensysteme genommen«, sagte McCoy. »Und wenn ich mich nicht sehr irre, wurde auch der Hirnthamalus in Mitleidenschaft gezogen.«

»Nichts schien mehr wirklich zu sein«, kommentierte Merete und setzte die Untersuchung mit dem Tricorder fort. »Keine Gehirnerschütterung«, wandte sie sich an McCoy. »Durale Kontusion und geringfügige subdurale Blutungen.«

»Ich vermute, das bedeutet ›Kopfschmerzen‹«, brummte Scanner.

»Orbitalstatus«, meldete Spock. Sein Blick galt noch immer dem Planeten, und die eine Hand ruhte auf den Kontrollen.

»Mr. Spock?«

»Commander?«

»War es eine ... Realitätsverschiebung?«

»Vielleicht«, entgegnete er. »Eine einfache Beschreibung, aber zutreffend.« Er beugte sich vor und betrachtete einmal mehr die Anzeigen. Der Bordcomputer schien noch immer nicht genau zu wissen, was er von der ganzen Sache halten sollte. Nach einigen Sekunden richtete sich der Vulkanier wieder auf. »Ich glaube, es handelte sich um die Transwarp-Antimateriereaktion.«

Diese Bemerkung bedeutete McCoy offenbar mehr als mir. Vielleicht lag es daran, daß er als Arzt die psychisch-physischen Auswirkungen besser beurteilen konnte. Oder er hörte etwas in Spocks Stimme, das meiner Aufmerksamkeit entging. »Soll das heißen, Mornay und die anderen spielen mit dem Gefüge der Realität herum?« fragte er.

Scanner streckte vorsichtig die Beine. »Ich fürchte, die Wirklichkeit weist bereits einige Dehnungsstreifen auf.«

Spock nickte nachdenklich. »Ich kenne mich nicht sehr gut mit den Transwarp-Reaktionsmustern aus, aber ich weiß, daß die Energie sorgfältig stabilisiert werden muß, um sicher zu sein. Vermutlich haben wir gerade das Ergebnis eines Unfalls erlebt.«

»Mornay versucht also, das Ding zu bauen«, sagte ich nervös.

Spock sah mich an und wölbte eine Braue. »Zweifellos.«

»Aber auf Argelius fehlen ihnen doch die notwendigen technischen Ausrüstungen!« platzte es aus McCoy heraus. »Ich meine, dazu sind sicher hochmoderne Anlagen erforderlich, oder?«

»Was liegt ihnen daran, die Transwarp-Vorrichtung tatsächlich zu konstruieren?« warf Merete ein.

Aus einem Reflex heraus ballte ich die Fäuste. »Um einen noch größeren Vorteil zu bekommen. Sie haben jetzt nicht nur die Daten, sondern auch den Apparat.« Ich musterte Spock. »Es sei denn, der Unfall ...«

Spock erwiderte meinen Blick und seufzte kaum hörbar. »Die Intensität der Stoßwellen deutet auf eine ausgesprochen starke Antimateriereaktion hin. Sie hätte den ganzen Planeten vernichten können, wenn sie nicht ins All abgeleitet worden wäre.«

»Den ganzen Planeten«, wiederholte ich. »Auch Mornays Laboratorium.« Ich wollte nicht vorwurfsvoll klingen, aber irrationale menschliche Sorge verlieh meiner Stimme einen scharfen Tonfall. »Es könnte zerstört worden sein, nicht wahr? Vielleicht sind die Wissenschaftler tot ...«

Spock sah den emotionalen Aufruhr in meinem Gesicht und wußte, was ich wirklich meinte. *Vielleicht ist Sarda tot. Vielleicht hat es überhaupt keinen Sinn mehr, ihn retten zu wollen.* Ein anderer Vulkanier hätte sich vermutlich mit dem schlichten Hinweis begnügt, daß eine solche Möglichkeit durchaus in Betracht gezogen werden mußte, aber Spocks Verhalten basierte *auch* auf jahrelangen Erfahrungen mit Menschen.

Deshalb fand er den Mut, mir folgende Antwort zu geben:

»Ich weiß es nicht.«

Vor langer Zeit... Oder auch nicht. Vielleicht glaubte ich nur, daß inzwischen viel Zeit vergangen war. In dieser Hinsicht konnte ich meinen Erinnerungen nicht trauen. Manchmal verwandelten räumliche Entfernungen Monate in Jahre und Jahre in Jahrzehnte.

Ein kleiner Planet, in den grünen Pelz eines Dschungels gehüllt. Das Dickicht enthielt große Gefahren. Feinde. Feinde, die uns kannten und denen es nicht schwerfiel, unser Potential einzuschätzen. Wir brauchten einen Vorteil, etwas, das die Gegner nicht wußten.

Ich fühlte Sarda an meiner Seite. Er blickte über die Schulter, sah durch eine Lücke zwischen den hohen Farnen: zwei Feinde in der Schlucht, zu weit entfernt, als daß wir unsere Waffen einsetzen konnten. Die modifizierten Phaser hatten nur eine Reichweite von zehn Metern. Noch einmal: Wir benötigten einen Vorteil, wenn wir überleben wollten.

»Haben Sie irgendeine Idee?« fragte ich und duckte mich. Damals siezten wir uns noch.

Sarda ging ebenfalls in die Hocke und hielt den Kopf gesenkt. In dem Grün fiel sein helles, messingfarbenes Haar zu sehr auf, und er wollte vermeiden, unsere Position zu verraten. »Wir alle verfügen über die gleichen Waffen und Vorräte, woraus folgt: Durch unsere Ausrüstung können wir keinen Vorteil gewinnen. Wir müssen uns auf unser Wissen besinnen, auf unsere individuellen Talente.«

Ich seufzte. »Na schön. Wozu sind wir imstande und die anderen nicht?«

Sardas bernsteinfarbener Blick reichte ins Leere, als er uns analysierte. Wir kannten uns seit dem Beginn des Studiums an der Akademie, aber bisher hatte sich unsere Beziehung auf Grüße im Flur und das eine oder andere gemeinsame Arbeitsprojekt im Laboratorium beschränkt. Jetzt bildeten wir ein Team, das gegen die besten Kadetten der Starfleet-Akademie antrat. Es wäre bereits ein Vorteil gewesen, uns besser zu kennen, doch selbst darauf mußten wir verzichten. Wir hatten keine Ahnung, daß uns die Zukunft durch einige Abenteuer einander näherbringen würde.

Dies war das erste. Im Gegensatz zur landläufigen Meinung wachsen Freundschaften nicht mit der Zeit, sondern auf der Grundlage von gemeinsam überstandenen Gefahren. Dauerhafte Beziehungen müssen geschmiedet und nicht einfach entdeckt werden. Wir konnten natürlich nicht wissen, daß uns jetzt das erste Erlebnis dieser Art bevorstand. Ein Zufall hatte uns zusammengeführt, die Auswahl für den Ausdauertest.

Es kam einer großen Ehre gleich, dafür empfohlen zu werden. Die älteren Studenten bezeichneten ihn mit gutmütigem Spott als ›Durchhaltespiel‹ oder schlicht als ›Aushalten‹. Genau darum ging es: Wir sollten aushalten, und zwar länger als die anderen Zweiergruppen. Leicht gesagt. Unsere Gegner gehörten zu den Besten des Starfleet-Nachwuchses. Jeder Teilnehmer mußte nicht nur empfohlen werden, sondern auch ein hochrangiges Fakultätsmitglied als Förderer vorweisen können. Unser eigener Ruf stand ebenso auf dem Spiel wie die Reputation der Offiziere, die den Kopf für uns hinhielten. Jedes Team bestand aus einem Kommandokandidaten und einem wissenschaftlichen Spezialisten, doch dann hörten die Gemeinsamkeiten auf. Was den Kommandokandidaten betraf: Er konnte sowohl ein taktisches Genie sein als auch jemand, der sich besonders gut auf offensive Improvisation verstand. Und natürlich nutzte jeder seine Fähigkeiten, um die ›Feinde‹ zu eliminieren.

Das Spektrum der wissenschaftlichen Spezialisten war noch breiter: Es reichte von den biologischen Wissenschaften der Erde bis hin zu Xenomedizin, und dazwischen gab es alle nur erdenklichen *-ologen.* Zum Beispiel Neurophysiologen, die unter geeigneten Umständen ein ganzes Nervensystem lahmlegen konnten. Hinzu kamen elektrische Experten, Akustikwellen-Theoretiker, Astrophysiker und Raum-Zeit-Leute. Solche Typen beherrschten praktisch alles, was übers Stricken hinausging – und manchmal waren sie selbst dazu in der Lage. Außerdem gab sich Starfleet große Mühe, keine Paare zu bilden, die sich zu sehr ähnelten. Niemand durfte Hilfe erwarten. Niemand hatte die Möglichkeit, sich mit tage- und nächtelangem Büffeln auf diesen Test vorzubereiten. Entweder man überstand ihn, oder man überstand ihn nicht. Wir mußten uns einzig und allein auf unser Talent für Guerilla-Improvisation verlassen. Es kam darauf an, unsere jeweiligen Fähigkeiten gut miteinander zu verbinden.

Das Aushalten war nicht unbedingt die Ehre, die sich Kadetten wünschten. Aber eins stand fest: Wenn man ein solches Angebot bekam, so lehnte man es nicht ab. Man nahm es an, ganz gleich, wie hilflos man sich fühlte und wie sehr einem die Knie schlotterten.

»Ich bin Spezialist für Energiewellenumlenkung und Mechanik«, begann Sarda. »Sie kennen sich mit Geschichte und praktischer Anwendung von Strategie und Taktik aus. Als Vulkanier bin ich unseren Gegnern in bezug auf Muskelkraft sowie akustische und visuelle Wahrnehmung überlegen. Ich kann Lebensformen in einem Umkreis von ungefähr zwanzig Metern spüren. Hinzu kommen andere sensorische Fähigkeiten, wie sie für Vulkanier typisch sind und die es mir erlauben, Entfernungen, Volumen und Geschwindigkeiten zu schätzen. Wir dürfen die genannten Aspekte als Vorteile erachten, da keine anderen Vulkanier an diesem Aushalten teilnehmen.«

»Gut«, sagte ich. »Was sonst noch?«

»Sie sind Mensch. Unsere Rivalen sind ebenfalls Menschen, mit Ausnahme des Skorr-Entomologen in Team Sechs. Bestimmt erwartet man menschliches Verhalten von Ihnen. Andererseits: Sie stammen nicht von der Erde. Drei andere Team-Kommandanten sind ebenfalls Außenweltler, und nur in einem Fall kennen wir den Heimatplaneten: Vesco kommt von Altair Neun, einer Eiswelt. In diesem Dschungel hat er keine natürlichen Vorteile.« Sarda hob den Kopf und sah mich an. »Sie hingegen sind auf Proxima Beta geboren, einem warmen Planeten mit

Sümpfen und ausgedehnten Urwäldern. Daher bietet Ihnen das hiesige Ambiente eine vertraute Umgebung. Wie gut können Sie hier rekognoszieren?«

Es dauerte einige Sekunden, bis ich verstand, was er meinte. »Ich weiß, wie man ganz leise durchs Dickicht schleicht. Ich weiß, wie man den Treibsand und Schlammlöcher von festem Boden unterscheidet. Ich weiß, wie man aus pflanzlichen Fasern Seile, Netze, Tarnungen und Unterkünfte herstellt. Darüber hinaus kenne ich noch einige andere Tricks.«

Ich zuckte mit den Schultern und hoffte, daß Sarda mit meinen Auskünften etwas anfangen konnte. Gleich darauf regte sich Unzufriedenheit in mir. »Aber das genügt nicht. Wir brauchen keine Tricks, sondern einen echten Vorteil.«

Sarda nahm seufzend auf dem Boden Platz. Zum Glück war er Vulkanier. Bei einem Menschen hätte so ein Verhalten wie Kapitulation gewirkt. »Dem Unbekannten gegenüber lassen sich keine Vorteile gewinnen.«

Dann hörten wir ein Rascheln, ein Geräusch, das aus der Nähe kam und uns so laut erschien wie das Heulen von Alarmsirenen.

Wir wechselten einen überraschten Blick, starrten wie benommen auf die zitternden Farne und krochen in Dekkung. Das Aushalten hatte gerade erst begonnen; derzeit war es ratsam, jemand anders die Rolle des Angreifers zu überlassen. Sollten sich die übrigen Teams ruhig gegenseitig eliminieren – dann blieben weniger Feinde für uns übrig. Allerdings bedeutete es auch, daß wir gegen die besten Zweiergruppen antreten mußten.

Aber das kam erst später. Zunächst einmal dachten wir nur daran, uns zu verstecken.

Auf Händen und Knien schoben wir uns durchs Grün, und ich bemerkte einen unserer Gegner. Gruegen. Ein freundlicher Norweger, der weitaus schlauer und klüger war, als man zuerst glaubte.

»Runter«, flüsterte ich.

»Wir könnten sie in einen Hinterhalt locken«, schlug Sarda leise vor.

»Noch nicht.«

Wir streckten uns flach auf dem Boden aus, und über uns schloß sich die Decke aus Farnen und Zykadeen. Das Rascheln wurde erst etwas lauter, dann leiser. Kurz darauf herrschte wieder Stille.

Sarda stand vorsichtig auf und sah sich um. »Sie sind fort«, sagte er, wandte sich mir zu und bedachte mich mit einem durchdringenden Blick. »Warum haben sie auf einen Angriff verzichtet? Die Gegner boten ein kaum zu verfehlendes Ziel.«

»Ich bin noch nicht bereit. Ohne einen Plan sehe ich keinen Sinn darin, in die Offensive zu gehen. Gruegen ist nicht der Typ, der sich leicht in eine Falle locken läßt. Auf keinen Fall darf uns der Fehler unterlaufen, den Gegner zu unterschätzen. Lektion Nummer Eins in elementarer Taktik.«

»Und Lektion Nummer Zwei lautet: Nutze jede gute Gelegenheit«, erwiderte der Vulkanier sarkastisch.

»Das ergibt doch keinen Sinn. Wir haben soviel Zeit, wie wir wollen. Es besteht kein Grund dazu, Konfrontationen überstürzt herbeizuführen. Dadurch wecken wir nur die Aufmerksamkeit der anderen Gruppen. Nein, wenn wir uns auf einen Kampf einlassen, müssen wir sicher sein, ihn zu gewinnen, und dazu benötigen wir einen echten Vorteil.«

Sarda versteifte sich ein wenig. »Ich wäre schon damit zufrieden, bei diesem Test gut abzuschneiden. Angesichts der Umstände halte ich es für unwahrscheinlich, daß wir alle anderen Teams eliminieren können, und deshalb wünsche ich mir eine ... frühe Niederlage.« Er sprach leise, und es klang fast niedergeschlagen.

Ich musterte ihn und runzelte die Stirn. »Ist es Ihnen gleich, ob wir gewinnen oder nicht?«

Das Grün des Dschungels spiegelte sich in Sardas bernsteinfarbenen Augen wider, als er meinem Blick begegnete.

»Ich bin Wissenschaftler, kein Stratege. Dieser Test erscheint mir sinnlos. Er stellt eine nutzlose Belastung dar, und ich sehe keine Möglichkeit für uns, ihn als letztes Team zu beenden. Wenn man mich nicht empfohlen hätte ...«

»Aber man *hat* Sie empfohlen«, entgegnete ich scharf und ärgerte mich über Sardas Selbstmitleid. »Dies ist ein Auftrag, Lieutenant, eine Mission. Ihnen mag es egal sein, ob wir gewinnen oder nicht, aber ich lege großen Wert auf den Sieg. Und ich lasse mir von Ihnen keine Knüppel zwischen die Beine werfen. Wenn alle Vulkanier so wenig Engagement aufbringen können wie Sie, so frage ich mich, warum Angehörige ihres Volkes überhaupt bestrebt sind, Starfleet-Ränge zu bekleiden.«

In Sardas Wangen zuckte es. Mein spöttischer Tonfall ging ihm ganz offensichtlich gegen den Strich, obwohl er versuchte, seine Gefühle unter Kontrolle zu halten. Ausdruckslose Kühle kehrte in die Züge des Vulkaniers zurück. Er senkte den Blick, und rotbraune Wimpern beschatteten seine Augen. Blondes Haar glänzte im Sonnenlicht, das durch die Zweige und Blätter der hohen Bäume filterte.

Ich erhob mich und ballte die Fäuste. »Der einzige Zeitdruck, dem wir ausgesetzt sind, besteht darin, uns Nahrung und Wasser zu besorgen. Früher oder später müssen wir mit der Suche nach etwas Eß- und Trinkbarem beginnen. Wir warten nicht damit, legen sofort einen Vorrat an und bleiben hier, während die anderen Teams gegeneinander antreten. Wenn nur noch drei oder vier Zweiergruppen übrig sind, werden wir aktiv.« Ich schritt über die moosbewachsene Lichtung, ließ den Blick umherschweifen und hielt an meiner Analyse der Situation fest. Dies war meine kleine Brücke, der Kontrollraum des Schiffes, das ich befehligte. Hier würde ich die Entscheidungen treffen, von denen unser ›Leben‹ abhing. Ja, mein Hauptquartier während des Aushaltens. Der Ort, an dem ich entschied, wie wir vorgehen mußten, um mindestens zwei andere

Teams zu eliminieren. Nur dann konnten wir den Sieg beanspruchen — vorausgesetzt, wir blieben als letzte Gruppe übrig. Für das Minimum von zwei Eliminationen gab es einen guten Grund: Diese Regel sollte verhindern, daß sich ein Team einfach versteckte, bis alle anderen ausgeschieden waren. Der Test erforderte auch Aktivität und Eigeninitiative. Dazu war ich durchaus bereit — später.

»Unsere wichtigste Waffe sind Informationen über die anderen Gruppen«, dachte ich laut. »Wir müssen den Feind kennen. Nun, wir befinden uns hier auf höherem Gelände und können die Schluchten auf beiden Seiten überblicken. Gut. Vielleicht gewinnen wir einen Eindruck von der Taktik unserer Rivalen.« Behutsam schob ich zwei große Farne beiseite, sah durch die Lücke und spähte in eine der beiden Schluchten. Insekten summten um uns herum, und kleine Samenkapseln schwebten im warmen Aufwind. Gespenstische Lichtfinger tasteten durch Wolken aus Staub und winzigen Lebewesen. Ich spürte Sardas verdrossenen Blick im Rücken. »Wir verstecken uns hier eine Zeitlang.«

»Das ist keine sehr ehrenhafte Taktik«, antwortete der Vulkanier mit unüberhörbarer Mißbilligung.

Ich drehte mich erstaunt um. Ein Vulkanier, der sich rächen wollte? Offenbar kannte ich ihn wirklich nicht besonders gut. »Ich habe meine Gründe dafür«, erwiderte ich. »Ich beginne nun mit der Suche nach Nahrungsmitteln. Während ich fort bin, prüfen Sie unsere Ausrüstung, um festzustellen, ob wir irgendwelche Teile davon zu offensiven Zwecken verwenden können.«

Dünne Falten formten sich in Sardas Stirn. »Zu offensiven Zwecken? Zu unserer Ausstattung gehören keine...«

»Nehmen Sie trotzdem eine entsprechende Kontrolle vor. Sparen Sie sich Ihre logischen Einwände für einen späteren Zeitpunkt auf.« Ärger vibrierte in meiner Stimme. Vielleicht lag es auch an den Nerven. Tief im Keller meines Selbst wußte ich, daß ich nur so scharf reagierte, um meine eigene Unsicherheit zu verdrängen. Ich wollte wirklich gewinnen, und gleichzeitig gestand ich mir ein, daß die Chancen nicht sehr gut standen. Ja, ich gab Sarda die Schuld für meine Besorgnis – deshalb der Hier-befehle-ich-Tonfall. Einige Sekunden lang war es mir damit gelungen, mich selbst zu überzeugen. Vielleicht konnte ich dem Vulkanier damit nichts vormachen, aber ich hoffte, daß er verstand, wie ernst ich es meinte.

Als ich vorsichtig Nußbüschel und Obst für unseren Proviant sammelte, ließ mein Groll auf Sarda allmählich nach. Vielleicht war es meine Schuld. Sollte ein Kommandant nicht fähig sein, Begeisterung in seiner Crew zu wekken? Sardas Verhalten – ein Spiegelbild meines Erfolgs. Ich schauderte bei dieser Erkenntnis. Konnte ich eine solche Wirkung entfalten? Genügte *mein* Einfluß, um einen Vulkanier aus der Ruhe zu bringen? Verdammt! Ich fand es schon schwer genug, mich beim Aushalten durchzusetzen, aber daß mein Partner unbedingt von Vulkan stammen mußte... Wenn wir doch nur beide Vulkanier oder Menschen gewesen wären – die Unterschiede zwischen uns kamen einer schweren Bürde gleich.

Ich fragte mich, mit welchem Problem Sarda rang, warum er es bedauerte, für diesen Test empfohlen worden zu sein.

Nein, es hatte keinen Sinn, darüber nachzudenken. Es spielte keine Rolle. Nur der Sieg war wichtig. Auf die eine oder andere Weise würde es mir gelingen, Sardas Kooperationsbereitschaft zu gewinnen, selbst wenn ich mir dafür einen ›logischen‹ Grund einfallen lassen mußte. Irgendwo im Land der Theorie gab es Logik in Form einer Karotte.

Wir warteten. Wir beobachteten. Drei Teams schieden innerhalb der ersten fünf Stunden aus. Wir sahen, wie zwei von ihnen in einen Hinterhalt gerieten. Ganz deutlich spürte ich ihre Enttäuschung, als sie von den Farbpfeilen getroffen wurden. Das Summen eines Transporterfelds deutete auf die Eliminierung der dritten Zweiergruppe hin. Das Kontrollschiff im Orbit beamte die betreffenden Personen an Bord.

Sarda und ich versteckten uns auf der Anhöhe, tief im Dickicht aus Farnen und Fächerpalmen. Wir versuchten herauszufinden, womit wir fertig werden mußten. Der kleine Planet hatte keine Monde; des Nachts funkelten nur Sterne am Himmel. Während der Dunkelheit würde es bestimmt niemand wagen, ein anderes Team anzugreifen – Bewegungen und Licht fielen sofort auf. Als es finster zu werden begann, machte ich es mir so bequem wie möglich; selbst für Kommandokandidaten gehört das Ausruhen manchmal zur Strategie.

Der Morgen dämmerte für fünf Gruppen, die auf den Sieg hofften. Jetzt wurde es Zeit für uns, etwas zu unternehmen. Es ging darum, mindestens zwei Teams zu eliminieren.

Zwei Stunden lang ›jagten‹ wir unsere Rivalen, näherten uns ihnen und beobachteten sie. Vesco und der Skorr-Wissenschaftler erwiesen sich als besonders aggressiv, und wir nahmen neidisch zur Kenntnis, daß sie einige recht wirkungsvolle Fallen stellten. Warum waren wir nicht auf diese Idee gekommen? Vesco schien sehr einfallsreich zu sein, und meine Besorgnis wuchs. Er hatte bereits drei andere Gruppen besiegt – mehr als das Minimum für den Überlegenheitsanspruch. Jetzt brauchte er nur noch dafür zu sorgen, daß sein Team als letztes ürigblieb. Doch das genügte Vesco offenbar nicht.

Der norwegische Kommandokandidat und seine überaus eindrucksvolle wissenschaftliche Spezialistin teilten Vescos offensive Einstellung. Als wir uns vor dem Test bei einer kurzen Einsatzbesprechung trafen, sahen sie aus wie ein Werbepaar für *hautenge* Skikleidung. Sie hatten dabei einen harmlosen, geradezu naiven Eindruck erweckt – ich hielt sie für Leute, die am liebsten über die letzte Party sprachen –, doch jetzt mußte ich meine Meinung revidieren: Es war ihnen gelungen, ein Kommunikationssystem zu entwickeln, und sie benutzten dabei die Kontrollampen ihrer Medo-Scanner. Als ich mich hinter einer Palme verbarg und den rauhen Stamm am Rücken spürte, sah ich das Glühen und Blitzen ihrer Codezeichen, während sie einen Hinterhalt vorbereiteten. Durch ihre Kreativität fühlte ich mich in meinem Stolz verletzt. Etwas anderes kam hinzu: unter gewöhnlichen Umständen — und erst recht nicht in einer Situation wie dieser — verschwendete ich kaum Gedanken an meine Weiblichkeit, aber ich mußte mir eingestehen, daß die Partnerin des Norwegers einen atemberaubenden Anblick bot. Sie bewies, daß Frauen nicht nur außerordentlich attraktiv sein können, sondern auch sehr intelligent.

Sarda bemerkte, daß ich die Schultern hängen ließ. »Stimmt was nicht, Lieutenant?« fragte er.

»Sie können sich auch verständigen, wenn sie voneinander getrennt sind«, stöhnte ich. »Es handelt sich um einen einfachen Lichtcode, aber er gibt ihnen einen Vorteil.«

»Warum bedrückt Sie das so?«

»Warum? Weil ich nicht selbst an diese Möglichkeit gedacht habe.«

Sarda zögerte und versuchte offenbar, meine Gefühle zu analysieren. Schließlich gab er es auf und sagte: »Kommunikation ist tatsächlich ein Vorteil. Aber ab einer gewissen Entfernung funktioniert der Lichtcode nicht mehr — am Tag läßt sich das Glühen der Kontrollampen nur schwer wahrnehmen.«

»Ja. Außerdem hat die Sache einen zweiten Haken.«

»Und der wäre?«

Ein Lächeln umspielte meine Lippen. »Ich kenne den Code und kann die Mitteilungen entschlüsseln.«

Sarda dachte darüber nach, preßte kurz die Lippen zusammen und nickte.

»Darüber hinaus verraten sie dadurch ihre Position«, fügte ich hinzu. »Wir brauchen etwas Besseres. Wir benötigen eine Möglichkeit, um das Potential unserer Fähigkeiten voll auszunutzen, während wir nicht zusammen sind. Wir benötigen eine Kommunikationsmethode, die auf Licht verzichtet.«

»Man hat uns keine Kommunikatoren erlaubt.«

»Falsch«, widersprach ich. »Wir haben keine Kommunikatoren *bekommen.* Niemand wies darauf hin, daß sie nicht erlaubt sind.«

Sarda verlagerte das Gewicht aufs andere Knie. »Das sind Wortspielereien, Lieutenant. Um akustische Nachrichten zu übermitteln, die nur auf uns beide beschränkt bleiben, sind Geräte notwendig, die sich nicht in unserem Besitz befinden.«

»Sie sind zu pessimistisch«, entgegnete ich. »Das Zauberwort heißt Improvisation.«

»Weder Improvisation noch übertriebener Optimismus können die Fakten verändern«, sagte Sarda gereizt.

Sein Ärger wirkte ansteckend. »Ich habe Vulkanier immer für besonders scharfsinnig gehalten, aber Sie sind offenbar eine Ausnahme«, zischte ich. »Es gibt Alternativen. Wir müssen sie finden oder welche *er*finden. Verdammt, ich will gewinnen!«

Sardas Gesichtsausdruck verhärtete sich. »Auch die anderen streben den Sieg an«, erwiderte er eisig. »An Entschlossenheit herrscht während des Aushaltens kein Mangel, Lieutenant Piper. Ihr menschlicher Starrsinn nützt Ihnen hier nichts.«

Manchmal verabscheute ich die Wahrheit, so wie jetzt. Ich haßte Sarda, weil er mir mitteilte, was ich bereits wußte. Doch irgend etwas in mir weigerte sich zu glauben, daß ich nicht ein wenig mehr Mumm hatte als die anderen Teilnehmer an dem Test, jenes zusätzliche Quentchen Hartnäckigkeit, mit dem ich gewinnen konnte, wenn ich den richtigen Gebrauch davon machte. Sarda war Vulkanier. Er würde so etwas nie verstehen.

Ich ließ das Thema fallen.

»Sehen wir uns die Ausrüstung an«, schlug ich vor. »Vielleicht fällt uns dabei etwas ein.«

»Wir haben sie bereits überprüft.«

»Und wenn schon.«

Sarda warf mir einen finsteren Blick zu, als er seine Sachen hervorholte. Nachdenklich starrten wir auf die Gegenstände hinab und betrachteten Dinge, die zur Ausstattung jeder Landegruppe gehörten: Proviant, ein Medo-Scanner, ein elektronisches Feuerzeug, Sardas modifizierter Phaser, Haken und Leine, um Fische oder kleine Tiere zu fangen, eine Standard-Bake für den Notfall und ein schlichtes Stahlmesser. Kein Kompaß. Kein Tricorder. Kein Kommunikator. Ich verfügte über die gleiche Ausrüstung wie Sarda, aber zweimal Null ergibt Null.

»Nichts«, murmelte ich, drehte den Medo-Scanner von einer Seite zur anderen und griff nach dem elektronischen Feuerzeug. »Es sei denn, die mechanischen Komponenten dieser Instrumente können irgendwie verändert werden. Sind Sie imstande, einen Kommunikator zu bauen?«

»Ohne Werkzeuge?« erwiderte Sarda. »Ohne Transtator und Kapazitor? Ohne...«

»Lassen Sie das ›Ohne‹ und konzentrieren Sie sich statt dessen aufs ›Mit‹«, verlangte ich. »Haben wir etwas, womit wir eine Kommunikationsvorrichtung konstruieren können? Einen Apparat, der uns die Möglichkeit gibt, auch dann in Verbindung zu bleiben, wenn wir voneinander getrennt sind? Vielleicht eine Modifikation der Scanner-Sensoren oder was weiß ich. Himmel, haben Sie überhaupt keine Phantasie?«

Sarda betrachtete die einzelnen Gegenstände verdrießlich, betastete sie, überlegte, beobachtete sie erneut. Nacheinander hob er die Dinge auf und drehte sie mehrmals hin und her, bevor er sie wieder sinken ließ. Nach einer Weile schüttelte er den Kopf. »Ich sehe hier nichts, das bei der Konstruktion eines modernen Kommunikationsgerätes verwendet werden könnte.«

Ich hätte am liebsten laut geschrien. »Es braucht nicht unbedingt etwas Modernes zu sein. Ich gebe mich völlig mit Senden und Empfangen zufrieden. Verdammt und zugenäht, es ist nicht nötig, daß wir damit imstande sind, ein Raumschiff im Orbit zu erreichen!«

Sarda kommentierte meine verbale Eruption mit gerunzelter Stirn, senkte dann den Kopf und versuchte einmal mehr, sich das Unmögliche vorzustellen. Ich beobachtete seinen inneren Kampf eine Zeitlang und beschloß dann, ihn nicht auf dem Schlachtfeld des angeblich Absurden alleinzulassen. »Dieser Planet hat die gleiche geologisch-energetische Struktur wie die Erde vor der ersten industriellen Revolution. Was gab es damals auf Terra, das wir heute nutzen könnten?«

Ich erwartete natürlich keine Erklärung von ihm, hoffte einzig und allein, daß er seinen Ideen praktische Anwendung verlieh. Vielleicht genügte es, ihm mehrere Fragen zuzuwerfen, um eine Antwort zu bekommen. Gleichzeitig präsentierte sich mir eine andere Sorge: Ich fühlte, wie die Anspannung zwischen uns zunahm. Ich hatte noch nie eng mit einem Vulkanier zusammengerbeitet, aber trotzdem gewann ich den Eindruck, daß Sarda nicht die übliche vulkanische Geduld zeigte. Bei ihm nahm erzwungene Kühle den Platz eleganter Selbstbeherrschung ein. Ich spürte etwas unter Sardas Eis, Bewegungen, die ihn noch mehr frustrierten als mein Ehrgeiz. Ich saß dicht neben ihm und beobachtete, wie der innere Konflikt in steifer Mimik seinen Ausdruck fand. Plötzlich begriff ich, daß ihm ebensoviel am Sieg lag wie mir, auch wenn er das Gegenteil behauptete. Ich fand keine konkreten Beweise für diese Annahme, aber trotzdem war ich so sicher, als sei die Botschaft in meine Handfläche gebrannt. Erneut preßte Sarda kurz die Lippen zusammen, und die nahen Farne riefen grüne Reflexe in seinen bernsteinfarbenen Augen hervor. Die rechte Hand schloß sich um den Mode-Scanner...

Dann zitterte es in der Pflanzenwand vor uns. Nein, das stimmte nicht ganz: Es schimmerte in Sardas Pupillen. Eine Zeitlang lauschte er. Sein Blick galt nun nicht mehr der Ausrüstung, sondern den Farnen, doch er nahm sie überhaupt nicht bewußt wahr.

Ich spannte unwillkürlich die Muskeln. »Was ist?«

Sarda neigte langsam den Kopf nach hinten, und der dunkle Glanz seiner Augen trübte sich mit winzigen Abbildern des wolkenverhangenen Himmels. »Jemand nähert sich«, hauchte er.

»Sind Sie ganz sicher?«

»Ja.«

Lautlos steckten wir die Gegenstände auf dem Boden ein, und einige Sekunden später wichen wir in taufeuchte Sträucher zurück. Ich zog den modifizierten Phaser und hielt ihn schußbereit. Meine Schultern bebten kurz – die Aufregung des Unerfahrenen? –, als ich die Waffe hob. Wenn ich bei diesem Test so nervös war... Wie reagierte ich, wenn ich eines Tages an einer echten Mission teilnahm, wenn ich gegen Feinde antreten mußte, die nicht nur mit Farbpfeilen schossen?

Ich ignorierte die störenden Signale meiner Unzulänglichkeit, ging vor Sarda in die Hocke und horchte. Kurz darauf hörte ich das Rascheln ebenfalls. Ein Team schlich auf uns zu.

»Wer könnte es sein?« flüsterte ich.

»Das läßt sich kaum feststellen«, antwortete Sarda ebenso leise. »Jede der übriggebliebenen Gruppen kommt in Frage.«

»Ich bin noch nicht bereit, etwas gegen Vesco zu unternehmen, aber wenn der Norweger oder...«

Ich unterbrach mich, als sich der Dschungel teilte.

Zwei Personen krochen mit gezückten Waffen aus dem Dickicht, und mein Stolz mußte einen weiteren Schlag hinnehmen, als ich sah, daß sie mit Blättern getarnt waren. Warum hatte ich nicht daran gedacht? Funktionierte mein Gehirn nicht mehr richtig? Warum blieb ich passiv, während meine Rivalen handelten? *Reiß dich endlich am Riemen, Piper!* dachte ich, wütend auf mich selbst,

Ich zielte sorgfältig. Die beiden Gegner näherten sich, spürten unsere Blicke und verharrten, setzten dann den Weg fort. Aus irgendeinem Grund wußten sie, daß wir zugegen waren. Menschen. Zwei Männer. Der eine hochgewachsen und drahtig, der andere untersetzt und erstaunlich agil. Angesichts ihrer ›Gewänder‹ aus Lianen und

Zweigen fiel es mir schwer, das Ziel zu erkennen. Irgendwo zwischen den Blättern befanden sich Körper. Ich orientierte mich anhand der Gesichter — helle Ovale im Grün — legte an und drückte ab.

Ein Farbpfeil raste fort und sauste durch die Farne. Eins der beiden Gesichter sank ruckartig nach unten, und blaue Flecken entstanden auf der Fächerpalme dahinter.

Wir flohen. Unsere beiden Rivalen stürmten los und versuchten, uns zu erwischen, bevor wir noch einmal auf sie schießen konnten. Von einem Augenblick zum anderen herrschte Chaos im Dschungel. Ich stolperte immer wieder über Wurzeln, die hier und dort aus dem Boden ragten, duckte mich hinter dichtes Buschwerk und wich den langen Dornen der Stechpflanzen aus.

»In die Zange nehmen!« raunte ich Sarda zu. Einen Sekundenbruchteil später zuckte ein kleiner Pfeil dicht an meinem Ohr vorbei. Ich drehte mich um und beobachtete, wie das kleine Geschoß an einem moosbewachsenen Baumstumpf zerplatzte und ihn mit gelber Farbe bekleckste. Wie dumm von mir: Ich verlor wertvolle Zeit, indem ich erstarrte und daran dachte, daß ich fast ausgeschieden wäre. Ich schwor, besser aufzupassen, begriff rechtzeitig, daß ich wie eine Zielscheibe war, die man kaum verfehlen konnte. Daraufhin sprang ich endlich und verschwand zwischen mehreren hohen Farnen, als ein weiterer Farbpfeil über mich hinwegjagte.

Ich hatte Sarda aus den Augen verloren. Voller Verzweiflung riskierte ich es, aufzustehen und nach ihm Ausschau zu halten. Wenn er getroffen wurde, schied auch ich aus — beim Aushalten kam es auch auf Teamarbeit an. Wir mußten uns gegenseitig helfen und schützen, gemeinsam ›überleben‹. Ich hielt unsere Trennung jetzt nicht mehr für eine gute Idee. Wo war er?

Plötzlich kippte der Boden, und ich rutschte über einen steilen Hang. Irgendwie gelang es mir, unten auf den Beinen zu landen; sofort duckte ich mich wieder und lauschte aufmerksam. Alle Muskeln in meinem Leib zitterten, und ich fragte mich ernsthaft, ob ich mit einer realen Mission fertig werden konnte, bei der es *wirklich* um Leben oder Tod ging. Immerhin: Dies war nur ein Spiel. Wie mochte ich mich verhalten, wenn es ernst wurde?

Ich streifte diesen Gedanken ab, konzentrierte mich wieder auf die gegenwärtige Situation. Die Hinweise der Akademie-Professoren fielen mir ein. *Wer sich ablenken läßt, bringt sich selbst in Gefahr.* Sarda... Ich mußte ihn finden. Ohne eine Möglichkeit der Verständigung brachte die Trennung nur Probleme mit sich. Hatte ihn einer der Gegner getroffen? Vielleicht waren wir bereits ausgeschieden, ohne daß ich etwas davon wußte. *Hat man uns eliminiert, ohne daß wir die Chance bekamen, eine andere Gruppe zu erledigen?* Überlegungen, die mich erschreckten...

Geräusche. Ein leises Rascheln. Dort drüben.

Ich kroch durchs Dickicht und näherte mich dem entsprechenden Ort. Meine Beine schmerzten, als ich Meter um Meter zurücklegte, die rechte Hand fest um den Griff des modifizierten Phasers geschlossen. Dornen kratzten mir über die Haut, aber ich ignorierte sie, achtete nur darauf, völlig lautlos zu sein. Ich legte erst eine Pause ein, als ich leise Stimmen im dampfenden Dschungel vernahm, orientierte mich und schlich dann weiter. Die Gegner schienen sich von mir zu entfernen, aber diesmal wollte ich kein Risiko eingehen — vielleicht täuschte mich meine Wahrnehmung.

Der Argwohn gegenüber den eigenen Sinnen erwies sich als berechtigt, denn einige Sekunden später raschelte es direkt vor mir. Ich holte tief Luft, stieß einen schrillen Kampfschrei aus, warf mich hinter einigen Zykadeen hervor und feuerte.

Ein Farbpfeil flog auf mich zu, und ich wich gerade noch rechtzeitig zur Seite. Der Boden hob sich mir entgegen, und das Geschoß verfehlte mich, zerplatzte an den Pflanzen hinter mir. Einige Tropfen der blauen Farbe fielen auf meine Uniform. Blau? Blau!

»Sarda!« Ich erhob mich wieder.

Seine Pupillen weiteten sich. Er hockte bis zur Taille in einer gelbbraunen Rohrstaude und hielt den Phaser nach wie vor auf mich gerichtet.

»Was ist mit den anderen?« schnaufte ich.

»Ich dachte...« begann Sarda und furchte die Stirn. »Offenbar habe ich mich geirrt.«

»Sie müssen hier irgendwo sein! Bleiben Sie dicht hinter mir!«

Wir brachen wieder auf und setzten die Jagd fort. Es dauerte nicht lange, bis wir unsere Rivalen fanden — und sie uns. Farbpfeile sausten hin und her, aber keiner traf das Ziel. Jemand berührte einen Stolperdraht, und tellerförmig gewölbte Blätter fielen auf uns herab. Fauliges Wasser spritzte.

Einer unserer Feinde fluchte. Sarda und ich schüttelten uns kurz und stoben in verschiedenen Richtungen davon. Der schlimmste Gestank dieses Dschungels haftete uns an.

Schließlich erreichten der Vulkanier und ich die Anhöhe, streckten uns auf dem Moos aus und schnappten nach Luft.

»Verdammt, was *war* das?« fragte ich und schnitt eine Grimasse. Ich konnte den übelkeiterweckenden Geruch kaum ertragen.

»Eine Falle«, murmelte Sarda und zupfte an seinen nassen Ärmeln. Er roch ebenso schlimm wie ich.

»Oh, *Himmel!*« Ich keuchte und rümpfte die Nase. »Das ist... hinterhältig.«

»Und offenbar stammte sie nicht von jenem Team.«

»Jemand erlaubt sich Streiche!«

Meine Stimme hallte bis in die Schlucht hinab. »Verlieren Sie nicht die Kontrolle, Lieutenant«, warnte mich Sarda.

»Aber dies ist weder der geeignete Ort noch die richtige Zeit, um verdammte Streiche zu spielen! Bei diesem Test sind keine *Witzbolde* zugelassen!«

Sarda griff nach meinem Arm, um mich zu beruhigen — und lies ihn sofort wieder los, als stinkende Flüssigkeit aus dem Stoff quoll.

Ich biß die Zähne zusammen, und meine Hände ballten sich von ganz allein zu Fäusten. Zornig starrte ich in die Schlucht. »Vesco! Was für ein *Mistkerl*! Bestimmt steckt er dahinter. Die Stubengenossen in der Akademie mußten oft seinen ausgefallenen Sinn für Humor ertragen.«

Sarda seufzte und sah an sich herab. »Allem Anschein nach verzichtete er selbst hier nicht darauf.«

»Kommen Sie. Wir erteilen ihm eine Lektion.«

Ich begann damit, in die Schlucht hinabzuklettern.

»Warten Sie, Piper!« Sarda folgte mir, und seine Finger glitten an meiner nassen Uniform ab. »Bleiben Sie stehen, bevor Sie unsere Position verraten.«

Irgendwo tief in mir flüsterte eine mahnende Stimme und wies mich darauf hin, daß ich die Selbstbeherrschung verlor und der Wut nachgab. Vesco und seine hinrissigen Spielereien hatten mich daran gehindert, das andere Team zu eliminieren — aus keinem ersichtlichen Grund. Was sollte ihm daran gelegen sein, eine solche Falle vorzubereiten? Als ich überlegte, woher er von unserem Aufenthaltsort wußte, erinnerte ich mich daran, daß sein Partner ein Skorr war und fliegen konnte. Ich hätte mir selbst eine Ohrfeige geben können. *Ihm stand die ganze Zeit über Luftaufklärung zur Verfügung, und das haben wir völlig vergessen!* Zornig marschierte ich zur nächsten Lichtung und stieß mehrmals Sardas Hand beiseite. Er konnte mich erst festhalten, als ich in ein verborgenes Loch trat und stolperte.

Ich griff nach einigen Farnen und zog mich hoch. Honig. Ja. Honig tropfte von meinen Stiefeln. Ich sah mich um, senkte den Kopf und betrachtete das Loch. Es enthielt eine zähflüssige Masse, deren Oberfläche aus toten Käfern bestand. Ein Teil des Honigs — und Dutzende von Insekten — klebten mir an den Beinen.

»Das genügt«, knurrte ich. »Ich schnappe mir den Kerl.« Der Honig saugte an meinen Stiefeln, als ich weiterging und mich wieder dem Hang zuwandte, aber diesmal griff Sarda sofort zu und riß mich herum.

»Lieutenant, Sie müssen sich beherrschen!« sagte er fest, und sein Blick bohrte sich in mich hinein.

»Vesco ist nicht fair«, preßte ich hervor. »Sie sind kein Mensch. Sie verstehen das nicht.«

Sarda schloß die Hände um meine Schultern und zwang mich, ihn anzusehen. »Wenn er fair wäre, gerieten Sie nicht in seine Fallen. Wir können ihm eine ›Lektion erteilen‹, aber Sie dürfen sich nicht von ihm besiegen lassen, bevor es zu einer Konfrontation kommt. Ich gebe mir Mühe, zumindest einige Stunden lang wie ein Mensch zu denken«, fügte er bedeutungsvoll hinzu. »Ist es zuviel verlangt, wenn ich Sie bitte, wie ein Vulkanier zu handeln?«

Er ließ mich erst los, als er in meinen Augen sah, daß der Zorn nachließ. Entschlossenheit zeigte sich in seinen Zügen. In jenen Sekunden aus Feuer und Eis entstand eine völlig neue Beziehung zwischen uns, geprägt von gegenseitigem Verständnis.

Sekunden? Ich weiß nicht genau, wieviel Zeit verstrich. Wir musterten uns gegenseitig, verbunden durch eine stumme Kommunikation, die keine Worte benötigte. Niemand von uns regte sich, bis wir beide wußten, daß ich den Pakt akzeptierte. Wie ein Mensch denken. Sich wie ein Vulkanier verhalten. Die vollständige Empathie — mentaler Austausch.

Ich nickte.

»Sie haben recht«, sagte ich. »Sie haben recht.«

Sarda atmete tief durch, und die Erleichterung gab seinem Gesicht etwas Sanfteres. Er bemühte sich ganz offensichtlich, zur kühlen Reserviertheit seines Volkes zurückzufinden. »Ich nehme an, daß es hier noch mehr Fallen gibt.«

»Ich hätte damit rechnen sollen«, erwiderte ich. »Vescos Fachgebiete sind Reaktologie und Reflexologie. Er will uns durcheinanderbringen.«

»Und das wäre ihm auch fast gelungen«, entgegnete Sarda mit leisem Tadel.

Ich hob den einen Fuß, so daß der Honig abtropfen

konnte, trat dann zur Seite, als eine fleischfressende Pflanze Blätter und Ranken danach ausstreckte — vielleicht erhoffte sie sich Blut. »Ja. Entschuldigen Sie. Nun, Vesco ist Psychologe. Mir hätte klar sein müssen, daß er seine Kenntnisse als Waffe verwendet. Ich schlage vor, wir setzen unsere eigenen Spezialitäten ein.«

Sarda holte seine Sachen hervor und bewies, daß ich ihn zuvor nicht umsonst unter Druck gesetzt hatte. Anscheinend war es ihm gelungen, den Kern der Wahrheit in meiner Verbitterung zu erkennen. Er beherzigte den Rat zu improvisieren, stellte einige Minuten später folgendes fest: Der Empfänger des Medo-Scanners ließ sich so verändern, daß er Trägerwellen registrieren konnte. Zwei Stunden Arbeit — und plötzlich verfügten wir über ein Kommunikationssystem. Natürlich bekamen wir es dabei mit einigen Problemen zu tun, aber wir lösten sie und konstruierten ein schlichtes Sende- und Empfangsgerät.

»Man bezeichnet so etwas als Radio«, erklärte Sarda. »Es übermittelt akustische Signale. Ziemlich primitiv.«

»Ob primitiv oder nicht — es ermöglicht eine Verständigung, und genau darum ging es mir.« Ich nahm den veränderten Medo-Scanner zur Hand. Er steckte nun nicht mehr in seinem Gehäuse und wies ein Dutzend Erweiterungen auf: Teile von unseren Uniformen, einige Komponenten des elektronischen Feuerzeugs und andere Dinge, die einen mir rätselhaft bleibenden Zweck erfüllten. Ich gab mich damit zufrieden, daß die Vorrichtung funktionierte; alles andere spielte keine Rolle.

Wir benutzten das Gerät sofort. Sarda kletterte in einen hohen Baum, und ich kehrte in die Schlucht zurück, in der Hoffnung, daß auch weiterhin drei andere Teams am Aushalten teilnahmen. Wenn außer uns nur noch eins übrig war, gab es keine Hoffnung mehr, den Sieg zu erringen.

Der günstige Aussichtspunkt versetzte Sarda in die Lage, den Aufenthaltsort des Teams festzustellen, das wir bis vor kurzer Zeit gejagt hatten. Er schätzte die Entfernung ab und dirigierte mich zur Position unserer Gegner.

Einige Minuten später klebten blaue Flecken an ihren Uniformen. Die Gesichter der beiden Männer brachten Niedergeschlagenheit zum Ausdruck — ich hatte Mitleid mit ihnen —, aber sie galten als ›tot‹ und durften keinen Laut von sich geben. Sie achteten die Vorschriften, nahmen an Ort und Stelle Platz und aktivierten ihren Lokalisator. Unbehagen regte sich in mir, als ich beobachtete, wie sich ihre Gestalten in einem Transporterfeld auflösten.

Jetzt der Norweger. Und dann Vesco.

Ich mußte warten, was meine Geduld — vom Mut ganz zu schweigen — auf eine harte Probe stellte. Sarda bemühte sich unterdessen, die beiden gefährlichsten Zweiergruppen zu finden. In der Schlucht wurde ich mit zwei weiteren Fallen konfrontiert — die erste enthielt eine ziemlich große Spinne, die zweite einige Nesseln, die rote Blasen an meinem rechten Unterarm hinterließen —, aber ich hielt mich an den mit Sarda geschlossenen Pakt, verdrängte den Zorn und dachte: *Verhalte dich wie ein Vulkanier.*

»Piper!« flüsterte es aus dem Empfänger in meinem Ohr.

Ich preßte die beiden Metallstreifen zusammen, die den Sender aktivierten. »Hier.«

»Hören Sie mich, Piper?«

Ich hob den halb demontierten Medo-Scanner an die Lippen. »Bestätigung. Wo sind unsere Gegner?«

»Ich habe Gruegen und seine Partnerin entdeckt. Wenden Sie sich nach Süden, Kurs null Komma fünf. Die Entfernung beträgt etwa zweihundert Meter. Seien Sie vorsichtig.«

»Ich bin unterwegs.«

Sarda hielt mich über die Positionsveränderungen der Rivalen auf dem laufenden, als ich durch den dichten Dschungel schlich. Immer wieder bohrten sich Dornen in meine Uniform und zerrissen den Stoff, aber ich ging und kroch verbissen weiter. Schließlich entdeckte ich zwei blonde Köpfe, blieb auf einem kleinen Mooshügel stehen und zog den Phaser.

Im Ohrempfänger knackte es kurz. »Piper, Gruegen und seine Begleiterin wenden sich Ihnen zu.«

Ich nickte und nahm mir nicht die Zeit, den Sender einzuschalten und Antwort zu geben. Vor mir raschelte es. *Gleich ist es soweit . . .*

Ich hob die Waffe.

»Piper! Vesco und der Skorr sind hinter Ihnen!«

Meine Haut prickelte. Hinter mir! Verdammt!

»Sie nähern sich schnell«, warnte Sarda. Ich hörte deutlich seine Besorgnis. »Sie müssen sich zurückziehen — sofort! Piper . . .«

Ich fühlte ihre Präsenz in Form einer Unruhe, die sich in mir ausbreitete, als ich den Phaser an die Brust preßte, in die Hocke ging und einen Blick über die Schulter warf. Vesco und der Skorr waren schon so nahe, daß ich sie sehen konnte.

»Piper!« raunte Sarda. Verzweiflung durchbrach die Barrieren vulkanischer Ruhe.

Ich zog den Empfänger aus dem Ohr, verstaute ihn in der Tasche und legte den Phaser ins Moos. Dann nahm ich mit überkreuzten Beinen Platz und wählte für meine Hände die harmloseste aller denkbaren Positionen: Ich ließ sie über die Knie baumeln.

Vesco und sein Partner kamen durch die Farne und verharrten abrupt, als sie mich sahen. Ich nutzte ihre Verblüffung, um verzagt mit den Schultern zu zucken, den einen Arm anzuwinkeln und das Kinn auf die Hand zu stützen.

Vesco runzelte die Stirn. Er wechselte einen Blick mit seinem vogelartigen Begleiter, überwand die Überraschung und lächelte triumphierend. Glücklicherweise hielt er an mir nicht nach Farbflecken Ausschau.

Der Dschungel knisterte wie steifer Taft. Vesco wurde übergangslos ernst und zog den Phaser. Der Skorr reagierte sofort, wich in den Schatten zurück und faltete seine goldenen Schwingen.

Die dunkelgrünen Muster des Dschungels gerieten in Bewegung, und die muskulöse Gestalt Gruegens trat auf die kleine Lichtung, gefolgt von der wohlproportionierten Wissenschaftlerin. Der Norweger sah Vesco und riß seine Waffe hervor, als ein Farbpfeil dicht an ihm vorbeijagte und auch die Frau nur um Haaresbreite verfehlte. Alle gingen in Deckung — ich bildete die einzige Ausnahme. Still und reglos saß ich auf dem Mooshügel, während um mich herum Farbpfeile aus vier Richtungen heransausten. Ich brauchte meine ganze Willenskraft, um nicht zu reagieren. Meine Nerven waren bis zum Zerreißen gespannt, als ich die Geschosse ignorierte und stumm beobachtete, wie sich bunte Flecken auf Blättern und Steinen bildeten. In der Tasche summte und knackte es aus dem Empfänger — Sarda versuchte noch immer, sich mit mir in Verbindung zu setzen.

Links von mir erklang ein Schrei, und dann vernahm ich das dumpfe Pochen eines Farbpfeils, der einen Menschen traf. Gruegen stand langsam auf und kam hinter einem Farn hervor. An der Schulter und auf der rechten Wange glänzte es purpurn. Seine Partnerin verließ ihr Versteck, starrte ihn groß und enttäuscht an.

Gruegen teilte ihre Niedergeschlagenheit, als er den Lokalisator hervorholte und dem Transporterraum an Bord des Kontrollschiffes im Orbit ein Signal gab. Vesco schob sich vor seinem Skorr-Gefährten aus dem Dickicht in meiner Nähe und grinste, als Gruegen und die Frau entmaterialisierten.

Er genoß seinen vermeintlichen Sieg so sehr, daß er keinen Gedanken an die Frage verschwendete, warum man mich nicht ebenfalls fortgebeamt hatte. Er straffte die Schultern, plusterte sich auf, hielt sich für den strahlenden Gewinner des Aushaltens. Wie zärtlich strich er über seinen modifizierten Phaser, sah den Skorr an und lächelte. Dann wandte er sich zu mir um, kam näher und öffnete den Mund, um etwas zu sagen.

Woraufhin sich seine Zähne blau färbten.

Er blinzelte, riß die Augen auf, senkte wie in Zeitlupe den Kopf und betrachtete die blauen Flecken auf seiner

Uniform. Der Skorr war so überrascht, daß er sich nicht von der Stelle rührte. Vesco und sein Begleiter starrten erst auf die blaue Farbe, dann auf den Phaser, den ich nun wieder in der Hand hielt.

Ich saß noch immer auf dem Mooshügel, und meine Lippen bildeten einen dünnen Strich. *Beim Aushalten ist jedes Mittel recht.*

Vesco begann zu zittern. Er bebte vor Zorn und ballte die Fäuste. Nur die strengen Regeln des Tests hinderten ihn daran, sich auf mich zu stürzen.

Der Skorr-Wissenschaftler ließ seine goldenen Schwingen sinken, nahm den Lokalisator und trat neben Vesco, dessen Gesicht rot angelaufen war. So endete das Aushalten für ihn. Als der Transporterstrahl schimmerte, warf er mir, dem Sieger, einen letzten wütenden Blick zu.

Ich weiß es nicht. Vier Worte, die jeder Vulkanier haßte. Und ich verabscheute sie ebenfalls, wenn sie sich auf Sardas Leben bezogen. Ich gewann seine Freundschaft beim Aushalten und verlor sie, als ich Sardas Talent für Waffentechnik entdeckte und ihn demütigte, indem ich Starfleet darauf hinwies. Schließlich gewann ich sie wieder, als wir gemeinsam versuchten, Admiral Rittenhouses Pläne zu vereiteln. Ich rang mit der Vorstellung, daß unsere Beziehung zu Ende ging, bevor sie Gelegenheit bekam, sich weiterzuentwickeln, fest und stabil zu werden. Ich trachtete danach, nicht auf Spock eifersüchtig zu sein, als ich im Kontrollraum der *Bananenrepublik* neben ihm stand. Spock und Kirk hatten mehrere Jahre Zeit gehabt, um sich gegenseitig verstehen zu lernen. Es erschien mir unfair, daß Sarda und ich vielleicht keine Chance dazu bekamen.

Ich entsann mich an den Sieg beim Aushalten, an die damit einhergehenden Partys, Ehrungen und Privilegien in der Starfleet-Akademie. Jene Erinnerungen bereiteten mir nun inneren Schmerz, aber sie boten auch einen Hoffnungsschimmer, der neue Entschlossenheit in mir weckte.

Wenn Sarda gestorben war, so würde ich dafür sorgen, daß sein Tod nicht umsonst blieb.

Wenn er noch lebte, so wußte ich nun, wo ich ihn finden konnte.

Mr. Spock analysierte gerade die Restenergien der rasch schwächer werdenden Transwarp-Emissionen, und ich ging zu ihm. »Sir ...« begann ich.

Er drehte den Kopf. »Commander?«

»Was die Lokalisierung Mornays und der anderen betrifft ...«

Spock spürte etwas, das selbst ich aufgrund meiner Benommenheit nicht fühlen konnte. Er richtete sich auf und musterte mich. Als er sprach, wußte ich, daß er verstand.

»Haben Sie einen Plan?«

KAPITEL 7

»Wie fehlbar von mir.«

TÖDLICHE SPIELE AUF GOTHOS

»Radio? Sie meinen, wie ein... Radio?«

»Ja. Genau, Scanner. Trägerwellen. Fangen Sie gleich damit an.«

Er musterte mich noch einige Sekunden lang und vermutete vielleicht, daß ich mir einen Scherz mit ihm erlaubte. Dann wandte er sich den Sensoren zu, wirkte jedoch noch immer skeptisch. Kummervoll berührte er die Konsole und gab auf, noch bevor er begann. »Das ist nicht annähernd so einfach, wie Sie glauben, Teuerste«, sagte er und bedachte mich mit einem vorwurfsvollen Blick. »Ich bin mir nicht sicher, ob diese Instrumente so sehr *ent*modernisiert werden können. Ist Ihnen eigentlich klar, daß Sie von prähistorischen Frequenzen reden, von Dinosauriern des Äthers?«

Ich deutete zum Sendemodul der Konsule. »Richten Sie die Signale auf den Ausgangspunkt der Transwarp-Emissionen. Später können wir mit den Tricordern eine genaue Ortsbestimmung vornehmen.«

»Offenbar begreifen Sie nicht, wie schwer...«

»Lieutenant Sandage«, warf Spock ein, »wenn Sie die unteren Frequenzbereiche neu justieren und das energetische Niveau entsprechend anpassen, werden Sie feststellen, daß sich mit diesen Bordsystemen normale Trägerwellen ausstrahlen lassen.«

»Aber es muß alles manuell geschehen, Sir«, erwiderte Scanner in einem entschuldigenden Tonfall. »Andernfalls teilt uns der Computer mit, es sei unmöglich.«

»Schon gut«, sagte ich. »Hören Sie einfach nicht auf ihn. Stellen Sie sich vor, an den Kontrollen eines Flugzeugs zu sitzen und die Höhe allein mit Schubkraft zu halten, ohne den Neigungswinkel der Tragflächen zu verändern.«

Spock nickte. »Ein angemessener Vergleich. Wenn wir jene Frequenzen mit den Sensoren erreichen wollen, so müssen wir in erster Linie Energie einsetzen. Eine Veränderung der Frequenz-Parameter ist kaum sinnvoll.«

Scanner winkte kurz. »Na schön, meinetwegen. Es ist einen Versuch wert.« Er begann mit einer manuellen Rejustierung der Instrumente. »Was erwarten wir eigentlich?«

»Eine Antwort«, entgegnete ich. »Wenn Sarda lebt, sich in irgendeinem Laboratorium befindet und jene Signale empfängt, so weiß er, wer sie sendet.«

»Wenn, wenn, wenn.« Scanner seufzte, streckte und krümmte mehrmals die Finger, bevor er sich über die Sensorkonsole beugte und versuchte, das richtige Gleichgewicht zwischen Energie und Wellenlänge herzustellen. Die Frequenz war so niedrig, daß unsere Signale sogar durch die Bewegungen des Schiffes im Orbit beeinflußt wurden. Sie mußten per Hand moduliert werden, und das bereitete selbst jemandem wie Scanner erhebliche Schwierigkeiten. Der leistungsfähige Computer eines Starfleet-Schiffes wäre dieser Aufgabe sicher gewachsen, aber die Kapazität unseres Bordrechners genüge nicht. Zwei Stunden lang saß Scanner an der Konsole und schickte niederfrequente Trägerwellen zum Ausgangspunkt der Transwarp-Emissionen. Mein Respekt vor seinen Fähigkeiten wuchs, als er ständig Schieberegler betätigte und Tasten drückte, um das eingesetzte Energieniveau zu stabilisieren. Die Kurven auf dem Monitor schienen sich nicht zu verändern. Zunächst versuchte ich zu verstehen, worum es bei seinen Bemühungen ging, aber dann beschränkte ich mich nur noch darauf, stumm zu warten.

Einer der anderen Bildschirme zeigte Yelgor City. Ich sehnte mich danach, endlich die Stadt aufzusuchen, um etwas zu *unternehmen*, um Sarda zu finden und ihn zu retten — oder um mich mit seinem Tod abzufinden. Kirk würde bestimmt bald mit der Absicht eintreffen, sich Dr.

Mornay vorzunehmen, aber wie sollte er dazu in der Lage sein, wenn Spock und ich die Wissenschaftlerin noch nicht von Perren und Sarda isoliert hatten? Die Zeit übte zunehmenden Druck auf mich aus, und das galt auch für die Verantwortung. Ich sah nun meine Hoffnung enttäuscht, daß sich jene Bürde durch Spocks Präsenz verringerte. Als ich mich für den harten Weg des Kommandos entschied, hatte ich mehrere Vereinbarungen mit mir selbst getroffen, und nun fiel es mir immer schwerer, sie zu ignorieren.

Das Gefühl, einem heftigen Sturm ausgesetzt und gleichzeitig zur Untätigkeit verurteilt zu sein, weckte einen Ärger in mir, den ich nicht länger unterdrücken konnte. Alles in mir schrie nach Aktivität, und ich gab diesem Bestreben nach, wandte mich an Spock. Er untersuchte noch immer die Transwarp-Strahlungen, obwohl sie inzwischen kaum mehr meßbar waren und nur geringfügige Störungen in der Raum-Zeit-Struktur hinterließen. »Mr. Spock?« fragte ich leise, um Scanner nicht abzulenken.

»Ja, Commander?«

»Wo befindet sich Captain Kirk, Sir? Ist er unterwegs? Trifft er bald ein?«

Der Vulkanier drehte seinen Sessel herum. »Vielleicht«, erwiderte er, und ich schätzte seine Offenheit. »Er hatte keinen genau festgelegten Plan. Ich weiß, daß er es nicht für richtig hielt, die *Enterprise* sofort nach Argelius zu bringen. Er beabsichtigt, sich irgendwann mit uns zu treffen, aber ich sehe mich außerstande, die Frage nach dem Wann zu beantworten.«

Ich nickte, starrte zu Boden und überlegte. »Danke«, sagte ich langsam. »Das gibt mir die Freiheit, aus eigenem Ermessen zu handeln.«

McCoy näherte sich. »Wieso?«

»Wir haben zwei Möglichkeiten«, erklärte ich. »Entweder legen wir hier die Hände in den Schoß und warten auf den Captain, oder wir unternehmen etwas auf der Basis unserer derzeitigen Informationen. Der Captain wollte, daß wir eine dieser beiden Optionen wahrnehmen, und die erste kommt wohl kaum in Frage – immerhin wußte er nicht, wann er hier eintreffen würde. Er erwartet wohl kaum von uns, daß wir unsere Entscheidungen von einem unbekannten Faktor abhängig machen. Woraus folgt: Wir werden jetzt aktiv und berücksichtigen dabei die Dinge, über die wir bereits Bescheid wissen.«

McCoy hob die Brauen.

Spock schürzte die Lippen. »Logisch.«

»Es geht also los«, ließ sich Merete vernehmen, die in einem Passagiersessel auf der Backbordseite saß. »Aber *was* unternehmen wir?«

Sie *mußte* diese Frage stellen, nicht wahr? Ich hoffte, daß mir rechtzeitig etwas Intelligentes einfiel, als ich den Mund öffnete. »Nun ... wir mischen uns unter die Einheimischen. Wir suchen den Planeten auf und sehen uns dort um. Von der Umlaufbahn aus können wir nicht viel in Erfahrung bringen. Sir, Sie erwähnten argelianische Kleidung ...«

»Ja«, bestätigte Spock. »Sie liegt an Bord meines Schiffes bereit. Ich bleibe hier und sende weiterhin die Trägerwellen-Signale. Darüber hinaus setze ich mich mit der Regierung von Argelius in Verbindung und bitte um eine Ausgangsbasis für Sie. Der Präfekt ist bereits von der Situation unterrichtet. Es sollten sich keine Schwierigkeiten für Sie ergeben.«

Die vom argelianischen Präfekten vorgeschlagene ›Ausgangsbasis‹ erwies sich als ein schäbiges Lokal im nördlichen Bereich der Stadt. Spock hatte auch dafür gesorgt, daß wir dort Arbeit bekamen – dadurch fielen drei Fremde weniger auf. Nun, wenigstens konnten wir mit unseren Nachforschungen beginnen.

Ich ging voraus und fühlte mich sehr unsicher, als mir Merete und McCoy durch die Straßen folgten. Wir waren in der Nähe eines leeren Docks rematerialisiert, und ich hielt mich an Spocks Richtungsangaben. Durch schmale, neblige Gassen wanderten wir, vorbei an niedrigen, düster wirkenden Gebäuden aus Holz und Stein. Hier und dort begegneten uns Einheimische und ihre Gäste. Meine Annahmen bestätigten sich; die Außenweltler waren auf den ersten Blick als solche zu erkennen: Starfleet-Angehörige auf Landurlaub, Klingonen und Romulaner. Ich sah kaum Nichthumanoiden, und dafür gab es einen guten Grund. Die auf Argelius herrschenden Umweltbedingungen eigneten sich nicht für ein breites Spektrum an Lebensformen. Mir fiel schon bald auf, daß es trotz der ruhigen, friedlichen Atmosphäre Platz genug gab für Argwohn und Mißtrauen. Das Starfleet-Personal beobachtete die Klingonen und Romulaner; die Klingonen beobachteten jeden, der eine Flottenuniform trug, und die Romulaner beobachteten praktisch alle. Ich hatte das Gefühl, daß wir uns im Zentrum der allgemeinen Aufmerksamkeit befanden. Vielleicht bildete ich es mir nur ein. Vielleicht lag es an den Schleiern oder den perlenbesetzten Pantoffeln. Vielleicht basierte mein Unbehagen auf dem Umstand, daß ich eine bunte, bauschige Hose und Federn trug. Purpur und Hellgrün standen mir einfach nicht. In mir reifte die Erkenntnis heran, daß die Kleidung keineswegs unsere wahre Identität verbarg.

»Das zahle ich Spock heim«, brummte McCoy. Er warf einen Blick über die Schulter und sah zu einigen Argelianern, die ihn neugierig angestarrt hatten, zupfte befangen an der Brokatweste und dem Leibgurt. Auch bei ihm wirkte Purpur nicht besonders gut, und der glänzende, orangefarbene Fes verlieh ihm etwas Groteskes. Ich verglich ihn mit einer lebendigen Tapisserie, als er den Schulterbeutel zurechtrückte, der unsere Tricorder enthielt.

»Ich hoffe, wir erreichen das Lokal bald«, sagte Merete. »Hier in den Straßen ist es ziemlich feucht.«

»Ich will keine Klagen von Ihnen hören«, erwiderte ich gespielt streng und betrachtete ihr langes blaues Gewand. »Sie sind die einzige von uns, die nicht wie ein tropischer Vogel gekleidet ist.« Ich klemmte mir das Bündel aus Overall und Stiefeln fester unter den Arm. Spock hatte mir vorgeschlagen, meine Sachen zurückzulassen, aber ich konnte mich einfach nicht an die Vorstellung gewöhnen, mit Federn und Schleiern Erpresser zu jagen.

»Wir sind da«, verkündete ich, als wir eine recht laute Straße erreichten und eine niedrige Tür passierten. Dunstschwaden glitten durch den nur matt erhellten Raum, und ich hörte das Lachen der Kunden. Dicke Vorhänge und Teppiche hingen an den fünf Wänden, ihre Farben durch Rauch und Alter verblaßt. Dutzende von Personen hockten auf Kissen oder streckten sich auf langen Liegen aus und kauten Konfekt, das ich nicht einmal mit einem langen Stock berührt hätte. Schrille Musik klang aus einer Ecke — dort standen einige Musiker und spielten auf seltsamen Instrumenten. Ein Samtpodium präsentierte eine tanzende junge Frau, die sich im Takt der Melodie drehte und ihre Hüften schwang.

Wir hatten das Lokal kaum betreten, als ein dicker, verdrießlich wirkender Mann auf uns zutrat, einige argelianische Worte an mich richtete und nach meinem Arm griff.

»Wie bitte?« entfuhr es mir. »Was wollen Sie von mir?«

Nach den Maßstäben dieser Welt kam sein Ärger brodelndem Zorn gleich. »Sie haben sich verspätet!« sagte er auf Englisch und schüttelte den Kopf. »Ich erweise Kammerherrn Yiri einen Gefallen, und was ist das Ergebnis? Am ersten Abend der Großen Gezeiten fehlt mir Personal! Hier, nimm das Tablett.« Er reichte Merete einen Metallteller mit Konfekt und befahl: »Bedien die Klingonen dort drüben. Sorg dafür, daß sie zufrieden sind. Und du ...« Er deutete auf McCoy. »Füll die Becher und Gläser.«

Wenige Sekunden später war ich mit diesem netten Griesgram allein. Er führte mich durch einen Ozean aus Beinen und Kissen. »Bald bist du dran. Kennst du dich mit der *Litika* aus?«

»Äh ... vielleicht«, antwortete ich zögernd und stieg über einen schlafenden Argelianer hinweg. »Hast du in der letzten Zeit irgendwelche Vulkanier gesehen?«

Der Wirt ruderte mit den Armen. »Was weiß ich? Vulkanier und Romulaner — sie sehen alle gleich aus.« Er forderte mich auf, an einem glitzernden Vorhang zu warten, und das war mir recht. Als er fortging, nutzte ich die gute Gelegenheit, um hinter den Vorhang zu schlüpfen und den Kommunikator aus den Falten des Schleiers zu ziehen, was mir alles andere als leicht fiel. Das kleine Gerät zirpte leise, als ich es aufklappte. »Piper an *Rex*«, sagte ich.

»Hier Spock.«

»Irgend etwas Neues, Sir?«

»Nein, noch nicht. Ich sende weiterhin die Trägerwellen. Da hier oben nur einer von uns gebraucht wird, hat Mr. Sandage den Wunsch geäußert, sich ebenfalls auf den Planeten zu beamen. Ich bin damit einverstanden. Er zieht sich gerade um und wird bald bei Ihnen eintreffen. Wie ist Ihre Situation?«

»Ich glaube, wir haben gerade eine feste Anstellung gefunden. Vermutlich fallen wir hier kaum auf. Bestimmt bin ich in der Lage, die eine oder andere Frage zu stellen, und vielleicht ergeben sich dabei irgendwelche Hinweise, mit denen wir etwas anfangen können. Sarda lebt und ist in der Nähe — ich *fühle* seine Präsenz.«

Ein ernstes, mißbilligendes Schweigen kommentierte meine überschwengliche Behauptung und erinnerte mich daran, daß sie nichts mit Logik oder Rationalität zu tun hatte. »Wie Sie meinen«, entgegnete Spock schlicht. »Benachrichtigen Sie mich, wenn Sie es für angebracht halten, irgend etwas zu unternehmen. Ich setze mich in dreißig Minuten mit Ihnen in Verbindung, um Ihren Status zu überprüfen.«

»Bestätigung. Piper Ende.«

Ich schob den Kommunikator in die Tasche meines zusammengefalteten Overalls, legte das Bündel hinter den Vorhang und trat dann wieder ins Lokal. Dort begegnete ich einem fast verzweifelten Wirt.

»Hier bist du! Ich habe dir gesagt, du sollst warten, und was machst du statt dessen? Versteckst dich hinter dem Vorhang. Diese Nischen sind nicht für dich bestimmt. Du bleibst hier und wirst deinen Aufgaben gerecht, verstanden? Geh jetzt!«

Es erklang keine Musik mehr. Alle Kunden sahen mich an, und ich blinzelte verwirrt.

»Nun?« drängte der Wirt.

»Äh ... ja.« Ich glättete die Schleier und beobachtete, wie die Männer im Raum auf flache Tische klopften. »Worin bestehen meine Aufgaben?« fragte ich schließlich.

Der dicke Argelianer konnte es offenbar kaum fassen. »Du sollst tanzen! Was dachtest du denn? Warum trägst du sonst diese Kleidung?«

»Oh. Natürlich. Entschuldigung.«

»Entschuldige dich nicht. Tanze!«

McCoy stand auf der anderen Seite des Lokals und starrte verdutzt, als ich auf das Podium trat. Aus der Ferne betrachtet, wirkten die silbernen Seidenfransen am Rand ziemlich hübsch, doch jetzt stellte ich fest, daß sie an einigen Stellen zerrissen waren — offenbar hatten hier schon viele junge Frauen gestanden. Mir wurden die Knie weich. Ich konnte mich kaum auf den Beinen halten, vom Tanzen ganz zu schweigen.

Ich sollte tanzen?

Das Klopfen wurde lauter. Grinsende Gesichter sahen viel zu erwartungsvoll zu mir hoch. Klingonen, Menschen, Argelianer, zwei Mengeniten weiter hinten — kein besonders vielversprechendes Publikum.

Der ungeduldige Wirt klatschte in die Hände, und daraufhin hoben die Musikanten wieder ihre Instrumente. Erneut erklang eine disharmonische Melodie, fast übertönt vom hämmernden Pochen.

Ich hob einen schleierumhüllten Arm und ließ ihn langsam sinken, wodurch der dünne Stoff wogte und wallte. Dann wiederholte ich die Geste mit dem anderen Arm. Zwei Schritte nach links, zwei nach rechts — tanzen? Merete stand wie gelähmt und sah mich ebenso groß an wie McCoy. Kurz darauf bemerkte ich auch Scanner: Er stand in der Tür, trug die rote Weste und das Ekrühemd eines

Kellners – und richtete einen Tricorder auf mich. Wirklich entzückend. Ich spürte, wie mir das Blut ins Gesicht schoß. Es war schon schlimm genug, auf diese Weise gedemütigt zu werden, aber daß mich auch meine Starfleet-Kollegen dabei beobachteten ...

Ich bewegte mich wie in zähem Brei – und offenbar erfüllte ich nicht die Erwartungen des Publikums. Höhnische und spöttische Stimmen erklangen. Ich wand mich hin und her, nahm mir ein Beispiel an der Tänzerin, die ich zuvor gesehen hatte, versuchte ebenfalls, die Hüften zu schwingen. Es nützte nichts. Ich kam einfach nicht damit zurecht – an der Starfleet-Akademie gab es keine Bauchtanz-Kurse. Nach einigen Minuten gelang es mir, in der ›Musik‹ einen gut versteckten Rhythmus zu erkennen, und daraufhin fand ich zumindest zu einer gewissen Eleganz. Das Publikum behandelte mich etwas besser, wahrscheinlich nur aus Mitleid.

Direkt neben dem Podium saßen einige Klingonen, und sie zeigten ihre Anerkennung, indem sie an meinen Schleiern zupften. Sie schafften es, einige zu lösen – bis ich die Nase voll hatte und die Tücher zurückriß. Die Männer grölten angesichts eines Trotzes, der gar nicht zum argelianischen Wesen paßte, hoben ihre Becher und tranken klingonischen Wein, der auch destillierte Schmetterlinge enthielt – der Geruch wies deutlich darauf hin. Allem Anschein nach interpretierten sie mein Verhalten als Ermutigung, und damit hätte ich eigentlich rechnen sollen. Das unstete Licht der Fackeln huschte über dunkle Gesichter, spitze Zähne und schwarze Bärte. Einer der Klingonen hielt mich am Fuß fest.

»Für 'ne argelianische Frau bist du eine echte Supernova«, knurrte er. »Komm her.«

»Geht leider nicht«, erwiderte ich. »Muß arbeiten.«

»Du kannst deine Arbeit bei uns fortsetzen.« Ich verlor den Pantoffel, und der Klingone schnüffelte daran, während er mich lüstern musterte. *»TlhIngan Hol Dajatlh'a'?«*

Ich verstand nicht, was er meinte, lehnte es ab, mich auf

eine Diskussion mit ihm einzulassen. Ich drehte den Fuß und hoffte, mich aus dem Griff befreien zu können, aber die Finger drückten noch fester zu.

»Als Tänzerin taugst du nicht viel«, brummte der Klingone.

Die einzige Frau in der klingonischen Runde neigte den Kopf nach hinten und lachte. *»'elaS-ngan ghaH.«* Was auch diese Worte bedeuteten — das Gelächter ging auf meine Kosten.

Ich spürte, wie der Druck am Fuß weiter zunahm. »Kyrtu bezeichnet dich als Frau von Elas. Leistest du deshalb Widerstand? Du siehst gar nicht wie eine Elasianerin aus!«

Noch lauteres Lachen.

Ein anderer Mann leerte seinen Becher und setzte ihn mit einem Ruck ab. »Manche argelianischen Frauen sind durchaus talentiert, Gelt. Bestimmt ist sie qualifiziert — sonst würde sie nicht ausgerechnet *hier* arbeiten.«

Ich verharrte, starrte auf ihn hinab und biß die Zähne zusammen, um meine Gedanken für mich zu behalten.

Gelt grölte zusammen mit den übrigen Klingonen. Dann wandte er mir wieder sein dunkles Gesicht zu und zerrte an meinem Fuß. »Genug mit dem Tanz.«

Ich kniff die Augen zusammen. »Laß mich los«, sagte ich laut. »Sonst trete ich dir die Visage ein.«

Das Lachen verklang, und die Musik ebenfalls. Stille herrschte.

»Ich werde dich einige Dinge lehren«, knurrte Gelt. »Klingonische Dinge. Starke Dinge. Auf alles Klingonische!« Er hob den Becher und sah seine Gefährten an, hielt mich dabei noch immer am Fuß fest. »Auf daß du zornig stirbst!«

Sie tranken und richteten durchdringende Blicke auf mich.

Ich holte tief Luft. »Nicht übel für jemanden, der gerade erst laufen gelernt hat.«

Gelt wußte genau, was ich damit meinte, und seine Finger schienen sich in stählerne Zangen zu verwandeln. Aus den Augenwinkeln bemerkte ich, wie der Wirt die Hände zum Mund hob – er schien der Panik nahe zu sein. McCoys Haltung brachte zum Ausdruck, daß er mit Schwierigkeiten rechnete. Scanner und Merete konnte ich nicht sehen. Ich verschwendete keine Gedanken an sie, dachte einzig und allein an den Klingonen. Der Mistkerl hatte eine Abreibung verdient.

In Gelts Augen funkelte es, und ich begriff, daß es sinnlos war zu versuchen, dieses Problem mit Worten zu lösen. Ich beschloß, ihm auch den anderen Fuß anzubieten. Eine kurze Drehung, die zum Starfleet-Ausbildungsprogramm gehörte, und die Hacke traf den Nasenrücken des Klingonen. Dieser Tritt hätte einen Menschen sofort ins Reich der Träume geschickt, aber bei Gelt bewirkte er nur Überraschung. Jetzt *ließ* er mich los und sank nach hinten, während sein Gesicht Verblüffung zeigte. Doch er blieb nicht etwa neben dem Tisch liegen, sondern sprang auf und stieß seine Gefährten beiseite, die mich nun ebenfalls erwischen wollten. Bevor ich in einem Meer aus Klingonen versank, sah ich Scanner, der wie ein braunhaariger Torpedo heransauste und sich ins Getümmel stürzte.

Starfleets Verteidigungstaktik gab sich alle Mühe, um uns in diesem aufgewühlten Ozean über Wasser zu halten, aber wir waren nur zu zweit und bekamen es mit fünf Gegnern zu tun. McCoy wollte uns helfen, doch eine Flut aus fliehenden Argelianern strömte ihm entgegen. Merete verschwand ebenfalls im Durcheinander vor dem Ausgang. Drei menschliche Urlauber zögerten kurz und entschieden sich dann, Scanner und mich zu unterstützen. Sie schufen einen gewissen Ausgleich, aber ich hielt es trotzdem für fraglich, ob wir der typisch klingonischen Erbarmungslosigkeit und der überlegenen Kraft unserer Gegner längere Zeit standhalten konnten. Ich hörte, wie in dem Gewirr aus Armen und Beinen ein Knochen brach, und als ich die Kampftechnik der Klingonen verstand, gab ich das Starfleet-Fairplay auf.

Ich zog an Ohren, stach nach Augen und biß in einen haarigen Unterarm. Scanner flog mindestens zweimal an mir vorbei, ohne seinen Kurs zu kontrollieren, und McCoy übte sich in der Kunst, Flaschen auf klingonischen Köpfen zu zerschmettern. Aber solche Köpfe sind sehr hart, und das Temperament von Klingonen läßt sich am besten mit einem Pulverfaß vergleichen, dessen Zündschnur brennt. Bei Gelt explodierte es nun. Er war wütend und hatte es auf mich abgesehen. Es fiel mir schwer genug, ihn auf Distanz zu halten, und daher fand ich keine Gelegenheit, meinen Freunden zu helfen. Ich versetzte ihm einige gut gezielte Fausthiebe, die ihn – wie zuvor mein Fuß – am Nasenrücken trafen, doch die Wirkung bestand nur darin, daß er etwas langsamer wurde. In seinen dunklen Augen loderte nach wie vor Wut. Die Auseinandersetzung hatte als Kneipenschlägerei begonnen, aber nun veränderte sich etwas: Klingonischer Stolz erwachte. Gelt würde nicht zögern, mich umzubringen, wenn er Gelegenheit dazu bekam.

Glücklicherweise verboten die argelianischen Gesetze Waffen auf dem Planeten – andernfalls wäre ich bereits tot gewesen. Die Argelianer flohen aus dem Lokal; zurück blieben Menschen, Klingonen und ein entsetzter Wirt, der verzweifelt eine Glocke läutete. Wenn auf Argelius jemand Alarm gab, so vermittelte er folgende Botschaft: »Lauft in die andere Richtung.« Wir durften also nicht so bald mit Hilfe rechnen.

Gelt trachtete danach, mich in die Enge zu treiben. Es war mir gelungen, das Podium zwischen mich und den Klingonen zu bringen, und nun setzte er darüber hinweg, griff nach meiner Kehle. Ich wich zur Seite und spürte, wie mich seine langen Fingernägel am Oberarm berührten. Ich riß einen Schleier aus dem Hosenbund, sprang aufs Podium und verlor dort fast das Gleichgewicht. Gelt rollte sich zur anderen Seite, aber ein Tritt ans Ohr brachte ihn wieder auf den Bauch. Ich stemmte die Knie an seinen Rücken, schlang ihm den Schleier um den Hals und zog.

Er setzte sich zur Wehr und zerkratzte mir die Handgelenke, aber ich ließ nicht los. Der Schleier drückte ihm die Luft ab, und er fügte sich selbst Wunden am Hals zu, als er versuchte, das Tuch zu lösen. Er schnaufte, keuchte und spuckte, drehte sich und schloß die Finger dicht unterhalb meiner Hände um den Schleier. Sein Verhalten machte deutlich, daß er nicht bereit war, das Bewußtsein zu verlieren. Ich nahm den nächsten Krug und rammte ihm das Ding an den Kopf. Gelt zitterte und erschlaffte kurz, und als ich spürte, daß er wieder die Muskeln spannte, schlug ich noch einmal zu. Diese Prozedur wiederholte sich dreimal, bevor er schließlich mit den Augen rollte und reglos liegenblieb. Ich lockerte den Schleier und beugte mich über den Gegner, um festzustellen, ob er noch atmete. Ja, es rasselte und zischte in seiner Kehle. Alles in Ordnung.

Erleichtert rollte ich vom Podium herunter und begriff eine Sekunde später, daß ich mich geirrt hatte. Es war *nicht* alles in Ordnung. Scanner rang mit einem großen Klingonen, und zwei menschliche Urlauber versuchten, ihn zu retten, während sie es gleichzeitig mit eigenen Problemen zu tun bekamen. Dr. McCoy kämpfte gegen die spuckende Klingonin — und verlor. Ich holte tief Luft und bereitete mich auf die nächste Runde vor.

Bevor ich handeln konnte, teilte sich die gaffende Menge an der Tür, und die Kavallerie galoppierte herein: Merete, gefolgt von Mr. Spock, dessen Umhang wehte — und Captain Kirk höchstpersönlich.

Erleichterung ließ mich zögern, aber McCoy reagierte sofort. Er schnitt eine Grimasse, spannte die Muskeln und stieß seine Gegnerin zu Spock, der sie mit einer modifizierten Version des vulkanischen Nervengriffes außer Gefecht setzte. Offenbar hatte er während seiner zahlreichen Begegnungen mit Klingonen gelernt, wo er zufassen mußte, um ihr Nervensystem zu betäuben. Nützliches Wissen.

Kirk ging weniger subtil vor. Er stürzte sich einfach ins Gewühl und schmetterte zwei Klingonen an die Wand. Bevor sie eine Chance hatten, sich von ihrer Überraschung zu erholen, war er wieder auf den Beinen, zerrte einen seiner beiden Widersacher hoch und versetzte ihm einen Kinnhaken. Ich hörte ein dumpfes Knirschen — der klingonische Unterkiefer splitterte. Kirk verzog das Gesicht und schüttelte die schmerzende Hand, bevor er sich dem anderen Klingonen zuwandte. Zwei kraftvolle Hiebe, und er schlief ebenfalls.

Bewußtlose lagen im Lokal. An den Türen und Fenstern zeigten sich argelianische Gesichter, die uns groß anstarrten und vermutlich unsere Bereitschaft bestaunten, Gewalt als Mittel der Verteidigung einzusetzen. Wahrscheinlich sprachen sie noch in vielen Jahren über diesen Zwischenfall.

Kirk rieb sich die Fingerknöchel und sah sich mit einem zufriedenen Lächeln um. Er zählte die Anwesenden, nickte kurz und wandte sich mir zu. »Ah, Piper. Wie üblich mit von der Partie. Und erstaunlich adrett.«

Ich errötete, dachte an die zerrissenen Schleier, den bloßen Fuß (er sah fast so schlimm aus wie der andere mit dem Pantoffel), an die bauschige Haremhose und das hauchdünne Oberteil. Ich hätte Kirk gern darauf hingewiesen, daß diese Aufmachung nicht meine Idee war, doch das bedeutete, mit dem Zeigefinger des Vorwurfs auf Spock zu deuten, und deshalb entschied ich mich dagegen. Natürlich trug auch Kirk keine Uniform, sondern argelianische Kleidung: einen toastbraunen Umhang, eine beigefarbene Hose und Starfleet-Stiefel. Nun, niemand ist perfekt.

»Ich glaube, ich habe unsere wahre Identität entschleiert«, sagte ich verlegen.

Kirk hob die Brauen und blinzelte. »Ja, es scheinen tatsächlich einige Schleier zu fehlen.« Er beobachtete die reglosen Klingonen. »Aber es war die Mühe wert.«

Scanner humpelte näher, hielt sich den Ellenbogen und musterte mich von Kopf bis Fuß. »Teuerste, wer sich mit Ihnen trifft, muß offenbar auf alles gefaßt sein.«

»Klingonen!«

Wir drehten uns abrupt um, als wir Meretes Warnung hörten. Sie stand an einem Fenster.

Kirk trat auf sie zu. »Wo?«

»Hierher unterwegs«, erwiderte sie. »Wahrscheinlich haben sie den Lärm gehört.«

McCoy gesellte sich an ihre Seite und sah nach draußen.

»Wie viele, Pille?« fragte der Captain.

Der Arzt beugte sich über den Fenstersims. »Zu viele!« entfuhr es ihm.

»Na schön. Laßt uns von hier verschwinden.«

Kirk führte uns nach draußen und durch die Gasse, wich zur Seite und winkte uns in einen schmalen Zugang. Wir eilten durch ein anderes Gebäude, kehrten kurz darauf in die argelianische Nacht zurück. Der Captain hatte mir kaum Zeit genug gelassen, meine Sachen einzusammeln, aber wir entkamen, bevor die Klingonen eintrafen und ihre bewußtlosen Kameraden erreichten. Schnaufend duckten wir uns hinter eine große steinerne Zisterne und knieten dort einige schreckliche Sekunden lang, als eine Kompanie klingonischer Krieger heranstürmte und zornig nach uns Ausschau hielt. Wir hielten unwillkürlich den Atem an, bis das Geräusch ihrer Schritte im Dockbereich verklang.

Scanner hockte sich neben Merete und Spock nieder, lehnte den Rücken an kühlen Stein. »Bei allen Heiligen und ihren Freunden«, keuchte er leise. »Wenn ich Klingonen sehe, kriege ich Bauchschmerzen. Sie sind *abscheulich*, und das *meine* ich kursiv.«

»Eine vorhersehbare menschliche Reaktion«, kommentierte Spock. Ich bemerkte, wie McCoy erstaunt nach Luft schnappte. Vermutlich handelte es sich um eine der typischen verbalen Spock-McCoy-Sticheleien, die mir erst jetzt aufzufallen begannen.

Mit einem Schleier betupfte ich die Kratzer am Arm und sah Captain Kirk an. »Wir haben Sie nicht so bald erwartet, Sir.«

Er zuckte mit den Schultern. »Das gilt sicher auch für

Professor Mornay. Das Überraschungsmoment ist unser Trumpf — abgesehen von Ihnen.«

»Komisches Spiel«, brummte Scanner und zuckte zusammen, als er den Arm streckte.

»Was ist geschehen, als man Sie zu dem... Verhör abholte?« erkundigte ich mich.

Kirk hob erneut die Schultern. »Man hat mir Fragen gestellt, und ich habe sie beantwortet.« Es klang beiläufig, aber bestimmt hatte er ein dicht gespanntes bürokratisches Netz zerreißen müssen, um sein Versprechen zu halten, rechtzeitig zur Stelle zu sein. Nun, ob seine Antworten der Wahrheit entsprachen, stand natürlich auf einem anderen Blatt. Sie waren nur wirkungsvoll gewesen, und das genügte.

»Warum haben Sie mir nicht die Hintergründe erklärt?« platzte es aus mir heraus, und meine eigene Kühnheit verblüffte mich. In diesen Sekunden der Offenheit sprach ich mit dem Captain meines Raumschiffes, mit dem Captain meines Schoners, mit dem Captain meines Schicksals. Er wußte, was ich empfand. Und deshalb nahm ich mir die Freiheit, meine Gefühle in Worte zu fassen. »Es war nicht notwendig, daß Sie mich ahnungslos mitten auf dem Meer zurückließen, an Bord eines Segelschiffes, das ich nicht steuern konnte... Sir.«

Kirk nickte, und seine glatte Stirn kräuselte sich ein wenig. »Ich verstehe. Sonst noch etwas?«

Ich legte den zerknitterten Overall beiseite und begann, die Schleier zu lösen. »Vielleicht sollte ich hinzufügen, daß ich in einem schäbigen Lokal als Tänzerin auftreten mußte und von einem Klingonen belästigt wurde, der nicht nur keine Manieren hatte, sondern auch wie ein Makak aussah...«

»Aber?« hakte der Captain nach.

»Aber... Ich glaube, ich weiß jetzt, was Sie als nächstes von uns erwarten.«

»Ich erwarte von uns allen, daß wir unseren jeweiligen Missionen gerecht werden. Spock?«

Der Vulkanier wirkte in seiner Tunika und mit dem Umhang wie jemand, der in diesem Ambiente als Guerillakämpfer aufgewachsen war, und ich mußte mich ganz bewußt daran erinnern, daß ein solcher Eindruck seinem inneren Wesen widersprach. Ruhig und gelassen wandte er sich an mich, wurde jetzt ganz und gar zum wissenschaftlichen Offizier — alle anderen Identitätsaspekte verblaßten. »Ich wollte mich mit Ihnen in Verbindung setzen, als der Captain mit einem Schiff von der Erde eintraf und sich an Bord des Schleppers beamte. Sie hatten recht, soweit es Lieutenant Sarda und die Trägerwellen betrifft.«

Scanner holte zischend Luft und grinste. »Haben wir ihn festgenagelt?«

Spock zögerte und versuchte, den umgangssprachlichen Ausdruck zu verstehen. »Ja, es ist uns gelungen, ihn ausfindig zu machen. Kurz vor der Ankunft des Captains registrierte ich niederfrequente Impulse von einem angeblich verlassenen Bauernhof am nördlichen Stadtrand. Das Anwesen befindet sich hinter jener Hügelkette.« Er deutete zu einer dunklen Anhöhe hinter einem Viertel, das aus Hütten und Baracken bestand. Die Konturen zeichneten sich deutlich im Zwielicht ab. »Die Signale wiederholten sich in regelmäßigen Abständen und waren so moduliert, daß sie von auf Radiowellen justierten Sensoren empfangen werden konnten. Da das Senden solcher Impulse nicht ganz einfach ist, kann ein Zufall ausgeschlossen werden. Woraus folgt: Ich bin sicher, daß Lieutenant Sarda unsere Trägerwellen empfing und Antwort gab. Ihre Vermutungen haben sich bestätigt, Commander. Wir kennen nun die Basis der Wissenschaftler.«

Ich lehnte mich zurück und schloß einige Sekunden lang die Augen. Sarda lebte also. Mein Herz — kalt und still seit den Transwarp-Stoßwellen — begann wieder zu schlagen. Merete schenkte mir dringend benötigten Trost. Ein elfenhaftes Lächeln umspielte ihre Lippen. *Sarda lebte.*

»Die *Enterprise* ist nicht hier?« fragte ich und sah Kirk an.

»Nein, noch nicht«, erwiderte er. »Sie wäre zu auffällig. Scotty hat das Kommando und steuert das Schiff *langsam* hierher.«

»Ein Täuschungsmanöver? Mornay soll glauben, daß Sie an Bord des Schiffes sind?«

»Ja. Außerdem: Dr. Boma leistet Scotty Gesellschaft. Er kann uns helfen, wenn's hart auf hart geht. Immerhin weiß er weitaus besser als wir über die Wissenschaftler Bescheid.«

Ich kauerte lange genug zwischen der Zisterne und einem Holzgebäude, um die Haremhose auszuziehen und anschließend den Overall überzustreifen. Ich fügte auch die Stiefel hinzu — es fühlte sich herrlich an. »Wir bleiben also bei dem Plan, drei Gruppen zu bilden und die Forscher voneinander zu trennen, Sir?«

»Auf diese Weise werden wir leichter mit ihnen fertig«, entgegnete Captain Kirk. »Aber ich zähle auch auf ihre Beziehung zu Sarda, um herauszufinden, wie es geistig um Mornay steht — *bevor* wir gegen sie aktiv werden. Ich möchte vermeiden, daß sie aus Panik die falschen Tasten drückt.« Er drehte den Kopf und warf seinem Ersten Offizier einen kurzen Blick zu. »Mit etwas Glück gelingt es Spock, Perren gegenüber in die Trickkiste der Logik zu greifen und Mornays Position zu schwächen, indem er dafür sorgt, daß sie keine Unterstützung mehr bekommt. Transwarp verliert an Bedeutung für sie, wenn sie nicht auf Sardas und Perrens Fachkenntnisse zurückgreifen kann.«

Ich trug nun wieder Kleidung, in der ich mich wohl fühlte, und dadurch kehrte mein Selbstbewußtsein zurück. »Und wenn wir es nicht schaffen, Mornay zur Vernunft zu bringen? Wir haben Grund zu der Annahme, daß die Wissenschaftler eine Transwarp-Vorrichtung konstruierten ...«

»Dadurch werden sie tausendmal gefährlicher.« Kirk wirkte jetzt sehr ernst. »Spock hat mir von den Stoßwellen berichtet. Wir können es uns nicht leisten, noch länger zu warten.« Die Stimme des Captains klang schärfer und brachte Entschlossenheit zum Ausdruck. »Mit jeder verstreichenden Minute wächst das Risiko, daß andere Mächte von Mornays Absichten erfahren und Raumschiffe hierherschicken. Wir müssen ihr das Handwerk legen, bevor so etwas geschieht. Sie spielen dabei eine besondere Rolle.« Kirk deutete auf mich, und ich spürte erneut die Last der Verantwortung auf meinen Schultern. »Mornay kennt Sie nicht, und das gibt uns einen Vorteil. Nutzen Sie ihn gut.«

»Aye, Sir, ich werde mir alle Mühe geben.« Meine Botschaft lautete: *Ich verwende den Vorteil so, wie es meinen Fähigkeiten entspricht.* Ich hoffte, daß Kirk verstand — ich konnte nichts garantieren.

»Wir gehen getrennt voneinander vor«, fuhr der Captain fort und sah uns der Reihe nach an. »Piper, Sie und Scanner beginnen die Aktion. Isolieren Sie Lieutenant Sarda und bringen Sie ihn in Sicherheit. Spock und ich nehmen uns die anderen vor.«

Hervorragend, fuhr es mir durch den Sinn. *Ich habe das Privileg, mir als erste die Finger zu verbrennen.* »Helfen uns die Schiffssensoren bei einer genauen Lokalisierung?«

Spock nahm einen Tricorder von Merete entgegen, die klugerweise nicht am Kampf im Lokal teilgenommen und statt dessen unsere Ausrüstung gehütet hatte. Der Vulkanier prüfte die Einstellungen des Geräts und reichte es Scanner. »Die Tricorder sind auf Trägerwellen justiert. Ihr energetisches Niveau reicht nicht aus, um niederfrequente Signale zu senden, aber sie können entsprechende Impulse empfangen. Allerdings müssen Sie ständig neue Peilungen vornehmen. Es dürfte recht schwierig werden.«

Scanner zuckte mit den Achseln. »Man nennt mich nicht ohne Grund Scanner.« Er zwinkerte selbstsicher und fügte hinzu: »Sir.«

»Wir geben Ihnen fünfundvierzig Minuten, um das Anwesen zu erreichen«, sagte Kirk. »Nach Ablauf dieser Frist sorgen Mr. Spock und ich für ein Ablenkungsmanöver, das Ihnen Gelegenheit geben soll, sich unbemerkt in die Basis zu schleichen.« Sein energischer Tonfall schloß die Möglichkeit eines Mißerfolgs aus. »Es ist sehr wichtig, daß Sie beide den Ernst der Situation verstehen und das Problem nicht unterschätzen. Die Wissenschaftler, wir und ganz Argelius sind entbehrlich. Mornays Pläne müssen vereitelt werden, selbst wenn es uns das Leben kostet. Ist das klar?« Der Captain zögerte, bis er spürte, daß wir den vollständigen Bedeutungsgehalt seiner Worte erfaßt hatten. »Viel Glück.«

Der Countdown lief.

KAPITEL 8

»Es gibt einige Dinge, die selbst über die Disziplin des Starfleet-Dienstes hinausgehen.«

WELTRAUMFIEBER

Wir brauchten fast dreißig Minuten, um das Barackenviertel zu durchqueren, die Anhöhe hinter uns zu bringen und zum Bauernhof zu gelangen. Er bestand aus einigen alten Holzschuppen und mehreren niedrigen Steingebäuden, aber etwas wies sofort darauf hin, daß nicht alles mit rechten Dingen zuging: Wir sahen Wächter.

»Wie viele?« fragte ich, als Scanner sich neben mir hinter einen Strauch duckte.

Er hob den Tricorder und blickte auf das Anzeigefeld. »Mindestens zwölf. Die Gebäude sind mit Abschirmfeldern geschützt, die unsere Sensoren blockieren, aber auf dieser Seite des Geländes stelle ich zwölf Personen fest. Glauben Sie, daß es Argelianer sind?«

Ich lächelte süffisant. »Mornay hat sich bestimmt nicht mit eingeschworenen Pazifisten eingelassen. Sehen Sie nur die Phasergewehre.«

»Ja. Soviel zu den Gesetzen dieses Planeten. Die Typen wirken nicht besonders freundlich, oder?«

»Wahrscheinlich Söldner«, erwiderte ich. »Mornay hat tief in die interstellare Jauchegrube gegriffen.«

Scanner starrte weiterhin auf den Tricorder. »Und offenbar mag sie keine Sondierungen. Der verdammte Bauernhof ist besser abgesichert als Starfleet Command. Nicht einmal ein Schmetterling könnte die Ortungsbarrieren passieren, ohne daß der Alarm ausgelöst wird. Aber es gibt keine Deflektoren oder Schilde ...«

»Nein. Die Abschirmfelder verhindern nur Sensorerfassungen.«

Ich überlegte. »Uns bleiben noch zwölf Minuten, bis der Captain und Spock mit dem Ablenkungsmanöver beginnen. Ich schlage vor, wir suchen einen Zugang.«

»Was hat Kirk vor?« fragte Scanner, als er mir durchs rötliche argelianische Gebüsch folgte.

»Keine Ahnung«, antwortete ich. »Bestimmt nutzt er irgendeine der ihm zur Verfügung stehenden Möglichkeiten. Das Schiff, mit dem er kam, Spocks Flitzer... vielleicht sogar die gute alte *Rex.* Was auch immer er sich einfallen läßt — er wird ganz plötzlich zuschlagen. Und dann müssen wir bereit sein.«

»Wir sind für alles bereit«, brummte Scanner zuversichtlich.

»Dieser Ort erscheint mir geeignet.« Ich ging in die Hocke und beobachtete den Bauernhof. »Eine Tür und nur drei Wächter. Siehst du noch andere?«

»Ja. Hinter der Wand dort drüben. Zwei.«

»Wo?«

»Neben dem schiefen Schuppen.«

Ich nickte, als ich sie ebenfalls bemerkte: zwei gelangweilt umherschlendernde Männer. »Sie tragen unterschiedliche Kleidung, keine Uniformen irgendeiner Art«, stellte ich fest. »Und sie sind humanoid, können also gut mit Handwaffen umgehen.«

»Die Wissenschaftler meiden jedes Risiko, wie?«

»Ja«, bestätigte ich und fühlte wieder das Gewicht der Verantwortung. Ich ließ meinen Blick über die Gebäude schweifen und beobachtete einige helle Fenster. Laboratorien? Ja, wahrscheinlich. Bestimmt hatte man sie in aller Eile eingerichtet, ohne elaborierte Sicherheitsmaßnahmen. Sarda befand sich in einem von ihnen, als Gefangener. Sorge begleitete diese Überlegungen. Die Wissenschaftler versuchten, eine Transwarp-Vorrichtung zu konstruieren und sich damit in eine noch bessere Verhandlungsposition zu bringen.

Es war bereits zu einem ›Unfall‹ gekommen, und so etwas konnte sich jederzeit wiederholen. Solange Sarda mit Mornay zusammenarbeiten mußte, gab es keine Sicherheit für ihn.

Ein Laufgang aus Latten und Planen verband die drei Steingebäude mit einem vierten. Der einzige Zugang auf dieser Seite des Anwesens bestand aus einer verwitterten hölzernen Doppeltür, an der zwei mit Phasergewehren bewaffnete Männer Wache hielten.

»Es kann jetzt jeden Augenblick losgehen«, hauchte ich und fragte mich einmal mehr, wie der Captain vorgehen wollte.

Ich rechnete mit Phaserstrahlen, die vom Himmel herabzuckten, vielleicht auch mit dem einen oder anderen Photonentorpedo, um ein ordentliches Feuerwerk zu schaffen. An Kirks Stelle hätte ich ein Ziel im Tal gewählt, nah genug, um die Wächter anzulocken und freie Bahn für uns zu schaffen.

»Sind Sie bereit?« wandte ich mich an Scanner. Eigentlich war die Frage überhaupt nicht nötig. Ich wollte nur eine Stimme hören.

Völlige Stille herrschte. Die beiden argelianischen Nachbarplaneten glühten blau und rosarot am dunklen Himmel, rangen mit zwei Monden um Aufmerksamkeit. »Ja«, flüsterte Scanner und sah ebenfalls nach oben.

»Es kann jetzt nicht mehr lange dauern«, raunte ich, befeuchtete mir die Lippen und spürte, wie ich immer unruhiger wurde. »Bestimmt geht's gleich los. Wie auch immer.«

»Ich bin nach wie vor bereit.«

»Gut... gut...«

»Wirklich schade, daß wir keine Phaser haben.«

»Benutzen Sie Ihre Phantasie«, erwiderte ich. »Welche Waffen hat man verwendet, als es noch keine Phaser gab?«

Scanner zuckte mit den Schultern. »Laser.«

Ich schnitt eine Grimasse und beobachtete den Himmel. Die Frist war abgelaufen. Warum unternahm der Captain nichts?

Ich schauderte innerlich, als mir die Möglichkeit einfiel,

daß Scanner und ich vielleicht am falschen Ort warteten. Hatten die Wissenschaftler ihre Basis auf einem anderen Bauernhof errichtet? *Ist mir ein Fehler unterlaufen?* fuhr es mir durch den Sinn. *Vermassele ich alles?* Verzweifelt sah ich mich um, hielt nach dem richtigen Anwesen oder irgendwelchen Anzeichen für Kirks Ablenkungsmanöver Ausschau. Nichts.

Die Phasergewehre vermittelten eine unmißverständliche Botschaft: Dies *war* Mornays Stützpunkt. Welcher Bauer ließ seine Ställe von Söldnern bewachen? Langsam beruhigte ich mich wieder.

»Piper?«

»Hm?«

»Sehen Sie das ebenfalls?«

Ich drehte mich um. »Was meinen Sie?«

»Dort drüben.« Er deutete zum Hang hinter dem Bauernhof.

Ich spähte durch die purpurne argelianische Nacht und versuchte, die Quelle eines seltsamen Schnaufens und Grunzens ausfindig zu machen. Kurz darauf erschienen mehrere breite Tierschnauzen auf der Hügelkuppe, gefolgt von grauen Körpern. Eine Herde. Die Wesen wirkten wie Kreuzungen zwischen irdischen Nashörnern und Schlammschweinen, die man vor hundert Jahren auf Rigel Vier entdeckt hatte, und ich erkannte sie sofort: große, sanftmütige und schwerfällige argelianische Gurrböcke. Verwirrt schüttelten sie ihre Hörner und trapsten in Richtung Bauernhof. Für die Landwirtschaft dieses Planeten spielten sie eine wichtige Rolle: Neunzig Prozent des argelianischen Exports bestand aus ihrer Milch, die so berauschend wirkte wie Alkohol, ohne daß man einen Kater davon bekam. Die Friedfertigkeit dieser Tiere wurde nur von ihrer Dummheit übertroffen.

»Warzenschweine!« zischte Scanner. Verblüfft beobachtete er drei untersetzte argelianische Hirten, die lange Stöcke schwangen und vergeblich versuchten, die Herde unter Kontrolle zu bekommen. Die Gurrböcke grunzten furchtsam, liefen am Hang herab und hielten direkt auf das Anwesen zu.

Wir warteten angespannt und unsicher, während die Tiere den Sensorschirm durchdrangen und prompt einen Alarm auslösten. Sirenen heulten, und überall blitzten helle Lichter. Die bewaffneten Wächter verließen ihre Posten, um den Hirten dabei zu helfen, die sturen Gurrböcke fortzutreiben. Als kein Zweifel mehr daran bestand, daß die Herde außer Kontrolle geraten war, als die ängstlichen Tiere blindlings weiterstürmten, an Wände und Mauern prallten, eilten auch die beiden Männer am rückwärtigen Zugang fort.

Scanner starrte nach unten. »Das Ablenkungsmanöver?«

»Keine Ahnung«, erwiderte ich und zögerte. Sollten wir jetzt versuchen, die Gebäude zu erreichen? »Was glauben Sie?«

»Ich weiß nicht. Was glauben Sie?«

»Ich möchte wissen, was *Sie* glauben.«

»*Sie* versuchen doch immer, wie der Captain zu denken. Was halten Sie von dieser Sache? Kämen Sie auf die Idee, Warzenschweine hierherzuschicken?«

»Vielleicht.«

»Wir brechen auf, wenn Sie möchten.«

»Vielleicht sollten wir das.«

»Und wenn es kein Ablenkungsmanöver ist?«

»Und wenn doch?«

»Glauben Sie, daß Kirk dahintersteckt?«

»Ja. Kommen Sie.«

Wir verließen unser Versteck. Eins stand fest: Die Wächter *waren* abgelenkt. Von etwa hundert argelianischen Gurrböcken.

Die Bewaffneten schrien sich gegenseitig an. *Typisch Söldner*, dachte ich. *Viel zu stolz, um einen Anführer zu wählen. Sie wollen sich von niemandem Befehle geben lassen.* Sie stellten sich ziemlich ungeschickt an, als sie versuchten, die Tiere zusammenzutreiben. Als Scanner und ich zur Tür gelangten, sorgten Sirenen und rhythmisch blitzendes Licht dafür, daß die Gurrböcke endgültig in Panik gerieten. Die Wächter glaubten vermutlich, daß sie von einem benachbarten Bauernhof stammten und irgendwie aus ihrem Gehege entkommen waren. Während sie weiterhin danach trachteten, den Hirten zu helfen, schlüpften wir durch die Tür und schlossen sie hinter uns, woraufhin das Heulen leiser wurde.

Die Gefahr gewann fast greifbare Substanz. Aufregung zitterte in mir.

»Verriegeln Sie den Zugang«, sagte ich.

Scanner schob einen dicken Bolzen vor.

Der schlichte Flur bestand aus Steinblöcken, und das einzige Licht stammte von dünnen Leuchtfäden in der Decke.

»Es hat tatsächlich geklappt!« brachte Scanner hervor, und erst jetzt fiel mir seine Nervosität auf. Er sah mich aus weit aufgerissenen Augen an.

»Was?«

»Die Sache mit den Warzenschweinen!«

»Ja«, sagte ich. »Aber nur, weil die Wissenschaftler nichts von uns wußten. Wenn sie Verdacht geschöpft hätten...«

Ich unterbrach mich, als ich eine Präsenz am Ende des Korridors fühlte. Scanner und ich wechselten einen Blick, drehten uns langsam um – und starrten in die Mündung eines Phasers.

Eine sanfte Stimme erklang.

»Ich grüße Sie, Commander Piper. Vielen Dank, daß Sie gekommen sind.«

Ich wußte praktisch sofort, wer uns gegenüberstand. Er wäre selbst bei seinem eigenen Volk aufgefallen, das ihn die kühlen Disziplinen der Logik und Rationalität gelehrt hatte. Nur für einen Augenblick blieb er mir fremd. Nach einer Sekunde wich die Verwirrung dem Gefühl, ihn schon seit Jahren zu kennen, in alle seine Geheimnisse eingeweiht zu sein.

Er trug den Ernst der Situation mit eleganter vulkanischer Würde. Das ebenholzschwarze Haar war länger als auf den Fotos, die uns Spock gezeigt hatte. Es reichte bis über die Schultern, strich über einen graugrünen Umhang. Ich betrachtete lange, spitze Ohren und schräge Augen. Die Pupillen... Sie glänzten grau, fast silbern, und ein sonderbares Feuer loderte in ihnen. Je tiefer ich in sie sah, desto deutlicher erkannte ich Maßlosigkeit und sogar Aufruhr. Die vulkanischen Disziplinen hielten sein Wesen im Zaum, aber nur bis zu einem gewissen Ausmaß. Das lange Haar, die vulkanische Abstammung und seine Unabhängigkeit... Diese drei Aspekte seines Erscheinungsbilds schufen eine Krone des Triumphes.

Perren hob einen Arm und winkte. Die breiten Schlitzärmel, geschmückt mit silbernen Borten, schufen die Illusion eines Capes. Die teure Prachtkleidung hätte protzig und angeberisch gewirkt — offenbar wurde er gut für seine Dienste bezahlt —, wenn nicht die Platinspangen an den Hüften gewesen wären. Blaue und grüne Emaille glänzte an ihnen, kühle, sanfte Farben, von denen Vulkanier träumen, während sie auf ihrem heißen roten Planeten meditieren. Hinzu kamen geschmackvolle Edelsteinsplitter am Gürtel; sie erinnerten an Perrens Herkunft. Nur der Phaser — der Lauf zeigte nun nach unten, konnte sich jedoch jeden Augenblick nach oben neigen und zu einer unmittelbaren Bedrohung werden — störte den Eindruck friedlicher Ruhe.

Verlegenheit hinderte mich daran, Scanners Blick zu erwidern. Dutzende von Fragen lagen mir auf der Zunge, und alle begannen mit einem Wie.

Ich schluckte, straffte den Rücken und trat vor. Scanner blieb hinter mir, die Hand am Türriegel.

»Ich nehme an, Sie möchten mit Sarda sprechen, Commander Piper«, sagte Perren. »Ich bringe Sie zu ihm. Hier sind automatische Verteidigungssysteme installiert, und ohne meine Begleitung müßten Sie damit rechnen, verletzt zu werden.«

Erneut hob er den Arm, wich zur Seite und deutete in einen halbdunklen Korridor. Der Phaser kam zwei oder drei Zentimeter weit in die Höhe – eine subtile Erinnerung daran, daß wir keine Gäste waren. Perren behielt mich aufmerksam im Auge.

Die plötzliche Niederlage schnürte mir den Hals zu, und ich brachte keinen Ton hervor. Welche Worte richtete man an den Sieger einer Auseinandersetzung, die nicht einmal richtig begonnen hatte? Zornig auf mich selbst preßte ich die Lippen zusammen und setzte mich in Bewegung.

Perren führte uns in einen kleinen Laboranbau. Kisten, andere Behälter und ausgemusterte Geräte standen an den hohen Steinwänden. Auf zwei Metalltischen lagen weitere Instrumente und Dutzende von Datenkartuschen.

»Sie bleiben hier«, sagte Perren. »Ich rate Ihnen dringend davon ab zu versuchen, diesen Raum zu verlassen. Hier gibt es überall hochmoderne Verteidigungsanlagen, die mit elektronischer Unbarmherzigkeit auf Sie reagieren würden. Sie müssen natürlich unter Arrest gestellt werden, aber ich möchte vermeiden, daß Sie zu Schaden kommen.«

Scanner kehrte Perren den Rücken zu und flüsterte: »Und er gehört zu den Bösewichtern?«

Ich räusperte mich. »Wir sind nur wegen Sarda hier«, behauptete ich und hoffte, daß mein Tonfall nicht die Lüge verriet. Mit ein wenig Glück gelang es mir, alle Aufmerksamkeit auf uns zu ziehen. Vielleicht wußten Perren und die Wissenschaftler nicht, daß sich auch Kirk und Spock in der Nähe befanden. »Alles andere ist mir gleich. Wo hält er sich auf?«

Der Vulkanier beugte sich ein wenig vor und aktivierte einen mobilen Kommunikator. »Sarda.«

Ich erstarrte, und neben mir versteifte sich Scanner.

»Ja?« klang es aus dem Lautsprecher. Eine vertraute Stimme.

»Sind Sie mit der Reparatur des Feldmodulators fertig?« fragte Perren.

»Fast. Ich brauche Ihre Hilfe, um ihn zu justieren.«

Plötzlich lief es mir kalt über den Rücken. Mornay und Perren mochten Sarda hierher verschleppt haben, aber ich wußte genau, daß ihn nichts zwingen konnte, gegen seinen Willen am Projekt mitzuwirken. Das war auch Perren klar. Er musterte mich kurz, als er in den Kommunikator sprach. »Ihre Besucher sind hier.«

Eine kurze Pause schloß sich an. Meine Gedanken rasten, als ich mich bemühte, Sardas Schweigen zu deuten.

»In Ordnung«, erwiderte Sarda schließlich. »Ich bin gleich bei Ihnen.«

Ein leises Klicken unterbrach den Kom-Kontakt, und in mir regte sich Verzweiflung. Perren richtete sich wieder auf und beobachtete uns kühl. Sah er das emotionale Chaos in mir, den seelischen Schmerz, als ich mich fragte, ob Sarda Mornays Bestrebungen freiwillig unterstützte? Er war kein Gefangener, konnte sich in der Basis frei bewegen. Ich biß die Zähne zusammen und stand wie gelähmt, als ich die Situation einschätzte.

Eine Falle.

Aus den Augenwinkeln sah ich die Besorgnis in Scanners Zügen, aber ich konnte nicht darauf reagieren. Die tiefe Wunde brannte zu sehr.

Ein Geräusch im Flur. Schritte.

Sarda trat ein, und der Blick seiner bernsteinfarbenen Augen traf mich wie eine Ohrfeige. Er trug die übliche Starfleet-Uniform, die den Glanz des messingfarbenen Haars betonte, verhielt sich wie jemand, der überhaupt keine Schuld auf sich geladen hatte. Dünne Falten bildeten sich in seiner Stirn, noch bevor unser Gespräch begann. Mit einer bestürzenden Vertrautheit ging er an Perren vorbei und blieb vor uns stehen. Die Lippen teilten sich...

Scanner sprang vor, packte Sarda am Kragen und rammte ihn an die Wand. Der Vulkanier hob die Arme, machte jedoch keine Anstalten, sich zur Wehr zu setzen, als Scanner knurrte: »Dreimal verfluchter Sohn eines Romulaners! Ich sollte Sie einfach in Stücke reißen!«

Perren kam einen Schritt näher, überlegte es sich dann anders und verharrte.

Sarda hielt dem wütenden Blick Scanners mit einer Ruhe stand, die deutlich zu erkennen gab, daß er diese Reaktion erwartet hatte. »Die Dinge sind nicht so, wie sie zu sein scheinen, Judd«, erwiderte er.

»Für mich ist der Fall klar, du Ratte!« kochte Scanner.

Sarda drehte den Kopf und sah mich an. Angesichts seiner überlegenen vulkanischen Körperkraft wäre es ihm leicht gefallen, Scanner zurückzustoßen, aber er versuchte nicht, sich aus dem zornigen Griff zu befreien.

Ich trat auf ihn zu und blieb zunächst stumm. Scanners Verhalten brachte meine eigenen Empfindungen zum Ausdruck und wurde zu einem Ventil für die in mir brodelnde Wut. Sarda ignorierte die beiden Fäuste an seiner Kehle und musterte mich stumm.

»Wir dachten, daß du unsere Hilfe benötigst«, sagte ich. Das Zittern meiner Hände verriet, wie sehr ich mit mir selbst rang. In diesen Sekunden wünschte ich mir, ebenfalls von Vulkan zu stammen — das hätte mich vor dieser emotionalen Belastung bewahrt. Statt dessen mußte ich irgendwie mit meinen menschlichen Empfindungen fertig werden.

»Ich möchte dir etwas sagen«, kam es von Sardas Lippen.

Scanner drückte ihn noch fester an die Wand. »Ich schätze, Sie haben uns etwas zu *erklären.*«

Perren hob den Phaser.

»Nein«, wandte sich Sarda an seinen Mentor und winkte kurz. »Das ist nicht nötig. Bitte lassen Sie uns allein.«

Der Lauf des Strahlers neigte sich langsam und widerstrebend nach unten. Perren nickte und bestätigte damit, daß Sardas Recht auf Privatsphäre noch wichtiger war als Sicherheitserwägungen. »Wie Sie wünschen.«

Perren ging, doch die Anspannung blieb.

»Na schön, Spitzohr«, knurrte Scanner ihn an. »Heraus damit!«

Sarda berührte ihn am Arm — für einen Vulkanier eine einzigartige Geste. Sein Blick galt nach wie vor mir.

Sekunden verstrichen, und die lautlose Kommunikation dauerte an.

Nach einer Weile erschöpften sich ihre Möglichkeiten, und daraufhin wurden Worte erforderlich. Ich schluckte erneut und holte tief Luft. »Lassen Sie ihn los, Scanner!«

»Soll das ein Witz sein?«

»Geben Sie ihn frei!«

»Erst wird er uns einige Fragen beantworten.«

»Dazu ist er bestimmt bereit. Scanner ...«

Er haßte meine Aufforderung. Vielleicht verabscheute er es sogar noch mehr, daß ich ihm nichts befahl, sondern eine Bitte an ihn richtete, von Freund zu Freund. Es hinderte ihn aus irgendeinem Grund daran, Widerstand zu leisten. Er zögerte kurz, bedachte Sarda mit einem wütenden Blick und wich zurück. Plötzlich schien ich mit dem Vulkanier allein zu sein. Wir saßen auf einem metaphorischen Felsen mitten im Nichts ...

Sarda ließ die Hände sinken und strich seinen Uniformpulli glatt. Wir sahen uns auch weiterhin an, teilten ein wissendes Schweigen. Die Antwort schimmerte in seinen Augen — er war kein Gefangener. Vielleicht hatte er zu Anfang auch diesen Status, aber inzwischen arbeitete er freiwillig mit Mornay zusammen. Ich fühlte mich von ihm verraten. Und damit noch nicht genug: Ich spürte den ganz besonderen Schmerz einer neuen Distanz, die uns voneinander trennte und für Perren Platz schuf. *Was bist du doch für eine Närrin gewesen,* dachte ich zerknirscht. *Du hast auf eine Freundschaft gezählt, die vielleicht nicht mehr viel bedeutet.*

Ich suchte und fand meine Stimme. »Warum hast du unsere Trägerwellensignale beantwortet, obgleich du wußtest, daß uns hier eine Falle erwartete?«

Die Komplexität der Situation zeigte sich in Sardas Augen. »Die Antwort stammte nicht von mir, sondern von Perren.«

»Weil du ihm alles erzählt hast.«

Eine Lücke entstand in der vulkanischen Barriere, und ich bemerkte, wie er innerlich zusammenzuckte. Ich gewann den Eindruck, nur die Hand ausstrecken zu müssen, um Sardas Kummer zu fühlen. »Ich wäre nie bereit gewesen, ihm derartige Informationen zu überlassen«, erwiderte er mühsam. »Ich bedauere, daß du mich nicht besser kennst.«

Schuld nagte an meinem Gewissen. Wir fühlten es beide und wußten, daß wir Opfer der Umstände waren.

»Es gibt keine andere Erklärung«, sagte ich. Wenn ich mich irrte... Der Vorwurf entfaltete genug Kraft, um die Wahrheit ans Licht zu bringen.

Sarda antwortete nicht sofort und schien verlegen zu sein. Er blickte kurz zu Boden und mußte über seinen eigenen Schatten springen, um uns etwas anzuvertrauen, das Vulkanier normalerweise für sich behielten – es sei denn, sie gerieten in große Bedrängnis.

»Perren weiß von dir, weil er mich kennt«, begann er. »Während der Mentalverschmelzungen bei den Lektionen erfuhr er von... deinen Reaktionsmustern. Als die Herde den Sensorschirm durchdrang und die Wächter ablenkte, errechnete er eine Wahrscheinlichkeit von achtundneunzig Prozent für deine unmittelbare Präsenz.«

Es wäre schon schwer genug für ihn gewesen, mit mir allein darüber zu sprechen, und die Anstrengung, solche Worte in Scanners Gegenwart zu formulieren, erschöpfte ihn. Nach einigen Sekunden erholte er sich und verbannte das Unbehagen aus seinen Zügen.

Erleichterung erfüllte mich. »Und die von uns gesendeten Signale?«

Sarda atmete tief durch. »Perren weiß auch vom Aushalten. Er begriff sofort, von wem die Trägerwellen stammten.«

Hinter mir nahm Scanner auf der Kante eines Tisches Platz und senkte empört den Kopf. Er verschränkte die Arme und seufzte.

»Wir haben uns Sorgen um dich gemacht«, sagte ich zu

Sarda. »Ich dachte, man hätte dich entführt. Ist alles in Ordnung mit dir?«

»Ja«, gestand er ein, obwohl es ihm vielleicht lieber gewesen wäre, mir eine andere Antwort zu geben: *Man hat mich überwältigt und gefoltert. Es blieb mir gar nichts anderes übrig, als Mornay zu gehorchen.*

»Du bist nicht hierher verschleppt worden«, schloß ich.

»Nein. Ich... beschloß, diesen Ort aufzusuchen. Man braucht mich hier.«

»Hilfst du Mornay und Perren dabei, die Galaxis zu erpressen?«

»Ich helfe ihnen nicht in dem Sinne«, entgegnete er, und ich hörte Ärger in seiner Stimme. »Ich habe Gehäuse und Fokussierungseinheit für die Transwarp-Vorrichtung entwickelt. Nur ich weiß, wie die Sicherheits- und Reservesysteme beschaffen sein müssen. Mornay versucht derzeit, eine entsprechende Apparatur zu konstruieren. Wenn ich zugelassen hätte, daß der Bau ohne meine Hilfe stattfindet, wären zahllose Leben auf diesem Planeten in Gefahr geraten. Das... mußte ich verhindern.« Ich sah deutlich, daß ihn die Verantwortung in zwei verschiedene Richtungen zerrte. »Das Experiment ist zu wichtig – ich durfte es nicht ignorieren. Es kam bereits einmal zu einem Strahlungsleck, aber glücklicherweise gelang es mir, die Emissionen ins All abzulenken.«

»Ja«, brummte Scanner. »Und sie trafen uns, verdammt!«

Sarda starrte ihn groß an und erblaßte. Er hielt sogar den Atem an. Ich begriff das ganze Ausmaß der Transwarp-Gefahr erst, als er sich am Tisch abstützte und versuchte, nicht die Fassung zu verlieren. Einige Sekunden lang schloß er die Augen, um sich wieder unter Kontrolle zu bringen.

Selbst Scanner war beeindruckt und schüttelte den Kopf. »Ein ziemlich unangenehmes Erlebnis, Spitzohr...«

Sarda ließ kurz den Kopf hängen und sah betroffen ins Leere.

»Anders ausgedrückt...« sagte ich. »Du bist nicht hier, weil du dich aus freiem Willen dazu entschieden hast. Mornay hat dich unter Druck gesetzt. Deine Untätigkeit hätte viele Bewohner dieses Planeten in Gefahr gebracht, und deshalb arbeitest du an dem Projekt.«

»Ja«, bestätigte Sarda leise. Er sah nicht auf.

Stille folgte, senkte sich wie Nebel herab. Wir schritten durch die dichten Schwaden, ohne uns zu bewegen.

Nach einer Weile ging ich zum Tisch und blieb neben Sarda stehen. Nur wenige Zentimeter trennten uns voneinander. Als ich den Kopf hob, folgte er meinem Beispiel.

»Ich verstehe«, sagte ich behutsam und meinte es ernst.

Falls es noch einen Rest Schuld gab, so verbannten wir ihn. Wenn Sarda uns verraten hatte, so wollte ich nichts davon wissen. Ich hielt es für sinnlos, einen Fehler mit einem zweiten zu bestrafen.

Sarda faßte sich und nickte. »Du bist klug«, sagte er. Ich fühlte seine Dankbarkeit, aber sie blieb reserviert und zum größten Teil unter dem vulkanischen Eis verborgen. Ich ließ sie dort.

»Erzähl mir von Perren. Was hält ihn in Schwung?«

Sarda blinzelte verwirrt, erinnerte sich dann daran, was dieser Ausdruck bedeutete. Er suchte nach den richtigen Worten, um ein komplexes Individuum zu beschreiben. »Du hast ihn gesehen«, erwiderte er, als sei das Erklärung genug. »Er ist von der Richtigkeit seiner Motive überzeugt. Er glaubt an die Rationalität der vulkanischen Philosophie, aber er achtet nicht den vulkanischen Grundsatz, auf moralische Beurteilungen zu verzichten. Perren teilt Vizeadmiral Rittenhouses Ansicht, nach der ein großer moralischer Unterschied zwischen der Föderationsphilosophie und den entsprechenden Prinzipien der Klingonen, Romulaner und anderer Völker existiert. Er hält es für unlogisch, diese Unterschiede zu ignorieren.«

»Soll das heißen, er lehnt den vulkanischen Pazifismus ab?«

Enttäuschung blitzte in Sardas Augen. Vielleicht verstand ich die vulkanische Kultur nicht ganz, aber jetzt war nicht der richtige Augenblick, mich deswegen zu tadeln. Sarda sah das ein und fuhr fort: »Selbst auf Vulkan entwickelt sich die Logik. Geringfügige Differenzen in logischen Systemen können zu enormen Unterschieden in philosophischen Strukturen führen. Es gibt tatsächlich Angehörige meines Volkes, die das vulkanische System des Pazifismus ablehnen. Dinge verändern sich, Piper«, sagte Sarda und unterstrich diese Bemerkung mit einer Geste. »Sogar Spock galt einmal als Renegat. Sein Verhalten stand im Gegensatz zu den starren vulkanischen Normen. Seit damals sind die auf Vulkan gebräuchlichen Muster der Logik gewachsen und werden auch der Tatsache gerecht, daß wir ein wichtiges Mitglied der Föderation sind. Vielleicht akzeptiert man eines Tages auch Perrens Ideen.«

Scanner faltete die Hände um sein Knie. »Das ist noch lange keine Rechtfertigung dafür, die ganze Galaxis in eine kosmische Balgerei zu führen, Spitzohr.«

Sarda bedachte ihn mit einem durchdringenden Blick. »Nein«, erwiderte er scharf. »Da haben Sie recht. Aber auch der Pazifismus kann zu Gewalt führen, wenn es seine Anhänger ablehnen, das Recht von anderen auf Frieden zu schützen.« Er verteidigte sowohl Perren als auch sich selbst. Der vulkanische Zorn verflüchtigte sich abrupt, und ruhige Demut kehrte zurück. Offenbar versuchte er, ein inneres Gleichgewicht wiederzufinden.

»Deine Ausführungen lassen den Schluß zu, daß Perren glaubt, Rittenhouse habe grundsätzlich recht«, sagte ich. »Er ist ebenfalls der Meinung, daß moralische Einheit nötigenfalls mit Gewalt angestrebt werden muß. Stimmt das?«

»Alle Vulkanier glauben an die gleichen elementaren Grundsätze«, antwortete Sarda und setzte damit gleichzeitig seinen Vortrag fort. »Aber das Recht auf Individualismus schließt das Recht ein, andere Meinungen zu vertreten. Dazu gehört leider auch die Frage, mit welchen Mitteln der Friede gewährleistet werden soll. Seine besonderen Talente als Spezialist für angewandte Wissenschaft haben

Perren in die Lage versetzt, sich selbst zu verwirklichen, und er bedauert zutiefst, daß andere Personen aufgrund repressiver Regierungssysteme keine Möglichkeit haben, ihr ganzes Potential zu entfalten. Er nimmt großen Anteil am Schicksal aller Unterdrückten in der Galaxis und möchte mithelfen, ihnen die Freiheit zu schenken. Er hält das für... einfach.«

Sarda starrte nun wieder auf den Tisch, und ich sah eine Verlegenheit, die Perren galt. Aber ich durfte jetzt keine Rücksicht auf seine Empfindungen nehmen. Wenn Sarda Mornay half, weil er sich Perren verpflichtet fühlte, so mußte ich das Band zwischen den beiden Vulkaniern zerreißen. Unsere Freundschaft und der Erfolg unserer Mission — der Friede, über den er so ehrfürchtig gesprochen hatte — hingen davon ab. Vielleicht bekamen wir später Gelegenheit, seelische Wunden zu heilen.

»Er irrt sich«, sagte ich und bohrte ein Messer der Logik in Sardas Toleranz. »Sein Fehler besteht in der Annahme, daß die Klingonen und andere Völker automatisch nachgeben, wenn sie erfahren, daß die Föderation bereit ist, Transwarp gegen sie einzusetzen. Er begreift nicht, daß sie trotzdem in den Kampf ziehen, auch wenn sie praktisch keine Aussichten haben, ihn zu gewinnen. Er versteht nicht, was Irrationalität bedeutet. Habe ich recht?«

»Ja«, bestätigte Sarda nach kurzem Zögern.

»Und Mornay... Perren strebt nach Frieden, aber die Wissenschaftlerin wünscht sich in erster Linie Macht.«

Sarda nickte.

»Perren versteht Mornay nicht besser als die Irrationalität. Es bleibt ihm ein Rätsel, warum jemand auf Macht aus ist — weil solche Motive in erster Linie von Emotionen geprägt sind.«

»Ja.«

»Und wo stehst du?«

Sardas Verlegenheit wuchs — ich hatte ihn an der schwachen Stelle erwischt. Meine Anwesenheit an diesem Ort und die Tatsache, daß ich ganz und gar meiner Mission treu blieb, trieben ihn in die Enge. Für wen würde er sich entscheiden? Für mich oder für Perren?

»Es spielt keine Rolle mehr, welchen Standpunkt er einnimmt«, erklang eine schroffe Stimme hinter Scanner.

Sarda und ich drehten uns ruckartig um. Scanner glitt vom Tisch und wirbelte um die eigene Achse. Mehrere Wächter standen in der Tür und begleiteten eine füllige Frau mit stechenden Augen und dunkelgrauem Haar. Ein siegessicheres Lächeln zuckte in ihren Mundwinkeln, als sie einige Schritte auf uns zutrat.

Ursula Mornay wußte, daß uns die Bewaffneten überhaupt keine Chance ließen.

Sie sah wesentlich älter aus als auf dem Foto, das wir an Bord der *Bananenrepublik* gesehen hatten. Das Haar wies jetzt viele helle Strähnen auf, und im einst glatten Gesicht zeigten sich Dutzende von Falten. Sie hielt die Schultern ein wenig nach vorn geneigt, aber es waren nicht alle Aspekte ihrer Jugend verlorengegangen. Sie wirkte noch immer entschlossen und energisch, als sie einen Phaser auf uns richtete — offenbar brachte sie ihren Söldnern nur begrenztes Vertrauen entgegen.

»Sie haben so gute Arbeit geleistet, daß wir von jetzt an ohne Sie zurechtkommen, Sarda«, sagte sie und schmunzelte noch immer. »Es ist nur noch eine Frage der Zeit, bis ich alles Notwendige habe.«

»Was meinen Sie damit?« fragte ich.

Mornay richtete ihren kühlen Blick auf mich. »Das würden Sie gern wissen, nicht wahr? Sie sind also Sardas kühne Retterin. Nun, ich benötige ihn nicht mehr.«

Sarda runzelte die Stirn, trat vor, blieb zwischen der Wissenschaftlerin und uns stehen. »Sie dürfen es nicht wagen, die Transwarp-Vorrichtung ohne meine Sicherheitssysteme zu aktivieren«, sagte er mit erstaunlichem Nachdruck.

»Ihre Systeme genügen mir. *Sie* brauche ich nicht.«

»Professor...«

»Sie bleiben hier, in sicherem Gewahrsam. Damit ich jederzeit auf Ihre Dienste zurückgreifen kann, falls sie doch noch einmal erforderlich werden.«

»Und meine Freunde?«

»Das Leben Ihrer Freunde garantiert mir Ihre Kooperationsbereitschaft. Diese Logik dürfte selbst ein Vulkanier verstehen, nicht wahr?«

Ich erinnerte mich daran, was uns Spock über Dr. Mornay erzählt hatte, dachte an ihre naiven Vorstellungen von Politik, ihre Gier nach Macht. Wenn sie die Konsequenzen ihres Verhaltens wirklich nicht klar überblicken konnte, so bot sich mir vielleicht ein Ansatzpunkt. Tief Luft holen und ins kalte Wasser springen...

»Professor«, begann ich, »hier droht Ihnen große Gefahr. Die umstrittenen Raumsektoren sind so nah, daß die Föderation kaum imstande ist, Sie zu schützen. Wenn bekannt wird, daß sich die Transwarp-Technik auf Argelius befindet...«

»Ich weiß, was dann geschieht«, unterbrach mich die Wissenschaftlerin, und ihr Lächeln wuchs in die Breite.

»Ist es Ihnen gleich?«

»Ich habe alles unter Kontrolle, oder?« erwiderte Mornay. Sie gab sich selbst die Antwort, indem sie nickte — offenbar zählte nur ihre eigene Meinung.

Ich trat etwas näher. »Und was ist mit Perren? Versteht er die möglichen Folgen Ihres Plans?«

Mornay zuckte mit den Schultern und verzog kurz den Mund. »Perren vertritt sonderbare Ansichten. Er hat keine Ahnung von den vielen Möglichkeiten, die mir nun offenstehen. Warum auch? Er interessiert sich einzig und allein für seine Arbeit, und das ist mir recht. Ich gebe ihm Gelegenheit, seine Fähigkeiten konkret anzuwenden. Ich denke, und er konstruiert. Eine ausgezeichnete Arbeitsbeziehung.«

»Für Sie«, sagte ich.

»Wohin sollte er sonst gehen?« Mornay schritt nach rechts und hielt weiterhin den Phaser auf uns gerichtet. »Er wollte die Föderation zwingen, sich unsere Apparatur anzusehen, sich mit ihrem Potential zu beschäftigen. Das entspricht auch meinen Wünschen. Es gibt nur einen Unterschied: Ich möchte die Aufmerksamkeit der ganzen Galaxis erringen. Damit läßt sich wesentlich mehr erreichen.« Sie kniff die Augen zusammen, erregt von ihrer eigenen Phantasie, und einige Sekunden lang sah sie nicht mehr uns, sondern die Zukunft.

Ich beschloß, etwas zu riskieren und Mornays Visionen auf die Probe zu stellen, indem ich zwei Schritte auf sie zutrat.

Sofort ruckte ihr Phaser hoch, und das aufmerksame Glühen kehrte in die Augen zurück. Die Wächter hoben ihre Strahlengewehre, und nervöse Finger krümmten sich an Abzügen.

Ich hielt es für besser, vorsichtig zu sein.

»So dumm sind Sie doch nicht, Piper, oder?« spottete die Wissenschaftlerin. »Sie gehören ebenfalls zu Starfleet, nicht wahr? Vielleicht glauben Sie, Träumer stehen abseits der Wirklichkeit. Nun, da irren Sie sich!« Mornays Stimme klang plötzlich messerscharf, und ihr Blick durchbohrte mich. »*Ich* habe keinen begrenzten Horizont. Wenn die Transwarp-Vorrichtung fertiggestellt ist, nehme ich in der neuen Föderation eine sehr gute Verhandlungsposition ein.«

»Sie klingen wie Rittenhouse«, warf ich ihr vor.

»Er ist mit seinen Plänen gescheitert. Jetzt bin ich an der Reihe. Die *Enterprise* trifft bald ein, und dann verlange ich, daß Captain Kirk als Emissär der Föderation fungiert. Es wird ihm kaum etwas anderes übrigbleiben, als auf meine Forderungen einzugehen.« Mornay sprach wie beiläufig, aber irgend etwas in ihrem Tonfall deutete auf Unabänderlichkeit hin. Ganz offensichtlich lehnte sie jeden Kompromiß ab. Rittenhouse hatte seine Gegner respektiert, aber bei Mornay war das nicht der Fall. Dadurch wurde sie noch unberechenbarer und gefährlicher. Ich klappte den Mund zu und beschloß, ihr nicht zu widersprechen. Es wäre reine Zeitverschwendung gewesen. Erleichtert dachte ich daran, daß Kirk sich um die Wissenschaftlerin kümmern wollte – mich schien sie nicht ernst zu nehmen.

Noch nicht.

Mornay wandte sich halb um, als Perren hereinkam, doch ihre Aufmerksamkeit blieb auf uns gerichtet.

Der Vulkanier schob sich an den Wächtern vorbei, und ich änderte die Taktik, sah ihn an und hob die Hand. Meine Hilflosigkeit wurde mir viel zu deutlich bewußt, als ich feststellte, daß die Finger zitterten. Ich mußte mich zwingen, um ruhig zu sprechen. »Wissen Sie eigentlich, worauf Sie sich eingelassen haben, Perren? Ist Ihnen klar, daß Professor Mornay die Transwarp-Technik dem Meistbietenden überlassen will? Eine kosmische Balgerei steht bevor, und sie wird vielen Personen das Leben kosten.«

Mornay kommentierte meine Bemühungen, Perren zu beeinflussen, mit einem amüsierten Lachen. Der Vulkanier neigte nur den Kopf. »Ich habe darüber nachgedacht«, erwiderte er schlicht. »Die in Aussicht stehenden Vorteile sind ein Risiko wert.«

»Aber es gibt noch wichtigere moralische Probleme«, sagte ich. »Würden Sie zulassen, daß die Transwarp- und Trilithium-Technologie in tholianische, romulanische oder klingonische Hände fällt?«

Perrens Blick wanderte kurz zu Mornay.

»Geben Sie auf, bevor die ganze Sache außer Kontrolle gerät«, beschwor ich den Vulkanier. »Transwarp-Vorrichtungen können viel Gutes bewirken, wenn man sie richtig einsetzt, aber unsere Feinde würden sie als Waffen gegen uns einsetzen. Die Folge wäre ein verheerender galaktischer Krieg. Ohne Ihre Hilfe sind Professor Mornays Pläne zum Scheitern verurteilt. Arbeiten Sie nicht länger mit ihr zusammen.«

Für einen Sekundenbruchteil bemerkte ich den Schatten des Zweifels in Perrens Gesicht. Seine Brauen zogen sich um ein oder zwei Millimeter zusammen, Beweis genug, daß meine Worte etwas in ihm berührt hatten. Er senkte ansatzweise den Kopf, ein sicheres Zeichen von Unsicherheit. Das fiel auch Mornay auf.

»Es... fiel mir nicht leicht, eine Entscheidung zu treffen«, gestand Perren ein. »Es gibt nicht immer das Richtige auf der einen Seite und das Falsche auf der anderen. Manchmal muß man zwischen zwei Übeln wählen. Ich habe mit meinen Motivationen gerungen, schon vor langer Zeit, aber ich bin sicher, richtig zu handeln.«

»Überlegen Sie es sich noch einmal«, drängte ich. »Ist es nicht ehrenhaft, die Logik zu modifizieren, wenn sich bestimmte Fakten ändern?«

Mornay lachte erneut, und unter anderen Umständen hätte es vielleicht angenehm geklungen. Sie nickte Perren zu.

»Sie werden mir weiterhin helfen«, sagte sie. »Fünfzehn Jahre Ihres Lebens haben Sie in dieses Projekt investiert. Die Risiken sind nicht groß genug, daß Sie es jetzt aufgeben – und damit auch die Chance, der Galaxis völligen Frieden zu schenken.« Die Wissenschaftlerin wandte sich wieder uns zu und schränkte Perrens Bedeutung ein, indem sie so von ihm sprach, als sei er überhaupt nicht anwesend. »Soll er etwa nach Vulkan zurückkehren, um dort zu erklären, daß er die galaktische Einheit einer theoretischen Gefahr geopfert hat? Diese Demütigung wäre zu groß für ihn.«

Sarda reagierte auf die blockierte Logik und wollte verhindern, daß sich Perren einmal mehr zugunsten Mornays entschied. Er wandte sich direkt an seinen Mentor. »Denken Sie noch einmal darüber nach«, sagte er. »Es existieren gewichtige moralische Gründe...«

Die Wissenschaftlerin schoß auf ihn. Der Phaserstrahl traf ihn an der Brust und schleuderte ihn über den Tisch hinweg. Arme und Beine zuckten, als er an die Wand prallte. Scanner lief zu ihm und fing Sarda auf, bevor er zu Boden sank. Ich setzte mich ebenfalls in Bewegung, aber Mornay versperrte mir den Weg. Angesichts ihrer Waffe mußte ich mich auf die Rolle des Beobachters beschränken. Ich war gekommen, um meinen vulkanischen Freund zu retten, aber jetzt hatte er sich in ein Symbol für Mornays brutales Wesen verwandelt.

Einen schrecklichen Augenblick lang befürchtete ich Sardas Tod und bebte am ganzen Leib. Doch der Phaser war nur auf Betäubung justiert, was bewies, daß Mornay Sarda nicht töten wollte. Offenbar legte sie wirklich Wert auf die Möglichkeit, seine Fähigkeiten auch weiterhin nutzen zu können. Oder nahm sie nur Rücksicht auf Perren? Hätte sie Sarda erschossen, wenn der andere Vulkanier nicht zugegen gewesen wäre?

Durch ihre Bereitschaft, den Phaser einzusetzen, bestand auch weiterhin Gefahr.

»Sehen Sie? Ich scherze nicht.« Mornay warnte mich, indem sie mit ihrem Strahler winkte. Vielleicht hatte sie etwas in meinen Augen gesehen, einen Zorn, den ich erst jetzt spürte. Als sie glaubte, die Situation wieder unter Kontrolle zu haben, sah sie Perren an. »Wir erreichen unser Ziel. Niemand wird uns daran hindern.«

Stille folgte diesem knappen Monolog, und ich öffnete den Mund, um etwas zu sagen, um dafür zu sorgen, daß Mornay im Zimmer blieb. Ich wollte Zeit gewinnen – für Captain Kirk. Meine Lippen teilten sich, doch bevor ich einen Ton hervorbringen konnte, ertönte das Zirpen eines Kommunikators.

Ich spannte alle Muskeln.

Mornay blinzelte. »Natürlich!« entfuhr es ihr. »Sie sind nicht allein gekommen. Das hätte mir sofort klar sein müssen.« Sie deutete auf einen Wächter. »Suchen Sie den Kommunikator und bringen Sie ihn mir.«

Kein Problem. Einige Sekunden später besaß die Wissenschaftlerin sowohl meinen Kommunikator als auch Scanners Tricorder. Sie hielt das kleine Kom-Gerät in der Hand und wartete geduldig. Das Zirpen wiederholte sich. Kirk. Er versuchte, sich mit uns in Verbindung zu setzen.

Scanner hielt noch immer Sarda fest. Seine Pupillen weiteten sich, und er preßte die Lippen zusammen.

In meiner Magengrube verkrampfte sich etwas. Wie sollte ich mich jetzt verhalten?

Mornay trat auf mich zu und reichte mir den Kommunikator. »Antworten Sie. Bestimmt wissen Sie, was Sie *nicht* sagen sollen.« Triumph und Aufregung vibrierten in ihrer Stimme. Sie fand nun heraus, wer unsere Helfer waren.

Schweiß rann mir über den Nacken. Der Captain würde sich verraten, wenn ich auf sein Rufsignal reagierte. Ich überlegte fieberhaft, und meine Augen brannten.

Mornay bemerkte den in mir emporquellenden Trotz. Sie zeigte mir den Phaser, und ich beobachtete, wie sie die Justierung ›Auflösen / Töten‹ wählte, die Waffe anschließend auf Scanner und Sarda richtete. Ihr Gesichtsausdruck ließ keinen Zweifel.

Ich nahm den Kommunikator.

Scanner schloß die Hände fester um Sardas Arme. »Piper...«

Ich wußte natürlich, was er mir mitteilen wollte. *Finden Sie eine andere Möglichkeit. Und zwar fix.*

Aber es gab keine. Oder? Rasch nachdenken und sich etwas einfallen lassen — typisch für Helden, die in eine derartige Situation gerieten. Ich versuchte, meine Gedanken in den Warptransfer zu schicken, aber das Triebwerk schien zu streiken. Ich atmete flach und setzte meine Hoffnungen auf den Captain, als ich das Kom-Gerät aktivierte. »Piper hier. Sind Sie das, Merete?«

Ich nannte den Namen ein wenig zu hastig. Vielleicht hatte ich Glück. Vielleicht glaubte Mornay, es liege an meinen Nerven.

Leises Knistern drang aus dem winzigen Lautsprecher, und wir warteten ungeduldig.

»Ja, hier ist Merete. Wo sind Sie, Piper?«

Ich holte tief Luft, um erleichtert zu seufzen — bevor ich begriff, daß Mornay sofort Verdacht schöpfen würde. Ich kam mir wie ein aufgeblasener Ballon vor und ließ den Atem so langsam entweichen, daß ich rot anlief. »In einem Laboratorium«, antwortete ich langsam.

Eine Pause folgte. Vor dem inneren Auge sah ich Kirk, der neben Merete stand und ihr Worte zuflüsterte.

»Haben Sie Sarda isoliert?« fragte sie vorsichtig.

»Ja. Er ist... bei uns.«

Mornay gab mir ein deutliches Zeichen, indem sie den Finger dicht an den Abzug hielt. Wenn die subtilen Hinweise nicht aufhörten, starben Scanner und Sarda. Ich hatte nie gelernt, richtig zu bluffen. Warum lehrte man das nicht an der Starfleet-Akademie?

»Können Sie das Gebäude verlassen?« fragte Merete in einem Tonfall, der mir eine unmißverständliche Botschaft übermittelte.

»Nicht sofort«, erwiderte ich. »Hier gibt es überall Verteidigungsanlagen.« Ich beobachtete Mornay, um festzustellen, ob ich zuviel gesagt hatte. Ihr Gesichtsausdruck blieb neutral. »Es wird eine Weile dauern.«

Erneut eine kurze Pause. Der imaginäre Kirk nickte.

»In dreißig Minuten melde ich mich wieder«, verkündete Merete. »Wenn Sie dann einen Weg nach draußen gefunden haben, beamen wir uns an Bord des Schiffes zurück und verlassen das Sonnensystem, bevor die *Enterprise* eintrifft. Es wird Zeit, die Brassen anzuholen.«

Sie hatte Schwierigkeiten mit dem seemännischen Begriff und wußte nicht, welche Silben es zu betonen galt. Die Worte klangen glatt, zu beiläufig, aber ich verstand ihre Nachricht: *Kirk weiß Bescheid.*

Meine Schultern zitterten. Ich straffte sie und hob den Kommunikator näher an die Lippen. »Der Meinung bin ich auch. Die anderen sind bereits luvwärts.«

Plötzlich stand Mornay ganz dicht vor mir, und ich starrte direkt in die Mündung des Phasers. Sie gab keinen Ton von sich, aber ihr eisiger Blick sagte: *Wenn Sie die Verbindung nicht sofort unterbrechen, sind Sie tot.*

Warum überhaupt Zunge und Lippen bewegen? Diese Art der lautlosen Kommunikation funktionierte einwandfrei.

»Piper Ende«, sagte ich rasch und klappte den Kommunikator zu.

Mornay riß mir das Gerät aus der Hand, und ihre Fingernägel hinterließen dünne Kratzer in meiner Haut. »Codeworte«, zischte sie bitter. »Und nicht einmal besonders einfallsreiche.« Sie mißachtete die Privatsphäre der beiden Vulkanier, als sie sich Perren zuwandte und fragte: »Wer ist Merete?«

Um wahrheitsgemäß Antwort zu geben, mußte Perren gegen die vulkanische Ethik verstoßen. Gemischte Gefühle verstärkten den grünlichen Glanz seiner Wangen. »Merete AndrusTaurus, eine Starfleet-Ärztin. Sie war mit Piper und Sarda in die Schlachtschiff-Affäre verwickelt.«

Seine Demütigung war offensichtlich, obgleich er versuchte, sich nichts anmerken zu lassen. Er wußte genau, daß er Vertrauen mißbrauchte, indem er Informationen preisgab, die er während der Mentalverschmelzung mit Sarda in Erfahrung gebracht hatte. Warum ließ er sich dazu hinreißen? Warum weigerte er sich nicht, Auskunft zu geben? Übte Mornay eine so unterschwellige Kontrolle auf ihn aus, daß er seine vulkanische Verantwortung vergaß?

Die Wissenschaftlerin dachte nach, nickte dann und richtete ihren durchdringenden Blick wieder auf mich. »Bestimmt finden wir Ihre Freunde dort draußen. Die Möglichkeit, sie in eine Falle zu locken, verdanke ich Ihnen.« Mornay griff auch nach dem Tricorder und fügte hinzu: »Ich bin sicher, sie reagieren auf einen Notruf.« Sie überließ die beiden Geräte einem Wächter, stellte den Phaser neu ein und wandte sich an Perren. »Bringen Sie unsere Besucher im Lager unter. Ich verspreche, daß ihnen nichts geschieht — es sei denn, sie zwingen mich, härtere Maßnahmen zu ergreifen. Manchmal läßt sich so etwas nicht vermeiden, oder? Nun, wir müssen auf alles vorbereitet sein. Gehen Sie jetzt; die Wächter begleiten Sie. Wir treffen uns anschließend im Hauptlaboratorium.«

Nach all den Jahren wußte Mornay gut um Perrens Schwächen Bescheid. Ich verlor den Mut, als ich sah, daß er ihren Anweisungen nachkam.

Ich biß die Zähne zusammen und unterdrückte den Zorn lange genug, um Scanner zu helfen. Gemeinsam zogen wir Sarda auf die Beine. Die Wirkung des Betäubungsstrahls ließ allmählich nach, aber er konnte noch nicht aus eigener Kraft gehen. Wenige Minuten später fanden wir uns in einem kleinen, kalten Raum wieder.

Dort überließ ich es Scanner, Sarda zu einer Kiste zu führen, auf der er Platz nehmen konnte. Die Wächter blieben draußen im Korridor, und ich sprach so leise, daß mich nur Perren hörte.

»Sind Sie wirklich bereit, Transwarp an feindliche Mächte zu verkaufen?« fragte ich in einem vertraulichen Tonfall.

Der Vulkanier schüttelte verärgert den Kopf. »Um Sie zu beruhigen, Commander: Ich würde die neue Technik zerstören, wenn wirklich die Gefahr besteht, daß sie Feinden der Föderation in die Hände fällt.«

Das überraschte mich. Einige Sekunden lang starrte ich Perren verwirrt an, und dann platzte es aus mir heraus: »Also ist alles nur ein Bluff.«

»Nein«, erwiderte er. »Von einem Bluff kann keine Rede sein. Ursula meint es ernst. Sie hat ihre Ziele, ich meine. Derzeit gibt es keine Widersprüche zwischen ihnen. Aber wenn es zu ersten Divergenzen kommt, bin ich bestimmt in der Lage, sie zu kontrollieren.«

»Wieso sind Sie da so sicher?«

»Stellen Sie mir keine weiteren Fragen, Commander!« sagte Perren scharf. »Ihre Hartnäckigkeit belastet meine Geduld.« Das stimmte: In seinen Wangen mahlte es. Er drehte sich so abrupt um, daß dunkles Haar wehte. Die Tür fiel hinter ihm zu, und ich hörte das Klicken eines mechanischen Schlosses.

»Auch Vulkanier können gereizt sein«, brummte Scanner. Eine Zeitlang betrachtete er die Tür, richtete seine Aufmerksamkeit dann wieder auf Sarda, dem er nun nicht mehr mit der ursprünglichen Verachtung begegnete. Er rieb Sardas Arme und Knie und verschwendete keinen Gedanken daran, daß Vulkanier nicht berührt werden wollten – um solche Dinge hatte sich Scanner noch nie gekümmert. »Gleich sind Sie wieder in Ordnung, Spitzohr. Hier, stützen Sie sich auf mich. Braver Junge. Haben Sie Gefühl in den Beinen?« Er zögerte und fügte hinzu: »Wie geht's Ihnen jetzt?«

Sarda blinzelte und antwortete gedehnt: »Schlecht.«

Ich zuckte unwillkürlich zusammen, als ich seine krächzende Stimme hörte und begriff, wie schwer ihm das Sprechen fiel. »Wie fühlst du dich?« erkundigte ich mich und setzte mich ebenfalls auf eine Kiste.

Kummervolles Bedauern durchbrach die vulkanischen Barrieren und zeigte sich im grünlichen Gesicht. So etwas wie Trauer gesellte sich hinzu. »Wie ein Narr«, murmelte Sarda und verblüffte uns mit seiner Offenheit.

Scanner musterte ihn und setzte zu einer Erwiderung an. Ich kam ihm zuvor, indem ich den Kopf schüttelte.

Ich wählte die Worte mit besonderer Sorgfalt, als ich fragte: »Glaubst du, verletzt zu sein?«

Sarda versuchte, sich aufzurichten. Arme und Oberschenkel zitterten; Scanner und ich griffen nach den Ellenbogen des Vulkaniers. »Ich habe keinen dauerhaften Schaden erlitten«, entgegnete er. »Beine Beziehung zu Perren... Mornay hat immer Anstoß daran genommen.«

Die Anstrengung erschöpfte ihn, und ich beobachtete, wie er ein Schaudern zu unterdrücken versuchte. Aber langsam kehrte der Glanz in seine Augen zurück, und er wirkte nicht mehr ganz so blaß.

»Wir müssen miteinander reden und einen Plan entwickeln«, drängte ich.

»Einen Plan wozu?« knurrte Scanner. »Mornay hat uns eingelocht. Wir sitzen hier fest.«

»Und wenn schon«, zischte ich. »Irgendwie brechen wir aus. Es gibt immer eine Möglichkeit. Der Captain ist dort draußen und erwartet, daß wir bereit sind.«

Sarda hob überrascht den Kopf. »Captain Kirk? Er befindet sich hier?«

»Ja. Zusammen mit Spock, McCoy und Merete.«

»Außerdem wissen sie jetzt, daß wir in Schwierigkeiten sind«, fügte Scanner hinzu.

Ich nickte und rümpfte die Nase, als ich mich daran erinnerte. »Als Schauspielerin gebe ich nicht viel her — durch meine Schuld ist Mornay in der Lage, Kirk eine Falle zu stellen.«

»Kommt ganz darauf an«, sagte Scanner. »Vielleicht unterschätzt die Wissenschaftlerin ihre Gegner. Immerhin weiß sie nicht, daß sie es mit dem Captain zu tun hat.«

Nervös stand ich auf und wanderte zum einzigen Zugang des Zimmers. Es handelte sich um eine erst kürzlich installierte Stahltür mit einem breiten, getönten Duraglas-Fenster. Ich sah durch die Scheibe, blickte in den steinernen Korridor. Vier Wächter standen dort, und ihre Gestalten zeichneten sich im matten Glühen einiger Leuchtfäden in der Decke ab. Die Männer wirkten so lässig, daß es mir kalt über den Rücken lief. Ja, die Lässigkeit professioneller Söldner. Sie hielten die Phasergewehre so, als seien die Waffen Erweiterungen der Arme. Die Unruhe vibrierte noch heftiger in mir. »Wir müssen Zeit gewinnen, für den Captain. Mornay glaubt ihn an Bord der *Enterprise.* Es dauert sicher nicht mehr lange, bis das Raumschiff dieses Sonnensystem erreicht.«

»Wann?« fragte Sarda.

Ich hob die Hände, ließ sie auf die Oberschenkel fallen. »Woher soll ich das wissen? Kirk sagt mir nie etwas! Ich weiß nur, daß Mr. Scott und Dr. Boma die *Enterprise* hierherbringen, während der Captain auf eine günstige Gelegenheit wartet, um direkt einzugreifen. Himmel, wir sollten dich in Sicherheit bringen, aber statt dessen hat uns Mornay am Wickel! Irgendwie müssen wir diesen Raum verlassen und unsere Mission fortsetzen.«

»Hm«, grummelte Scanner, lehnte sich neben Sarda an die Wand und faltete die Hände hinterm Kopf. »Unsere Aufgabe bestand darin, Sarda von der Hexe und dem Zauberer zu trennen, und das haben wir geschafft. Er leistet nicht mehr ihnen Gesellschaft, sondern uns.«

Ich sah zwei Alternativen:

Entweder ignorierte ich Scanner oder ich knallte ihm eine. Ich dachte kurz nach und beschloß, keine Kraft zu verschwenden. Einige dichte Strähnen fielen mir ins Gesicht, als ich zu Boden starrte, schützten mich vor Scanners und Sardas Blicken. Ich verglich mein Haar gern mit Gold, aber aus irgendeinem Grund kam es nie über Pyrit hinaus. Je schlimmer die Situation wurde, desto brauner fühlte es sich an. Selbst nach den Wochen unter der hellen terranischen Sonne...

Warum hielt ich mich damit auf, an mein Haar zu denken? Ich zwinkerte mehrmals und schüttelte den Kopf, um die Benommenheit zu verdrängen. Dann ein tiefer Atemzug, der mich in die bittere Realität zurückführte. »Ich weiß nicht recht, was ich von dieser Sache halten soll«, murmelte ich und zog die Brauen so fest zusammen, daß ein dumpfes Pochen hinter meiner Stirn entstand. »Mornays Verhalten erscheint mir sonderbar. Ich glaube nicht, daß sie so naiv ist, wie Spock andeutete. Sie hat sich uns gegenüber sehr vorsichtig ausgedrückt, so als...«

Ich brach ab und blickte an eine leere Wand.

»So als?« hakte Scanner nach.

Ich kniff die Augen zusammen und konzentrierte mich auf Abstraktes.

»Perren kennt sich nicht besonders gut mit Menschen aus, oder?«

»Warum fragst du das?« erwiderte Sarda verwirrt.

»Er ist nicht imstande, Mornay zu durchschauen, und das nutzt sie aus, um ihn als Werkzeug zu benutzen. Sie sagt einfach das, was er hören möchte. O nein, ich halte sie keineswegs für naiv. Wir sollten den Fehler meiden, sie zu unterschätzen. Zum Beispiel begnügt sie sich nicht damit, allein mit den technischen Daten Druck auszuüben — sie *baut* eine Transwarp-Vorrichtung. Aber genügt ihr das? Mornay hat einen Test erwähnt, und genau darin besteht der nächste logische Schritt. Bestimmt verzichtet sie nicht darauf, zusätzliche Vorteile zu erringen.«

»Ich akzeptiere deine Logik, Piper«, sagte Sarda ruhig. »Andererseits... Für ein solches Projekt braucht sie Hilfe, woraus folgt: Sie kann nur versuchen, ihre Forderungen mit der Technik an sich durchzusetzen. Das Schlachtschiff diente auch dazu, Transwarp zu testen, aber diese Möglichkeit steht ihr nicht mehr offen.« Er schnappte nach Luft und schloß die Augen, erschöpft von seinen Ausführungen. Kurz darauf hob er die Lider wieder, und ich bemerkte, daß sich der Glanz in seinen Pupillen etwas getrübt hatte. Sarda erholte sich, aber ich kannte die Folgen einer Phaserbetäubung. Mitgefühl regte sich in mir.

»Vielleicht hat Mornay mehr Unterstützung, als wir glauben«, fuhr ich fort, stand auf und schritt umher. »Bei Rittenhouse war das der Fall. Starfleet hat erst damit begonnen, an der Oberfläche von Verschwörung und Korruption zu kratzen. Wer weiß, was sich darunter verbirgt? Vielleicht ist Mornay nur die Spitze des Eisbergs. Vielleicht kann sie auf die Hilfe einflußreicher Freunde zurückgreifen. Vielleicht...«

Ich schwieg.

»Um die Transwarp-Vorrichtung an Bord eines Raumschiffs zu installieren, sind wissenschaftliche Fachkenntnisse notwendig«, sagte Sarda. »Ganz abgesehen davon, daß ein geeignetes Schiff zur Verfügung stehen muß. Sie braucht Spezialisten, nicht irgendwelche Wissenschaftler. Und von dem wissenschaftlichen Team des Vizeadmirals Rittenhouse sind nur Mornay selbst, Perren und ich übrig.«

Ich blieb ganz plötzlich stehen. Scanner und Sarda sahen mich erstaunt an, und ich riß die Augen auf, hielt unwillkürlich den Atem an. »Nein!« entfuhr es mir. »Das stimmt nicht ganz...«

Die Stille im Zimmer schien eine Katastrophe anzukündigen.

»Boma«, hauchte Scanner.

»Und er ist bereits an Bord der *Enterprise*«, fügte ich hinzu.

Sardas Pupillen weiteten sich, als er mich anstarrte. Wir hatten beide den gleichen Gedanken und sprachen ihn zusammen aus.

»Das Raumschiff für den Test!«

KAPITEL 9

»Ich glaube, viele von uns übersehen die Tatsache, daß selbst Vulkanier nicht unzerstörbar sind.«

WELTRAUMFIEBER

»In der höheren Physik drückt man Konzepte nicht als Gesetze und Gewißheiten aus, sondern in Form von Wahrscheinlichkeiten. Ich habe eine Wahrscheinlichkeit von zweiundsechzig Prozent dafür berechnet, daß Transwarp wie vorgesehen funktioniert. Die Gefahr besteht nicht etwa in einem eventuellen Versagen der neuen Technik – das Testschiff könnte für immer im multidimensionalen Warptransfer gefangen bleiben. Professor Mornay und Vizeadmiral Rittenhouse waren bereit, ein solches Risiko einzugehen, und Perren ahnt nicht, daß Mornay an dieser Einstellung festhält.«

Ein Rest von Schwäche blieb in Sarda, aber er versuchte, sich nichts davon anmerken zu lassen. Er wußte, daß wir kaum die Wissenschaft verstanden, von der er sprach, doch das spielte keine Rolle. Es genügte, eine Vorstellung von der Gefahr zu gewinnen. Ich dachte daran, für immer und ewig zwischen den Dimensionen festzusitzen – ein Alptraum.

»Offenbar gibt es in bezug auf Mornay viele Dinge, die Perren nicht versteht«, brummte Scanner. »Sie haben angeblich keinen Nutzen mehr für die nette Ursula«, wandte er sich an Sarda. »Wie lange dauert es, bis sie auch auf Perren verzichten kann?«

Schon seit einigen Minuten stand ich wie angewurzelt und bemühte mich, die einzelnen Teile des Puzzles zusammenzusetzen. Eine zu allem entschlossene Professorin, deren Theorien die ganze Galaxis bedrohten, wenn es ihr gelang, ihnen eine konkrete Grundlage zu geben. Ein abtrünniger Vulkanier, dessen Gedankenstrukturen nicht einmal von einem anderen Vulkanier verstanden werden konnten, ganz zu schweigen von einigen Menschen, die völlig unvorbereitet in dieses Durcheinander gerieten. Ein Raumschiff, das geradewegs in die Falle flog und zweifellos von Boma sabotiert wurde. Aber wie? Konnte ein einzelner Mann eine aus vierhundert Personen bestehende Besatzung außer Gefecht setzen? Boma, ein hervorragender Astrophysiker, der einige der besten Kriegsmaschinen des vergangenen Jahrzehnts entworfen und konstruiert hatte, der die Offiziere der *Enterprise* haßte, ihnen die Schuld an seiner ruinierten Karriere gab... War er allein imstande, Kirks Schiff unter Kontrolle zu bringen?

Ich verabscheute es, zur Untätigkeit verurteilt zu sein. Wenn ich bei dieser Mission versagen mußte — warum ausgerechnet auf eine derartige Weise? Falls Entschlossenheit bei Boma zu einem entscheidenden Faktor wurde, so galt das auch für mich. Ich befand mich in der Basis, und der Captain wartete draußen. Nein, ich durfte nicht einfach die Hände in den Schoß legen und hoffen, daß Kirk alles in Ordnung brachte. Eigeninitiative, Piper. *Unternimm etwas!*

Ich ging zur Tür. Die Wächter wußten, daß ich sie beobachtete, warfen mir finstere Blicke zu und traten vom einen Bein aufs andere. Manchmal hoben sie ihre Phasergewehre. Sie wirkten gemein. Sie wirkten bereit. Typisch für Mornay, solche Leute in ihre Dienste zu nehmen — diese Söldner kannten keine moralischen Bedenken.

Ich starrte sie an. Wandte mich um und durchquerte das Zimmer. Ging wieder zur Tür und starrte erneut.

Einer der Wächter trat an die Wand, verfluchte mich und bleckte die Zähne.

Ich kniff die Augen zusammen, wandte nicht den Blick von ihm ab und schürte das Feuer meines Zorns. Die geeigneten Instrumente hießen Wut und Haß.

»Piper...« warnte mich Scanner leise. »Wenn Sie die Typen dort draußen provozieren, kommen sie herein und drehen Sie durch die Mangel.«

Ich stand vor der Tür, spürte die Kühle des Stahls und sah durchs Duraglas-Fenster. Deutlich bemerkte ich die zunehmende Unruhe der Wächter und konzentrierte mich auf knospenden Groll. »Ihr fühlt es, nicht wahr?« flüsterte ich. Und dann, etwas lauter: »Es gibt eine gewisse Distanz zwischen Mornay und Perren. Ich möchte sie vergrößern.«

»Ja, das halte ich für eine gute Idee«, pflichtete mir Sarda bei. »Wenn Perren die Professorin auch weiterhin unterstützt, verletzt er seine moralischen Grundsätze — für jeden Vulkanier ein schlimmes Dilemma.«

Ich drehte mich um. »Das können wir ausnutzen. Innerlich schwankt Perren bereits. Ich hab's in seinen Augen gesehen.«

»Piper...« begann Sarda skeptisch.

»Behaupte jetzt bloß nicht, daß ich mich irre«, unterbrach ich ihn scharf, und daraufhin schwieg der Vulkanier. »Die Besatzung des Testschiffs... Damit müssen wir ihn festnageln. Entweder weiß er nichts davon, daß Mornay die *Enterprise* verwenden will, um Transwarp zu testen — oder sie hat ihn davon überzeugt, daß für die Crew keine Gefahr besteht. Aber wie wollen sie ihre Pläne verwirklichen? Die Besatzung der *Enterprise* besteht aus vierhundert Personen. Was können zwei Wissenschaftler gegen sie ausrichten? Himmel, es handelt sich um ausgebildetes und erfahrenes Starfleet-Personal!«

»Vielleicht hat Mornay einen Weg gefunden, die Crew zu neutralisieren«, vermutete Sarda.

»Möglicherweise will sie die Mannschaft irgendwie dazu veranlassen, sich auf den Planeten zu beamen«, warf Scanner ein.

»Oder sie zwingt die Besatzung, das Schiff zu verlassen.« Erneut glitt der steinerne Boden unter meinen Füßen dahin. Ich marschierte auf und ab, verharrte kurz an der Tür, um die Wächter anzustarren, setzte die nervöse Wanderung dann fort. »Mit Ratereien kommen wir nicht weiter. Wir brauchen Gewißheit, verdammt! Wir müssen hier raus, den Sensorschirm desaktivieren, die Wächter unschädlich machen und was weiß ich – um Kirk Gelegenheit zu geben, in die Basis einzudringen und sich Mornay zu schnappen. Meine Güte, er hat keine Ahnung von Boma und der *Enterprise!*«

Scanner streckte sich und krümmte den Rücken. »Bestimmt holen Sie gleich einen Zauberstab hervor und winken damit, woraufhin sich die Tür öffnet.«

Ich achtete nicht auf seinen Sarkasmus und kehrte zum Fenster zurück. Mein Spiegelbild zeichnete sich im getönten Duraglas ab. Sah ich wirklich so müde aus? Ich fühlte mich alt, aber nicht erfahren. Jahre waren innerhalb weniger Minuten verstrichen, geprägt von unerträglicher Hilflosigkeit. Irgendwo dort draußen... In Gedanken beobachtete ich die argelianischen Hügel, ihre rote und blaue Vegetation, zwei Monde am dunklen Himmel. Irgendwo dort draußen wartete Kirk darauf, daß ich aktiv wurde. Hatte er meine Nachricht verstanden? Wußte er, in welcher Lage ich mich befand?

Die Söldner im Korridor bewegten sich und warfen mir verärgerte Blicke zu. Je länger und öfter ich sie anstarrte, um so unruhiger wurden sie. Ich war in diesem Zimmer gefangen, aber sie konnten hereinkommen. Und wenn sich die Tür öffnete...

Ein grimmiger Mann mit langem Schnurrbart verlor als erster die Nerven und rammte den Kolben seines Phasergewehrs an die Scheibe. Das Duraglas splitterte natürlich nicht, summte nur leise.

Ich blieb stehen, verzog das Gesicht und zeigte unübersehbaren Spott, verhöhnte die Wächter mit meiner Unerschrockenheit. Es war in erster Linie Furcht, die mich erstarren ließ, aber davon ahnten die Söldner nichts. Skrupellose Burschen, die töteten, ohne mit der Wimper zu zucken, ohne sich mit Gewissensbissen zu belasten... Aus den Augenwinkeln bemerkte ich, daß Scanner nach dem Deckel einer Kiste griff, obwohl das Ding als Waffe kaum etwas taugte. Seine Reaktion gab mir einen Hinweis darauf, welche Wirkung ich auf die Typen im Gang erzielte.

Zorn verfärbte die Gesichter jenseits der Tür.

»Piper...« begann Scanner. Das Zittern in seiner Stimme verriet ihn. »Viele Leute sind Trottel, bis das Gegenteil bewiesen wird. Sie bieten gerade ein gutes Beispiel dafür.«

Mehrere Antworten kamen mir in den Sinn, aber ich sprach sie nicht laut aus, blieb statt dessen auf die Wächter konzentriert und schleuderte ihnen meine Wut entgegen. Ich stand nun dicht genug vor der Scheibe, um den ganzen Korridor zu überblicken und alle vier Wächter im Auge zu behalten. Sie brummten leise und fanden keinen Gefallen an meinem viel zu intensiven Interesse. Schnurrbart wagte kaum mehr zu blinzeln — er wußte genau, daß er mich sehen würde, wenn er die Lider wieder hob. Seine drei Gefährten beherrschten sich etwas besser, aber es war noch eine Frage der Zeit, wann sie ebenfalls die Kontrolle über sich verloren.

Ich wählte ein Ziel, fokussierte den Blick auf die beiden großen, kaffeebraunen Augen über dem Schnurrbart. Augen, die mich haßten. Ich gewährte ihnen keinen Frieden, nicht einmal einen vorübergehenden Waffenstillstand. Wer alles Moralische über Bord warf, hatte Verachtung verdient, und daran ließ ich keinen Zweifel.

Ich bohrte ihm den Dolch meines Zorns in den Leib, und der Schmerz dieser Wunde ließ ihn innerlich explodieren. Er stieß sich von der Wand ab, hob das Phasergewehr und legte an. Leider kann ich nicht behaupten, daß mich Mut an Ort und Stelle hielt.

Mir wurden die Knie weich. Nur Überraschung darüber, daß mein Plan funktioniert hatte, hinderte mich daran, zur Seite zu springen.

»Duck dich, Piper!« rief Sarda. Er verließ seinen Platz auf der Kiste, aber nicht schnell genug.

Schnurrbart drückte ab. Orangefarbenes Licht zuckte über die Wände des Korridors, überstrahlte das Glühen der Leuchtfäden. Ich ließ mich fallen und zog den Kopf ein, hörte das Zischen von kochendem Metall, das Knakken von schmelzendem Duraglas. Schnurrbart brüllte, und dann erklang eine andere Stimme.

»Hör auf, du Idiot! Dies ist der einzige Raum, in dem wir die Gefangenen einsperren können.«

»Ich bringe sie um!«

»Nimm Vernunft an! Oder willst du deinen Sold verlieren?«

Stille folgte, und ich richtete mich langsam auf. Die obere Ecke der Tür fehlte, ebenso ein Teil des Fensters. Die Glaskanten schimmerten in einem phosphoreszierenden Rot, als sie abkühlten. Enttäuscht stellte ich fest, daß die Öffnung nicht groß genug war.

Ich erhob mich und überlegte, ob ich erneut durch die Reste der Scheibe starren sollte.

Bevor ich eine Entscheidung treffen konnte, krachte eine Explosion, und heftige Erschütterungen raubten mir das Gleichgewicht. Ich fiel und fühlte vibrierenden Stein. Es knirschte in der Decke, und Mörtel rieselte herab. Staub bildete dichte Wolken.

»In Deckung!« rief ich und sah erleichtert, wie sich Scanner und Sarda neben einen großen Kühlschrank duckten, als die eine Wand bebte. Dutzende von Ziegelsteinen lockerten sich, doch leider entstand kein Loch. Nun, vielleicht war es auch besser so. Wenn die Mauer einstürzte, kam womöglich auch die ganze Decke herab ...

Eine zweite Explosion donnerte, nicht ganz so laut wie die erste. Unmittelbar darauf knallte es mehrmals. Es klang so, als platzten einige unter Druck stehende Behälter.

Aufruhr herrschte im Korridor. Ich lag auf dem Boden und lauschte.

»Was ist los?«

»Die Hölle, Mann! Komm!«

»Wir sollen die Gefangenen bewachen. Was draußen passiert, geht uns nichts an.«

»Beweg dich endlich!«

Andere Stimmen erklangen, etwas weiter entfernt.

»Wo steckt Lugrode?«

»Was weiß ich? Die Jungs von der Stadtseite sind verschwunden.«

»Verschwunden? Was soll das heißen?«

»Vielleicht hat sie's erwischt.«

»Zwei von euch kommen mit.«

»Von wegen. Wir bleiben hier.«

Ein dumpfes Pochen, dann ein leises Stöhnen. Jemand bewies seine Befehlsgewalt.

»Du bleibst an der Tür!«

Ich stand vorsichtig auf, spähte durch den unteren Teil des Duraglas-Fensters und sah, wie einige Söldner davoneilten. Die Stimmen bildeten nun eine wilde Kakophonie, ließen sich nicht mehr voneinander unterscheiden. Neue Hoffnung entstand in mir, als jemand in den Korridor stürmte und rief: »Das elektronische Sicherheitsschloß des Waffenschranks reagiert nicht mehr aufs Entriegelungssignal!« Es besorgte ihn offenbar, vom Waffennachschub abgeschnitten zu sein.

Ich drehte mich zu Scanner und Sarda um, trat durch herabsinkenden Staub. »Ein Angriff! Mehrere Söldner werden vermißt! *Er* hat zugeschlagen!«

»Wie bitte?« brachte Scanner hervor. »Wer?«

»Kirk. Ich weiß nicht, wie er es geschafft hat, aber er ist jetzt in der Basis!«

Scanner seufzte und rollte mit den Augen. »Ach, Piper, der Captain wird bei Ihnen langsam zur Besessenheit. Glauben Sie etwa an Wunder?« Er nahm müde Platz.

Ich zerrte ihn auf die Beine. »Hoch mit Ihnen«, zischte ich. »Wir brechen aus.«

Er blieb stehen und musterte mich skeptisch. »Wie?«

Ich hatte die gelockerten Ziegelsteine der einen Wand betrachtet, doch nun wirbelte ich zu Scanner herum. »Hören Sie endlich auf damit, dumme Fragen zu stellen! Konstruktives Denken — darauf kommt es an. Sie haben es doch gehört! Nur noch zwei Wächter im Korridor.

Und sie müssen sich mit ihren derzeitigen Waffen begnügen.«

»Oh, sicher«, erwiderte Scanner. »Sie haben nur Phasergewehre, mit denen man einen Mond vom Himmel holen kann. Überhaupt kein Problem für uns.«

»Wir verlassen diesen Raum, Mister!« fauchte ich. »Jetzt sofort.«

Scanner strich sich mit beiden Händen durchs Haar. »Jetzt *klingen* Sie sogar wie er...«

Diese Bemerkung überraschte mich. Und was noch überraschender war: Sie gefiel mir nicht. Das eigene Schweigen fiel wie ein schwerer Felsen auf mich herab. Meine Lippen bildeten einen dünnen Strich, und das Gesicht schmerzte. Rauch brannte mir in den Augen.

Es krachte irgendwo im Gebäude, und ich hörte das elektrische Knistern von Kurzschlüssen. Sarda betastete die beschädigte Wand. Wenn er Scanners Zweifel teilte, so gab er es nicht zu erkennen. Vielleicht glaubte auch er, daß wir keine Möglichkeit hatten, die Mauer zu durchbrechen, aber er wußte, daß ich auf einem entsprechenden Versuch bestehen würde. Ich starb lieber, als Kirk zu zwingen, mich zu befreien. Irgendwie war es ihm bereits gelungen, in Mornays Stützpunkt einzudringen, die Wächter zu verwirren, mehrere von ihnen außer Gefecht zu setzen, den Waffennachschub zu blockieren und Explosionen auszulösen, die das Verteidigungssystem lahmlegten. Wenn sich der Captain zum Angriff entschloß, flogen die Fetzen, und ich wollte mich nicht darauf beschränken, ihm zu applaudieren. Ich lehnte es ab, eine Nebenrolle auf dieser Bühne zu spielen.

Scanners Worte kündeten von Ärger und Erschöpfung, aber sie stimmten mich trotzdem nachdenklich. Ich versuchte, meine Motive zu analysieren, als wir die Wand untersuchten und uns bemühten, einzelne Ziegelsteine aus ihr zu lösen. Jetzt gelang es mir nicht mehr, mit Mut und Tapferkeit über meine Furcht hinwegzutäuschen — ich mußte mich der Realität stellen. Mit der Stille kam das intensive

Verlangen, ins All zurückzukehren, an Bord eines Raumschiffs, zu technischen Systemen und Waffen, die ich kannte und verstand. Ich sehnte mich nach jenem Ort, an dem ich einst triumphiert hatte. Nach dem Weltraum...

Bevor man mit einem Feind im Weltraum fertig werden kann, sollte man lernen, ihn auf einem Planeten zu bezwingen.

»Na schön«, sagte ich.

Was mich ins Zentrum unerwünschter Aufmerksamkeit brachte. Sarda zögerte. »Bitte?«

»Zurück mit euch.« Ich trat an die Wand heran und fühlte kühle, breite Steine unter den Händen. Sie hatten sich gegeneinander verschoben, wodurch unregelmäßige Lücken entstanden, wo zuvor nur feine Risse gewesen waren. Irgendwo mußte es eine schwache Stelle geben. »In Ordnung«, preßte ich zwischen zusammengebissenen Zähnen hervor und reagierte damit auf das Drängen einer ganz bestimmten Präsenz in meiner Erinnerung. »Ich schätze, hier sind energische Maßnahmen erforderlich. Gibt es hier etwas, das wir an die verdammte Mauer schmeißen können? Was enthalten die Kisten?«

Ich näherte mich den schweren Metallcontainern und ignorierte das leise Gespräch hinter mir.

»...können wir sie vielleicht irgendwie zur Vernunft bringen«, flüsterte Sarda.

»Zur Vernunft?« hauchte Scanner. »Mann, die junge Dame ist wie eine tickende Zeitbombe! Ich wage mich nicht einmal in ihre Nähe...«

»Behaltet die Wächter an der Tür im Auge«, sagte ich. »Sie dürfen uns jetzt nicht beobachten.« Ich schob eine Kiste zur Wand und nahm mir dann die nächste vor. »He, ich brauche Hilfe.«

Mein Wahnsinn mußte ansteckend sein, denn niemand widersprach mir. Scanner seufzte, erhob jedoch keine Einwände, als wir den zweiten Container auf den ersten stellten. Sarda trug dabei den größten Teil des Gewichts, und ich dirigierte die Kiste an den richtigen Platz. Metall schabte über Metall, und das leise Quietschen richtete mir die Nackenhaare auf.

»Gut. Jetzt noch eine.«

»Noch eine?« Scanner verzog das Gesicht. »Ich wäre eben fast zusammengebrochen. Die Dinger sind *schwer.*«

»Die Kiste in der Ecke dort.« »Sie ist leer!«

»Ich weiß, daß sie leer ist. Sonst könnten wir sie wohl kaum so weit hochheben.«

»Piper, ich glaube, Sie brauchen Landurlaub.«

»Nein, danke. Mir genügen Captain Kirks Vorstellungen von einem geruhsamen Landurlaub. Kommen Sie. Wir haben nicht den ganzen Tag Zeit.«

Kurze Zeit später ruhte die dritte Kiste auf den beiden anderen. Vor uns ragte ein Turm in die Höhe und reichte fast bis zur Decke empor.

»Und jetzt?« erkundigte sich Scanner. Die gleiche Frage wartete stumm in Sardas Zügen.

Ich wischte mir die Hände am Overall ab. »Helfen Sie mir hoch.«

»Was?«

»Hier drin finden wir nicht genug Gegenstände, um dem dritten Container ausreichend Gewicht zu geben. Deshalb spiele ich die Rolle des Ballasts.«

»Sind Sie jetzt *total* übergeschnappt? Wollen Sie sich unbedingt umbringen?«

»Ich habe keine Lust mehr, in diesem Raum Däumchen zu drehen. Helfen Sie mir jetzt.«

Ich wollte vermeiden, einen direkten Befehl zu erteilen, aber sowohl Scanner als auch Sarda spürten, daß ich selbst dazu bereit war. Der Kommandostatus erfüllte mich noch immer mit Unbehagen, aber ich hätte nicht gezögert, einen Phaser einzusetzen, und mein Rang ließ sich auch als Waffe verwenden. Sarda stand völlig still und sah mich ruhig an. Ich erwiderte seinen Blick.

»Es ist unsere einzige Chance«, sagte ich sanft und appellierte an sein Verständnis. »Uns bleibt keine Zeit, um nach Alternativen zu suchen.«

Der Vulkanier legte die Hände auf den Rücken und nickte langsam. »Ich würde es vorziehen, mein Leben zu riskieren.«

»Ich weiß.« Eine kurze, bedeutungsvolle Pause. »Aber die Verantwortung kommt mir zu.«

Es gab noch Kavaliere: Sarda und Scanner halfen mir hoch. Kaltes Metall strich mir über Oberschenkel und Schultern, als ich in den Container kroch, die Klappe schloß und versuchte, mich so gut wie möglich abzustützen. Ich begann zu zittern, und einige Sekunden lang kämpfte ich dagegen an. Ich mußte bereit sein, sowohl körperlich als auch geistig. Es ging darum, den richtigen Gebrauch von meinem Gewicht zu machen.

»Es kann losgehen«, sagte ich mit falscher Fröhlichkeit. »Ich zähle bis drei.«

Warum nicht bis zehn? Die letzte Frist verstrich viel zu schnell. Ich neigte mich von einer Seite zur anderen, und der Kistenturm schwang hin und her. »Eins... zwei... *drei!*«

Der Boden meiner kleinen, dunklen Welt schien sich unter mir aufzulösen. Der ganze Planet kippte, und ich stieß mit dem Kopf an unangenehm hartes Metall. Das eigene Gewicht senkte sich mir auf den Nacken herab, und aus einem Reflex heraus rollte ich mich zusammen. Ein plötzlicher Ruck, als der Container an Stein prallte. Das Knirschen, Knacken und Rasseln hallte in der Kiste wider, und die Geräusche wurden so laut, daß sie mir fast das Trommelfell zerrissen. Einen Sekundenbruchteil später fiel ich erneut.

Ein zweiter Aufprall, heftig genug, um der Kiste – und mir – eine neue Form zu geben.

Sie stürzte auf den Boden und überschlug sich. Die Klappe platzte aus der Einfassung, und ich sah eine offene Tür. Das gelbe Licht der Leuchtfäden glühte mir entgegen. Der Korridor!

Ich drehte mich, streckte die Beine, kroch aus der Kiste und über einen Haufen geborstener Ziegelsteine. Als ich den Kopf drehte, bemerkte ich Scanner und Sarda; sie traten durch eine breite Öffnung in der Mauer. Im gleichen Augenblick schlitterten die beiden Wächter um eine Ecke und rissen verblüfft die Augen auf, als sie uns erblickten. Sie waren zu überrascht, um ihre Phasergewehre zu heben.

Scanner handelte als erster, griff nach einem dicken Stein und warf ihn. Das improvisierte Wurfgeschoß sauste durch den Gang und traf einen Wächter an der Hand, die das Strahlengewehr hielt. Er ließ es fallen und gab einen schmerzerfüllten Schrei von sich.

Sarda zögerte nicht und brachte den Söldner zu Fall, der nun wieder nach seiner Waffe griff. Ich nahm unterdessen einen Ziegelstein, holte damit aus und zielte auf den zweiten Wächter. Er sah das Ding kommen, konnte jedoch nicht ausweichen. Das massive, graue Rechteck prallte ihm an die Brust, schleuderte den Mann an eine Tür. Er sank zu Boden, keuchte und schnaufte. Sarda setzte den vulkanischen Nervengriff ein, um den ersten Söldner ins Reich der Träume zu schicken, wirbelte dann herum. In seinen Augen funkelte es, und er hielt die Hände ausgestreckt.

Ich kniete auf dem Schutt, sah mich rasch um und schätzte die aktuelle Situation ein — wer das Kommando führt, muß ständig den Überblick behalten.

Dann stand ich auf und bebte am ganzen Leib.

»War doch gar nicht so schwer, oder?« fragte ich und lächelte schief.

Außerhalb des Gebäudes ging es noch weitaus chaotischer zu. Als wir ins Freie gelangten, verlor unmittelbares Handeln die Priorität und wich dem Gefühl der Verwundbarkeit. Vor einigen Minuten wäre Vorsicht nur eine Belastung gewesen, doch jetzt verwandelte sie sich wieder in eine Tugend. Sarda und Scanner folgten mir über einen Platz, und wir versteckten uns vor mehreren hin und her stürmenden Söldnern, die nach jemandem suchten, auf den sie schießen konnten. Ich zweifelte nicht daran, daß sie geeignete Ziele in uns gesehen hätten.

Ich preßte die Schultern dicht an harten Stein, als ich um eine Mauerecke blickte und meinen beiden Gefährten bedeutete, zu mir aufzuschließen. Ich hielt die Hand wie einen Phaser.

»Was hast du vor?« fragte Sarda leise.

»Ich will den Captain finden«, erwiderte ich und erstarrte, als drei Söldner an unserem Versteck vorbeiliefen und sich dem Gebäude näherten, das wir gerade verlassen hatten. Inzwischen wußten sie sicher, daß wir frei waren. Beziehungsweise draußen. Von Freiheit in dem Sinne konnte keine Rede sein.

»Wie sollen wir Kirk und die anderen ohne einen Kommunikator lokalisieren?« warf Scanner ein. »Sie könnten sich überall in einem Umkreis von mehr als tausend Metern aufhalten.«

»Er ist hier auf diesem Anwesen«, beharrte ich. »Die Explosionen, die wir vorhin gehört haben ... Vermutlich sind Mornays Verteidigungsanlagen hochgegangen. Kirk und Spock stecken dahinter, ich bin ganz sicher. Eine hervorragende Taktik, den Gegner mit seinen eigenen Waffen zu verwirren. Ich hätte sofort daran denken sollen, als Perren die Sicherheitssysteme erwähnte. Man könnte meinen, Kirk sei einmal Stadtguerilla gewesen.«

»Er hat eine Menge vorzuweisen«, kommentierte Scanner spitz. »Vielleicht gehört das dazu. Piper, wir sollten uns nicht in seine Angelegenheiten einmischen.«

Ich musterte ihn und entspannte mich für eine Weile. »Sie wollen nie irgend etwas versuchen. Dauernd schrekken Sie davor zurück, ein Risiko einzugehen. Warum haben Sie sich für den Dienst in Starfleet entschieden? Weshalb sind Sie nicht in Tennessee geblieben, um Schweine zu züchten?«

»Ich fürchte mich vor Schweinen.«

Eine dumme Frage, eine dumme Antwort. Er wich einer Ohrfeige von mir aus, und ich schüttelte den Kopf, spürte dabei, wie sich ein Lächeln auf meine Lippen stahl.

»Wenn Mornay die *Enterprise* aufsucht, müssen wir zur

Bananenrepublik zurück«, dachte ich laut.

»Womit wir wieder beim Thema wären«, sagte Scanner. »Wir brauchen einen Kommunikator, um den Transporter der *Rex* zu aktivieren.«

»Vielleicht erreicht Professor Mornay die *Enterprise* gar nicht.« Sardas ruhige Stimme bildete einen seltsamen Kontrast zu Scanners Tennessee-Akzent und dem Lärm um uns herum. »Vielleicht hindert Kirk sie daran.«

»Von dieser Annahme dürfen wir nicht ausgehen«, erwiderte ich, schärfer als beabsichtigt. »Ich werde Kirk nicht noch einmal enttäuschen.«

Meine Entschlossenheit brachte die beiden Männer zum Schweigen und legte sich mir wie ein Mantel um die Schultern. Was auch immer geschehen mochte: Ich würde mein Versprechen halten. *Er* zählte auf mich.

Während ich an der Mauer stand und kalten Stein fühlte, während ich alle Muskeln spannte und eine Entscheidung zu treffen versuchte, begriff ich plötzlich die Bedeutung des Schoners *Edith Keeler.* Ich wußte nicht, wer jene Frau gewesen war und welche Rolle sie für Kirk gespielt hatte, aber sie lebte nun in einem Segelschiff, in Masten und Takelage, in Brassen und Falleinen. Der Gedanke daran schützte ihn vor den schrecklichen Momenten, die jeder Kommando-Offizier hinnehmen mußte. Es wurde nicht einfacher — das verstand ich nun. Ich würde mich nie an solche Augenblicke gewöhnen, aber ich konnte besser mit ihnen fertig werden, indem ich Kirks Beispiel folgte und mit einem Schiff fortsegelte, um wieder inneren Frieden zu finden, um erneut den Wunsch zu verspüren, ins All zurückzukehren. Fester Boden erstreckte sich unter mir, aber trotzdem fühlte ich ein schwankendes Deck und sah den nahen Ozean, vom Schoner bezwungen. Erneut hörte ich den im Focksegel pfeifenden Wind, und nur mit Mühe widerstand ich der Versuchung, nach oben zu blicken. Ich hatte gelernt, wie man auf dem Meer manövriert, wie man die Segel setzt und einholt. Wenn ich hier an den richtigen Seilen zog, so gelang es uns vielleicht, alles mit heiler Haut zu überstehen.

Schlüsselwort: vielleicht.

Nein, ich durfte mich jetzt keinen Zweifeln hingeben. *Zur Sache, Piper. Zeit zu handeln.*

»Kommt«, sagte ich, noch bevor ich beschlossen hatte, wohin wir uns wenden sollten.

Wir eilten zum nächsten Gebäude. Eigentlich war es kaum mehr als ein Schuppen, umgeben von hohen Zäunen, die eine Art Labyrinth bildeten und dringend repariert werden mußten, jedoch ausgezeichnete Versteckmöglichkeiten boten. In diesem Durcheinander fielen wir den Söldnern nur dann auf, wenn sie unsere Bewegungen bemerkten.

»Sarda, bestimmt gibt es hier irgendwo ein Kommunikationszentrum«, flüsterte ich.

Er kam näher und hielt sich am Querbalken eines schiefen Zaunsegments fest. »Ja. In Mornays Laboratorium. Von dort aus stellte sie Kontakte zu Versorgungsschiffen her und gab den Wächtern Anweisungen.«

»Zeig einfach in die entsprechende Richtung, einverstanden?«

Der Vulkanier ignorierte meine Gereiztheit und streckte die Hand aus. Wir schlichen durch die Koppel und folgten dem Verlauf der Zäune zur anderen Seite des Bauernhofs. Schließlich trennte uns nur noch ein kleiner offener Bereich vom zentralen Laboratorium.

»Ich gehe allein«, sagte ich.

Zwei Arme hielten mich fest. Links sah ich eine ernste vulkanische Miene, rechts kochendes Tennessee-Temperament.

Zwei oder drei Sekunden lang ließ ich den Kopf hängen und holte tief Luft. »Jetzt hört mir mal gut zu. Wenn's mich erwischt, seid ihr imstande, es noch einmal zu versuchen. Ihr habt Captain Kirk gehört. Diese Mission ist wichtiger als irgend jemand von uns, vielleicht sogar wichtiger als wir alle.«

Sardas Gesichtsausdruck blieb unverändert. Er hielt eine Diskussion für überflüssig, lehnte es nach wie vor ab, mich allein gehen zu lassen.

»Wenn wir hier warten und du nicht zurückkommst...« brummte Scanner. »Von wem beziehen wir dann die verrückten Ideen? Sieh es doch endlich ein, Piper: Niemand sonst denkt wie du.«

Zufrieden nahm ich zur Kenntnis, daß er mich plötzlich duzte. Das distanzierte Sie störte mich schon seit einer ganzen Weile. Immerhin waren wir Freunde, auch wenn es manchmal zu Reibereien kam.

»Danke, Scanner«, entgegnete ich betont zerknirscht. »Herzlichen Dank. Wie dumm, einen Treueeid von dir zu erwarten.«

»Inzwischen solltest du's eigentlich besser wissen.«

Ich warf Sarda einen kurzen Blick zu und stellte erleichtert fest, daß es in seinen Mundwinkeln zuckte. Er vermied es ganz bewußt, Scanner anzusehen.

»Na schön«, seufzte ich. »Die Lage ist schon schwierig genug; ich möchte nicht auch noch gegen euch beide kämpfen müssen. Wir bleiben zusammen. Sarda, du kennst den Weg.«

»In groben Zügen. Meine Bewegungsfreiheit war eingeschränkt.«

»Übernimm die Führung. Scanner, du folgst ihm.«

Sandage schob sich an mir vorbei. »Jetzt wünschst du dir sicher einen Phaser«, spottete er.

»Verdammt, ich würde mich schon über eine Schleuder freuen«, antwortete ich. Erst dann fiel mir ein, daß ich längst imstande gewesen wäre, eine solche Waffe zu konstruieren — es standen alle notwendigen Materialien zur Verfügung. Ich hatte nur nicht daran gedacht. Glücklicherweise sprach mich keiner meiner beiden Begleiter darauf an. »Los«, sagte ich.

Meine Nerven brannten, als wir durch den offenen Bereich eilten und den umhertastenden Lichtkegeln von Suchscheinwerfern auswichen. Mornay mußte den Diebstahl der Transwarp-Technik schon seit einiger Zeit vorbereitet haben, zumindest seit dem Scheitern von Vizeadmiral Rittenhouses Plänen. Sie hatte die Basis unmittelbar nach der Zerstörung des Schlachtschiffs eingerichtet und die Sicherheitssysteme installieren lassen, bevor sie, Perren und Sarda eintrafen. Weitere Explosionen und das Knistern elektrischer Entladungen deuteten darauf hin, daß die Kettenreaktion der Sabotage noch nicht zu Ende war. *Kirk hat irgendeine Möglichkeit gefunden, die Verteidigungsanlage zu aktivieren.* Ich hielt nur diese Erklärung für plausibel. Sie ergab einen Sinn — und sie weckte dringend benötigte Hoffnung in mir.

Dann dachte ich an Dr. Boma, und neuerliche Besorgnis regte sich in mir. Wenn es ihm wirklich gelang, die *Enterprise* unter Kontrolle zu bringen... Ich spürte den plötzlichen, absurden und überwältigenden Wunsch, aus den Händen einen Trichter vor dem Mund zu formen und zu schreien: »CAPTAIN KIRK, IHR SCHIFF IST IN GEFAHR! WO SIND SIIIEEE?« Glücklicherweise gab ich diesem Drängen nicht nach. *Ich werde ihn finden,* fuhr es mir durch den Sinn. *Und wenn wir das hier überstanden haben, kehren wir zu seinem Schoner mit dem geheimnisvollen Namen zurück.*

Dieser Gedanke verlieh mir neue Kraft, doch als wir eine kleine Mauernische erreichten, sah ich etwas, das Schwäche und Verzweiflung zurückkehren ließ.

Einige Meter entfernt, zwischen dem zentralen Laboratorium und einigen Containern, standen Ursula Mornay und vier Wächter. Phasergewehre waren auf Captain Kirk und Mr. Spock gerichtet.

Ich duckte mich instinktiv und zog Sarda neben mir herab. Scanner bemerkte unsere Reaktion und ging sofort in die Hocke. Das Blut gefror uns in den Adern, als wir die Szene beobachteten und lauschten.

Kirk und Spock warteten Seite an Seite. Sie wirkten ruhig und gelassen, aber auch ernst. Mornay hatte sie irgendwie geschnappt. Was war mit McCoy und Merete?

»Kirk und sein Erster sitzen ganz schön in der Tinte«, flüsterte Scanner.

»Pscht! Hör zu.«

»Glauben Sie wirklich, daß Sie die *Enterprise* mit einigen Söldnern fliegen können?« wandte sich der Captain an Mornay.

»Ich habe Leute, die sich mit den Bordsystemen auskennen«, erwiderte die Wissenschaftlerin, klappte einen Kommunikator auf und justierte ihn. »Ich brauche sie nur abzuholen. Sie werden mir dabei helfen – andernfalls bleibt die Crew im Halbkoma, bis sie stirbt. Ich halte ein Messer an Ihre Kehle, Captain Kirk. Und ich stoße es Ihnen in den Hals, wenn Sie mir keine andere Wahl lassen.«

Scanners Atem strich mir übers Ohr. »Wovon redet sie da? Halbkoma? Was bedeutet das?«

»Offenbar verwendet sie die Besatzung der *Enterprise* als Druckmittel«, raunte Sarda.

»*Vier*hundert Personen?«

Ich winkte, und daraufhin schwiegen meine beiden Begleiter. Auch weiterhin behielt ich Kirk und Spock im Auge und sah, wie sie einen kurzen Blick wechselten. In diesen Sekunden sehnte ich mich danach, die Gedanken des Captains lesen zu können, so wie Spock. Der eine Blick brachte tausend Dinge zum Ausdruck, vermittelte nicht nur Meinungen und Einschätzungen, sondern baute eine mentale Brücke. Sie standen sich so nahe...

Ich schloß die Hände um eine breite Holzlatte, hinter der wir uns verbargen, drückte so fest zu, bis mir die scharfe Kante Schmerzen bereitete. Mit großer Mühe akzeptierte ich die bittere Realität, daß ich derzeit von Captain Kirk getrennt blieb. Meine Nachricht mußte noch etwas länger darauf warten, in Worte gefaßt zu werden.

Mornay hob den Kommunikator an die Lippen. »Samuel? Haben sich die Wächter an Bord gebeamt?«

Ein Summen, und dann klang eine Stimme aus dem kleinen Lautsprecher. »Alle Lokalisierten befinden sich an Bord, doch es werden noch immer einige vermißt.«

Mornay ging einige Schritte und musterte Kirk, der ihr ein ausdrucksloses Gesicht zeigte. »Das überrascht mich nicht«, sagte sie. »Transferieren Sie auch den Captain und

Commander Spock, sobald Sie dazu bereit sind. Ich bin sicher, daß sie sich fügen, aber es sollten trotzdem einige Wächter zugegen sein.«

Die Entfernung zwischen uns und dem Kommunikator verzerrte die Stimme, aber ich identifizierte den arroganten Tonfall sofort. Boma.

Die Botschaft für Kirk zischte in mir. Er wußte schon Bescheid. Und Boma hatte bereits gewonnen. Die *Enterprise* befand sich in der Umlaufbahn, und Boma kontrollierte sie. Es erschien mir geradezu unvorstellbar, daß ein einzelner Mann eine aus vierhundert Personen bestehende Besatzung außer Gefecht setzen konnte. Die Besten von Starfleet gehörten zur Crew der *Enterprise*... Ich unterbrach den Gedankengang an dieser Stelle und erinnerte mich daran, daß auch ich zu den angeblich ›Besten‹ zählte — was mich nicht davor bewahrte, viel zu oft eine Niederlage hinnehmen zu müssen.

Ich krümmte die Schultern und unterdrückte ein heftiges Schaudern. Jede Glückssträhne ging einmal zu Ende, selbst für ruhmreiche und heldenhafte Starfleet-Offiziere. Vielleicht hatte sich mein ganz persönlicher Vorrat an Glück während der Schlachtschiff-Affäre erschöpft. Vielleicht konnte ich nicht noch einmal einen derartigen Erfolg erzielen. Vielleicht verlangte das Schicksal von mir, mich fortan mit weniger zufriedenzugeben. Himmel, ich hatte mich noch nicht ganz an den Rang des Lieutenants gewöhnt, als man schon damit begann, mich Lieutenant Commander zu nennen. Dauernd hinkte ich hinterher. Ich schien nicht imstande zu sein, mit den Ereignissen um mich herum Schritt zu halten; ich war ständig zehn Minuten zu spät dran.

Vierhundert Personen, die nun keine Möglichkeit mehr hatten, etwas gegen Mornay, Boma und Perren zu unternehmen? Verdammt, das war einfach nicht fair! Ich biß die Zähne zusammen und verwandelte meine Unsicherheit in Zorn, in eine Wut, die neue Energie gab und Entschlossenheit stärkte.

Ich bohrte die Reste meiner Fingernägel ins Holz und horchte.

Mornay veränderte erneut die Frequenz ihres Kommunikators. »Perren? Hören Sie mich?«

Statik von den beschädigten elektrischen Systemen störte die Signale, aber kurz darauf vernahm ich die Stimme des Vulkaniers. »Ich bin gerade damit beschäftigt, die mobile Speichereinheit mit den notwendigen Verbindungsschaltungen auszustatten.«

»Beeilen Sie sich. Wir sind jetzt bereit, uns ins Raumschiff zu beamen.«

»Was ist mit den Wächtern?«

»Sie sind schon in der *Enterprise.* Nach unserem Transfer verlassen wir das Sonnensystem. Verlieren Sie keine Zeit.«

»Ich bin gleich bei Ihnen.«

Mornay verzichtete auf Höflichkeitsfloskeln, unterbrach die Verbindung einfach und stellte einen Kontakt mit Kirks Schiff her. Ich beobachtete den Captain. Er stand noch immer völlig ruhig, wirkte so entspannt wie während der ereignislosen Stunden an Bord des Schoners. Er erweckte nicht den Eindruck, auf eine günstige Gelegenheit zu warten, um Mornay und ihre Söldner anzugreifen. Spock war ebenfalls völlig gelassen. Erst als ich das Prikkeln einer molekularen Oszillation auf der Haut spürte – hervorgerufen von einem Transporterfeld –, wurde mir klar, warum die beiden Offiziere keinen Versuch unternahmen, sich zu befreien. Sie *wollten* zur *Enterprise* zurück. Wenn es zu einem Kampf kam, so wußte das Schiff wenigstens, daß seine Hüter an Bord waren und alle erforderlichen Entscheidungen trafen.

Wenige Sekunden später löste sich die bunt gemischte Gruppe vor uns in energetischem Schimmern auf.

Diesmal zögerte ich nicht und handelte sofort. »Also los. Zum zentralen Laboratorium, Sarda.«

»Dort entlang.«

Wir kamen drei Schritte weit, bevor Scanner nach meinem Arm griff. »Warte. He, ist das zu fassen? Sieh nur!«

Ich drehte mich um und bemerkte zwei vertraute Gestalten, die unbeholfen über den Platz schlichen und sich von uns entfernten. Scanner reagierte schneller als ich, schob Zeige- und Mittelfinger in den Mund und pfiff. Einige Sekunden später waren McCoy und Merete bei uns.

»Wo sind Sie gewesen?« flüsterte McCoy und sah uns groß an.

»Wo sind *Sie* gewesen?« erwiderte Scanner.

»Wir haben nach Ihnen gesucht.«

»Nur nach uns?« Scanner grinste. »*Wir* haben nach *allen anderen* Ausschau gehalten.«

Ich schob mich zwischen die beiden Männer. »Scanner, wenn du jetzt nicht die Klappe hältst, schraube ich dir den Kopf ab. Was konnten Sie in Erfahrung bringen, Doktor?«

»Haben Sie das Gespräch nicht gehört?« McCoy deutete auf den nun leeren Platz.

»Nur das Ende.«

»Oh.« Im Gesicht des Arztes arbeitete es, als er sich die Worte zurechtlegte. Einerseits schreckte er davor zurück, Mornays Ausführungen zu wiederholen, und andererseits brauchte er jemanden, der die innere Last mit ihm teilte. Der emotionale Konflikt fand deutlichen Niederschlag in seinen Zügen. »Boma wartete, bis das Schiff die Umlaufbahn erreichte, und anschließend flutete er die ganze *Enterprise* mit einem hypnogenen Gas.«

»Klingt wie Hypnose«, kommentierte Scanner verwirrt.

»Damit ist ein Betäubungsgas gemeint. Es bewirkt tiefen Schlaf und eine drastische Reduzierung der Stoffwechselrate.« McCoy beugte sich etwas näher und unterstrich die schreckliche Wahrheit mit einer knappen Geste. »Wer das Zeug einatmet, kann sich in den Tod schlafen, wenn er nicht rechtzeitig ein Gegenmittel bekommt.«

»Das Messer an Kirks Kehle«, murmelte ich.

»Das ist noch nicht alles«, sagte Merete und warf McCoy einen kurzen Blick zu. Sie wußte offenbar, was er dachte und fühlte. »Das Gas verursacht ein progressives

Koma. Der Zeitfaktor hat entscheidende Bedeutung. Auf diesen Hinweis verzichtete Mornay. Vielleicht weiß sie nicht einmal davon.«

»Solche Substanzen sind außerordentlich gefährlich«, betonte McCoy und ballte die Fäuste. Plötzlich sah ich etwas in ihm, das mir bisher entgangen war. Ich hatte seinen Ärger immer belächelt und für amüsant gehalten, doch jetzt verwandelte er sich in tiefe Verbitterung. Dr. McCoy schien der Besatzung der *Enterprise* ähnliche Gefühle entgegenzubringen wie Mr. Scott den Maschinen an Bord. Er trug die Verantwortung für das Wohlergehen der Crew, sah sich der Mannschaft gegenüber in der Rolle eines Vaters. Sein Gesichtsausdruck verhärtete sich, als er daran dachte, was Mornay mit seinen ›Kindern‹ angestellt hatte. »Für viele Gifte in dieser Kategorie gibt es überhaupt keine Gegenmittel«, sagte er. Es klang fast wie ein Knurren. »Vielleicht hat Mornay keine Ahnung davon — oder es ist ihr gleich. Vielleicht hat sie Kirk belogen, als sie ihm in Aussicht stellte, die Crew aus dem fatalen Schlaf zu wecken. Vielleicht sind bereits alle tot.«

Sein väterlicher Zorn und die damit einhergehende Hilflosigkeit verliehen meiner Stimme eine Überzeugungskraft, die mich selbst erstaunte. Ich sah den Arzt an und versprach: »Sie werden die Chance bekommen, das Blatt zu wenden, Sir. Irgendwie gelingt es uns bestimmt, rechtzeitig einzugreifen.«

»Wir müssen so schnell wie möglich etwas unternehmen«, sagte Sarda. »Ich bin sicher, daß Perren keine Kenntnis von diesem speziellen Situationsaspekt hat. Andernfalls würde er Mornay keine Unterstützung mehr gewähren. Ich schlage vor, wir suchen nun das zentrale Laboratorium auf.« Er erhob sich und ging los. Seine plötzliche Aktivität konfrontierte mich mit gewissen Ahnungen, und ich begriff, daß sich Sardas Motive verändert hatten. Ich hörte das Geräusch seiner Schritte, und die leisen, dumpfen Echos riefen: *Perren, Perren, Perren!* Gab es irgendeine Logik in der Galaxis, die Perrens Einstellungen und Absichten zu unseren Gunsten verändern konnte? Sarda verschwand in einem schmalen Zugang und hinterließ unbeantwortete Fragen.

Ich wollte die Nachhut bilden, forderte Dr. McCoy und Merete auf, dem Vulkanier zu folgen.

Scanner trat an mir vorbei. »Spitzohr hat es plötzlich sehr eilig.«

»Weil er begriffen hat, wie ernst die Lage ist«, erwiderte ich scharf. »Du solltest dir ein Beispiel an ihm nehmen.«

Unbehagen gesellte sich zu Besorgnis und Furcht hinzu. Ich justierte meine Entschlossenheit auf Töten, lief ebenfalls los und betrat das Gebäude. Vor dem inneren Auge sah ich Kirk und beobachtete, wie er einen Blick mit seinem Ersten Offizier wechselte; ich versuchte, ihre Pläne zu verstehen, ihre Absichten zu erraten. Spocks stumme Reaktion – was bedeutete sie? Wieder ergaben sich keine Antworten. Ich blieb auf mich allein gestellt. Verdammter Mist? Es wurde wirklich schlimm, wenn ich nicht mehr glauben konnte, daß Captain Kirk die Lösung für das Problem in der Tasche hatte.

Sarda zögerte am Ende des halbdunklen Flurs und versuchte sich zu erinnern, welcher Gang zum Laboratorium führte. Die Korridore waren schmal, und ihre steinernen Wände wirkten wesentlich älter als die Mauern des Gebäudes, in dem wir eingesperrt gewesen waren. Wir wußten nicht, wann die argelianischen Bauern dieses Anwesen aufgegeben hatten, aber den bemoosten Wänden haftete noch immer ein deutlicher Tiergeruch an. Sarda ging mit langen Schritten durch eine der Passagen und verharrte vor der einzigen Tür.

»Warte«, flüsterte ich.

Die Kolonne blieb vor mir stehen, und ich hastete an ihr vorbei zur Spitze.

Sarda wich ein wenig zur Seite, und ich öffnete die Tür einen Spaltbreit, spähte ins Laboratorium und rechnete damit, daß sich ein Phasergewehr auf mich richtete. Doch nichts dergleichen geschah. Allem Anschein nach hatten

Mornay und ihre Helfer die meisten Geräte mitgenommen. Der Raum enthielt nur noch einige Konsolen, ein Computerterminal und mehrere leere Metallkisten. Es fehlten sogar Stühle. Ich winkte meine Begleiter herein, und Scanner schloß die Tür hinter uns.

Nur noch wenige Leuchtfäden in der Decke glühten, und ihr Licht genügte mir gerade, um alle Einzelheiten im Zimmer zu erkennen. Kirks Sabotageaktionen hatten die Stromversorgung zumindest teilweise lahmgelegt, und ich hoffte, daß genug Energie für die Kommunikatoren zur Verfügung stand. Wenn nicht... *Positiv denken, Piper,* ermahnte ich mich. *Du willst doch nicht zur Schwarzseherin werden, oder?*

Sarda erschien neben mir. »Die Kom-Anlage müßte sich eigentlich neben dem Terminal dort drüben befinden. Es gab keinen Grund für Mornay, die betreffenden Geräte mitzunehmen.« Er schob Kisten und Instrumente beiseite, nickte dann. »Ja, hier ist sie. Halb demontiert.«

Wir hoben die mobile Konsole auf einen nahen Tisch. Sie sah aus wie ein verkaterter Computer.

Aus Mitleid mit ihr schnitt ich eine Grimasse. »Kannst du das Ding reparieren?«

»Wahrscheinlich ging es Mornay nur darum, einige Ersatzteile zu bekommen«, erklärte Sarda. »Vielleicht ist es möglich, die fehlenden Schaltkreise zu überbrücken und ein ausreichend starkes Signal zu senden, um den Transporter des Konstruktionsschleppers zu aktivieren.«

»Was meinst du, Scanner?«

Er betrachtete die Konsole eine Zeitlang und schürzte die Lippen. »Sieht eigentlich nicht sehr schlimm aus. Soll ich's versuchen?«

Ich bedachte ihn mit einem finsteren Blick.

»Schon gut, schon gut, ich mache mich sofort an die Arbeit.« Wie zärtlich berührte er das Gerät.

Dr. McCoy, Merete und ich suchten einige Minuten lang nach Teilen, die Scanners und Sardas Beschreibungen entsprachen. Es dauerte nicht lange, bis sich die Kom-Konsole von ihrem Kater zu erholen schien. Scanner zog eine Kiste heran, nahm Platz, justierte die Frequenz und trachtete danach, einen Kontakt mit dem Autopiloten des Schleppers herzustellen. »Komm schon«, murmelte er. »Schalte jetzt bloß nicht auf stur.«

»Kannst du das Signal verstärken?«

»Die *Rex* wird antworten, verlaß dich drauf.«

Seine Worte änderten nichts an meiner Skepsis. Es fiel mir noch immer schwer, einem Raumschiff zu vertrauen, das wie die Reste einer Brauerei-Explosion aussah. Ich beugte mich über Scanners Schulter und betrachtete einige rote Punkte auf dem kleinen Bildschirm. Sie tanzten durch die weißen Gitterbalken eines Diagramms und gaben sich alle Mühe, ein Muster zu bilden. »Vielleicht ist mehr Energie notwendig. Wenn wir irgendwo eine Batterie ...«

Mehrere Bulldozer rasten von hinten heran. Wir hörten sie erst, als ein wütendes Heulen erklang, und einen Sekundenbruchteil später erfolgte der Aufprall. Ein heftiger Schlag zwischen die Schulterblätter preßte mir die Luft aus den Lungen, und Benommenheit lähmte mich. Der Raum drehte sich, wurde zu einem Strudel aus Schmerz und Gesichtern. Die Beine gaben unter mir nach, als die Pein im Rücken andere Nervenbahnen erfaßte. Jemand griff nach meinen Armen und zerrte mich hoch, stieß mich dann an einen hohen Container. Eine dunkle, knochige Hand schloß sich mir um die Kehle. Einige Augenblicke lang spielte ich mit dem Gedanken, Widerstand zu leisten, mich zu wehren. Die Söldner waren schließlich nur Menschen ...

Aber wir hatten es nicht etwa mit Mornays Wächtern zu tun. Selbst ein großzügiger Sold genügte nicht, um derart intensiven Haß zu kaufen.

Ein klingonischer Intervaller strich mir über die Wange, und ich roch stinkenden Atem.

Gelt neigte den Kopf zur Seite. »Tanz mit mir«, knurrte er triumphierend.

Ich wandte den Blick von ihm ab und sah meine Befürchtungen bestätigt: Vier Klingonen hielten Sarda und die anderen mit schußbereiten Strahlwaffen in Schach.

»Wo ist sie?« fragte Gelt. »Die neue Technik, die ihr hier entwickelt.«

»Wir sind keine Wissenschaftler.« Der Klingone hielt meinen Hals so fest umklammert, daß ich kaum mehr atmen konnte. Ich kämpfte gegen den Schmerz an. »Sie haben dieses Anwesen verlassen und praktisch alle Geräte mitgenommen. Wir wissen nicht einmal genau, womit sie hier beschäftigt waren.«

Gelt wußte natürlich, daß ich log. »Transwarp«, flüsterte er. Soviel zu meinem Bluff. »Wo ist der Apparat?«

Nun, wenn er unbedingt eine Antwort wollte... »Etwa fünfunddreißigtausend Kilometer von hier entfernt, schätze ich.«

Der klingonische Mistkerl drückte noch fester zu, Zeigefinger und Daumen dicht unter meinen Ohren. Ich spürte, wie die Halsschlagader anschwoll; die Lungen gierten nach Sauerstoff. Der Schmerz im Rücken dehnte sich aus, wuchs durch den ganzen Leib.

»Und zwar *über* dem Planeten, nehme ich an«, fauchte Gelt. Ich konnte seine Arroganz einfach nicht ausstehen und schlug mit den Fäusten an den Brustharnisch, um darauf hinzuweisen, was ich von ihm hielt. Irgendwie sammelte ich genug Luft, um zu krächzen: »Haargenau richtig, Fossilgesicht. Und gegen ein Starfleet-Schiff kannst du *nichts* unternehmen.«

Es bereitete mir große Genugtuung, von einem Klingonen verachtet zu werden. Nein, es war nicht unbedingt angenehm, aber es erfüllte mich mit grimmiger Zufriedenheit. Ich bedauerte die Trockenheit im Mund – andernfalls hätte ich Gelt angespuckt. Hinter ihm gaben sich McCoy und Scanner der Kunst des Staunens hin.

Gelt bleckte wütend die Zähne, hob die Hand mit der Waffe und rief einem seiner Gefährten zu: *»HIch Qorch! Toogh!«*

Der andere Klingone nahm den Intervaller, und Gelt holte einen Dolch hinter dem Gürtel hervor. Das Ding sah so schrecklich aus, daß man sich bereits verletzt fühlte, wenn man einen kurzen Blick darauf warf. Und die Klinge steckte noch in der Scheide! Sie fiel zu Boden, als Gelt das lange Messer daraus löste und mir an die Nase hielt. »Deine Freunde sind so gut wie tot«, zischte er. »Aber du... Du bist das, was wir *bortas ChoQ* nennen. Kennst du diesen Ausdruck?« Die Hand an meiner Kehle wurde zu einer unerbittlichen Garrotte. Er knirschte mit den Zähnen und fügte mit zornigem Genuß hinzu: »Rachefleisch.«

Eine rasche Bewegung, und der Dolch klappte auseinander. Ich sah silbrig glänzende Haken, Zangen und Dorne. Wer hat behauptet, Klingonen besäßen keinen Sinn fürs Dramatische?

Ich versteifte mich innerlich und wartete darauf, daß Gelt zustieß. Sollte ich mit einem klingonischen Messer zwischen den Rippen sterben?

Von einer Sekunde zu anderen brach Chaos aus. Phaserstrahlen rasten aus einer Nische, trafen zwei Klingonen und schleuderten sie an die Wand. Ich verstand nicht, was jetzt passierte, hielt es jedoch für angebracht, zuerst zu reagieren und später darüber nachzudenken. Als Gelt den Kopf drehte, rammte ich ihm die Faust ans rechte Auge. Er heulte und ließ mich los.

Die beiden anderen Klingonen gingen hinter einem Tisch in Deckung und erwiderten das Feuer mit ihren Intervallern. Sarda sprang, trat und hämmerte einem Angreifer die Stiefel an den Schädel. Der Klingone sank zu Boden, schüttelte sich kurz und stand wieder auf – um von der Entladung eines Phasers erfaßt zu werden. Er fiel gegen Gelt, der daraufhin ebenfalls das Gleichgewicht verlor und stürzte.

Mir zitterten die Knie, und ich versuchte mühsam, auf den Beinen zu bleiben. Gelt stieß seinen bewußtlosen Gefährten beiseite, und ich wußte, daß mir nur wenige Sekunden blieben. Rasch streckte ich die Arme nach oben und griff nach einem Luftumwälzungsmodul an der niedrigen Decke. Zunächst wollte es sich nicht aus der Verankerung lösen, aber als ich meine ganze Kraft zusammennahm und noch stärker daran zerrte, knirschte es leise, und einige Schrauben gaben nach. Das schwere Gerät kam herab und fiel direkt auf Gelts Kopf. Der Klingone zuckte kurz und erschlaffte.

Ich lehnte mich an die Wand und schnappte nach Luft. Direkt vor mir entstand ein dunkler Tunnel, und seine schwarzen Wände fraßen die Konturen der Umgebung. Irgendwo am Rande meines Wahrnehmungshorizonts grollte ein weiterer Klingone und röchelte, als auch er einem betäubenden Phaserstrahl zum Opfer fiel. Es heulte, toste und rauschte in meinen Ohren, bis sie sich an das Geschenk von Blut und Luft gewöhnten. Mit beiden Händen hielt ich den Kragen des Overalls auf und genoß es, wieder ungehindert zu atmen.

Ich merkte erst, daß ich an der Wand zu Boden gerutscht war, als Dr. McCoys Stimme über mir klang. Zwei Arme zogen mich hoch. »Alles in Ordnung mit Ihnen?«

Scanner stand ebenfalls vor mir. »Hat er dich mit dem Dolch verletzt, Piper?«

Ich schüttelte den Kopf und starrte verwirrt auf einen Intervaller herab. Die Waffe ruhte in der erstarrten Faust eines Klingonen. »Wieso sind wir die einzigen, die sich an das argelianische Gesetz halten?« brachte ich hervor.

Scanner seufzte erleichtert, beobachtete erst den reglosen Gelt und musterte dann mich. Offenbar wunderte er sich noch immer über meinen alles andere ausklammernden Zorn auf Klingonen. »Vielleicht versteckt sich ein Tribble in dir«, sagte er.

Allmählich erweiterte sich der Tunnel vor meinen Augen, und seine dunklen Wände lösten sich auf. Ich hustete mehrmals, bis ich hoffte, meiner Stimme wieder vertrauen zu können. Ungelenk richtete ich mich auf. »An die Arbeit, Scanner.«

»Fühlst du dich besser?«

»Ja, mach dir keine Gedanken. Sorg jetzt dafür, daß die Kommunikationsanlage funktioniert.« Ich schob ihn in Richtung Konsole und war nicht sehr überzeugend: Ich mußte mich nach wie vor auf McCoy stützen. Seine Kraft erstaunte mich.

Was ist geschehen? dachte ich. *Kirk und Spock, die von einem Transporterfeld erfaßt wurden — habe ich mir das nur eingebildet? Wo sind sie? Ist erneut die Kavallerie eingetroffen?*

Ich holte mehrmals tief Luft und blinzelte, um wieder klar zu sehen.

Ein Mann trat aus der Nische, und er hieß weder Kirk noch Spock.

Perren stand auf. Der Lauf seines Phasers zeigte noch immer nach oben, aber er starrte auf den letzten betäubten Klingonen herab, der dicht vor ihm lag. In der linken Hand trug er einen kleinen Metallkoffer, und die rechte blieb für den Strahler frei. Er hob den Kopf, sah erst Sarda an und dann mich. Ich beobachtete, wie er die linke Hand etwas fester um den Griff des Koffers schloß, langsam an der Wand entlangging und uns dabei im Auge behielt.

Ich wich von McCoy fort, und es bereitete mir erhebliche Mühe, einen Fuß vor den anderen zu setzen. Der Rücken schmerzte noch immer und erinnerte mich viel zu deutlich an Gelts wuchtigen Hieb. Ich blieb erst stehen, als ich alle meine Gefährten hinter mir wußte. Sarda trat neben mich, und ich wußte, daß es keinen Sinn hatte, ihn zurückzuwinken.

»Danke«, sagte ich.

Perren nickte kurz. »Gern geschehen. Und das meine ich ernst.«

Einige unbehagliche Sekunden verstrichen, und wir fragten uns, ob wir erneut Gefangene waren. Wir fünf gegen einen Vulkanier mit einem Phaser — wir hatten keine Chance.

Perren spürte unsere Nervosität.

»Mir liegt nichts daran, etwas gegen Sie zu unternehmen«, beruhigte er uns und verzichtete nicht auf einen warnenden Unterton. Er näherte sich der Tür; sein grüner Umhang bildete einen auffallenden Kontrast zur grauen Steinwand. »Ich bedauere sehr, daß wir nicht die gleichen Absichten verfolgen.«

»Das gilt auch für Sie und die Professorin«, erwiderte ich, ging ebenfalls in Richtung Tür und hoffte, daß sich Perren dadurch nicht bedroht fühlte. »Mornay will die *Enterprise* als Testschiff für Transwarp einsetzen. Die Sicherheitssysteme und das Leben der Crew sind ihr völlig gleich.«

»Die Besatzung wird fortgebeamt, wenn wir unser Ziel erreichen. Es besteht keine Gefahr für sie.«

»Vielleicht sind bereits viele Männer und Frauen an Bord des Schiffes tot«, warf Dr. McCoy ein. Reputation und Erfahrung verliehen seinen Worten besondere Glaubwürdigkeit.

»Es ist alles andere als leicht, die Wirkung des Betäubungsgases mit einem Gegenmittel aufzuheben — in dieser Hinsicht hat Mornay Sie entweder angelogen oder mit Halbwahrheiten falsche Vorstellungen in Ihnen geweckt. Ihr müßte eigentlich klar sein, daß solche Gifte extrem gefährlich sind. Ganz offensichtlich hat sie den Tod der Besatzung einkalkuliert.« McCoy sprach mit solchem Nachdruck, daß Perren ihm glauben *mußte*.

»Mornay ist bereit, jedes Risiko einzugehen«, fügte ich hinzu. »Wenn der Transwarp-Test fehlschlägt, hat sie über vierhundert Personen in die multidimensionale Hölle mitgenommen. Und wenn er tatsächlich zum gewünschten Ergebnis führen sollte... Vielleicht ist das Schicksal der *Enterprise*-Crew inzwischen besiegelt. Mornay macht Ihnen etwas vor. Streifen Sie endlich Ihre Illusionen ab.«

Zweifel huschte über die vulkanischen Züge — nur ein Schatten, der aber sofort wieder verschwand. Perren schluckte.

»Ursula hat alles sorgfältig geplant. Der Betäubungsgas wirkt nicht tödlich.«

»Mornay ist Theoretikerin, keine medizinische Spezialistin«, sagte Merete so scharf, daß ich mich verblüfft zu ihr umdrehte. »Niemand kann innerhalb weniger Stunden den Umgang mit hypnogenen Substanzen lernen. Es dauert Monate, um die richtige Dosis zu finden. Wen halten Sie für glaubwürdiger – die Professorin oder Dr. McCoy?«

Perren schlang den Arm um seinen Koffer, und ich verglich ihn mit einem Kind, das ein Spielzeug an sich drückte. Eine halbe Minute lang rührte er sich nicht von der Stelle.

Der innere Zwist fand in seinen Augen Ausdruck und furchte ihm die Stirn. Neben mir versteifte sich Sarda mit einer Empathie, die nur Vulkanier verstehen konnten. Es handelte sich um eine Art distanzierte Mentalverschmelzung, durch die der Integrität individueller Privatsphäre ständige Einschränkungen drohten.

Einmal mehr schob sich Captain Kirks mentales Abbild in den Fokus meiner inneren Aufmerksamkeit, und es flüsterte mir zu: *Nicht lockerlassen,* lautete seine Lieblingstaktik. *Nie aufgeben.*

»Man benutzt Sie wie ein Werkzeug«, wandte ich mich an Perren. »Mornay schert sich nicht darum, was Sie für richtig oder falsch halten. Sie wird Hunderte von Personen umbringen.«

»Piper hat recht, Perren«, sagte Sarda. »Bitte glauben Sie ihr.«

Piper hat recht, wiederholte ich lautlos. Nicht: *Pipers Ausführungen sind korrekt.* Ein subtiler Unterschied, der moralische Aspekte betraf.

Perren trat über den bewußtlosen Klingonen hinweg, erreichte die Tür und zögerte. Es widerstrebte ihm, uns zu verlassen, bevor er die Situation analysiert und uns erklärt hatte. Allein das bewies seine Unsicherheit. Er glaubte, uns eine Erklärung schuldig zu sein, und daraus schloß ich, daß unsere Schilderungen nicht wirkungslos an ihm abprallten.

»Ich muß den Mittelweg beschreiten«, entgegnete er schließlich, und ich hörte so etwas wie mangelndes Selbstvertrauen in seiner Stimme. »Ich muß mich an meine Berechnungen halten und die konkrete Technik weiterentwickeln. Dazu bin ich bereit, um meiner Ziele willen.« Er deutete mit dem Phaser auf die besinnungslosen Klingonen. »Es geht mir darum, so etwas zu verhindern.« Ich dachte an die Auseinandersetzung und wußte, was er meinte. »Ursula unterschätzt Vulkanier. Das gibt mir einen Vorteil.«

Sarda trat auf Perren zu, blieb zwischen mir und dem anderen Vulkanier stehen. »Es ist unlogisch, das Leben der *Enterprise*-Besatzung zu opfern«, sagte er und beschränkte sich jetzt auf reine Didaktik.

»Es ist unlogisch, die Ergebnisse meiner langjährigen Arbeit aufgrund einer theoretischen Gefahr zu opfern.« In Perrens Tonfall vibrierte nun ein Hauch des Ärgers, den ich zuvor gehört hatte.

»Wenn die Crew bereits tot ist, so spielt dieser Aspekt keine Rolle mehr. Sie sind jetzt frei. Ich biete Ihnen keine Hilfe an, aber ich werde Sie auch nicht aufhalten. Mit Ihrem Schiff können Sie nichts gegen die *Enterprise* ausrichten.«

Perrens Blick wechselte zwischen mir und Sarda, und ich bemerkte, daß seine Lippen kurz zitterten. »Ich bedauere, daß wir uns nun trennen müssen.«

Sarda stand wie erstarrt, und ich spürte, wie die Anspannung in ihm wuchs, wie sehr er mit seiner Selbstbeherrschung rang. »Eine Trennung ist nicht notwendig«, antwortete er.

Perren hatte sich länger mit den vulkanischen Disziplinen beschäftigt, und deshalb fiel es ihm leichter, sich unter Kontrolle zu halten. Ich wußte inzwischen, was eine menschlich-vulkanische Freundschaft bedeutete, und jetzt fragte ich mich, wie derartige Beziehungen zwischen zwei

Vulkaniern gestaltet sein mochten. Waren Perren und Sarda Freunde, oder verband die mentale Brücke nur Lehrer und Schüler?

Ich entsann mich an Spocks Erläuterungen und fand sie bestätigt. Ja, Perren und Sarda hatten viel gemeinsam – keiner von ihnen paßte in den derzeitigen Konformismus ihrer Heimat. Sarda mußte es als Erleichterung empfunden haben, einen anderen Vulkanier kennenzulernen, der seine unangenehme Lage verstand, einen Artgenossen, der ihn akzeptierte. Ich wünschte, eher daran gedacht zu haben. Dann wäre ich vielleicht auf die folgenden Ereignisse vorbereitet gewesen.

Perren nickte, aber er vermittelte damit nicht etwa Zustimmung, sondern eine völlig andere Botschaft. »Dann bedauere ich, daß wir uns trennen müssen, bevor wir unsere Absichten miteinander teilen können. Mir bleibt nichts anderes übrig, als Ihnen Glück und langes Leben zu wünschen.«

Er sprach jetzt ruhig und sanft, ohne den scharfen Beiklang, der seine Stimme bisher begleitet hatte. Sein Gesichtsausdruck veränderte sich nicht, als er in den Korridor zurückwich und davonlief.

Sarda setzte sich in Bewegung, und ich streckte zu spät die Hand nach ihm aus.

»Warte!« rief ich.

Er zögerte an der Tür, sah mich an und schien nach Worten zu suchen, die mir alles erklärten. Er war innerlich hin und her gerissen, und diese Qual konnte selbst ein Vulkanier nicht ganz verbergen.

Nach einigen Sekunden gab er sich einen Ruck und eilte durch den Gang.

Wir hörten, wie das Geräusch seiner hastigen Schritte allmählich verklang.

»Sarda!« Ich hielt ebenfalls auf die Tür zu.

»Piper!« entfuhr es Scanner. »Ich hab's geschafft. Das Ding funktioniert.«

Ich verharrte, hob die Hand und zog einen unsichtbaren

Kreis um McCoy, Merete und Judd Sandage. »Beamt euch hoch! Ich melde mich später!«

Viele elektrische Leitungen waren unterbrochen, und dunkle argelianische Nacht füllte einen großen Teil des steinernen Gebäudes. Ich fror und fluchte lautlos. Seit dem Landurlaub auf Terra hatte ich nur einmal Wärme gespürt — als mich ein wütender Klingone an der Kehle packte und dicht vor mir knurrte. Ich lief durch lange Korridore, aber die Kühle blieb. Bei jedem Schritt schmerzten die Rückenmuskeln; bei jedem Atemzug pochte es hinter meiner Stirn. Manchmal sah ich Sarda, bevor er hinter einer Ecke verschwand. Er war unverletzt und wesentlich kräftiger als ich — es kostete mich enorme Mühe, nicht den Anschluß zu verlieren. In der letzten Passage gab ich einem irrationalen und nutzlosen Drängen nach. »Sarda!« stieß ich hervor. »Warte...«

Zu meiner großen Überraschung blieb er stehen und drehte sich um. Hielt er es für erstaunlich, daß ich ihm folgte? Hatte er soviel vergessen?

Er wandte den Kopf gerade noch rechtzeitig, um zu beobachten, wie Perren ein kleineres Gebäude betrat.

Ich verharrte zwei Meter vor Sarda und stützte mich mit einer Hand an der Mauer ab. Er musterte mich stumm und unruhig.

»Wahrscheinlich holt er die letzten Geräte«, schnaufte ich. »Bevor er Mornay verständigt und sich ebenfalls an Bord der *Enterprise* beamen läßt.«

Einmal mehr starrte Sarda durch die Nacht zu dem dunklen Gebäude, das Perren verschluckt hatte. Als er den Blick wieder auf mich richtete, sah ich das Dilemma in seinen Augen. Unbewußt ballte er die Fäuste.

»Ich kann Perren nicht dieser Situation überlassen«, sagte er.

Ein Schritt verringerte die Distanz zwischen uns. »Du verläßt ihn nicht. Er verläßt dich.«

Sarda wich ein wenig zurück und vergrößerte den Abstand. »Piper, du verstehst nicht die Komplexität des vulkanischen Wesens. Ich habe jetzt keine Zeit, sie dir zu erklären.«

Mit einem Nicken zeigte ich ihm, daß er recht hatte. »Glaubst du wirklich, daß Perren nicht weiß, auf was er sich eingelassen hat?«

Der innere Kampf preßte ihm die Lippen zusammen. »Das ist keine Entschuldigung dafür, mich jetzt von ihm abzuwenden.«

Ich ließ den Kopf hängen und suchte nach logischen Argumenten.

Hatte ich überhaupt noch eine Chance? Sogar ein unvollständig ausgebildeter Vulkanier wußte genau, was er wollte. Wenn er entschlossen war, die Vergangenheit selbst für eine vage Zukunft aufzugeben, so konnte ihn keine Macht im Universum davon abhalten.

Hier versagten Argumente und Logik; mir blieb nur noch eine einzige Möglichkeit. Ich straffte die Schultern und trat von ihm fort, um meine Bereitschaft zu zeigen, seine Entscheidung zu akzeptieren.

»Dann mußt du wählen.«

Sarda sah nicht mehr unschlüssig zu dem Gebäude, in dem sich Perren befand. Sein Blick reichte durch mich hindurch in die Ferne.

Vielleicht suchte er nach sprachlichen Instrumenten, um das Unerklärliche zu erläutern, und ich wies ihn mit meinem Schweigen darauf hin, daß so etwas gar nicht nötig war. Was die andere Botschaft betraf... Meine Präsenz auf diesem Planeten sollte eigentlich genügen.

Sarda segelte auf dem unbekannten Meer seiner Emotionen, und so sehr ich es mir auch wünschte: Ich konnte ihm keine Hilfe dabei anbieten.

Er hob andeutungsweise das Kinn. »Ich habe die Wahl getroffen«, verkündete er.

Ich zwang mich, nicht zu nicken, nicht zusammenzuzukken, nicht einmal zu atmen. Unter allen Umständen mußte ich vermeiden, meine Gefühle zu verraten und ihn dadurch zu beeinflussen. Sarda sollte in erster Linie seine eigenen Interessen berücksichtigen. Nur darauf kam es an. Um mehr durfte ich ihn nicht bitten.

Er brauchte einige Sekunden, um die richtigen Worte zu finden, jene Worte, die auch über einen wichtigen Teil meiner Zukunft entschieden.

Sarda entspannte sich. »Ich gehe mit dir.«

KAPITEL 10

»Der Abzug ist bereits gedrückt.
Wir müssen dort eintreffen, bevor der Hahn zuschlägt.«

KAMPF UM ORGANIA

Wir kehrten in den Konstruktionsschlepper zurück, und leider war er noch immer im gleichen Zustand. Ich mußte mich damit abfinden, daß die *Rex* keinem Alptraum gleichkam, aus dem man erwachen konnte, sondern *mein* Schiff war. Es erschien mir mitleiderweckend klein, als wir aus den Sichtschlitzen und Fenstern starrten, die atemberaubende Schönheit der *Enterprise* bewunderten. Eine Königin des Alls, die mich einmal mehr mit Ehrfurcht erfüllte. Wahrscheinlich würde es mir nie gelingen, sie als etwas Selbstverständliches hinzunehmen. Ingenieure und Techniker hatten sie geschaffen, aber sie war auch ein Kunstwerk.

»An Bord alles in Ordnung, Scanner?« fragte ich, lehnte mich über seine Schulter und beobachtete noch immer das große Raumschiff vor uns im Orbit.

»Ich glaube schon.« Er zuckte mit den Schultern und überprüfte die Bordsysteme, um ganz sicher zu sein.

»Wie lange dauert die Installation der Transwarp-Vorrichtung?«

Hinter mir erklang eine Stimme, die nun wieder sanft und ruhig klang. »Perren kennt sich mit der Technik gut aus«, antwortete Sarda. »Er und Boma können den Apparat innerhalb von rund achtzehn Stunden ins Warptriebwerk der *Enterprise* integrieren. Ich vermute jedoch, daß sie vorher zu einem anderen Sonnensystem fliegen, um weitere Spezialisten und Gefolgsleute von Rittenhouse aufzunehmen.«

Ich nickte. Sardas Präsenz überraschte mich nach wie

vor und gab mir die lang ersehnte Wärme. Vor einigen Wochen, an Bord des Schlachtschiffs, war er aufgrund der Umstände gezwungen gewesen, an meiner Seite zu bleiben, doch jetzt hatte er sich frei entscheiden können. Zum erstenmal seit einer ganzen Weile dachte ich nicht mehr daran, was Captain Kirk von mir erwartete. Sardas Anwesenheit genügte völlig. Selbst jetzt spürte ich das leise Summen seiner telepathischen Unterstützung, ein subtiles Echo hinter meinen Gedanken, das mir Kraft gab. Ich wußte es noch immer nicht zu deuten – lag ihm Absicht zugrunde? War es für Vulkanier normal? –, aber ich hieß es willkommen.

»Wir müssen unverzüglich handeln«, sagte ich und nahm im Kommandosessel Platz. Das neue Leder seufzte unter mir, schmiegte sich mir so an den Rücken, als wisse es von Gelts Angriff auf mich. Ein kühler Druck an der Hüfte erinnerte mich daran, daß ich einen klingonischen Intervaller eingesteckt hatte. Ich holte den Strahler hervor und reichte ihn Merete; Sarda trennte sich ebenfalls von seiner Waffe. Scanner gab klugerweise den Sitz neben mir frei, überließ ihn Sarda und setzte sich an die Navigations- und Sensorstation.

»Was haben Sie vor?« fragte McCoy mit reservierter Ungläubigkeit. Er saß in einem der Passagiersessel, blickte zur *Enterprise* und wünschte sich zweifellos, an Bord des viel größeren Raumschiffs zu sein, um der Besatzung zu helfen.

Ich verstand seine Empfindungen, und sie stärkten meine Entschlossenheit. »Wir müssen Mornay daran hindern, ein Warpmanöver einzuleiten.«

Verblüfftes Schweigen schloß sich an. Scanner drehte sich wie in Zeitlupe zu mir um. »Oh. Natürlich. Warum nicht? Und da wir schon dabei sind... Wie wär's, wenn wir ein wenig Ordnung in dieses Sonnensystem bringen und alle Planeten hintereinander aufreihen, hm?«

McCoy beugte sich vor. »Dieser Schlepper gegen einen schweren Kreuzer?«

»Na klar«, spottete Scanner. »Wenn wir bis auf fünfzig Meter herankommen, können wir unseren Laserbrenner als Waffe einsetzen. Und wenn es uns gelingt, den Abstand auf fünfzehn Meter zu verringern, verwenden wir den Teleskop-Greifarm. Ob's an Bord jemand merkt?«

Der Arzt ignorierte ihn. »Wäre es nicht sinnvoller, von hier zu verschwinden und Starfleet zu benachrichtigen?«

»Bis die Flotte Schiffe hierherschicken kann, ist Mornay längst auf und davon«, gab ich zu bedenken. »Sie hat die Möglichkeit, sich überall in der Galaxis zu verstecken — wir könnten sie nie finden. Nein, wenn's nach mir geht, bleibt die *Enterprise* hier.«

»Piper, unsere Phaser genügen nicht einmal, um einen *kleinen* Brandfleck auf ihrer Hülle entstehen zu lassen«, ächzte Scanner.

Plötzlich sagte jemand: »Laßt sie in Ruhe.«

McCoy, Sarda und Scanner sahen an mir vorbei nach hinten, und ich drehte mich um. Merete stand in einer halbdunklen Luke, stützte sich mit der rechten Hand am Schott ab — eine Geste, die Vertrauen zur *Bananenrepublik* ausdrückte? Schatten umhüllten ihr Gesicht, und darüber glänzte eine Sichel aus perlblondem Haar im matten Glühen eines kleinen elektronischen Anzeigefelds. Der Saum ihres Umhangs schuf einen purpurnen Keil an der Wand. Ich musterte sie erstaunt und spürte festen Willen.

»Piper ist Kommandant dieses Schiffes«, fügte Merete hinzu. »Unsere Pflicht besteht darin, ihre Befehle auszuführen und nicht zu widersprechen.« Und etwas leiser: »Wenn wir sterben müssen, so laßt uns wenigstens würdevoll in den Tod gehen.«

Merete war so still und unauffällig, daß ich oft vergaß, wieviel ich ihr erzählt hatte, wie viele meiner vergangenen und gegenwärtigen Gedanken sie für mich aufbewahrte — Dinge, die mir bewußt oder unbewußt über die Lippen gekommen waren. Manchmal erinnerte sie mich genau zur richtigen Zeit daran, mit ihrem ausgeprägten Sinn für gutes Timing. Ich nahm mir vor, das nicht noch einmal zu vergessen.

Sie verstärkte die Wirkung ihrer Worte, indem sie reglos stehenblieb und mich dadurch ganz bewußt ins Zentrum der allgemeinen Aufmerksamkeit schob. Dr. McCoy lehnte sich in seinem Sessel zurück und wirkte recht zufrieden.

Sarda drehte den Kopf und sah auf den Computermonitor. Der Bildschirm projizierte ein hellblaues Schimmern in sein Gesicht. »Die *Enterprise* hat das Impulstriebwerk aktiviert und steuert aus dem Orbit. Kurs null Komma drei sieben.«

»Mornay und die anderen wollen das Sonnensystem verlassen«, stellte ich fest. »Bestimmt beabsichtigen sie, hinter den Planeten einen Warptransfer zu beginnen. Wir folgen ihnen, Scanner. Aber bring uns nicht so nahe heran, daß man dort drüben auf die Idee kommt, Phaserkanonen oder Photonentorpedos gegen uns einzusetzen.«

»Ich höre schon, wie man über uns lacht«, brummte Scanner.

»Hoffen wir's«, entgegnete ich sofort. »Es ist ein Vorteil, wenn man keine Gefahr in uns sieht.«

»Mornay eröffnet sicher nicht das Feuer auf uns«, sagte Dr. McCoy. »Das wäre Energieverschwendung. Sie weiß genau, daß die *Enterprise* wesentlich schneller ist. Wir hätten keine Chance, ihr im Warptransfer zu folgen.«

Ich warf Sarda einen kurzen Blick zu, und sein Nicken bestätigte diesen Hinweis. Offenbar hatte Leonard McCoy während seiner Jahre an Bord von Kirks Schiff auch etwas über militärische Logistik gelernt.

»Danke, Sir«, erwiderte ich und stützte den Ellenbogen auf die Kommandokonsole, als wir ebenfalls aus der Umlaufbahn schwenkten und dem schweren Kreuzer folgten.

Das alte Impulstriebwerk der *Rex* grollte mehrmals, hielt jedoch der Belastung stand. Wir glichen unsere Geschwindigkeit der des größeren Raumschiffs an, holten sogar ein wenig auf. Drei Planeten glitten über den zentralen Bildschirm; vier weitere drehten sich fern von unserem

Kurs. Es blieb nur noch einer übrig — hinter ihm begann der interstellare Raum.

»Scanner, wie funktioniert der Traktorstrahl, den du so sehr gelobt hast?« fragte ich.

Er wandte mir sein jungenhaftes Gesicht zu. »Wie bitte?«

»Wie bewegt man etwas, dessen Massenträgheit größer ist als die Schubkraft des Triebwerks?«

»Nun, auf kurze Entfernungen benutzt man den nächsten Planeten oder einen Mond als Ankerpunkt.«

»Können wir auf diese Weise die *Enterprise* festhalten?«

»Die *Enterprise?* Tja, solange sie sich im Orbit befindet, sollte das eigentlich möglich sein, aber ...«

»Kein ›Aber‹.«

»Einige Aber lassen sich beim besten Willen nicht vermeiden, Piper.« Scanner drehte den Sessel herum. »Selbst wenn wir eine ganze Sonne als Anker verwenden: Es ist völlig unmöglich, die *Enterprise* gegen den Schub ihrer eigenen Triebwerke festzuhalten. Wir könnten sie ins energetische Schlepptau nehmen — wenn sie antriebslos im Raum treibt.« Die beißende Schärfe war aus seiner Stimme verschwunden, was ich vermutlich Merete zu verdanken hatte. Ich lächelte innerlich.

»Wie genau läßt sich der Traktorstrahl ausrichten?«

»Ich könnte damit das Gelbe aus einem Ei ziehen — selbst wenn die Entfernung zwanzigtausend Kilometer beträgt«, behauptete Scanner kühn.

»Gut«, murmelte ich. »Das ist gut.«

»Piper ...«

Ich hob die rechte Schulter. »Du hast dieses Schiff mit der *Fesarius* verglichen. Mal sehen, was es drauf hat.«

Scanner plusterte sich auf. Er wußte nicht, mit welchem Gedanken ich spielte, aber er war sofort bereit, die Leistungsfähigkeit des Konstruktionsschleppers zu beweisen. Selbst wenn wir dabei ums Leben kamen. Falls es schiefging ... Nun, dann konnte ihn niemand mit einem Ich-hab's-doch-Gesagt nerven.

»Sarda, richte unsere Sensoren auf den Verbindungsstutzen der Backbord-Warpgondel. Übermittle Scanner die Koordinaten. Wir schlingen ein energetisches Lasso um jene Stelle.«

Es war eine so verrückte Idee, daß selbst Scanner die Worte fehlten. Er blinzelte mehrmals, holte tief Luft und richtete einen unsicheren Blick auf die Instrumente, als erwarte er einen Kommentar von ihnen.

»Der Traktorstrahl muß möglichst stark gebündelt werden«, fügte ich hinzu und schaltete das nächste Terminal ein. »Computer«.

»Bereitschaft«, antwortete die gut modulierte Sprachprozessorstimme.

»Desaktiviere alle Sicherheitskreise, Überladungskapazitoren und Niveauregler für das Traktorstrahlsystem. Manuelle Kontrolle.«

»Bestätigung.«

Auch keine Einwände des Computers; er gehorchte widerspruchslos. Ausgezeichnet.

Scanner schüttelte den Kopf und erlag der Versuchung, schief zu grinsen. »Ich höre jetzt zum erstenmal, wie jemand die Erlaubnis des Raumschiffs einholt, ihm die mechanisch-elektronischen Eingeweide aus dem Leib zu reißen.« Er kniff die Augen zusammen und musterte mich über die Schulter hinweg. »Bist du wirklich dazu berechtigt?«

Ich schloß die Hände um die Armlehnen meines Sessels. »Das Warptriebwerk hochfahren, Schub null. Nur Energie. Leite sie in den Traktorstrahl, Sarda. Wir brauchen jede Menge davon, um der *Enterprise* einen Streich zu spielen.«

»Warptriebwerk wird hochgefahren. Maximum in zwanzig Komma sieben Sekunden.« Die *Bananenrepublik* begann zu summen.

»Maximum stabil halten«, sagte ich. »Beschleunigung auf null Komma sechs sechs Prozent der Lichtgeschwindigkeit. Kurs sechzig Grad Sub-Backbord.«

»Dann dauert es nur eine Minute und achtzehn Sekunden, bis wir in der Traktorreichweite der *Enterprise* sind«, erwiderte Sarda langsam.

»Wann können wir den letzten Planeten als Anker benutzen?«

»Wir sind fast da.«

»Scanner, bereite dich darauf vor, den Erg-Anker zu setzen. Du weißt jetzt, worum es geht.«

Zum Glück nickte er nur, beugte sich über die Konsole und koordinierte das Unmögliche.

Ich beobachtete das elfenbeinfarbene Schimmern der *Enterprise*, und meine Phantasie verlieh ihr Segel. Sie pflügte nun durch einen Ozean aus Sternen, aber es fehlten ruhig blickende nußbraune Augen, die über den Bug sahen. Sie wußte, daß *er* nicht auf der Brücke stand, und deshalb fühlte sie sich hilflos, wie ein Kriegsschiff ohne Ruder, das versuchte, eine Blockade zu durchbrechen. Ich hörte, wie sie meinen Namen rief. Inzwischen hatte ich einen Punkt erreicht, an dem Selbstaufopferung nicht mehr auf dem Banner der Tapferkeit geschrieben steht. Mein Leben bedeutete mir weniger als die Mission. Noch nie zuvor hatte ich mit dem Tod gerechnet, und diesmal betraf er auch meine Freunde. Eine Niederlage, ja. Sterben ... Nein.

Doch jetzt änderte sich alles. Jetzt war ich bereit.

»Piper, der Abstand vergrößert sich«, meldete Sarda. Seine Stimme klang drängend.

Ich stützte mich an der Kommandokonsole ab. »Laß das nicht zu. Wenn Mornay das Warpmanöver einleitet, bevor wir den Traktorstrahl auf das Schiff richten können... Merete! Setzen Sie sich an Scanners Station und behalten Sie das Materie-Antimaterie-Reaktionsmuster der *Enterprise* im Auge. Geben Sie mir sofort Bescheid, wenn der Transfer unmittelbar bevorsteht.«

Schritte bestätigten, daß Merete den kleinen Kontrollraum durchquerte. Ich drehte mich nicht nach ihr um.

»Geschwindigkeit der *Enterprise* Warp null Komma fünf«, sagte sie. »Komma fünf fünf ... sechs ...«

»Scanner ...«

»Ich bin soweit.«

»Nur den Stutzen der Gondel.«

»Alles klar.«

Unsere Anspannung nahm rasch zu.

Ich spürte, wie der stählerne Boden unter uns zu vibrieren begann. Die Belastung des Impulstriebwerks wuchs.

Meine Hände schwitzten und hinterließen feuchte Flekken auf der Konsole vor mir. »Sarda, bring uns in Position ...«

»Distanz schrumpft. Entfernung beträgt jetzt hundertvierzehntausend Kilometer.«

»Warp null Komma acht«, sagte Merete leise.

»Siebzigtausend Kilometer.«

»Komma acht fünf ...«

»Vierzigtausend Kilometer.«

»Komma neun ...«

»Fünfundzwanzigtausend Kilometer.«

Der alte Schlepper ächzte und stöhnte, und seine ernste Stimme gesellte sich denen meiner Crew hinzu, als sie mir die notwendigen Daten nannte. *Noch etwas näher,* pulsierte es in mir. *Wir müssen noch etwas näher heran.*

»Warp null Komma neun zwei, Piper«, sagte Merete, und ich vernahm einen warnenden Unterton. »Komma neun fünf ... neun acht ... neun neun ... Warpma ...«

»Jetzt, Scanner!«

Eine jähe Erschütterung erfaßte die *Bananenrepublik* und schleuderte uns alle aus den Sitzen. Niemand konnte sich festhalten, nicht einmal Sarda mit seiner überlegenen vulkanischen Kraft. Der Schlepper benutzte den letzten Planeten als Anker und erfüllte die Funktion eines Flaschenzugs zwischen stationärer Kraft und Triebwerksschub. Von einem Augenblick zum anderen wurde die ganze Struktur unseres Schiffes auf eine harte Probe gestellt. Gehäuse knisterten; Verschalungen und Verstrebungen knackten. Ich fand mich am Schott auf der Backbordseite wieder, zwischen dem Notausgang und den Kontrollen des vorderen Greifarms eingeklemmt. Vergeblich versuchte ich, mich aus dieser unangenehmen Lage zu befreien und aufzustehen. Die *Bananenrepublik* drehte sich an einer unsichtbaren Achse, wie eine Perle an einer straff gespannten Schnur. Sie zitterte im Raum: Der planetare Anker hielt sie fest, während der Schub des größeren Raumschiffs an ihr zerrte. Ich verglich sie mit einem lebenden Wesen, das sich verzweifelt bemühte, den beiden entgegengesetzten Kräften zu entkommen. Die *Enterprise* festzuhalten, obwohl sie den Warptransfer eingeleitet hatte — was für ein Wahnsinn!

Das Glühen der Deckenlampen wurde immer schwächer, als nicht mehr genug Energie für sie zur Verfügung stand, und schließlich mußten wir uns mit dem trüben Schimmern der argelianischen Sonne begnügen, das durch die Fenster und Sichtschlitze filterte. Selbst die kleinen Notlichter in den Zugängen verblaßten. Klagendes Knistern ertönte in den elektronischen Systemen, und das Brummen des Impulstriebwerks verwandelte sich in ein ohrenbetäubendes Heulen. Ich stellte mir vor, wie sich die massiven Aggregate aus ihren Halterungen lösten, um uns einen Besuch abzustatten... Viel zu deutlich vernahm ich das Knirschen von Fiberplastplatten am Rumpf, dachte an Muskelgewebe, das sich so sehr spannte, bis es schließlich riß.

Die künstliche Schwerkraft an Bord geriet außer Kontrolle. Während die Stabilisatoren versuchten, das gravitationelle Gleichgewicht wiederherzustellen, fühlten wir uns in verschiedene Richtungen gezogen. Ich hatte das schreckliche Gefühl, langsam zerrissen zu werden. Irgendwo schrie jemand, aber die Worte verloren sich im lauten mechanischen Kreischen. Ich wollte meinen Gefährten helfen, war jedoch nur imstande, mich an einem nahen Sessel festzuklammern und zu warten, bis der Rumpf platzte, bis eine explosive Dekompression erfolgte, die unsere Atemluft ins Vakuum des Alls entweichen ließ und uns alle umbrachte.

Das Zerren hörte so plötzlich auf, wie es begonnen hatte. Der Traktorstrahl schuf einen automatischen Ausgleich für den fehlenden Schub — andernfalls wäre die *Bananenrepublik* auf der Oberfläche des letzten Planeten zerschellt.

Es knisterte und knackte noch immer, aber diesmal nicht mehr so laut. Das Impulstriebwerk beschwerte sich mit stotterndem Summen, das immer leiser und dumpfer wurde. Selbst das bösartige Zischen von Kurzschlüssen verklang. So sehr die Reservesysteme auch suchten — es gab keine Energie mehr.

McCoy half Sarda auf die Beine, als ich mich in die Höhe stemmte. Das artifizielle Schwerkraftfeld an Bord war noch immer nicht ausbalanciert; wahrscheinlich mußten wir uns mit einem verschobenen Gravitationszentrum abfinden.

Ich kehrte zum Kommandosessel zurück und zählte die Anwesenden. Es schien niemand zu fehlen. Der Zustand meiner Gefährten war nicht gerade ideal, aber sie lebten, und dadurch rutschten ihre Namen auf der Liste meiner Sorgen nach unten. Scanner und ich traten an das größte Fenster heran, und ein humpelnder Sarda folgte uns.

Wir beobachteten die *Enterprise*.

»Lieber Himmel!« entfuhr es Scanner. »Seht sie euch an...!«

Die Backboard-Warpgondel hing schief am Verbindungsstutzen. Sie war nicht abgebrochen, aber weit genug zur Seite gedreht, um das prekäre Gleichgewicht zu stören, ohne das kein Warptransfer durchgeführt werden konnte.

»Bemerkenswert«, hauchte Sarda.

Dr. McCoy blickte durch die schmale Lücke zwischen mir und dem Vulkanier. Betroffenheit zeigte sich in seinen Zügen, als er murmelte: »Der Engel fällt...«

Ich starrte ihn groß an. Der düstere Ernst dieser Botschaft galt sowohl dem Captain als auch mir, und ich fühlte tiefen Kummer.

Merete beendete das Schweigen mit einer prophetischen

Wahrheit. »Als Testschiff für Transwarp taugt die *Enterprise* nichts mehr.«

McCoy straffte die hagere Gestalt und deutete mit dem Daumen ins All. »Ich rate Ihnen, das in Ordnung zu bringen, bevor Jim es sieht.«

Mehrere Sekunden verstrichen, während die *Bananenrepublik* und ich leise stöhnten. Sarda stand steif und stumm neben mir, schnaufte kaum hörbar, während er einen unglaublichen Anblick mit mir teilte.

»Status«, krächzte ich.

Der Vulkanier kehrte zu seiner Station zurück. »Kontrolle der Bordsysteme findet statt.«

Scanner beobachtete noch immer, wie die *Enterprise* langsam um eine schräge Achse rotierte. Durch die schiefe Warpgondel sah sie aus wie ein defektes Kinderspielzeug. »Wie willst du Kirk erklären, daß du sein Schiff beschädigt hast?«

»Mornay kann sich jetzt nicht mehr mit einem Warpmanöver absetzen«, dachte ich laut. »Wenn Hilfe von der Föderation eintrifft, sind wir noch immer hier.«

»Das mag bei dir der Fall sein«, erwiderte Scanner. »Was mich betrifft... Ich bin zurückgeblieben, als du begonnen hast, von Traktorlassos zu reden. Vielleicht kehre ich nicht zurück.«

»Wo bleibt der Statusbericht, Sarda?« Offenbar wollte ich wirklich Bescheid wissen — immerhin fragte ich jetzt schon zum zweitenmal.

Sarda beugte sich über die Anzeigen. »Warpenergie erschöpft. Traktorstrahlkapazität um sechsundachtzig Prozent gesunken. Impulstriebwerk ausgefallen. Große Strukturschäden in den zentralen Verschalungen und allen Hauptzellen. Mehrere Risse im Stützwerk und in der Außenwand des Materie-Antimaterie-Wandlers. Die automatische Leckabdichtung funktioniert nach wie vor, aber auf die anderen elektrischen Reparatursysteme dürfen wir uns nicht verlassen.« Der Vulkanier legte eine kurze Pause ein, drehte sich um und sah mich an. »Piper... Die Lebenserhaltungssysteme sind ohne Energie.«

Der neben mir stehende McCoy erstarrte, und ich sah, wie die Farbe aus seinen Wangen wich. Er wußte ebenso wie ich, was Sardas Hinweis bedeutete, welche Konsequenzen sich daraus für uns ergaben. Merete trat wie zögernd näher und blickte ebenfalls auf die Anzeigen.

Ich faßte Mut und räusperte mich. »Wieviel Zeit bleibt uns, Sarda?«

»Wenn die Batterien nicht aufgeladen werden, wozu ich leider keine Möglichkeit sehe... Nicht mehr als acht Minuten.«

Ich hob die Hand zur heißen Stirn, atmete tief durch und schüttelte mich. »Hm. Na schön. Wie wär's, wenn wir jetzt feststellen, wie es dem Captain geht?«

»Sind wir in Transporterreichweite?«

»Gerade so«, antwortete Sarda tonlos.

Ich warf ihm einen scharfen Blick zu. »Ist das ein Ja?«

Er nickte.

»Mornay kann die Transporterstrahlen sicher orten, oder?« fragte Merete.

»Zweifellos«, bestätigte Sarda.

McCoy kam näher. »Ich bin kein Techniker, aber ich weiß, wie das Belüftungssystem der *Enterprise* funktioniert. Ein Knopfdruck genügt, um Betäubungsgas in jedes beliebige Zimmer strömen zu lassen. Nach spätestens zwei Minuten wären wir erledigt.«

»Mag sein, Sir«, erwiderte ich. »Aber vielleicht herrscht dort drüben ein solches Chaos, daß Mornay und ihre Freunde nicht schnell genug reagieren.«

»Hoffnung allein nützt uns nichts«, sagte McCoy. Er hatte natürlich recht.

Ich wandte mich an Scanner. »Gibt es hier Atemmasken?«

»Tragbare, meinst du? Nein. Die *Rex* ist nur mit jenen Dingern ausgestattet, die fest mit den entsprechenden Wandmodulen verbunden sind. Was siehst du mich so an, Piper? *Ich* bin dafür nicht verantwortlich.«

»Dann müssen wir die Notmasken an Bord der *Enterprise* verwenden.«

»Wir sollen uns nacheinander hinüberbeamen? Dazu läßt uns Mornay bestimmt keine Chance.«

»Wir müssen das Risiko eingehen. Sarda...«

»Noch sechs Minuten und zwölf Sekunden«, verkündete der Vulkanier.

»Darin besteht unsere Alternative.« Ich führte meine Crew zur kleinen Transporternische im rückwärtigen Teil des Schleppers. »Wie lange dauert es, um fünf Personen von einem Transferfeld zur *Enterprise* zu beamen?«

Sarda rechnete, während er lief. »Insgesamt eine Minute und dreiunddreißig Sekunden, wenn die einzelnen Transfers unmittelbar hintereinander erfolgen. Berücksichtigt sind dabei sowohl die erforderlichen Rejustierungen als auch die Verzögerungsschaltung für denjenigen, der die Kontrollen bedient.«

»Das übernehme ich«, bot sich Scanner an. »Ich kenne die Konsole wie meine Westentasche.«

»Bereite alles vor. Merete...«

Sie war sofort neben mir, und wir blickten beide auf den klingonischen Intervaller in ihrer Hand hinab. »Eigentlich funktioniert die Waffe ebenso wie ein Phaser«, erklärte sie. »Hier stellt man die Intensität des Strahls ein. Töten / Auflösen – vom Getroffenen bleibt nichts übrig. Töten-Intakt-Hitze – das Ergebnis ist eine Leiche, deren molekulare Struktur erhalten bleibt. Das dort sind Betäubungsstufen. Eins, zwei, drei; die geringste Wirkung bei eins. Drei ist besonders schlimm und bewirkt eine Deformation des Nervengewebes. Das Opfer stirbt zwar nicht, aber seine Lebenserwartung wird drastisch reduziert. Mit diesem Schalter wählt man die Strahlfokussierung: breit, gefächert, gebündelt.«

»Verstanden.« Ich nahm den Strahler, schob ihn unter den Overall, reichte Sarda seinen eigenen und schauderte kurz. Es behagte mir nicht, eine Waffe zu benutzen, der klingonische Grausamkeit zugrunde lag. »Merete, Dr.

McCoy...« Wir warteten im schmalen Zugang, während Scanner an der Konsole stand und die Koordinaten eingab. »Sie werden zuerst transferiert. Warten Sie nicht auf uns. Setzen Sie unmittelbar nach der Rematerialisierung die nächsten Notmasken auf und begeben Sie sich dann zur Krankenstation. Wir brauchen so schnell wie möglich ein Gegenmittel für das Giftgas.«

»In Ordnung«, erwiderte McCoy und nickte knapp. »Viel Glück.«

Merete wiederholte diesen Wunsch ernst, als sie zusammen mit McCoy auf die kleine Plattform trat.

»Danke«, sagte ich nur, und es klang viel zu kühl. Ich bedauerte, daß mir keine bessere Antwort einfiel – Merete hatte mehr verdient. Aber es blieb keine Zeit, und das verstand sie sicher.

»Energie«, sagte ich. Die Ärztin verschwand in einem schimmernden Oval. Mein Blick wanderte zu McCoy. »Jetzt sind Sie dran.«

Der Transporter summte erneut, und ich fühlte vage Übelkeit – die typische Wirkung einer nahen Entmaterialisierung. Auch McCoys Gestalt löste sich auf.

»Sarda«, drängte ich. »Es wäre mir lieber...«

»Keine Widerrede. Los!«

Glücklicherweise teilte ihm die Logik mit, daß ich recht hatte. Die Lippen des Vulkaniers bildeten einen dünnen Strich, als er in die Nische trat, um dort eine Sekunde später vom Transferfeld erfaßt zu werden.

Scanner nahm eine unverzügliche Rejustierung vor und arbeitete mit ruhiger Zuverlässigkeit.

»Jetzt du«, sagte ich. »Der Captain verläßt als letzter das Schiff.«

Er schüttelte den Kopf, und eine Strähne fiel ihm in die Stirn. »Diesmal nicht.«

»Scanner...«

»Nein.« Er deutete zur Plattform und grinste, als er meine eigenen Worte wiederholte: »Keine Widerrede. Los!«

Ich spürte das Prickeln entmaterialisierender Energie, und eine gewisse Niedergeschlagenheit erfaßte mich. Es gefiel mir nicht, das Schiff meines ersten Kommandos als Wrack zurückzulassen. Die Konturen des winzigen Transporterraums verflüchtigten sich, und unmittelbar darauf gewann eine andere Umgebung feste Substanz. Ich sah die weißen Schotten des Hangardecks an Bord der *Enterprise*.

»Eine gute Wahl, Scanner«, brummte ich leise, als das energetische Gleißen um mich herum nachließ. Im Hangar hielt sich nur selten jemand auf, und angesichts seiner Größe ließ er sich nur schwer mit Betäubungsgas füllen. Sarda stand einige Meter entfernt und nahm meine Rematerialisierung mit offensichtlicher Erleichterung zur Kenntnis. Merete und McCoy hatten sich an meine Anweisungen gehalten und waren bereits zur Krankenstation unterwegs.

Ich trat rasch zur Seite. Der Transporter des Konstruktionsschleppers gehörte zu den alten Modellen, und ihm fehlten moderne Sicherheitssysteme — ich verspürte nicht den Wunsch, meine Körpermoleküle mit denen Scanners zu verschmelzen. Drei Sekunden später stellte sich heraus, daß es einen guten Grund für meine Vorsicht gab: Scanner erschien genau dort, wo ich eben noch gestanden hatte. *Er hat nicht zuviel versprochen,* dachte ich zufrieden. *Er kann wirklich gut mit dem Transporter der* Bananenrepublik *umgehen.*

»Masken?« fragte ich.

Scanner lief los, und wir folgten ihm zu einem Fach mit Notausrüstungen auf der anderen Seite des Hangars. Von uns dreien kannte er sich am besten in der *Enterprise* aus. Sarda hatte erst seit kurzer Zeit in der wissenschaftlichen Abteilung gearbeitet, als ich zu einem Besatzungsmitglied dieses Schiffes wurde.

Mit einem Ruck riß Scanner die Klappe des Faches auf. Es enthielt kleine Feuerlöscher, aber die Haken für vier Sauerstoffmasken waren leer. »Verdammter Mist! Mornay hat ihre Leute offenbar angewiesen, alle Masken einzusammeln — um einer Flucht des Captains vorzubeugen.«

Sarda setzte zu einer Antwort an, vielleicht um Scanner auf die Unlogik einer derartigen Behauptung hinzuweisen, überlegte es sich dann aber anders und schwieg. Vermutlich erinnerte er sich daran, daß Ursula Mornays Verhalten nicht den für ihn ehernen Regeln der Logik entsprach.

»Es muß noch andere geben!« stieß ich hervor.

Scanner sah sich im Hangar um und nickte kurz. »Ja. Und ich weiß auch, wo. Kommt!«

Wir befanden uns auf der Steuerbordseite, liefen ebenfalls los und erreichten die kleinen Nischen mit den Arco-Schlitten. Wir sparten einige wertvolle Sekunden, indem wir uns ihnen zuwandten und nicht etwa den Shuttles *Galileo* und *Columbus*, die einige Dutzend Meter entfernt standen und sicher genügend Masken enthielten. Wir durften auf keinen Fall Zeit verlieren. Inzwischen wußte Mornay sicher, daß wir an Bord waren, und zweifellos würde sie bald etwas gegen uns unternehmen. Dann mußten wir bereit sein.

Sarda öffnete den Zugang, und Scanner kletterte unverzüglich auf den nächsten Schlitten, zerrte dort die Luke auf. Im gleichen Augenblick vernahmen wir ein leises Zischen, und es bestätigte uns, daß Dr. McCoy recht hatte.

»Scanner, das Gas!« warnte ich.

Er streckte Arm und Schulter in die kleine Schleuse, stöhnte vor Anstrengung und holte eine Maske hervor. Er warf sie mir zu, beugte sich dann erneut durch die Luke und suchte nach einer anderen. Über ihm quoll rosaroter Dunst aus den Belüftungsschlitzen in der Decke.

»Setz die nächste Maske auf, Scanner!«

Er kam wieder zum Vorschein und warf einen kurzen Blick nach oben. »Hier, Sarda!« rief er und warf ein zweites Atemgerät.

»Beeil dich!« drängte ich.

Er tastete noch immer im Innern der Schleuse umher, als das Gas über den Angriffsschlitten glitt. Schließlich fand Scanner eine dritte Maske, hielt sie fest in der Hand und versuchte, das Gleichgewicht zu halten. Auf dem Deck hätte er vielleicht eine Chance gehabt. Aber das Gas strömte direkt auf ihn herab — und es wirkte schnell.

»Judd!« Das Atemgerät verlieh Sardas Stimme einen dumpfen Klang.

Scanner schwankte. Seine Muskeln verkrampften sich, bevor er Gelegenheit bekam, die Maske vors Gesicht zu heben. Er sank neben der Luke auf den stählernen Rumpf des Arco-Schlittens, rutschte daran herab und fiel in unsere Arme. Er war bereits bewußtlos, als wir ihn zu Boden ließen, doch seine Nerven reagierten von ganz allein, sorgten dafür, daß sich die Finger in unsere Kleidung bohrten. Er kämpfte noch immer, leistete nach wie vor Widerstand. Seine Entschlossenheit beeindruckte sowohl Sarda als auch mich. Der Vulkanier stützte den Kopf, und ich griff nach einer erschlaffenden Hand, aber wir hatten keine Möglichkeit, ihm zu helfen.

Sarda runzelte betroffen die Stirn, als er Scanner an der Brust berührte und mich ansah. »Er hat zuviel von dem Giftgas eingeatmet. Das Herz schlägt besorgniserregend langsam.«

Wütend ballte ich die Faust und schlug ans Photonenkatapult des Arco-Schlittens. »Wir können nichts mehr für ihn tun. Ich hoffe nur, daß es Merete und McCoy zur Krankenstation geschafft haben. Sie müssen unbedingt ein Gegenmittel finden.« Während der nächsten Sekunden traf ich eine der schwersten Entscheidungen meines Lebens. Für jemanden, der erst fünfundzwanzig Jahre alt war, hatte ich in dieser Hinsicht bereits mehr als genug Erfahrungen gesammelt. Ich stand auf. »Wir müssen ihn hier zurücklassen. Mornay schickt sicher ihre Wächter, und wenn sie hier eintreffen, sollten wir verschwunden sein.«

Sarda stimmte mir zu, und gemeinsam stürmten wir durch den Hangar.

Im Korridor schockierte uns der Anblick mehrerer bewußtloser Besatzungsmitglieder. Sie waren leichenhaft blaß, erweckten den Eindruck, von Phaserstrahlen betäubt worden zu sein. Sarda kniete sich rasch nieder und befühlte den Puls der Reglosen. »Sie atmen kaum mehr«, sagte er mit brüchig klingender Stimme. »Dieser Mann hier ist bereits tot.«

Das erste Opfer, und bestimmt gab es weitere. Ich dachte an Scanner und versuchte, mich an die Vorstellung zu gewöhnen, daß er starb.

Im nächsten Gang erklang ein leises Zischen, das von der auseinandergleitenden Doppeltür eines Turbolifts stammte. Sarda und ich eilten so leise wie möglich weiter und erreichten einen kleinen Wartungsschacht, der zum nächsten Deck führte. Dort verbargen wir uns gerade noch rechtzeitig und beobachteten, wie einige von Mornays Söldnern in Richtung Hangar vorbeiliefen.

Ich lauschte ihren Schritten, und als wieder Stille herrschte, kletterte Sarda die Leiter hoch. Nach einigen Sprossen verharrte er, und ich spürte seine Sorge.

»Ich halte es für unwahrscheinlich, daß sie Scanner fortbringen, Piper«, sagte er leise.

Bis ich diese Worte hörte, war ich mir meiner Überlegungen überhaupt nicht bewußt gewesen. Ich zwinkerte im hellen Licht des Schachtes. »Da hast du sicher recht.«

Der Vulkanier nahm die Atemmaske ab und befestigt sie am Gürtel seiner Uniform. »Wohin wenden wir uns jetzt?«

Leitern, Röhren, ein großes Schiff... Ich zog die eigene Maske vom Gesicht, hakte sie an den Overallgürtel und zuckte mit den Schultern. »Nach oben.«

Ich trachtete danach, der Situation mit Logik zu begegnen, aber immer wieder kam mir ein ganz bestimmtes Ziel in den Sinn. Sarda nahm an, daß Mornay, Perren und Boma erst einen sicheren Ort anflogen und dann damit begannen, die Transwarp-Vorrichtung zu installieren. Woraus folgte: Sie befanden sich nicht im Maschinenraum. Es hatte also keinen Sinn, jenes Deck aufzusuchen. Von Medizin verstand ich nichts, und deshalb konnte ich wohl kaum den beiden Ärzten helfen, ein Gegenmittel zu finden, um die Besatzung aus ihrem tödlichen Schlaf zu wecken.

Nein, es nützte nichts, Merete und Dr. McCoy Gesellschaft zu leisten. Die Aktion mit dem Traktorstrahl hatte Mornays Hoffnungen zerstört, das argelianische Sonnensystem mit einem Warptransfer zu verlassen. Sie wußte bestimmt, daß ein mehrwöchiger Aufenthalt in einem Raumdock notwendig war, um die Balance zwischen den beiden Warpgondeln der *Enterprise* wiederherzustellen, und deshalb würde sie sicher keine Reparatur versuchen. Das alles klang völlig logisch, und ich hätte nicht gezögert, Sarda eine entsprechende Antwort zu geben. Doch das wahre Motiv bestand aus einem unterschwelligen Echo tief in jenen entlegenen Winkeln meines Bewußtseins, die keine Logik kannten. Ein unwiderstehlicher Ruf erklang in mir, wurde mit jeder verstreichenden Sekunde stärker. Zwei Worte: *Zur Brücke.*

Die Stille eines Sarges herrschte in der *Enterprise.* Auf jedem neuen Deck und in jedem neuen Korridor sahen wir reglose Besatzungsmitglieder — deutlicher Hinweis auf Mornays Erbarmungslosigkeit. Unser kleiner Trick mit der *Bananenrepublik* hatte auch hier zu einer Verschiebung des Gravitationszentrums geführt, und deshalb lagen die Bewußtlosen auf der Steuerbordseite. Das Raumschiff erschien mir kataleptisch.

Durch meine Entscheidung, den Traktorstrahl des Konstruktionsschleppers einzusetzen, kamen wir nur langsam voran. Türen klemmten oder öffneten sich nicht mehr, weil ihre elektronischen Schlösser blockiert waren. Die Transportkapseln der Turbolifte kratzten in den Schächten oder weigerten sich hartnäckig, Passagiere zu befördern — um zu verhindern, daß Mitglieder der Crew zwischen einzelnen Decks festsaßen. Die automatischen Wartungssysteme der *Enterprise* funktionierten und riegelten gefährliche Routen durchs Schiff ab.

Schlimmer noch: Ich spürte die Präsenz Captain Kirks nicht. Er mußte an Bord sein — das behauptete jedenfalls die Stimme der Vernunft. Immerhin hatte ich gesehen, wie er und Spock fortgebeamt worden waren, und Mornay hatte das Schiff als Ziel genannt. *Wo befindet er sich?* dachte ich. *Hat ihn Mornay in ihrer Unberechenbarkeit zu einem anderen Ort transferiert, um jede Möglichkeit auszuschließen, daß er ihr dazwischenfunken kann? Oder sind Kirk und Spock ebenfalls betäubt, so wie die Crew? Sollen sie bei Mornays Verhandlungen mit Starfleet als Geiseln dienen?*

Als wir durch das Labyrinth der *Enterprise* wanderten, versuchte ich auch weiterhin, den Captain allein mit meiner Intuition zu finden. Häufig biß ich die Zähne zusammen, um der Versuchung zu widerstehen, Sarda von meinen Gefühlen zu erzählen. Vulkanier hielten Menschen für viel zu emotional, und ich wollte diese Einschätzung nicht bestätigen.

Schließlich blieb uns der Anblick weiterer bewußtloser Männer und Frauen erspart, als wir den Brückenlift erreichten.

Seite an Seite standen wir davor und starrten so auf die Tür, als warte dahinter ein schwarzes Loch.

»Intervaller«, sagte ich und erinnerte uns beide an den fehlenden Faktor. Wir holten die Waffen hervor.

»Auf leichte Betäubung justieren?« fragte Sarda.

»Auf schwere.«

Er musterte mich. »Aber nicht die dritte Stufe.«

»Nein, die zweite.«

Ich betrachtete meinen Strahler, konnte den Blick nicht vom Einstellregler abwenden. Sarda fragte sich bestimmt, warum ich zögerte, und ich konnte ihm — noch — keine klare Antwort anbieten. Wie eigenständige Wesen krochen meine Finger zum Justierungsfeld. Dreimal ein leises Klikken, danach die Verriegelung. *Töten / Auflösen.*

»Töten?« murmelte Sarda. Ich wußte nicht, ob er überrascht oder enttäuscht war. Er hatte gehört, als mich Captain Kirk auf den Ernst der Situation hinwies, als er betonte, jedes einzelne Leben sei entbehrlich, auch meins. Es wurde Zeit, auf der Grundlage dieser bitteren Wahrheit zu handeln.

Sarda ließ seine Waffe auf Betäubung, und das war mir recht. Es paßte zu meinem Plan.

Ich hielt an der einmal getroffenen Entscheidung fest, aber Sardas Frage veranlaßte mich trotzdem, sie noch einmal zu überdenken und zu wiederholen. »Ich muß dafür sorgen, daß man mich ernst nimmt«, sagte ich. »Das ist sehr wichtig.«

Der Vulkanier fand ebensowenig Gefallen daran wie ich. Nur mein eigenes Bedauern – und einige andere Dinge zwischen uns, denen es noch an einer Definition mangelte – hielt Sarda davon ab, Einwände zu erheben.

Ich seufzte und betätigte die Ruftaste. Die Tür vor uns glitt beiseite, und dahinter lauerte keine fatale Leere. Wir betraten die Kabine, gaben als Ziel den Kontrollraum an und schwiegen, als sich die Transportkapsel in Bewegung setzte.

Worte verloren jetzt an Bedeutung, und in Gedanken war ich bereits auf der Brücke.

Kurz darauf erklang ein leises Zischen, und der Zugang vor uns öffnete sich. Ich sprang vor, gefolgt von Sarda, und mein Intervaller zeigte schußbereit nach vorn. Mehrere Personen drehten sich verblüfft um und zogen Waffen.

Ich wählte ein Ziel und feuerte. Einer von Mornays Söldnern schrie; tödliche Energie umflackerte ihn, verwandelte ihn in zerfasernden Rauch.

Ich richtete den Intervaller auf Mornay, und der Geruch von verbranntem Fleisch bewies meine Bereitschaft zu töten.

Dann vernahm ich eine vertraute Stimme. Ich hatte sie nur kurz gehört, vor einigen Wochen, doch ich erinnerte mich deutlich an sie.

»Sie schon wieder!« Rote Flecken des Zorns bildeten sich auf Samuel Bomas Wangen.

Professor Mornay hielt sich am Geländer des Oberdecks fest und warf ihm einen finsteren Blick zu. »Ich habe Ihnen ja erzählt, daß jemand in die Basis eindrang, um Sarda zu befreien«, sagte sie.

Boma zog die Brauen zusammen und streckte den Arm aus. »Aber ich wußte nicht, daß *sie* gemeint war! Ich hätte Sie warnen können.«

»Wieso? Stellt diese junge Frau für Sie etwas Besonderes dar?«

Boma schüttelte den Kopf. »Die Antwort auf diese Frage würde Ihnen nicht gefallen.« Dies war der Mann, der das gefährliche Schlachtschiff konstruiert hatte, mit dem Rittenhouse die ganze Galaxis in einen verheerenden Krieg stürzen wollte, um sie unter seiner Herrschaft zu vereinen? Er wirkte eher unscheinbar, und ich mußte mich zwingen ihn nicht zu unterschätzen. *An seiner Intelligenz kann kein Zweifel bestehen,* dachte ich. *Es ist ihm gelungen, Starfleets Vertrauen zu gewinnen, einen erfahrenen Offizier wie Montgomery Scott zu überraschen und die ganze Crew der* Enterprise *mit Betäubungsgas außer Gefecht zu setzen.*

Ich sah mich rasch um und stellte fest, wer sich im Kontrollraum befand: Mornay, Boma und drei Söldner, die an verschiedenen Konsolen saßen. Von der Brückencrew – Scott, Sulu, Uhura ... – keine Spur. Das Schiff fühlte sich bestimmt einsam.

»Sarda.« Ich brauchte keine Einzelheiten zu nennen.

Der Vulkanier zielte sorgfältig, hielt den Intervaller in beiden Händen und betäubte nacheinander die drei Wächter.

Mornay und Boma blieb nichts anderes übrig, als zu beobachten, wie ihre Helfer zu Boden sanken.

»Wo ist Perren?« fragte ich. »Haben Sie Argelius ohne ihn verlassen, Professor?«

Mornay lächelte selbstgefällig. »Raten Sie mal, Hitzkopf.«

Ich versuchte, den Zorn aus meiner Stimme zu verbannen und ganz ruhig zu klingen. »Wo haben Sie den Captain untergebracht?«

»An einem sicheren Ort. Er bleibt meine Geisel.«

»Ich verlange Antworten von Ihnen.«

»Oh, Sie können verlangen, was Sie wollen. Es spielt keine Rolle. Die anderen Wächter sind bereits hierher unterwegs. Halten Sie mich etwa für so dumm, auf ausreichenden Schutz zu verzichten? Als sie hereinkamen, wurden meine Leute benachrichtigt. Wenn sich die Tür des Turbolifts öffnet, sind Sie tot.«

Tot. Was für ein häßliches Wort. Ich ignorierte Sardas Blick – wie hätte ich darauf reagieren sollen? Mein Intervaller blieb auch weiterhin auf Mornay und Boma gerichtet, die dicht nebeneinander auf dem Oberdeck standen.

»Kommen Sie herunter.«

Boma zögerte, und Mornays Lächeln wuchs in die Breite. Und nun?

Was sollte ich unternehmen, wenn sich die Wissenschaftlerin nicht einmal von einem auf Töten justierten klingonischen Intervaller beeindrucken ließ?

»Oh, wir treten gern aus der Schußlinie«, erwiderte sie, näherte sich dem Befehlsstand und stieg über einen bewußtlosen Söldner hinweg.

Boma folgte ihr.

Ich verabscheute die Tatsache, daß sie recht hatte. Wenn jetzt Bewaffnete eintrafen, konnten sie sofort das Feuer auf uns eröffnen – ohne befürchten zu müssen, Mornay und ihren Komplizen zu verletzen. »Kannst du den Turbolift irgendwo blockieren, Sarda?«

Er ging sofort zur Kommunikationsstation und legte seine Waffe auf die Konsole, um beide Hände frei zu haben.

Meine Bitte stellte ihn vor erhebliche Probleme. Die Turbolifte waren autark und verfügten über spezielle Sicherheitssysteme, die verhinderten, daß Transportkapseln anhielten, bevor sie ihr Ziel erreichten. Sarda mußte sowohl die Programmierung der Kontrollcomputer als auch der Steuerungselektronik verändern, und das kostete Zeit. Vielleicht *zuviel* Zeit.

Der Vulkanier nahm einige Schaltungen an den technischen Konsolen vor, kehrte dann zum Kommunikationspult zurück und betätigte Tasten.

Ich schob mich am Geländer vorbei und trat die Rampe hinunter, um mich in eine Position zu bringen, von der aus ich Sarda schützen und gleichzeitig die beiden Wissenschaftler in Schach halten konnte.

»Beeil dich«, drängte ich.

»Ja.«

Die Kom-Konsole klickte und summte unter seinen Händen, aber die Anspannung in Sardas Gesicht zeigte mir, daß es ihm nicht gelang, die Schutzsysteme zu neutralisieren.

Meine Befürchtungen wurden bestätigt, als sich die Tür des Turbolifts öffnete.

Sarda neigte sich abrupt beiseite, um mir ein klares Schußfeld zu ermöglichen. Sein Intervaller blieb auf dem Pult liegen und nützte uns nichts mehr.

Ich krümmte den Zeigefinger am Abzug, bereit dazu, erneut zu töten. Der Lauf eines Phasers deutete in den Kontrollraum.

»Keine Bewegung!« erklang die energische Stimme eines Mannes. Ein einzelner Phaser. Dahinter menschliche Augen. Die Augen eines Helden. Kirks Augen. Das Schiff spiegelte sich in ihnen wider.

»Captain!« rief ich und verhielt mich wie eine Närrin, indem ich weiterhin mit dem Intervaller auf ihn zielte.

Er erholte sich schneller von der Überraschung, richtete seine Waffe auf Mornay, sah die betäubten Wächter und gewann einen Eindruck von der Situation. Kirk trug noch immer argelianische Kleidung — brauner Umhang, beigefarbene Hose; offenbar war er zu beschäftigt gewesen, um sich umzuziehen. *Er ist trotzdem der Captain, auch ohne Uniform,* fuhr es mir durch den Sinn.

Ich vergaß zu atmen. »Sie sind hier!«

Er nickte. »Wenn Sie nichts dagegen haben, Commander...«

Er deutete erst auf mich, danach auf Mornay und Boma.

Der Intervaller. Oh, verdammt! Mein Haar wirbelte von einer Seite zur anderen, als ich ruckartig den Kopf drehte und Mornay ansah, bevor der Blick zu Kirk zurückwanderte. Schließlich verstand ich, und der Intervaller richtete sich auf die Personen, die er bedrohen sollte. »Ja ...« murmelte ich. »In Ordnung ...« Und: ›Sir, Wächter sind hierher unterwegs.«

»Ja, ich weiß. Es fiel ihnen schwer, an Mr. Spock und mir vorbeizukommen.«

Ich verlagerte das Gewicht aufs andere Bein. »Oh.« Soviel zu den Söldnern. »Wo waren Sie, Sir?«

»Bevor wir aus der Arrestzelle ausbrachen oder nachher?«

»Äh ... nachher.«

Kirk holt tief Luft.

»Wir haben Starfleet Command benachrichtigt, Pille die Bezeichnung des in der *Enterprise* eingesetzten Betäubungsgases genannt, die meisten Wächter ins Reich der Träume geschickt und den Transwarp-Apparat in ein Isolationsfeld gehüllt.«

Er sah Mornay und lächelte. »Selbst die Professorin und Dr. Boma wären jetzt nicht mehr in der Lage, das Ding zu aktivieren.«

Stille senkte sich auf die Brücke herab.

Ich ließ den Intervaller ein wenig sinken. »Ist das alles?«

Einen Sekundenbruchteil später fluchte ich lautlos und gab mir den Rat, das Gehirn einzuschalten, bevor ich die Zunge benutzte.

»Übrigens, Piper ...« Der Captain ging übers Oberdeck und hielt den Phaser schußbereit.

»Sir?«

Kirk hob eine Braue. »Sie haben mein Schiff beschädigt.«

Gewissensbisse schufen einen dicken Kloß in meinem Hals. »Aye, Sir. Ich weiß, Sir. Sie sollten sich einmal ansehen, wie es um *mein* Schiff steht. Tut mir leid. Ich sah keine andere Möglichkeit.«

»Sie brauchen sich nicht zu entschuldigen«, erwiderte Kirk. »Ich wollte schon die Selbstzerstörungssequenz auslösen.«

Daraufhin blinzelte ich. »Sie scherzen, Sir.«

»Es wäre nicht zum erstenmal geschehen.« Seine bedeutungsvollen Worte galten sowohl mir als auch Mornay und Boma. Er betonte jedes Wort und ließ keinen Zweifel daran, daß er es ernst meinte. »Ein Raumschiffkommandant muß immer bereit sein, auch zum letzten Mittel zu greifen.«

Ich stellte mir eine explodierende *Enterprise* vor, und es lief mir kalt über den Rücken. »Aye, Sir«, murmelte ich. Irgendwo hinter uns trieb das Wrack meines ersten Schiffes. Ich hörte in Gedanken, wie es leise stöhnte.

Mornay und Boma wechselten rasch einen undeutbaren Blick.

Ich hätte die Tür des verdammten Turbolifts mit einem Schuß zerstören sollen, als sich mir eine Möglichkeit dazu bot. Das blöde Ding glitt schon wieder auf. Kirk nahm an, daß Mr. Spock den Kontrollraum betrat, und er drehte sich nicht um.«

»Waffen fallenlassen! Rühren Sie sich nicht von der Stelle, Captain!« Ein Vulkanier, ja, aber er hieß nicht Spock. Perren zielte mit seinem Phaser auf Kirks Rücken, streckte die Hand aus, griff nach dem Strahler des Captains und warf ihn beiseite. »Jetzt Ihr Intervaller, Commander.«

Ich begegnete Kirks Blick und begriff, daß ich gehorchen mußte. Auf seine eigene Art und Weise war Perren ebenso unberechenbar wie Mornay. Ärger verfärbte das Gesicht des Captains. Er haßte es, einfach überrumpelt zu werden — eine weitere Gemeinsamkeit zwischen uns.

Ich senkte die Waffe.

»Kommen Sie hierher!« befahl Perren, und ich hatte keine andere Wahl, als ihm Folge zu leisten. Kurz darauf lagen beide Waffen in einer Ecke, weit außerhalb unserer Reichweite.

»Jetzt Sie, Captain. Dorthin.«

Kirk setzte sich in Bewegung, aber sein wahres Ich leistete weiterhin Widerstand: Er achtete darauf, zwischen mir und Perrens Phaser zu bleiben.

»So ist es richtig«, sagte Mornay. Ihre Stimme klang seltsam nach den wechselhaften Gezeiten aus Sieg und Niederlage, die den Kontrollraum der *Enterprise* heimgesucht hatten. Sie hatte keinen Grund mehr zu lächeln: Die Transwarp-Vorrichtung ließ sich auf absehbare Zeit nicht mehr einsetzen; es war alles andere als leicht, Isolationsfelder zu durchdringen.

»Jetzt bin ich wieder dran, wie's scheint. Ich gebe nicht auf und werde meine Ziele erreichen.« Mornay tippte sich an die graue Schläfe. »Es ist alles hier drin. Und Sie werden sich nicht noch einmal einmischen. Perren«, fügte sie etwas lauter hinzu, »zum Wohl der Galaxis — töten Sie unsere Gegner.«

Vulkanier oder nicht — ich hielt Perren durchaus für fähig, uns zu erschießen. Einmal hatte er uns gehen lassen, aber wir waren zurückgekehrt, um auch seine Pläne zu vereiteln.

Entsetzt dachte ich daran, daß Mornay ihn vielleicht besser kannte als Sarda, daß sie Perren gut genug kontrollierte, um ihn in ein Mordwerkzeug zu verwandeln.

Keine Zeit für eine Analyse.

Perren zögerte, aber es handelte sich um eine Unschlüssigkeit, die mich nicht zuversichtlicher stimmte. Er richtete den Phaser auf Kirk.

»Nein!« entfuhr es mir. Ich ging am Captain vorbei und ließ mich zur kühnsten Herausforderung meines Lebens hinreißen, als ich vor Perrens Waffe trat. Der Vulkanier starrte mich an.

»Sie wissen, daß ich Sie verstehe«, begann ich. »Vielleicht besser als Mornay. Vermutlich wissen Sie auch, welche Meinung die Wissenschaftlerin Ihnen gegenüber vertritt. Sie dürfen sich nicht schon wieder auf ihre Seite stellen. Nein, Sie müssen eine neue Entscheidung treffen, hier und jetzt. Weil ich fest entschlossen bin, Ihnen den Phaser wegzunehmen.«

Nur mir allein drohte der Tod. Wenn Perren schoß, so würden sich der Captain und Sarda auf ihn stürzen – sie standen dicht hinter mir, bereit dazu, sofort anzugreifen. Er hatte keine Chance gegen sie, wenn er mich ins Jenseits schickte, und das mußte ihm klar sein.

Mein Verhalten zwang Perren zu einer Konfrontation mit sich selbst. Er öffnete den Mund – um etwas zu erklären? – und schloß ihn wieder.

Ich hob die Hand, streckte sie aus und berührte den Phaser.

Perren sah nach unten, starrte auf unsere Hände, die sich um die gleiche Waffe schlossen. Seine Finger zitterten kurz.

Und dann ließ er die Waffe los.

Mit geneigtem Haupt und tief in Gedanken versunken, trat er zu Mornay und Boma auf dem unteren Deck.

Aber der Haß war noch nicht überwunden, irrlichterte nun in Bomas Augen. Vielleicht hatte ich ihm einmal zu oft einen Strich durch die Rechnung gemacht – und diesmal endgültig.

Als Perren die Rampe hinuntertrat, warf Boma alle Vorsicht über Bord, gab seiner Wut nach und stürmte los. Sein Ziel: meine Kehle. Diese Taktik erwies sich nicht unbedingt als dumm. Er zählte auf das Überraschungsmoment, und ich war tatsächlich so verblüfft, daß ich nicht einmal den Phaser hob.

Ursula Mornay nutzte die gute Gelegenheit, sprang los und versuchte, sich mit einem der beiden fortgeworfenen Strahler zu bewaffnen. Die Folge bestand aus einem wüsten Durcheinander.

Diesmal hockte ich nicht allein auf dem Gipfel des Berges Gefahr. Stiefel und ein beigefarbener Schemen: Der

Captain setzte übers Geländer hinweg und prallte an Bomas Brust, bevor der Astrophysiker die Hände um meinen Hals schließen konnte. Boma ging zu Boden, schnaufte noch einmal und blieb liegen.

Mornay riß die Augen auf, griff nach einem Phaser und wich an die Waffenkonsole zurück, während sie auf uns anlegte. Vor ihr erhob sich der Captain, unbewaffnet und ohne irgendeinen Vorteil. In seinen Augen blitzten Warnung und Wahrheit.

»Es — ist — vorbei«, sagte er langsam und versuchte, die Professorin zur Vernunft zu bringen.

Stille.

Zorn knisterte zwischen Mornay und Kirk, und dann glaubte ich zu spüren, wie sich die Wut auflöste und Ruhe wich.

Ursula Mornay kniff die Augen zusammen, schnitt eine verächtliche Grimasse und senkte den Phaser. Der Captain nahm ihr die Waffe ab.

Seufzend bückte er sich, zerrte Boma auf die Beine und schob ihn zum Oberdeck. »Mr. Sarda.«

Die Stimme neben mir war kaum mehr als ein Flüstern. »Aye, Sir.«

»Bringen Sie Professor Mornay und Dr. Boma in den Arrestbereich.« Kirk musterte die beiden Wissenschaftler streng.

»Zögern Sie nicht, die Gefangenen zu betäuben, wenn sie auch nur mit der Wimper zucken.«

»Aye, Sir.«

Sarda warf mir einen raschen Blick zu, und ich reichte ihm wortlos Perrens Phaser. Er winkte Mornay zum Turbolift und achtete darauf, daß der Strahler ständig auf die kleine Frau zielte, von der wir nur zu genau wußten, daß wir ihr nicht trauen durften. Bevor er die Brücke zusammen mit der Professorin und Boma verließ, sah er noch einmal zu Perren, der neben dem Wandschirm stand und sein eigenes Schicksal erwartete. Er stellte ganz offensichtlich keine Gefahr mehr dar. Der Captain bedeutete Sarda mit einer stummen Geste, seinen Auftrag wahrzunehmen, bestätigte gleichzeitig, daß er mit Perren anders verfahren wollte.

Als sich die Tür des Turbolifts hinter Sarda und seinen beiden Begleitern schloß, trat Kirk am Befehlsstand vorbei und auf mich zu.

»Ihr Stil gefällt mir«, sagte er.

Ich ließ den Atem etwas lauter entweichen, als mir lieb war. »Kein Wunder«, antwortete ich. »Es ist der Ihre.«

KAPITEL 11

»Man sollte es WIE Müll fortschaffen!«

KENNEN SIE TRIBBLES?

Ich versuchte, mich an das Ende des Alptraums zu gewöhnen, als mir Kirk die Hand reichte. Warum wollte er mir über die Rampe helfen? Einen Sekundenbruchteil später hüllte die Antwort mein Herz ein. Der Händedruck des Captains ehrte mich mehr als tausend Beförderungen.

Kirk schien mein Bedürfnis zu fühlen, zumindest eine Zeitlang nicht im Zentrum der allgemeinen Aufmerksamkeit zu stehen. Er wandte sich um, schritt zum Kommandosessel und betätigte dort eine Taste. »Kirk an Maschinenraum.« Als er keine Antwort bekam, öffnete er einen anderen Kom-Kanal. »Kirk an Hilfskontrolle.«

»Hier Spock.«

Ah, jene sonore Stimme... Ihr Klang war mir sehr willkommen. »Die Brücke gehört wieder uns, Mr. Spock«, sagte der Captain.

»Das sind erfreuliche Neuigkeiten, Sir. Ich gratuliere Ihnen. Darf ich mich nach dem Zustand der Gefangenen erkundigen?«

Ich vermutete, daß Spock über Perren Bescheid wissen wollte. Der abtrünnige Vulkanier und ich standen auf verschiedenen Seiten der Brücke und wechselten nur einen Blick gegenseitigen Bedauerns. Ich schwieg. Diese Entscheidung mußte der Captain treffen.

»Professor Mornay und Dr. Boma sind auf dem Weg in den Arrestbereich. Perren ist noch bei uns.«

Eine kurze Pause verlieh Spocks nächster Frage besonderes Gewicht. »Und Mr. Sarda?«

Der Captain musterte mich aus den Augenwinkeln. »Er kümmert sich um die Gefangenen.«

Erleichterung streichelte mich wie eine tröstende Hand. Ich schloß die Augen und atmete tief, starrte dann zu Boden. Kirk nahm Anteil und half uns. Hatte er sich selbst einmal in einer solchen Situation befunden? Kannte er meine Empfindungen?

»Schiffsstatus, Mr. Spock«, sagte er.

»Nun, Captain, es steht nicht gerade zum besten. Es sind jedoch Manöver mit dem Impulstriebwerk möglich, und wir sollten eigentlich in der Lage sein, nach Argelius zurückzukehren, wenn wir die Bordsysteme nicht zu sehr belasten. Ich bemühe mich derzeit, die Stromversorgung der Navigationsprozessoren wiederherzustellen.«

»Halten Sie mich auf dem laufenden. Brücke Ende.« Erneut klickte eine Taste in der Armlehne des Kommandosessels. »Kirk an Krankenstation. Wie sieht's mit dem Gegenmittel aus?«

McCoys beruhigend zuversichtlich klingende Stimme drang aus dem Kom-Lautsprecher. »Wir haben es in einer ausreichenden Menge hergestellt und ins Belüftungssystem geleitet, Jim. Ich rechne damit, daß die Besatzung in fünfzehn Minuten erwacht. Bei einigen Leuten kann das länger dauern als bei anderen.«

»Ist die Crew anschließend einsatzfähig, Pille?«

»Das Betäubungsgas hatte es wirklich in sich. Ich bin sicher, daß die Mannschaft erwacht, Jim, aber während der nächsten sechs Stunden geht es ihr bestimmt nicht besonders gut.«

Etwas leiser fragte Kirk: »Wie viele Opfer erwartest du?«

»Keine Ahnung«, brummte McCoy.

»Eine Schätzung genügt mir.«

»Weniger als ein Dutzend. Das hoffe ich jedenfalls. Wir geben uns alle Mühe, Jim, das verspreche ich dir.«

Das *wir* vermittelte mir ein Gefühl von Meretes Präsenz, und ich wußte, daß sie McCoy wertvolle Hilfe leistete. Sie hätte durchaus auf der Erde bleiben und sich zu Starfleet Command bringen lassen können, um dort neue Einsatzorder entgegenzunehmen. Ihre Gegenwart erschien mir so normal und selbstverständlich, daß ich erst jetzt mit Dankbarkeit daran dachte. Ich schickte ihr einen telepathischen Gruß und erinnerte mich daran, daß es ihr immer gelang, bis zum Kern meiner inneren Anspannung vorzustoßen. Langsam beugte ich die Schultern, um die Nackenmuskeln zu entspannen, und gleichzeitig vernahm ich einen unaufdringlichen, süßlichen Geruch. Meretes stumme Antwort: das Gegenmittel.

Der Captain wandte sich mir zu. »Piper?«

Ich blinzelte kurz und sah ihn an. »Aye, Sir?«

»Wo haben Sie die *Keeler* vertäut?«

»Sie befindet sich im Hafen von Man-o-War. Ich bin so frei gewesen, die Anweisung zu geben, ihre blanken Teile zu putzen. Darüber hinaus habe ich Botschafter Shamirian gebeten, auf den Schoner zu achten.«

»Das dachte ich mir.« Kirk lehnte sich im Kommandosessel zurück, stützte sich auf einen Ellenbogen und wirkte in dieser Haltung wie ein Tiger, der sich im warmen Sonnenschein entspannte. Gleichzeitig wurde er alles, was ein Mensch nur sein konnte. Nußbraune Augen glitzerten unter fedrigen Brauen, die eben noch energische Entschlossenheit zum Ausdruck gebracht hatten. Jetzt verwandelte sich das Gesicht in ein Porträt der Weisheit, das ich von der Segeltour her kannte. Für einige herrliche Sekunden beschränkte sich das ganze Universum auf uns: Wir waren Lehrer und Schüler, Captain und Maat, Kapitän und Kapitän.

Es schien tatsächlich eine Kommunikation zwischen uns stattzufinden. Kirk schmunzelte erst zurückhaltend, und dann dehnte sich sein Lächeln, wurde fast zu einem Grinsen. »Gute Arbeit«, sagte er.

»Danke.« Eigentlich komisch: Daß er mir den Schoner anvertraut hatte, erfüllte mich mit dem gleichen Stolz wie diese Mission. Nun, nach einigen Wochen auf dem Meer wußte ich, was die *Keeler* für James Kirk bedeutete. Bei der Mission riskierten wir nur den Tod, doch das Segelschiff symbolisierte das Leben selbst. Der Schoner und die *Enterprise* — ein sonderbares und provozierendes Spiegelbild.

»Sie haben uns ganz schön durchgeschüttelt«, fügte der Captain hinzu und erneuerte meine Gewissensbisse. »Ich wußte gar nicht, daß Konstruktionsschlepper über so starke Traktorstrahlen verfügen.«

Verschiedene Antworten kamen mir in den Sinn. »Ich auch nicht, Sir.«

Kirk hob und senkte die Brauen. »Ich möchte dabei sein, wenn Sie die Sache Mr. Scott erklären.«

Der Captain erhob sich, ging um den Befehlsstand herum und strich übers Leder des Kommandosessels. Sein Blick galt nun Perren, der noch immer auf der anderen Seite der Brücke stand, nachdachte und vielleicht versuchte, mit sich selbst ins reine zu kommen. Er irrte nun durch ein moralisches Labyrinth, gefangen zwischen Richtig und Falsch, zwischen Gut und Böse, und derzeit begnügte er sich damit, der Weisheit anderer zu vertrauen. Ebenso plötzlicher wie überraschender Kummer erfaßte mich, und eine gehörige Portion Mitleid gesellte sich hinzu. War es so verkehrt, sich eine Befreiung der vielen eroberten Welten in den anderen, uns feindlich gesinnten Sternenreichen zu wünschen? Perren fühlte sich schuldig, weil er das Privileg genoß, als Vulkanier geboren zu sein, als Bürger der Föderation, weil er sein individuelles Potential ganz nach Belieben entfalten konnte. Ich hatte einmal zu Waffen gegriffen, um das Recht der Klingonen zu verteidigen, sie selbst zu sein, um den Föderationsartikeln Geltung zu verschaffen, deren Bestimmungen die Freiheit aller Völker garantierten. Perrens Verhalten sorgte dafür, daß ich jetzt zum erstenmal an die vielen Milliarden dachte, die unter dem Joch der Fremdherrschaft leben mußten. Er war bereit gewesen, ein persönliches Opfer für sie zu bringen, und mein Eingreifen nahm ihm diese Möglichkeit. Ich stellte meine Entscheidungen natürlich nicht in Frage, aber ich überlegte jetzt, ob es immer so sein mußte: *Ist Freiheit die Ausnah-*

me? Hängt sie von der jeweiligen Position in der Galaxis ab? Wo befinden sich die Grenzen?

Während ich Perren musterte, bildeten diese Gedanken ein dichtes und verwirrendes Gespinst. Ich bemühte mich, das Bedauern zu isolieren und zu verdrängen, doch nach den jüngsten Ereignissen fiel es mir schwer, alles Emotionale aus mir zu verbannen und mich nur auf die Vernunft zu beschränken. Wenn dies alles vorüber war, wenn ich Gelegenheit bekam, Fragen zu stellen und zuzuhören... Ich nahm mir vor, zu lernen. Perrens Gesicht — es schien nur aus Kanten und weichen Schatten zu bestehen — forderte mich auf, Neubewertungen vorzunehmen, die Situation aus verschiedenen Blickwinkeln zu betrachten.

Kirk weckte mich aus meinen Grübeleien. »Piper, übernehmen Sie die Kommunikationsstation und setzen Sie sich mit Starfleet in Verbindung. Weisen Sie darauf hin, daß wir einen interstellaren Schlepper brauchen, um die nächste Starbase zu erreichen. Treffpunkt: der argelianische Orbit.«

Ich schritt über die Brücke. »Was ist mit der *Bananenrepublik,* Sir?« Ich konnte diese Worte nicht zurückhalten, biß mir einen Sekundenbruchteil zu spät auf die Lippe.

Kirk furchte die Stirn und drehte sich langsam zu mir um. »Mit *was?*«

Ich erstarrte. *Nun, Schwatzmaul, wie willst du dich jetzt aus der Affäre ziehen?* »Äh... da wir gerade dabei sind, Captain... Ich möchte Ihnen für mein erstes Kommando danken.«

»Keine Ursache. *Bananenrepublik?*«

Ich fluchte lautlos — Kirk bestand auf einer Erklärung. Ich unterwarf die Zunge der Kontrolle des Gehirns und legte mir eine diplomatische Lüge zurecht. »Der erste Name, der mir einfiel, Sir...«

Eigentlich klang es nicht besonders gut, aber der Captain gab sich damit zufrieden.

Seine Brauen bewegten sich ein wenig, doch er ließ das

Thema fallen und winkte mich zur Kommunikationskonsole.

Es fühlte sich angenehm an, Platz zu nehmen. Der Sessel seufzte unter mir, als ich mich in ihm entspannte, und ich glaubte zu spüren, wie um mich herum Ruhe einkehrte. Doch ein kurzer Blick zu Perren erinnerte mich daran, was geschehen war. Vielleicht wollte Captain Kirk, daß ich ihn zur Arrestzelle brachte, so wie Sarda zuvor Mornay und Boma eskortiert hatte. Ich hielt Perren noch immer für unberechenbar, und die Vorstellung, ihn allein zu begleiten, ließ vages Unbehagen in mir entstehen. *Du mußt sehr vorsichtig sein,* dachte ich, drehte mich um und kehrte ihm den Rücken zu. Andererseits: Ich befand mich an Bord der *Enterprise,* und die Präsenz des Captains bedeutete, daß Perren in seinen Zuständigkeitsbereich fiel. Ich seufzte lautlos, bereitete die Nachricht für Starfleet Command vor – schließlich hatte es keinen Sinn, daß Kirks Schiff länger als unbedingt notwendig im Nichts hing. Ich faßte alle erforderlichen Informationen in einem Kompaktcode zusammen und drückte die Sendetaste. Dann lehnte ich mich zurück und beobachtete die Anzeigen. Das Pult summte fröhlich und diensteifrig vor sich hin – Maschinen waren so leicht zufriedenzustellen. Ein dünnes Lächeln umspielte meine Lippen, als ich an den Konstruktionsschlepper dachte. *Du hast gute Arbeit geleistet,* rief ich ihm in Gedanken zu. *Mehr konnte man wirklich nicht von dir verlangen.*

Das Summen veränderte sich, klang nun hektisch und nervös.

Ich erstarrte kurz, als die Kom-Konsole Manipulationsalarm gab. Irgend jemand blockierte die Übermittlung der Nachricht. Ich strich mir übers Haar und versuchte, meine plötzliche Unruhe zu kontrollieren, als ich mich vorbeugte. Zwar kannte ich mich in Kommunikationstechnik nicht besonders gut aus, aber ich wollte den elektronischen Starrsinn keineswegs einfach so hinnehmen.

»Warum willst du nicht gehorchen?« fragte ich die Konsole leise. Eine Sekunde später fiel mir ein, daß der Traktorstrahl nicht nur die eine Warpgondel der *Enterprise* beschädigt hatte, sondern auch viele Bordsysteme. Es war *meine* Schuld, wenn die Kommunikationsanlagen nicht so funktionierten, wie es eigentlich der Fall sein sollte.

Ich betätigte Schieberegler, drehte Frequenzmodulatoren und versuchte, die Blockierung des Systems zu durchbrechen, bevor Kirk merkte, daß ich Hilfe brauchte. Mit den elektrischen Verbindungen schien soweit alles in Ordnung zu sein, aber kurze Zeit später registrierte ich externe Signale...

»Captain, jemand hindert uns daran, Starfleet Command zu verständigen!« rief ich.

Unmittelbar darauf stand er neben mir. »Lokalisierung?«

»Backbord achtern. Störsignale — ich kann die Nachricht nicht übermitteln.«

Kirk eilte an die Navigationskontrollen, und seine Finger huschten über die Tasten. Ich blickte gespannt zum Wandschirm, und Perren trat langsam zur Seite, um uns einen klaren Blick auf das breite Projektionsfeld zu gewähren. Das Bild stabilisierte sich und zeigte zwei vogelartige Kriegsschiffe, die gerade ihre Tarnfelder desaktivierten.

Ich sprang auf und hielt mich am Geländer des Oberdecks fest. »Sie haben sich genähert, als wir mit uns selbst beschäftigt waren!«

Kirk kehrte zum Befehlsstand zurück und benutzte die dortige Schalteinheit, um alle internen Kom-Kanäle zu öffnen. Die ernsten Worte des Captains erklangen überall im Schiff, obwohl ein großer Teil der Besatzung noch immer bewußtlos war. »Auf Gefechtsstation! Alle Mann auf Gefechtsstation. Mr. Spock zur Brücke.«

»Übernehmen Sie die Navigation, Piper.«

Die Sirenen der Alarmstufe Rot heulten. Es wurde dunkler im Kontrollraum, und scharlachfarbenes Licht glühte, Symbol für unsere kritische Situation. Meine schweißfeuchten Hände glitten übers Nav-Pult.

»Deflektoren ein«, sagte der Captain. Seine Stimme klang ruhig und gefaßt. Woher nahm er die Gelassenheit?

Zwar fehlten die Brückenoffiziere, aber der Systemkomplex erwachte trotzdem. Computer nahmen mehr Energie auf und begannen mit einer Analyse der Schäden an Bord. Diagnostische Monitore zeigten blaue, grüne und rote grafische Darstellungen der *Enterprise* und wiesen auf Defekte hin, für die ich verantwortlich war. Zwei Dynoscanner konfrontierten uns mit den Ortungsdaten der beiden klingonischen Raumschiffe. Es handelte sich um ältere, gedrungen wirkende Modelle, größer als normale Kriegsschwalben, und ihre Konstruktion basierte auf zwei Prioritäten: Feuerkraft und Schub. Irgend etwas schnürte mir die Kehle zu, als ich auf den Wandschirm starrte und die beiden feindlichen Einheiten beobachtete. Sie näherten sich einer hilflosen *Enterprise*.

Ich wischte mir einige Schweißperlen von der Stirn, blickte auf die Nav-Konsole und versuchte, mich mit ihr vertraut zu machen. »Es steht nur halbe Schild-Kraft zur Verfügung, Sir«, meldete ich.

»Die Burschen haben keine Zeit verschwendet«, brummte Kirk. Galten seine Worte mir? Außer uns war nur Perren zugegen.

»Klingonen sind dumm«, platzte es aus mir heraus. »Aber nicht *so* dumm.«

Spock trug noch immer den argelianischen Umhang und die Tunika, als er aus dem Turbolift trat, einen Blick auf den Wandschirm warf und zur wissenschaftlichen Station eilte. Die dortigen Systeme spuckten sofort Daten, und ich verglich sie mit einem aufgeregten Kind, das es gar nicht abwarten konnte, dem Vater von seinen Schwierigkeiten zu berichten. »Man sondiert uns, Captain«, sagte Spock.

»Stören Sie die entsprechenden Frequenzen«, antwortete Kirk und schnitt eine finstere Miene. Offenbar gefiel es ihm nicht, daß sich fremde elektronische Augen in seinem Schiff umsahen. »Sollen sie raten, wie es um uns steht.«

Spock stellte Kontakte zu verschiedenen Sektionen der

Enterprise her und verhinderte, daß die Klingonen Einzelheiten über die Schäden an Bord erfuhren — eine bessere Abschirmung war nur von den Hauptkonsolen der betreffenden Abteilungen aus möglich. »Die klingonischen Waffensysteme sind einsatzbereit, Captain, aber der Gegner kommt nicht bis auf Schußweite heran. Die beiden Schiffe trennen sich voneinander... flankieren uns jetzt auf beiden Seiten.«

Der Wandschirm bestätigte diesen Hinweis. Der Abstand zwischen den Kampfraumern wuchs, und sie verschwanden rechts und links außerhalb des Erfassungsbereichs. Der Captain stand neben dem Kommandosessel und kniff die Augen zusammen. Jäger oder Beute? In welche Rolle würde er schlüpfen?

»Was ist mit unseren Phasern, Spock?«

»Nicht funktionsfähig, Sir«, erwiderte Spock und ließ keine Hoffnung zu. Er wußte ganz genau, was seine Antwort bedeutete; ob Vulkanier oder nicht: Ich spürte bei ihm Niedergeschlagenheit. Er fügte keine Erklärung hinzu, was unsere Lage genauer beschrieb als lange Erläuterungen. Die Phaser funktionierten nicht, und wir mußten auch in absehbarer Zeit auf sie verzichten.

Gab es irgend etwas an Bord der *Enterprise*, das ich *nicht* beschädigt hatte?

Der Captain wanderte auf der Brücke umher. Er versuchte, wie ein Klingone zu denken, und ich bemühte mich, seine Gedanken nachzuvollziehen. Ich berührte die Kante der Navigationskonsole und fühlte mich sehr, sehr klein. Dies war meine Schuld. Wenn ich keine voreiligen Schlüsse gezogen, wenn ich nicht angenommen hätte, daß Kirk problemlos mit Mornay fertig werden konnte, wenn ich nicht bereit gewesen wäre, die *Enterprise* in ein Wrack zu verwandeln...

Spock hob ein Kom-Modul ans Ohr und drehte sich um. »Sir, der klingonische Kommandant setzt sich mit uns in Verbindung.«

Kirk schnitt eine Grimasse, unterdrückte eine abfällige

Bemerkung und sagte nur: »Auf den Wandschirm, Mr. Spock.«

Samtenes All wich den kantigen Zügen eines Klingonen. Es war nicht Gelt, wie ich erleichtert feststellte – obwohl kein Zweifel daran bestehen konnte, wie das Imperium von uns erfahren hatte. Erneut verfluchte ich meinen Altruismus und bedauerte es nun, Gelt und die anderen nicht getötet zu haben, als ich Gelegenheit dazu hatte. »An den Kommandanten der *Enterprise*«, begann der Klingone. »Sie werden sich meinen Anweisungen fügen. Ihr Schiff ist manövrierunfähig. Wir nehmen es ins Schlepptau und fliegen zum klingonischen Annex jenseits der Neutralen Zone. Wenn wir das stellare Territorium des Imperiums erreichen, klassifiziert man Sie als Bergungsgut.«

Kirk stand völlig still, den Kopf hoch erhoben. »Wenn Sie wirklich beabsichtigen, mein Schiff in den klingonischen Raum zu bringen, sollten Sie sich damit abfinden, bald zu sterben. Sobald wir die Föderation verlassen, löse ich die Selbstzerstörungssequenz aus, und das bedeutet auch Ihren Tod.«

Seine Worte ließen mir das Blut in den Adern gefrieren. Ich begriff sofort, daß er es ernst meinte, daß er tatsächlich bereit war, die *Enterprise* zu vernichten. Und ich würde ihm dabei helfen, die Tür zum Jenseits aufstoßen, mutig und stilvoll über die Schwelle treten, zusammen mit dem besten Schiff im ganzen Universum und seinem Captain.

Das Bild auf dem Wandschirm verblaßte, zeigte dann wieder den Weltraum. Kirk warf einen Blick über die Schulter; Spock runzelte die Stirn und schüttelte den Kopf. »Er hat die Verbindung unterbrochen«, sagte der Vulkanier.

Der Captain beugte sich über die Kommandokonsole. »Kirk an Krankenstation.«

»Hier McCoy.«

»Wie geht es Scotty, Pille?«

McCoy zögerte. »Er ist noch immer bewußtlos, aber seine metabolischen Funktionen stabilisieren sich. Warum fragst du? Sind wir schon wieder das einzige Schiff im Quadranten?«

Es schien sich um einen privaten Scherz zu handeln, den nur Kirk verstand, doch diesmal achtete er nicht darauf. »Ich brauche ihn, Pille. Bring ihn so schnell wie möglich auf die Beine.«

McCoys Tonfall veränderte sich. »Ich weiß nicht, ob das möglich ist, Jim. Eine starke Dosis des Gegenmittels könnte ihn umbringen...«

»Gibt es keine Möglichkeit...« begann Kirk.

Die *Enterprise* schüttelte sich.

Spock sah vom Sichtschlitz des Scanners auf. »Traktorstrahlen, Captain. Von beiden Seiten.«

»Läßt sich die Energie irgendwie ablenken?«

»Dann besteht die Gefahr einer Überladung der Impulskraft. Angesichts unserer gegenwärtigen Situation würde sich die Reaktionsmasse in den Wandlern durch die magnatomischen Röhren erweitern.«

»Kurs?«

Spock richtete sich so abrupt auf, daß ich Rückenschmerzen bekam. »Zur Neutralen Zone. Die Klingonen wollen uns tatsächlich ins Imperium bringen.«

Der klingonische Captain spielt mit dem Feuer, dachte ich. *Und er wird sich nicht nur die Finger daran verbrennen.*

Hinter Spock leuchteten bunte Schemata und Balkendiagramme. Ich bewunderte ihre Ästhetik, obwohl die Daten alles andere als erfreulich waren. Das Licht der Alarmstufe Rot schimmerte über Anzeigefelder und verlieh ihnen einen neuen Glanz. Wer hatte jemals die Schönheit der Brücke während eines Alarms genossen? Die Sirenen heulten nun nicht mehr – inzwischen mußte allen erwachten Besatzungsmitgliedern klar sein, in welcher Lage wir uns befanden –, und nur das pulsierende scharlachfarbene Glühen wies auf Gefahr hin. Ich erinnerte mich an Sarda. *Als Kirk seine Crew zu den Gefechtsstationen rief... Hat Mornay Sardas Überraschung ausgenutzt, um ihn zu überwältigen? Er kennt Menschen besser als Perren, aber die*

Wissenschaftlerin ist verdammt schlau. Ich formte einen Keil aus diesen Gedanken, konzentrierte sie zu einer mentalen Botschaft: *Trau ihr nicht.*

»Wie lange dauert es, bis die Klingonen ein Warpmanöver einleiten können, Spock?« fragte Kirk.

Der Erste Offizier neigte andeutungsweise den Kopf zur Seite, und seine Ruhe beeindruckte mich einmal mehr. »Sie benötigen ungefähr sieben Minuten, um die Traktorstrahlen genau zu justieren, das energetische Niveau unserer Masse anzupassen und die beiden Triebwerke auf Warpgeschwindigkeit zu synchronisieren.«

»Pille...« sagte der Captain in einem drängenden Tonfall. »Ich brauche Scotty. Unbedingt. Und sofort.«

McCoy klang ein wenig gequält. »Was erwartest du von mir, Jim? Ich benötige einen halben Tag, um die richtige Dosis des Gegenmittels für jemanden wie Scotty zu finden – dabei muß die individuelle physische Struktur berücksichtigt werden. Nun, ich würde ihn von Herzen gern zur Brücke schicken, aber nichts – *nichts* – wird mich dazu veranlassen, sein Leben zu riskieren.«

»Ich bin gleich bei dir. Kirk Ende. Spock, übernehmen Sie das Kommando und halten Sie mich auf dem laufenden.« Er eilte zum Turbolift, und ich gewann den Eindruck, daß ihm eine Auseinandersetzung mit dem Ersten Medo-Offizier bevorstand. Offenbar wurden nicht alle Entscheidungen auf der Brücke getroffen.

»Art des Widerstands, Captain?« fragte Spock, bevor Kirk in die Transportkapsel trat.

»Warten Sie ab, bis ich zurückkehre. Beginnen Sie mit den notwendigsten Reparaturen. Ich möchte volle Deflektoren und Photonentorpedos.«

Die Tür schloß sich hinter dem Captain.

Spock sah mich an. »Schalten Sie auf vordere visuelle Erfassung um.«

Ich drückte mehrere Tasten. Einmal mehr veränderte sich das Bild auf dem Wandschirm und zeigte uns das Heck der beiden klingonischen Schiffe, die ihre Traktorstrahlenenergie koordinierten, um uns zur Neutralen Zone zu schleppen. Spock nickte nachdenklich, gab jedoch keinen Ton von sich. Wortlos verließ er die wissenschaftliche Station und näherte sich der Waffenkonsole.

»Bitte helfen Sie mir, Commander«, sagte er, kroch unter die Konsole des Verteidigungssubsystems und löste die Abdeckplatte.

Um Spock zu erreichen, mußte ich an Perren vorbei. Bleich starrte der junge Vulkanier auf die klingonischen Schiffe, und er reagierte nicht, als ich an ihn herantrat. Die Beschädigungen der *Enterprise* gingen auf mein Konto, aber die Präsenz der Klingonen hatten wir ihm zu verdanken. Wenn man genauer darüber nachdachte: Eigentlich trug Perren für alles die Verantwortung, und das mußte ihm klar sein. Ich sah es in seinen Augen. Er bedauerte nichts – so etwas widersprach Perrens Charakter. Wenn er seine Absichten verwirklicht hätte, wäre die Transwarp-Technik nicht solchen Risiken ausgesetzt gewesen. Die Klingonen wußten natürlich Bescheid. Selbst wenn die betreffenden Informationen nicht von Gelt stammten: Derartige Gerüchte breiteten sich schneller aus als trojanische Kugelbakterien. *Dies ist nicht der geeignete Zeitpunkt, um nach einem Schuldigen zu suchen,* dachte ich.

Und eine innere Stimme antwortete: *Da hast du völlig recht, Mädchen. Konzentriere dich auf das aktuelle Problem.*

»Ich untersuche jetzt die Synchrotronpulsoren«, sagte Spock. »Stellen Sie mit Hilfe des Scanners die elektronischen Reaktionsmuster fest.«

»Aye, Sir. Es kann losgehen.« Nacheinander prüften wir die einzelnen Leitungen, überbrückten beschädigte Schaltkreiskomponenten und gaben uns alle Mühe, die Reparaturarbeiten von einer Woche in wenigen Minuten zu erledigen. Das Ergebnis bestand in genug Energie für einige Photonentorpedos – nicht viel. Ich fühlte mich immer wieder versucht, ein Gespräch mit Spock zu beginnen, und um der Zunge keine Chance zu lassen, preßte ich fest die

Lippen zusammen. Es hätte mir gerade noch gefehlt, dem Ersten Offizier der *Enterprise* unter den gegenwärtigen Umständen einige dumme Fragen zu stellen! Die Nervosität in mir prickelte immer heftiger, und der Druck in meiner Blase... O nein! Nicht ausgerechnet jetzt! Helden gingen nie auf die Toilette. Horatio Hornblower, Superman, Cyrus Centauri — sie verließen nie die Bühne des Geschehens, um dem Ruf der Natur zu folgen. Aber mir blieb keine andere Wahl. Was bewies, daß ich nicht zu den Helden gehörte. Ich sah auf Spock hinab, der nach wie vor unter der Konsole arbeitete, und schließlich sammelte ich genug Mut. »Äh, Sir... Bitte um Erlaubnis, das Bad aufzusuchen.«

Er zögerte kurz. »Selbstverständlich«, sagte er und setzte einen anderen Prozessorenkomplex unter Strom.

Ich stürmte zur Brückentoilette, und als ich sie wieder verließ, waren die Romulaner eingetroffen.

Ich *wußte*, daß es besser gewesen wäre, im Kontrollraum zu bleiben.

Wieder heulten die Sirenen und kündigten eine neue Gefahr an. Spock aktivierte das Interkom. »Brücke an Captain.«

»Hier Kirk.«

»Romulaner, Sir. Drei kleine Kampfschiffe.«

»Alarmstatus beibehalten. Aktivieren Sie das Kontrollpult für die technischen Subsysteme. Einige Ingenieure sind in den Maschinenraum zurückgekehrt, Mr. Spock. Sorgen Sie dafür, daß wir Impulskraft bekommen. Ich bin zu Ihnen unterwegs.«

Kirk konnte nicht ahnen, was seine letzten Worte für uns bedeuteten, oder zumindest für mich. Spock richtete sich zu seiner vollen Größe auf, und mit vulkanischer Wachsamkeit beobachtete er die Darstellungen des Wandschirms. Hilflos sahen wir, wie drei romulanische Schiffe den klingonischen Kreuzern entgegenrasten und das Feuer eröffneten. Rote Energieblitze zuckten durchs All und trafen Deflektoren. Die Klingonen setzten sich sofort zur

Wehr und antworteten mit blauen Strahlen. Die meisten verfehlten das Ziel, doch einige trafen die Romulaner und verursachten Schäden an Bord der angreifenden Einheiten. Kleinere Raumschiffe hatten schwächere Schilde: Das defensive Potential der Romulaner war beschränkt, obgleich sie im Sublicht-Bereich besser und schneller manövrieren konnten. Sie drehten ab und formierten sich zu einem neuerlichen Angriff.

»Warum kämpfen sie gegeneinander?« fragte ich. »Sie sind doch miteinander verbündet, oder?«

Spock wölbte eine Braue. »Transwarp ist wichtiger als die Allianz zwischen Reich und Imperium«, erwiderte er.

Die klingonischen Schiffe rotierten, um zwischen uns und den Romulanern zu bleiben, verhielten sich wie Raubtiere, die ihre Beute schützen. Ich bemerkte ein buntes Glühen in der linken oberen Ecke des Projektionsfelds und deutete darauf. »Sehen Sie nur, Mr. Spock!«

Der Vulkanier betrachtete das Schimmern eine Zeitlang, ging dann zum Scanner und schüttelte den Kopf. »Nicht zu identifizieren. Der Bibliothekscomputer enthält keine Daten, die einer solchen Konfiguration entsprechen.« Er drehte sich um und konzentrierte seine Aufmerksamkeit wieder auf den Wandschirm. Das unbekannte Schiff feuerte auf die Romulaner und versuchte dann, die Klingonen von uns abzuschneiden. Spock holte tief Luft. »Ich glaube, die kosmische Balgerei hat begonnen«, sagte er.

Kosmische Balgerei. Ein interstellares militärisches Gerangel um Transwarp. Ich hatte diese Bezeichnung zum erstenmal von Spock gehört, an Bord der *Bananenrepublik.* Jetzt beschränkte sie sich nicht mehr auf einige Silben, sondern gewann schrecklich konkrete Bedeutung. Bei der nun beginnenden Schlacht gab es keine klar bestimmbaren Seiten, nicht nur Angreifer hier und Verteidiger dort. Ein wildes, fatales Durcheinander kündigte sich an, und wir steckten mittendrin. Unsere Hilflosigkeit höhlte mich innerlich aus, und ich dachte erneut an den Vergleich mit

Raubtieren und Beute – wir liefen Gefahr, von hungrigen Mäulern zerrissen zu werden.

Was für ein schreckliches Gefühl: Wir waren wie ein Stück Fleisch, das die anderen ignorierten, während sie um uns kämpften. Energieblitze rasten durch den Weltraum und hüllten die *Enterprise* in ein tödliches Gespinst. Die klingonischen Kreuzer hielten uns nach wie vor in ihren Traktorstrahlklauen und zerrten uns nur Neutralen Zone, doch die Attacken der anderen Raumer hinderten sie daran, den Warptransfer einzuleiten. Wenigstens gewannen wir ein wenig Zeit.

Das nicht identifizierte Schiff passierte unseren Bug, und mein Blick fiel auf einen gegabelten Rumpf und grelle Farben. Einen Sekundenbruchteil später sausten zwei Romulaner heran und kamen uns so nahe, daß ich aus einem Reflex heraus zum Befehlsstand zurücktaumelte. Perren wich ans Geländer des Oberdecks.

»Übernehmen Sie die Navigationskontrollen, Commander«, wies mich Spock an. Seine Stimme hob und senkte sich, klang noch immer ruhig und gelassen. Er sah weiterhin auf den Schirm.

Ich wankte zum Nav-Pult, unfähig dazu, den Blick von der Schlacht abzuwenden. Ich zuckte unwillkürlich zusammen, als romulanische Vernichtungsenergie klingonische Deflektoren durchschlug, und wenige Sekunden später flackerte dem Angreifer grünes Plasma von dem nicht identifizierten Schiff entgegen. Die Klingonen rächten sich, indem sie auf den nächsten Romulaner schossen.

Hinter mir öffnete sich der Turbolift und lenkte mich vom Projektionsfeld ab. Der Captain trat aus der Transportkapsel, in Begleitung von Sarda und Mr. Scott. Erschrocken hielt ich den Atem an. Scott wirkte schwach und krank, wahrscheinlich eine Nebenwirkung des Gegenmittels, das ihm McCoy gegeben hatte. Der Captain und Sarda stützten ihn, führten den Chefingenieur durch den Kontrollraum zum technischen Pult. Dort nahm Scott mit einem leisen Stöhnen Platz. Ich konnte fast seine Anstrengung spüren, als er sich vorbeugte, um die zur Verfügung stehende Energie zu kanalisieren.

Sarda schritt übers Oberdeck, bis wir Seite an Seite standen, wenn auch auf verschiedenen Ebenen. Ein kurzer Blick teilte mir mit, daß alles in Ordnung war. Seine Präsenz beruhigte mich und füllte einen Teil der Leere in mir.

Kirk klopfte Scott auf die Schulter und sah ins Projektionsfeld. »Situation, Mr. Spock?«

»Unverändert. Drei Romulaner, zwei Klingonen und ein nicht identifiziertes Schiff. Sie greifen sich gegenseitig an. Ein klingonischer Kreuzer ist beschädigt, hat jedoch einen großen Teil der offensiven und defensiven Funktionen bewahrt. Bisher feuert niemand auf uns.«

Kirk nickte. »Was meinen Sie, Piper?«

Ich blinzelte. Piper wer?

Die Frage des Captains zwang mich, eine Meinung zu äußern, obwohl ich überhaupt keine hatte. Ich erfand eine. »Nun, meiner Ansicht nach ... sollten wir in erster Linie auf die Romulaner und das unbekannte Schiff achten.«

»Auf welcher Grundlage basiert Ihr Rat?«

»Auf ... klingonischen Tendenzen.«

»Bitte erklären Sie das.«

Tief durchatmen, die Zunge bewegen. »Klingonen sind wie Grizzlybären. Sie greifen direkt an, mit brutaler Gewalt. Feuerkraft und Erbarmungslosigkeit machen sie sehr gefährlich, aber ihr Verhalten ist vorhersehbar. Wenn wir sie aufmerksam beobachten, sollten wir in der Lage sein, uns auf ihre Taktik einzustellen.« Ich legte eine kurze Pause ein, um mir die Lippen zu befeuchten. Sie waren plötzlich trocken geworden, als ich bemerkte, daß Spock vom Scanner aufsah und mir ebenfalls zuhörte. Darüber hinaus spürte ich auch Perrens Blick auf mir ruhen. Noch einmal Luft holen. »Die Romulaner sind nicht ganz so schwer bewaffnet, aber sie verstehen das Konzept des subtilen Kampfes. Sie bluffen und täuschen. Durch ihre Verschlagenheit werden sie unberechenbar. Ich schlage vor, sie im Auge zu behalten und irgendwie außer Gefecht zu setzen, wenn sich die Chance dazu ergibt.«

»Spock?«

Ich wartete angespannt.

»Eine Einschätzung, die ich teile«, sagte der Erste Offizier.

»Dem schließe ich mich an«, ließ sich Kirk vernehmen.

Bevor ich Gelegenheit bekam, den angehaltenen Atem entweichen zu lassen, fragte der Captain: »Wie sollen wir die Romulaner außer Gefecht setzen?«

Ihm fehlten keineswegs eigene Ideen. Er stellte mich auf die Probe und nutzte meine Reaktionen, um sich selbst zu testen. Offenbar wollte er herausfinden, was in mir vor sich ging — und ich interessierte mich dafür, was ihn antrieb. Aber konnten Sie keinen geeigneteren Zeitpunkt abwarten, Sir?

Ich versuchte, den mentalen Nebel hinter meiner Stirn durch einen Ideenwind zu lichten. »Vielleicht... können wir den Umstand nutzen, daß unsere Gegner mit sich selbst beschäftigt sind. Vielleicht sollten wir jemanden mit einem Shuttle oder einem Angriffsschlitten losschicken, um Starfleet zu benachrichtigen...«

»Die Raumschiffe dort draußen sind wesentlich schneller und würden unseren Kurier abfangen.«

»Ja. Natürlich. Tut mir leid.« Ein schlechter Vorschlag. Und außerdem keine Antwort auf Kirks Frage.

Glücklicherweise stand James Kirk nicht umsonst in dem Ruf, ein ausgezeichneter Captain zu sein. Er nahm seine gute Frage und meine schlechte Antwort, formte daraus einen Trumpf. »Ein Shuttle«, murmelte er und starrte auf den Wandschirm »Spock...«

Sie wechselten einen Blick und verzichteten auf Worte.

Der Vulkanier nickte. »Ausgezeichnet«, sagte er. Hatte ich irgend etwas überhört?

Spock trat an die Konsole neben mir, aktivierte die Kontrollen des Hangardecks und brachte ein Shuttle in Startposition. Er gab keinen Ton von sich, als er verschiedene

Tasten betätigte, und ich hörte nur leises elektronisches Zirpen. Irgendwo in einer anderen Welt erklang Scotts brüchige Stimme, als er den wenigen Technikern und Ingenieuren im Maschinenraum Anweisungen übermittelte.

»Shuttle *Columbus* startbereit, Sir«, meldete Spock. »Auf Automatik geschaltet.«

Der Captain nickte.

Warum ging er auf meinen dummen Vorschlag ein? Das leere Shuttle hatte doch überhaupt keinen... Oh, natürlich! Ein Ablenkungsmanöver. Der Feind sollte Zeit verschwenden, indem er auf einen vermeintlichen Fluchtversuch reagierte. Ich bewunderte den Captain.

»Es kann losgehen, Mr. Spock«, sagte er ruhig und beobachtete, wie die Schiffe durchs All rasten, aufeinander feuerten, abdrehten und mit neuen Angriffen begannen — sie wirkten wie die Tänzer eines exotischen Rituals. Die kleinen romulanischen Schiffe bestätigten meine Analyse und bewiesen eine überlegene Strategie. Gemeinsam gingen sie gegen Schiffe mit größerer Feuerkraft vor, koordinierten ihre Angriffe, zogen sich dann bis zum Rand des Sonnensystems zurück und wählten neue Formationen. Die Klingonen wußten nicht, wo sie die nächsten romulanischen Attacken erwarten sollten. Den einzigen zusätzlichen Gefahrenfaktor bildete das unbekannte Schiff. Die Klingonen hatten alle Hände voll damit zu tun, die *Enterprise* zur Neutralen Zone zu schleppen, und daraus ergab sich ein Vorteil für den nicht identifizierten Raumer. Der gegabelte Rumpf raste mehrmals an uns vorbei, und grüne Plasmastrahlen bohrten sich in klingonische Deflektoren. Anschließend änderte das fremde Schiff sofort den Kurs, feuerte auf die Romulaner und zwang sie dazu, ihre Formation aufzugeben. Dies alles geschah, während wir langsam in den interstellaren Raum trieben. Vielleicht versuchten die Klingonen bald, auf Warpgeschwindigkeit zu gehen, und wenn ihnen das gelang, war es um uns geschehen. Neuerliche Schuldgefühle regten sich in mir, und verschiedene Motivationen suchten nach Entschuldigungen und Rechtfertigungen. Schweigend beobachtete ich die Schlacht.

Ein kleiner weißer Fleck erschien in der einen Ecke des Wandschirms und weckte meine Aufmerksamkeit. Unser Shuttle glitt davon. Kirk hatte richtig vermutet: Das unbekannte Schiff und zwei romulanische Einheiten verfolgten die Fähre sofort. Die Romulaner waren ihr näher, schlossen als erste zu ihr auf und gingen längsseits. Eins aktivierte mehrere Gravitationskupplungen, die Verbindungen zur *Columbus* herstellten, und das andere feuerte eine Partikelstrahlsalve auf den fremden Raumer ab.

Das nicht identifizierte Schiff drehte ab, wich den weißen Strahlen gerade noch rechtzeitig aus und überließ den Romulanern das Shuttle. Der Abstand zwischen den beiden romulanischen Einheiten verringerte sich, und das erste fügte den Gravitationskupplungen Magnetstutzen hinzu. Als die *Columbus* an der Außenhülle des romulanischen Kampfschiffes befestigt war, sagte Kirk: »Jetzt, Mr. Spock.«

Sarda und ich wechselten einen verwirrten Blick und sahen dann zum Ersten Offizier. Spock betätigte einen Schalter.

Helles Licht flutete von der linken Seite des Wandschirms. Blauweiße Partikel glühten und gleißten, und einen Sekundenbruchteil später kam es zu einer Materie-Antimaterie-Annihilation. Das romulanische Schiff zerplatzte, und nur einige wenige Trümmerstücke lösten sich nicht in der Explosion auf, segelten davon.

Ich stemmte mich halb aus dem Sessel. »Donnerwetter!« entfuhr es mir.

Sardas kühler Blick fiel auf mich, und ich glaubte zu sehen, wie er ein verlegenes Lächeln unterdrückte. Wahrscheinlich hielt er meine Reaktion für grotesk: Wir hatten ein feindliches Schiff vernichtet, aber er dachte in erster Linie an die Besatzung, die im Annihilationsfeuer gestorben war. Intelligentes Leben, unwiederbringlich verloren... Ich wurde übergangslos ernst.

Spock sah in den Sichtschlitz des Scanners. »Ein romulanisches Schiff vernichtet, das andere leicht beschädigt.«

»Gut«, murmelte Kirk. »Unser kleiner Trick hat funktioniert.«

Wir hatten einen Sieg errungen, doch er konnte sich leicht in eine endgültige Niederlage verwandeln. Der dritte Romulaner raste heran, fest entschlossen, Rache zu nehmen. Eine Salve riß unsere bugwärtigen Schilde auf, und die nicht absorbierte Restenergie genügte, um die ganze *Enterprise* zu erschüttern. Ich wurde aus dem Sessel geschleudert und prallte fast gegen Scott, der sich an seiner Konsole festklammerte. Als die energetische Druckwelle nachließ, half mir Sarda auf die Beine. Perren zog sich am Geländer hoch; Kirk und Spock standen bereits — es überraschte mich nicht.

Zufriedenheit schimmerte in den Augen des Captains. Ich spürte es ebenfalls: den Triumph darüber, einem weit überlegenen Feind eine Lektion erteilt zu haben. Dieser Erfolg war es wert, ein wenig durchgeschüttelt zu werden. Plötzlich begriff ich Kirks Vorteil: Mir wurde klar, daß unseren Gegnern nichts daran gelegen sein konnte, die *Enterprise* zu zerstören. Dadurch hätten sie Transwarp verloren.

»Ich glaube, die Romulaner sind verärgert, Mr. Spock«, sagte der Captain.

»Ja«, pflichtete ihm der Vulkanier bei. »Sie scheinen... sauer zu sein.« Mit diesen Worten wandte er sich wieder dem Scanner zu.

Ich spürte eine Atmosphäre der Gelassenheit. Was konnte jetzt noch passieren? Nicht mehr viel. Es bestand nur die Möglichkeit, daß man uns ins stellare Territorium der Klingonen abschleppte, daß wir von einigen schlecht gezielten Strahlblitzen getroffen wurden, daß ein feindliches Enterkommando an Bord kam...

Spock richtete sich abrupt auf und sah zum Wandschirm. »Weitere Raumschiffe, Captain! Sie nähern sich aus verschiedenen Richtungen.«

Kirk hob die Stimme. »Wo bleibt unsere Deflektorenenergie, Scotty?«

Mr. Scott stützte sich auf die Konsole und drehte den Kopf. Er erweckte noch immer den Eindruck, als könne er jeden Augenblick zusammenbrechen. »Wir sind fast soweit, Sir... Inzwischen haben wir dreiundachtzig Prozent.« Er kniff die Augen zusammen und atmete schwer. »Mit der Impulskraft dauert es noch...« Der Chefingenieur sank vor dem Pult zu Boden und kam nicht mehr dazu, den Satz zu beenden. Als ihn Kirk erreichte, wischte sich Scott Schweiß von der Stirn und versuchte, wieder aufzustehen.

Der Captain half ihm, vor der Konsole Platz zu nehmen. »Schaffen Sie's, Scotty?«

Der Schotte kämpfte gegen die Schwäche an, begegnete Kirks Blick und trachtete danach, sich seine Schmerzen nicht anmerken zu lassen. »Aye, Sir... Die verdammten Mistkerle dort draußen werden dieses Schiff nicht bekommen, wenn ich's verhindern kann.« Dieses Versprechen erschöpfte ihn, aber er hielt an seiner inneren Unerschütterlichkeit fest und fand dadurch neue Kraft.

Unsere Lage war alles andere als rosig, aber Kirk nahm sich Zeit genug, um Scott auf den Arm zu klopfen. »Gut. Wir brauchen Sie.«

»Captain, die vorderen Schilde sind destabil«, meldete Spock. »Unter den gegenwärtigen Umständen ist es unmöglich, die Strukturlücken in ihnen zu schließen.«

»Identifizieren Sie die anderen Schiffe«, erwiderte Kirk.

»Die Sondierung hat bereits begonnen.«

Ich beugte mich zu Sarda vor. »Wir versuchen, einige Photonentorpedos zu laden.«

»In Ordnung«, antwortete er schlicht und trat an die Waffenkonsole auf dem Oberdeck heran. Ich kehrte eilig zu den Navigationskontrollen zurück und ließ mich davor in den Sessel sinken. Auf diese Weise hatte es zumindest den *Anschein*, daß ich mich nützlich machte.

»Spock...« drängte der Captain. »Ich möchte wissen, mit wem wir es zu tun haben.«

Der Erste Offizier nickte kurz und interpretierte die Daten auf den Monitoren. »Tholianer, Sir. Mindestens vier. Die genaue Anzahl läßt sich noch nicht feststellen. Und einige andere Schiffe – der Bibliothekscomputer stellt gerade einen Konfigurationsvergleich an.« Spock drückte Tasten und aktivierte verschiedene Speichermodule des Computersystems. Mein Blick wanderte zum Wandschirm, der nun deutlich die Keile der tholianischen Schiffe zeigte. Hinter ihnen kamen andere Raumer, boten uns unterschiedliche Formen und Farben dar. Als Spock zum Scanner zurückkehrte und bläuliches Licht auf seine Züge fiel, hatte der Computer eine Identifizierung vorgenommen. »Klingonen, Captain. Aber es handelt sich nicht um offizielle Einheiten. Die Konfiguration entspricht den Konstruktionsmustern der Rumaiym, die zum Imperium gehören.«

Der Captain näherte sich dem Vulkanier, und einmal mehr fühlte ich die Verbindung zwischen ihnen, die Brücke der Freundschaft zwischen zwei Männern, die kaum unterschiedlicher sein konnten. »Analyse, Mr. Spock«, sagte Kirk.

Der Vulkanier neigte den Kopf, sah einige Sekunden lang auf den Wandschirm und wandte sich dann an den Captain. »Es ist keineswegs überraschend, daß verschiedene Gruppen versuchen, sich innerhalb der imperialen Machtstruktur in eine gute Verhandlungsposition zu bringen. Die gegenwärtigen Daten deuten darauf hin, daß wir es mit mindestens vier unterschiedlichen ethnischen Entitäten der Klingonen zu tun haben: Klinzhai, Rumaiym, Wijngan und Daqawlu – die Erinnerten, an Bord des dreiteiligen Schiffes.« Spock deutete kurz ins Projektionsfeld.

Kirk nickte. »Oh, man wird sich an sie erinnern«, kommentierte er trocken.

»Im klingonischen Imperium herrscht offenbar keine Einigkeit, im Gegensatz zu weit verbreiteten Ansichten.«

»Ja. Nun, wir können nicht dauernd Shuttles losschikken und müssen uns irgend etwas anderes einfallen lassen.« Kirk wanderte um den Befehlsstand herum und runzelte die Stirn.

Ich sah, wie er kurz die Lippen zusammenpreßte, bemerkte die Entschlossenheit in seinen Zügen. »Es gefällt mir nicht, eine Schachfigur zu sein«, sagte er mit beherrschtem Zorn.

Ich warf ihm einen kurzen Blick zu und konzentrierte mich dann wieder auf die Navigationskontrollen. *Mir auch nicht*, dachte ich.

Kirk drehte sich abrupt um, und ich erwartete eine Rüge von ihm. Statt dessen richtete er die nächsten Worte an Spock. »Sie haben einen Transwarp-Zwischenfall erwähnt, den Sie an Bord von Pipers Schiff erlebten.«

»Ja«, bestätigte der Erste Offizier. »Eine ziemlich beunruhigende Erfahrung.«

»Beunruhigend genug, um als Waffe gegen die Schiffe dort draußen eingesetzt zu werden?«

Spocks Gesichtsausdruck ließ den Schluß zu, daß er noch nicht darüber nachgedacht hatte. Sarda, Piper und ich beobachteten ihn stumm, während er überlegte.

»Das wäre möglich«, sagte Spock schließlich.

Kirk atmete tief durch. »Auf welche Weise kam es zu dem Zwischenfall?«

»Ich glaube, eine Störung des energetischen Gleichgewichts bei der Materie-Antimaterie-Reaktion führte zu einem vorzeitigen Zerfall des Trilithiums. Das Ergebnis war kein Schub, sondern eine dimensionale Verzerrung. Stimmt das, Mr. Sarda?«

Sarda verlagerte sein Gewicht aufs andere Bein und nickte. »Ja, Sir.«

Der Captain schloß die Hände ums Geländer. »Läßt sich so etwas wiederholen?«

»In welcher Form?« fragte Spock.

»Wenn wir die Transwarp-Vorrichtung ins Verteidigungssystem der *Enterprise* integrieren: Könnten wir dann dimensionale Verzerrungsphänomene herbeiführen und auf bestimmte Ziele im All fokussieren?«

Zwischendurch:

Der erschöpfte Scotty gewinnt neue Energie aus seiner inneren Unerschütterlichkeit ... Sicher ist eine solch vorbildliche Haltung ein wahrer Kraftquell, doch auf Dauer benötigt ein Mensch mehr als moralische Festigkeit – denn auch der Magen verlangt zwischendurch sein Recht.

Wir empfehlen deshalb den Lesern, jetzt zur Gewinnung neuer Energien die Küche aufzusuchen. Wir können ja die Reise mit der Enterprise für einen Augenblick unterbrechen und sie uns gönnen, die ...

Spock hielt das heiße Eisen einige Sekunden lang und warf es dann über die Brücke. »Mr. Sarda?«

Sarda senkte den Kopf, als er an die Sicherheitskomponenten dachte, und wahrscheinlich gingen ihm nun tausend Alternativen durch den Kopf. Er verabscheute es, daß man seine Erfindungen für militärische Zwecke benutzte, aber wenn wir nichts unternahmen, gelang es den Klingonen früher oder später, uns ins stellare Territorium des Imperiums abzuschleppen. Der innere Kampf zeigte sich deutlich in seinen Augen. Meine Anspannung wuchs, und ich wünschte mir irgendeine Möglichkeit, ihm zu helfen. Unsere Blicke begegneten sich, und ich versuchte, ihm eine wortlose Botschaft zu übermitteln. Vielleicht gaben ihm allein meine Gedanken Kraft, denn plötzlich straffte er die Gestalt und sah den Captain an. »Das ließe sich vermutlich bewerkstelligen«, sagte er. »Angesichts des derzeitigen Zustands der *Enterprise* kann eine sichere Funktion der Transwarp-Apparatur aber nicht gewährleistet werden. Sie sollte nicht mit dem Verteidigungssystem verbunden werden, sondern mit dem Warptriebwerk. Um den gewünschten Fokus herzustellen, verwenden wir die Sensoren. Allerdings... Ich allein bin einer so komplexen Aufgabe nicht gewachsen. Ein Test der Anlage steht noch aus, und...«

»Ich helfe dir!« platzte es aus mir heraus. Ich stand bereits. Kirk und Spock starrten mich an. Lächerlich – mein Wissen über Transwarp paßte unter einen Fingernagel. Dann fiel mir ein, wie und wo ich Hilfe leisten konnte. Rasch drehte ich mich zu Perren um, und meine Worte klangen scharf. »Sie helfen ebenfalls.«

Perren erblaßte, doch in seinen Pupillen blitzte es.

»Sie wissen, wovon ich rede«, drängte ich. Kirk und Spock warteten; sie wußten genau, wann Schweigen zum Sieg führte.

»Ja«, murmelte Perren. »Ja, Sie haben recht.« Er trat auf den Captain zu. »Bitte geben Sie mir die Erlaubnis. Ich kann die Installationszeit um zwei Drittel verkürzen. Bitte...«

Kirk musterte ihn gleichzeitig wachsam und ungläubig, und sein Blick schien zu einem Sondierungsinstrument zu werden, das Perrens Motive prüfte. Sollte er die *Enterprise* einem Verräter ausliefern? Hinter Perren zeigte der Wandschirm feindliche Schiffe, die aufeinander feuerten; in der ewigen Nacht zwischen den Sternen flackerten die Entladungen von Phasern, Intervallern und Partikelstrahlen.

Ich hielt es einfach nicht mehr aus. Eine innere Stimme forderte mich auf, etwas gegen den Zweifel zu unternehmen. Ich eilte am Befehlsstand vorbei und hoffte, dramatisch zu wirken, als ich mich an Perrens Seite gesellte. »Geben Sie ihm die Möglichkeit, Captain«, sagte ich. »Er meint es ernst.«

Woher wollen Sie das wissen? erkundigten sich Kirks Augen, aber er schwieg auch weiterhin. Und wenn ich mich irrte? Ich unterdrückte ein Schaudern.

»Wie lange?« kam es von den Lippen des Captains.

Perren versteifte sich. »Siebzig Minuten. Das ist natürlich nur eine Schätzung.«

Kirk deutete auf ihn und Sarda. »Machen Sie sich sofort an die Arbeit.« Und an meine Adresse gerichtet: »Sie gehen mit ihnen, Piper.«

Ich schluckte einen Kloß im Hals hinunter. »Aye, Sir. Ich verstehe.«

Ein kurzer Blick von mir schickte Sarda zum Turbolift. Perren folgte ihm, und ich bildete den Abschluß. Ich verzichtete ganz bewußt darauf, nach einer Strahlwaffe zu greifen – um mein Vertrauen zu Perren zu beweisen. Kirk bemerkte das und wölbte eine Braue, als erriete er meine Gedanken. Er wirkte keineswegs überrascht. Manchmal – viel zu häufig – blieb einem nichts anderes übrig, als ein Risiko einzugehen, und das wußten wir beide.

Ich erreichte den rückwärtigen Teil der Brücke und wollte ebenfalls in den Turbolift treten, als ein Energieblitz die Backbordseite der *Enterprise* traf und zu neuen Erschütterungen führte, die mich an die Wand schleuderten. Es gelang mir, mich dort festzuhalten, während die Stabilisatoren und Absorber reagierten. Ich sah auf den Wandschirm und beobachtete, wie das nicht identifizierte Schiff unter unserem Diskussegment hervorsauste und den klingonischen Kreuzern entgegenraste.

Der Captain ging zur Navigationskonsole und wandte sich mir kurz zu. »Beeilen Sie sich«, sagte er bedeutungsvoll.

Im Maschinenraum herrschte gespenstische Stille, nur unterbrochen von gelegentlichem Knistern und Brummen: Die feindlichen Schiffe hatten das Feuer auf uns und die Klingonen eröffnet. Schweigend holten wir alle Geräte und Instrumente, die Perren benötigte, öffneten dann einen internen Kom-Kanal und folgten Spocks Anweisungen, um das Isolationsfeld der Transwarp-Vorrichtung zu desaktivieren. Auf mich wirkte die entsprechende Apparatur wie ein Gebilde aus dem Malbuch eines Kindes. Das Ding bestand aus mehreren Armen und einem zentralen Kern mit Trichtern und Schaltkreisen – vielleicht die Reaktionskammer für das Trilithium. Ich versuchte nicht einmal, es zu verstehen.

Perren und Sarda bemühten sich, die verschiedenen Teile im zentralen Zuleiter des Materie-Antimaterie-Wandlers zu befestigen. Ich hatte keine Ahnung, um was es ging, aber das spielte auch kaum eine Rolle, solange die beiden Männer wußten, worauf es ankam. Sie machten von ihrer überlegenen vulkanischen Kraft Gebrauch, und ich half, so gut ich konnte, doch die Transwarp-Installation hätte selbst zehn Technikern mehr als genug Arbeit gegeben. Ich hielt mich nicht damit auf, nach der Funktion einzelner Komponenten zu fragen, wunderte mich stumm darüber, daß sie wie durch ein Wunder zu anderen Teilen paßten. Die anstrengendsten zweiundsechzig Minuten meines Lebens vergingen, und ich hatte das Gefühl, tagelang am Wandlerstutzen zu hocken.

Schließlich waren nur noch einige Justierungen notwendig, und ich beschränkte mich darauf, den beiden Vulkaniern zuzusehen. Perren und Sarda schienen sich in einer anderen Sprache zu verständigen. Ich beobachtete sie aufmerksam, aber sie befaßten sich mit einer so speziellen Wissenschaft, daß ich genausogut tausend Lichtjahre entfernt sein konnte. Meine Gedanken trieben ziellos, und ich zuckte jedesmal zusammen, wenn die Energiestrahlen feindlicher Schiffe unsere Schilde durchschlugen. Instinktiv hielt ich mich an einer nahen Strebe fest und rang um meine Selbstbeherrschung. Einmal mehr verspürte ich den emotionalen Druck aus Frustration und Ärger. Ich haßte es, zur Untätigkeit verurteilt zu sein.

Nach einer Weile dachte ich an unsere Gegner. Tholianer, Romulaner, verschiedene Klingonen, das gegabelte Schiff, das sich nicht identifizieren ließ ... Lebende Wesen, gefangen im Netz des Machtkampfes. Jedes von ihnen hatte einen eigenen, ganz persönlichen Hintergrund, eine individuelle Geschichte, so wie auch ich.

»Was wird geschehen?« fragte ich plötzlich. »Wenn wir diese Vorrichtung aktivieren — was passiert dann?«

Die beiden Vulkanier zögerten. Mir wurde klar, daß ich sie gezwungen hatte, über die Konsequenzen ihres Handelns nachzudenken, sich ihnen zu stellen und sie in Worte zu fassen.

Sie wechselten einen betroffenen Blick, und Perren ließ eine Mikrozange sinken. »Wir ... haben nie die möglichen Auswirkungen eines mangelnden energetischen Gleichgewichts berechnet. Unsere Bemühungen galten vielmehr der Verhinderung solcher Störungen im Funktionskomplex dieser neuen Technik. Die Wirkung läßt sich nur dann kontrollieren, wenn das Trilithium stabilisiert ist, bevor die Materie-Antimaterie-Reaktion beginnt.«

Spocks Gesicht füllte meinen ganzen Wahrnehmungskosmos, und ich begriff, daß Perren die Regeln der Logik verletzte, um zu vermeiden, seine Hilflosigkeit einzugestehen. Plötzlich hörte ich, was er wirklich meinte. Vier Worte, die mein Unbehagen verdoppelten: *Ich habe keine Ahnung.*

Zorn brodelte in mir, und ich hielt Perren am Arm fest. »Ich muß Bescheid wisssen! Geben Sie mir irgendeinen Hinweis darauf, was mit den Schiffen dort draußen geschehen wird.«

Perren wich ein wenig zurück, als er die heiße Intensität meiner Emotionen spürte. Langes schwarzes Haar wogte, als er sich aus meinem Griff befreite. Erneut streckte ich die Hand nach seinem Arm aus, aber Sarda schob sich näher und berührte mich an der Schulter.

Seltsame Empfindungen durchströmten mich, kühlten meine Nerven, breiteten sich im ganzen Körper aus. Die Wut löste sich nicht auf, aber es erging ihr ebenso wie den ins All abgelenkten dimensionalen Verzerrungen. Sarda gab ihr einen neuen Fokus, zog den Zorn auf sich — er wußte, daß ich kaum mehr Geduld in Hinsicht auf vulkanische Verhaltensweisen aufbringen konnte. Langsam absorbierte er mein Bedürfnis, alles zu verstehen, und seine Berührung teilte mir mit, daß es Dinge gab, die sich nicht genau bestimmen ließen.

Lange Sekunden verstrichen, und Sarda wandte den Blick nur einmal von mir ab.

Er nickte Perren zu, der sich daraufhin faßte und die Arbeit an den Mikro-Schaltkreisen fortsetzte. Nun rückte ich wieder ins Zentrum von Sardas Aufmerksamkeit.

»Piper«, begann er, »selbst wir verstehen die Funktionsweise der Transwarp-Vorrichtung nur in groben Zügen. Sie ist nicht als Waffe geplant gewesen.«

Es gab keinen Grund für mich, seine Ehrlichkeit zu bezweifeln, aber trotzdem erwiderte ich: »Sarda, ich trage Kommando-Verantwortung. Ich muß irgendeine Vorstellung davon haben, was mit den feindlichen Schiffen und ihren Besatzungen passiert, wenn wir dieses Ding einschalten. Der Captain benötigt solche Informationen.«

»Wir würden sie dir gern geben, wenn wir sie ohne eine Aktivierung der Apparatur gewinnen könnten.« Blaue und gelbe Sensorpunkte glühten, als Perren weitere Verbindungen herstellte, und ihr Licht spiegelte sich auf Sardas bronzefarbenem Haar wider. Schuld nagte an ihm. Konnte er sich jemals von seinen Gewissensbissen befreien? »Die Transwarp-Wellen verändern das Gefüge der Realität«, sagte er. »Stell dir vor, Wasser auf eine Sandburg zu gießen. Der Sand bleibt, aber...«

Die Vorrichtung erwachte, sang ein elektrisches Lied und bewahrte Sarda davor, schreckliche Einzelheiten zu beschreiben. Eine Zeitlang beobachteten wir, wie der Mechanismus glühte. Ein leises, gleichmäßiges Summen ertönte.

Düstere Schatten glitten über Sardas Züge. »Wir dürfen nicht zulassen, daß diese Technik in die falschen Hände gerät.«

»Das werden wir auch nicht«, pflichtete ihm Perren bei, und ich hörte wieder den rebellischen Unterton in seiner Stimme.

Seine Worte forderten mich zu einer Bemerkung heraus, die ich eigentlich für mich behalten wollte. »Daran hätten Sie früher denken sollen.«

Sarda musterte mich stumm.

Perren gab keine Antwort und hantierte mit verschiedenen Instrumenten. Der Gerätekomplex zirpte, und es klang fast fröhlich. Der Transwarp-Apparat war nur provisorisch mit einem defekten Warptriebwerk verbunden, aber er zeigte deutlich, daß viele Jahre Arbeit in ihm steckten.

»Ich nehme jetzt die letzten Einstellungen vor«, sagte Perren. »Die Korrelation der energetischen Aktivität mit den Sensoren ist nur von der Sensorkontrolle aus möglich.«

Sarda sammelte die notwendigen Datenmodule ein. »Benachrichtigen Sie mich, wenn Sie soweit sind.«

»In Ordnung«, erwiderte Perren. »Ich brauche nur einige Minuten für die korrekten Justierungen.«

Sarda nickte. Offenbar wußte er genau, wovon der andere Vulkanier sprach. Als er aufstand, begegnete mir sein bernsteinfarbener Blick, und erneut fühlte ich eine sonderbare Telepathie. Existierte sie tatsächlich, oder bildete ich sie mir nur ein, weil ich ihn inzwischen besser kannte? Er hatte mir nie verraten, ob diese mentalen Kontakte — wenn es sich wirklich darum handelte — für Vulkanier normal waren oder nicht. Ich hielt es für besser, ihm keine entsprechenden Fragen zu stellen. Es brachte ihn sicher in große Verlegenheit, wenn meine Empfindungen auf eine mangelnde Kontrolle seiner vulkanischen Telepathie zurückgingen. Er schien völlig anders zu sein als Spock, unterschied sich ebensosehr von ihm wie Spock von Perren. Sarda, einzigartig unter den Vulkaniern in Starfleet. Nur wenige Angehörige seines blonden Heimatclans verließen den Planeten Vulkan, aber er war hier und bedeutete mir viel. Während wir auf einen Mechanismus hinabstarrten, der uns entweder retten oder töten konnte, begann ich zu hoffen, daß er nie lernte, die sanfte psychische Kommunikation zu kontrollieren.

»Wo wirst du sein?« fragte er.

Meine Antwort klang täuschend schlicht. »Wo man mich braucht.«

»Du kommst bestimmt gut zurecht.«

»Danke. Für alles.«

Sardas Gesicht blieb ausdruckslos, aber er senkte kurz den Blick, sah dann wieder auf. »Ich danke dir«, sagte er leise.

»Viel Glück«, erwiderte ich.

Bevor wir in eine Kettenreaktion des gegenseitigen Dankes gerieten, wandte sich Sarda klugerweise um und eilte fort. Ich blickte einige Sekunden lang ins Leere.

Schließlich weckte Perren meine Aufmerksamkeit, indem er zögerte und die Hand zu den Lippen hob. Ich ging in die Hocke. »Stimmt was nicht?«

Er furchte die Stirn. »Die bisherigen Justierungen müssen von der Brücke aus kontrolliert und überwacht werden. Wenn Sie diese Aufgabe am Pult der technischen Subsysteme wahrnehmen, steuere ich das Mischungsverhältnis der Reaktionsmasse gemäß Ihren Daten.«

»Dazu bin ich bestimmt in der Lage«, sagte ich — ohne

zu verstehen, was Perren meinte. Blinde Zuversicht. Ich bemerkte eine subtile Veränderung in Perrens Zügen.

»Was ist denn?« erkundigte ich mich.

Er schüttelte den Kopf. »Ich bin nicht ganz sicher, soweit es die Sensorverbindungen betrifft. Es dürfte recht einfach sein, einen Schubausgleich mit dem Warptriebwerk herzustellen, aber ich frage mich nach wie vor, wie das Sensorsystem darauf reagieren wird.«

Es klang ganz nach einem Problem, das ich nicht lösen konnte. Was für eine Überraschung! Ich biß mir auf die Lippe und überlegte. Meine Füße prickelten, als ich aufstand. »Ich weiß, wer sich mit solchen Dingen auskennt. Sie hören von mir, sobald ich auf der Brücke bin.«

Ich hastete zum Ausgang, doch bevor ich das Schott erreichte, fiel mir ein, warum mich Kirk hierhergeschickt hatte.

Perren sah, wie ich zurückkehrte, beobachtete die gemischten Gefühle in meinem Gesicht und wußte, daß ich mit zwei verschiedenen Pflichten konfrontiert wurde. Er begriff sofort, was in mir vor sich ging.

Er deutete mein Zögern und wandte sich kurz von der Transwarp-Vorrichtung ab, um seine Glaubwürdigkeit mit einem Versprechen zu besiegeln. »Ich gebe Ihnen mein Wort.«

Die sensorischen Systeme der *Enterprise* versuchten, die neue Transwarp-Energie zu akzeptieren, und ihr Summen schien sich in das Pochen eines großen Herzens zu verwandeln. *Wie ein Vulkanier denken,* erinnerte ich mich.

Mein Tonfall forderte uns beide auf, den Schwur zu achten. »Ich akzeptiere Ihr Wort.«

Ich atmete kühle, frische Luft, als ich den Hangar betrat, nahm den süßlichen Geruch des Gegenmittels wahr. Mit langen Schritten näherte ich mich der Sektion mit den Arco-Schlitten und war nur ein wenig überrascht, als ich dort Sarda sah, der neben Scanner kniete. Offenbar hatte er beschlossen, die von Perren in Aussicht gestellten zusätzlichen Minuten gut zu nutzen. Behutsam lehnte er Scanner an den zusammengefalteten Solarflügel eines Angriffsschlittens.

Ich sah Scanner an, aber meine Frage galt Sarda. »Was machst du hier?«

Er bedachte mich mit einem durchdringenden Blick und wollte mir nichts erklären. »Nur ein kleiner Umweg.«

Mehr bot er mir nicht an.

Scanners Wangen waren kalt und feucht, als ich vorsichtig seinen Kopf drehte. »Scanner? Sieh mich an. Ist alles in Ordnung mit dir?«

Er blinzelte und versuchte, den Schmerz des künstlichen Schlafs und unnatürlichen Erwachens zu verdrängen. »Wenn dies das Leben nach dem Tod sein soll... Dann ziehe ich den Tod vor.« Sein Oberkörper kippte zur Seite. Sarda griff rasch zu und verhinderte, daß er ganz zu Boden sank. Als er wieder den Kopf hob, trübte sich der Glanz in seinen Augen, und er wirkte noch blasser. »Wir sind in... Schwierigkeiten. Du solltest auf der Brücke sein.«

Gut. Sarda hatte ihm unsere derzeitige Situation geschildert, wahrscheinlich mit der Absicht, ihn von seinem Zustand abzulenken.

Ich legte ihm die Hand auf die Schulter. »Hör mir zu, Scanner. Wir haben die Transwarp-Vorrichtung im Warptriebwerk installiert, und nun geht es darum, den Schubausgleich mit dem Sensorsystem zu korrelieren. Wie läßt sich das bewerkstelligen?«

»Ihr wollt... zielen?«

»Ja, so könnte man es auch ausdrücken.«

Scanner schnitt eine Grimasse und stöhnte. »Bei des Teufels Hörnern, Piper... Ich bin so gut wie tot.« Er stützte den Kopf an die Außenhülle des Arco-Schlittens, würgte und gab sich alle Mühe, die Übelkeit zu unterdrücken. Sarda und ich wechselten einen besorgten Blick und warteten.

»Wir bringen dich zur Krankenstation«, sagte ich.

»Könnt ihr die... Krankenstation nicht hierherholen?«

Scanner schloß die Augen. Als er sie wieder öffnete, kehrte ein wenig Farbe in sein Gesicht zurück. Offenbar gelang es ihm, wenigstens einen Teil der Benommenheit zu überwinden. »Ja... Die Sendeanlage auf der Brücke. Selbst ein kompletter Idiot könnte damit fertig werden. Es sollten sich keine Probleme für dich ergeben.«

»Oh, herzlichen Dank. Worauf muß ich achten?«

»Es ist wie bei der normalen Sensorausrichtung, mit einem wichtigen Unterschied: Leite alle Impulse durch die Primärkontrolle der Waffenkonsole – auch wenn die Sicherheitssysteme behaupten, das sei nicht möglich.«

Ich runzelte die Stirn. »Dadurch kommt es zu einer Überladung.«

Scanner holte schnaufend Luft; rote Flecken entstanden auf seinen Wangen. »Und wenn schon. Es gibt keine andere Möglichkeit. Die Verbindung mit der Transwarp-Vorrichtung wird ohnehin nicht von langer Dauer sein. Genausogut könntest du versuchen, das menschliche Herz in eine Lunge zu verwandeln.« Krämpfe schüttelten ihn, und ich teilte Scanners Schmerzen, dachte an Scott auf der Brücke und stellte mir vor, wie sehr er litt. Scanner schlang den einen Arm um sich, hob den anderen und gestikulierte vage. »Sagen Sie's ihr, Spitzohr.«

Zwei oder drei Sekunden lang bildeten Sardas Lippen einen dünnen Strich, und ich wußte, daß er sich verantwortlich fühlte. »Er hat recht«, gestand er ein.

Bisher hatte niemand von uns den Mut gefunden, diese bedrückende Wahrheit laut auszusprechen. Kirks Pläne erschienen mir nicht mehr so gut, als ich genauer über sie nachdachte. Die Bordsysteme der *Enterprise* zeichneten sich durch hohe Leistungsfähigkeit aus, aber sie waren nicht dazu konstruiert, geballte Transwarp-Energie aufzunehmen und weiterzuleiten. Unter normalen Bedingungen hätten sich vielleicht keine Probleme ergeben, aber angesichts der vielen Schäden an Bord... Ich erinnerte mich an die beiden klingonischen Kreuzer, die uns zur Neutralen Zone schleppten: Wenn sie auf Warpgeschwindigkeit gingen, dauerte es nicht mehr lange, bis wir das stellare Territorium des Imperiums erreichten, und dann würde Kirk wie angekündigt die Selbstzerstörungssequenz auslösen. Mit anderen Worten: Die Zeit arbeitete gegen uns. Transwarp gab uns die letzte Chance.

»Ich benachrichtige den Captain«, sagte ich. »Irgendwie sorgen wir dafür, daß alles klappt.«

Scanner rang sich ein schiefes Lächeln ab. »Diese Bemerkung habe ich mir erhofft, Teuerste.«

»Kannst du dich um ihn kümmern, Sarda? Ich muß zur Brücke.«

Der Vulkanier nickte. »Ich melde mich von der Sensorkontrolle aus.«

Ich wollte mich umwenden, aber Scanner zupfte an meinem Ärmel. Als ich ihn ansah, sagte er: »Laß nicht zu, daß die Mistkerle dort draußen bekommen, was sie wollen.«

Ich drückte ihm die Hand. »Verlaß dich drauf.«

Beruhigt sank er an den Solarflügel des Arco-Schlittens zurück.

Ich blieb nicht, um ihm zusammen mit Sarda hochzuhelfen. Die Brücke der *Enterprise* wartete auf mich, und alle Uhren tickten.

Diesmal können wir uns keinen Mißerfolg leisten, dachte ich.

KAPITEL 12

»Das Risiko ist unser Geschäft.«

GEIST SUCHT KÖRPER

Auf der Brücke herrschte organisiertes Chaos. Captain Kirk beugte sich übers Navigationspult, und die mittelalterlich anmutende argelianische Kleidung paßte überhaupt nicht zu der von moderner Technik geprägten Umgebung. Er erledigte die Arbeit von zehn Personen, und trotzdem wirkte er ruhig. Der Wandschirm zeigte noch immer feindliche Raumschiffe, die dicht an der *Enterprise* vorbeirasten und sich gegenseitig angriffen. Im Rumpf eines klingonischen Kreuzers loderte Plasmafeuer. Spock stand rechts von mir und blickte in den Sichtschlitz des Scanners; das blaue Glühen verschmolz mit dem Flackern im Projektionsfeld. Er mußte sich am Rand der Konsole festhalten, um nicht das Gleichgewicht zu verlieren, als Strahlblitze unsere Deflektoren durchschlugen. Außer Kirk, seinem Ersten Offizier und mir hielt sich niemand im Kontrollraum auf.

Als ich den Turbolift verließ, fiel mir etwas Seltsames ein. Es war nicht leicht gewesen, die Brücke zu erreichen. Unterwegs kam es wieder zu Erschütterungen, und zweimal schleuderten sie mich zu Boden. Darüber hinaus mußte ich mich zwingen, benommene Besatzungsmitglieder zu ignorieren, die langsam erwachten. Jetzt fiel mir ein, daß nur wenige von ihnen berechtigt waren, die Brücke aufzusuchen. Doch hier stand ich, mitten im Entscheidungszentrum, allein mit Captain Kirk und Commander Spock.

Kirk sprach ins Interkom und sagte etwas, das ich nicht verstand. Kurz darauf klang Mr. Scotts Antwort aus dem Lautsprecher der internen Kommunikation. Ich sah zu den technischen Konsolen und stellte verwirrt fest, daß der Chefingenieur fehlte.

»Es ist noch immer nicht viel, aber allmählich bekommen wir mehr Energie«, brummte Kirk. »Gute Arbeit, Scotty. Bleiben Sie am Ball.« Die *Enterprise* saß zwischen zwei starken Traktorstrahlen fest, aber als der Captain die Navigationskontrollen betätigte, drehte sie sich, bis wir ein romulanisches Schiff auf dem Wandschirm sehen konnten. Einer der keilförmigen Tholianer folgte ihm. Kirk zögerte nicht und drückte eine Taste. Von einem Augenblick zum anderen schnitten rote Strahlen durchs All. Phaser! Die Phaser funktionierten wieder! Der Captain nutzte sie, um unsere Feinde beschäftigt zu halten, um die geschwächten Schilde der *Enterprise* zu schützen und den Klingonen einige zusätzliche Probleme zu bereiten. Einerseits versuchten sie, uns weiterhin zur Neutralen Zone zu schleppen, und andererseits mußten sie sich gegen Angreifer wehren, die folgende Meinung vertraten: *Wenn wir das Starfleet-Schiff nicht bekommen können, so darf es niemand haben.* Und in die Kategorie ›niemand‹ fiel auch das klingonische Imperium.

Die pastellfarbenen tholianischen Kreuzer drehten ab, um uns auszuweichen, und an einem Keil sah ich eine teilweise geschmolzene Außenhülle. Die Romulaner jagten wieder heran und richteten Partikelstrahlen auf uns, doch die Klingonen reagierten schnell genug, um sie mit Sperrfeuer zu neutralisieren. Das Deck hob und senkte sich unter mir, als die *Enterprise* in energetischen Wellenfronten erzitterte. Ich schloß beide Hände ums Oberdeck-Geländer und blieb auf den Beinen.

Spocks Stimme übertönte das laute Knistern und dumpfe Donnern. »Das klingonische Schiff auf der Backbordseite setzt sich mit dem anderen in Verbindung, Captain«, sagte der Vulkanier. Er hielt sich ein Kom-Modul ans Ohr. »Die Signale sind verzerrt, aber... Sie versuchen, einen Kontakt mit den imperialen Außenbasen herzustellen oder andere Kampfkreuzer zu benachrichtigen. Wenn ich die Sendungen richtig entschlüsselt habe... Offenbar fordern sie Hilfe an.«

»Stören Sie die Übertragung«, sagte der Captain und blickte ins Projektionsfeld. »Es darf keine Kom-Verbindung mit anderen Schiffen des Imperiums erfolgen. Wenn sie uns unbedingt abschleppen wollen, so müssen sie dabei auf Hilfe verzichten. Scotty, die zweite Phaserbatterie laden.«

»Die zweite Batterie ist ohne Saft, Captain«, lautete die Antwort des Chefingenieurs. »Ich versuche, zumindest ein wenig Energie für sie zu finden. Übrigens: Es ist nur noch eine Frage der Zeit, bis der Rumpf im Bereich D platzt, und dann können wir nicht mehr auf die Reserveenergie zurückgreifen. Wir sind dort zu oft getroffen worden, Sir.« Scott klang wie ein Besessener.

Ich richtete den Blick auf Spock. Im letzten Jahr hatte ich einen Kurs in Computer-Kryptographie belegt, und daher wußte ich von der neuen Wellenverwürfelungstechnik der Klingonen. Durch sie war es völlig unmöglich, irgendwelche Signale abzuhören oder gar zu dechiffrieren – Professor Eufingers memoriale Stimme erinnerte mich daran. Aber allem Anschein nach war dem Ersten Offizier das Unmögliche gelungen.

Nun, Eufinger ist ohnehin ein Kretin, dachte ich.

»Wie ist der Transwarp-Status?« Die Frage des Captains rüttelte mich wach.

Ich räusperte mich. »Wir haben die Vorrichtung angeschlossen, aber es gibt... gewisse Schwierigkeiten. Es müssen Datenverbindungen zwischen Brücke, Maschinenraum und Sensorkontrolle geschaltet werden. Perren hält sich in Bereitschaft, und Sarda müßte gleich die Sensoren aktivieren.«

Kirk schritt übers untere Deck und näherte sich mir. Sein Blick wies in aller Deutlichkeit auf unsere kritische Situation hin. Zwar stand ich noch am Geländer und blickte auf den Captain hinab, aber trotzdem fühlte ich mich kleiner als er. Gleichzeitig spürte ich seine innere Festigkeit, und sie beruhigte mich trotz der Schlacht, die um uns herum im Weltraum stattfand. »Wissen Sie, worauf es ankommt?« fragte Kirk.

»Man hat es mir erklärt«, erwiderte ich ausweichend.

Diese Antwort schien ihm zu gefallen. Vielleicht wollte er gar nicht, daß ich behauptete, alles problemlos bewerkstelligen zu können.

»Kommen Sie«, sagte er. Seite an Seite gingen wir zu Spock.

Unsicher berührte ich die Kontrollen der technischen Subsysteme. Die Regler für Primärfunktion und energetische Belastung reagierten zu langsam. Nun, spielte es eine Rolle? Ich wußte ohnehin nicht, was die Anzeigen bedeuteten; sollten sie sich ruhig Zeit lassen. Meine Finger glitten über einige Tasten und stellten einen Kom-Kontakt zum Maschinenraum her. »Brücke an Perren.«

»Hier Perren.«

»Ich bin soweit. Warten Sie, bis ich Sarda an der Strippe habe.«

»Bestätigung.«

Noch ein Schalter. »Brücke an Sensorkontrolle.«

Mehrere Sekunden verstrichen. Als ich ungeduldig zu werden begann, meldete sich Sarda. »Hier Sensorkontrolle.« Er klang außer Atem; vielleicht war er gelaufen.

»Ich übermittle dir und Perren alle notwendigen Koordinaten. Die Waffenkonsole ist aktiviert.«

»Bestätigung. Transwarp nimmt Energie auf.«

»Datenübertragung positiv, Piper. Bereitschaft.«

Ich schloß kurz die Augen und öffnete sie wieder. »Captain? Es kann losgehen.«

Entschlossenheit prägte Kirks Züge. »Zielen Sie auf unsere klingonische Eskorte. Ich drehe uns direkt in die beiden Traktorstrahlen und verringere die Distanz. Zuerst müssen wir uns in die richtige Position bringen.« Mit einigen raschen Schritten eilte er zur Navigationskonsole und gab Kursdaten ein. Ich spürte, wie die *Enterprise* erbebte, als das Impulstriebwerk Schub gab und uns tiefer in die

Fesselfelder preßte. Es war alles andere als leicht, wenn auch einfacher, als gegen das Zerren der Traktorstrahlen anzukämpfen.

»Aye, Sir. Zielerfassung.« Ich mußte meine Hände zwingen, sich zu bewegen. Grüne Lichter glühten und teilten mir mit, daß Sarda die Koordinaten empfing.

»Romulanische Schiffe nähern sich zu einem weiteren Angriff auf die imperialen Kreuzer«, meldete Spock.

»Meinetwegen«, murmelte der Captain. »Ist mir recht. Piper, Vorbereitung auf Transwarp-Energie...«

»Die Reichweite ist ungewiß«, warnte Sarda. »Es könnte zu einem Echo-Effekt kommen. Wir müssen mit allem rechnen.«

Ich hielt den Atem an und wartete auf den nächsten Befehl des Captains, als zwei romulanische Schiffe heranrasten. Echo-Effekt? Bedeutete das...

»Ausführung!«

Ich betätigte den Sendeschalter. Von einem Sekundenbruchteil zum anderen spielten die Anzeigen verrückt.

Aus dem elektrischen Summen der *Enterprise* wurde ein schrilles Kreischen. Meine Arme verwandelten sich in Gummi und wuchsen. Die Knie beugten sich nach hinten.

Nur der Rand des Verzerrungsfeldes erfaßte uns — die meisten multidimensionalen Wellen wurden zu den angreifenden Schiffen abgestrahlt. Trotzdem erlebten wir eine Realitätsverschiebung. Ich hörte, wie Kirk dem Ersten Offizier etwas zurief. Die Worte erschienen mir zwar sinnlos, aber ich klammerte mich an dem vertrauten Klang der Stimme fest. Sardas Sicherheitssysteme lenkten die sich entfaltende Transwarp-Energie zu unseren Gegnern ab, doch das Ausmaß der Wirklichkeitsverzerrung ließ sich nicht kontrollieren. Der von Sarda erwähnte Echo-Effekt bescherte uns einen ähnlichen peripheren Effekt wie an Bord des Konstruktionsschleppers. Wer sich nun im Zentrum des multidimensionalen Waberns befand...

Die *Enterprise* zitterte, kippte nach Steuerbord und richtete sich dann wieder auf.

Meine Arme schrumpften auf die übliche Länge. Das Gefühl saugender Leere verschwand, und wir schnappten nach Luft.

»Status, Spock!« rief Kirk.

Der Vulkanier gab nicht sofort Antwort. »Die Traktorstrahlen haben uns freigegeben.« Hörte ich so etwas wie Triumph in Spocks Stimme? »Wir können wieder ungehindert manövrieren.«

Wir blickten auf den Wandschirm.

Der Raumbereich in unserer unmittelbaren Nähe konfrontierte uns mit einem schrecklichen Anblick. Teilweise aufgelöste Raumschiffe schwebten vorbei. Ich bemerkte einen Kreuzer, der aussah, als sei er von einem gewaltigen kosmischen Hammer bearbeitet worden; ein anderer schien auseinandergebrochen und dann in einer völlig anderen Form zusammengewachsen zu sein. Als ich ein tholianisches Raumschiff bemerkte, aus dessen Rumpf eine romulanische Schwinge ragte, senkte ich entsetzt den Kopf.

Spock trat an Kirks Seite, und zusammen starrten sie ins Projektionsfeld. Ein interstellarer Schrottplatz schien sich vor uns zu erstrecken. Es gab nur noch zwei manövrierfähige Schiffe in der Nähe: die Rumaiym und der fremde Raumer.

Am Rand des Wandschirms zogen sich einige Tholianer zurück. Offenbar verabscheuten sie die Realitätsverschiebung so sehr, daß sie beschlossen, auf Transwarp zu verzichten und zu fliehen. Sie entfernten sich mit hoher Geschwindigkeit, und die Wijngan folgten ihrem Beispiel.

Aber nicht alle unsere Gegner waren eingeschüchtert genug, um uns in Ruhe zu lassen. Der Daqawlu-Raumer – ein stromlinienförmiges, gelbes und schwarzes Schiff, das nur aus Wölbungen zu bestehen schien – beschleunigte und feuerte eine Intervaller-Breitseite auf uns ab.

Die *Enterprise* erbebte. Ich verlor den Halt und stieß mit der Hüfte an die Konsole der Subsysteme, als ich zu Boden ging. Aus den Augenwinkeln sah ich, wie Kirk zum Navigationspult sprang. Impulskraft summte, und wir neigten uns von den Rumaiym-Strahlen fort.

»Schilde vier und sieben existieren nicht mehr, Captain«, sagte Spock. Das Krachen von Intervaller-Entladungen untermalte seine Worte.

Der Captain schaltete das Interkom ein. »Kirk an Maschinenraum. Scotty, alle zur Verfügung stehende Energie in die Photonentorpedos.«

»Sie reicht nicht, Sir«, tönte die Stimme des Chefingenieurs aus dem Lautsprecher. »Ich brauche vier Minuten für eine neue Aufladung. Wenn ich soviel Zeit bekomme, gebe ich Ihnen Offensivpotential.« Er klang besser als während seines Aufenthalts auf der Brücke. Typisch für ihn: Er erholte sich schnell, wenn er in der Nähe seiner Maschinen sein konnte.

Das bogenförmige Daqawlu-Schiff hatte abgedreht und sich von uns entfernt, doch jetzt begann es mit einem neuerlichen Angriff.

»Na schön«, knurrte Kirk. »Wenn sie es unbedingt wollen... Piper, Einsatzbereitschaft für Transwarp. Warten Sie auf meinen Befehl.«

Der gelbe und schwarze Raumer sauste heran, und in den Geschützkuppeln glühte Phaserenergie.

»Jetzt, Piper.«

Hatte jemand etwas gesagt?

»Piper!«

Ich zuckte zusammen und erinnerte mich plötzlich an meine Rolle in diesem Drama. »Oh... Aye, Sir. Transwarp bereit.«

»Ausführung!«

Ich biß mir auf die Lippe und betätigte erneut den Auslöser.

Diesmal empfand ich die Realitätsverschiebung als nicht so stark. War die Entladung schwächer? Kurze Übelkeit, ein vages Verschwimmen der Konturen, Benommenheit — und dann hatten wir es überstanden. Ich blinzelte und sah auf den großen Bildschirm.

Das Daqawlu-Schiff schimmerte, als es in der Wirklichkeit zu einem Kurzschluß kam. Der Raumer schlingerte, drehte sich unkontrolliert um die eigene Achse und driftete an uns vorbei. Er verschwand am linken Rand des Projektionsfelds, kehrte dann zurück und verharrte in großer Entfernung. Ansonsten geschah nichts.

Kirk trat an der Navigationskonsole vorbei und beobachtete das Schiff. »Spock? Mit dem Kreuzer scheint soweit alles in Ordnung zu sein.«

Auch diesmal zögerte der vulkanische Erste Offizier kurz. Er spähte in den Sichtschlitz des Scanners, hob dann langsam den Kopf. »Bestätigung, Captain«, erwiderte er langsam. »Das Raumschiff ist intakt.« Er richtete sich auf, und in seinem verschlossenen Gesicht entdeckte ich einen Hauch Betroffenheit. Sein Blick klebte an dem Daqawlu-Raumer fest. »Aber es befinden sich keine Lebensformen an Bord.«

Der Captain drehte sich abrupt um. »Soll das heißen...«

»Was auch immer während der Realitätsverschiebung geschah...« sagte Spock. »Es hat die Crew ins multidimensionale Chaos mitgenommen.«

Kirk riß verblüfft die Augen auf und sah wieder zum Wandschirm. Meine Übelkeit kehrte zurück, und ich glaubte zu wissen, was der Captain nun dachte. Es war leichter, einen Feind zu töten, als ihn zwischen die Dimensionen zu verbannen.

Ein oder zwei Schritte brachten uns dem Projektionsfeld näher, und das Entsetzen schien Substanz zu gewinnen.

Wasser auf eine Sandburg...

Die Sirenen der Alarmstufe Rot weckten uns aus der Starre. Das Herz rutschte mir bis in die Stiefel. *Nein, unmöglich!*

Kirk wandte sich zu Spock um. Der Vulkanier spürte den Blick des Captains, hob den Kopf vom Scanner und bestätigte unsere Befürchtungen mit ernster Stimme. »Weitere Raumschiffe, Jim.« Rotes, pulsierendes Licht spiegelte sich in seinen dunklen Augen wider, als er hinzufügte: »Schlachtkreuzer des Imperiums.« Es klang wie ein unwiderrufliches Urteil.

Ging jetzt alles noch einmal von vorn los? Ich war der Verzweiflung nahe.

Kirk öffnete einen internen Kom-Kanal. »Wie sieht's mit unseren Waffen aus, Scotty?«

»Ich kann Ihnen siebzig Prozent Photonentorpedo-Kapazität anbieten, Sir«, erwiderte der Chefingenieur steif.

Perren meldete sich von der anderen Seite des Maschinenraums. »Wir haben noch genug Energie für eine weitere Transwarp-Entladung. Soll ich sie einsetzen?«

Verdammt! Dieser Hinweis bedeutete, daß ich Kirk um eine Entscheidung bitten mußte. Ich haßte mich selbst. »Captain, Transwarp ist in Bereitschaft.«

»Auf Ihren Posten!« erwiderte Kirk. »Photonentorpedos klar.«

Ich handelte unverzüglich und schaltete mich in die Interkomverbindung. »In Bereitschaft bleiben, Perren. Transwarp nicht erneut aktivieren. Ich wiederhole: nicht erneut aktivieren.« Dann nahm ich an der Waffenkonsole Platz und blickte auf die Kontrollen. Neues Vertrauen in den Captain erfüllte mich, als ich die Tasten berührte, und ich fühlte eine seltsame Mischung aus Erleichterung und Aufregung. Wir hatten das metaphorische Glatteis verlassen und standen wieder auf festem Boden.

»Captain«, hörte ich Scotts Stimme. »Ich bin nicht imstande, Ihnen die genannte Photonenkapazität zu garantieren. Die Transwarp-Entladungen haben einen großen Teil unserer Energie beansprucht. Ich versuche gerade, auf Impulskraft umzuschalten.«

»Beeilen Sie sich, Scotty«, erwiderte Kirk energisch. Er war nicht bereit, die Flinte ins Korn zu werfen, hielt an der Entschlossenheit fest, Widerstand zu leisten und auch den anderen Schiffen die Stirn zu bieten. »Wir sind nach wie vor auf Gefechtsstation. Wir brauchen endlich die Möglichkeit, uns zur Wehr zu setzen.«

Es knisterte und knackte im Lautsprecher. »Aye, aye, Sir.«

»Piper, übernehmen Sie die externen Scanner«, wies mich der Captain an. Ich sprang sofort auf und lief zu den Dynoscannern auf der anderen Seite des Kontrollraums. Kirk sprach wieder ins Interkom. »Mr. Sarda, kommen Sie sofort zur Brücke.«

Mir schwanden fast die Sinne, als ich das hörte. Gleich waren wir wieder zusammen, während einer besonders kritischen Phase. Ich dankte dem Captain stumm — auch dafür, daß er sich gegen einen dritten Einsatz der Transwarp-Vorrichtung entschieden hatte.

»Piper, Entfernung der Schiffe.«

Buchstaben und Zahlen erschienen auf den Monitoren. »Null Komma sechs null Lichtjahre. Distanz nimmt rasch ab.«

Einige Sekunden der Stille schlossen sich an, brachten uns jedoch keine Ruhe. Kirk nahm an der Navigationskonsole Platz. »Spock, leiten Sie mehr Energie ins Impulstriebwerk. Wir müssen schneller werden.«

»Ja, Captain«, sagte Spock so gelassen, als nehme er eine Einladung zum Schach an. Er ging zu den Kontrollen der Subsysteme, und diesmal gelang es mir, einen Blick hinter die mimische Maske des Vulkaniers zu werfen. Ich spürte, daß er versuchte, seine Besorgnis zu verbergen, aber sie kam in seinen Bewegungen zum Ausdruck.

Ich blickte auf die Anzeigen der Scanner. Ein Monitor zeigte drei Schlachtkreuzer des Imperiums, und als sie näherkamen, projizierte der Computer ihre grafischen Darstellungen auf einen kleinen Bildschirm. Der letzte Rest von Hoffnung löste sich in mir auf, als ich ein kurzes Flackern im anderen Dynoscanner bemerkte. Noch mehr Raumschiffe.

Wie gebannt starrte ich auf den Schirm. Vier kleine, gleichweit entfernte Punkte vor dem Schwarz des Alls. Nur Ausbildung und Disziplin verhinderten, daß ich mich in einen Sessel sinken ließ, um auf das unvermeidliche Ende zu warten.

»Captain...« murmelte ich. »Vier andere Schiffe.«

Unsere Blicke trafen sich.

Ich vernahm ein leises Zischen, und die Doppeltür des Turbolifts glitt auseinander. Sarda kam herein, sah mich kurz an und verschaffte sich dann einen Eindruck von unserer aktuellen Lage.

»Ich brauche Sie an der Waffenkontrolle«, sagte Kirk.

Sarda nickte, schwieg jedoch, als er zu seiner Station eilte.

Dem Captain mußte zwar klar sein, daß wir gegen eine solche Übermacht keine Chance hatten, aber wir wußten beide, daß wir alles versuchen würden, um zu überleben. Doch diese Sache betraf nicht nur uns, sondern auch die wissenschaftliche Integrität der Föderation. Um sie zu schützen, mußten wir uns opfern, wenn das erforderlich werden sollte.

Ich behielt weiterhin die Anzeigen der Scanner im Auge. Hinter den klingonischen Schlachtkreuzern wurden vier Lichtpunkte zu elfenbeinfarbenen Perlen und sausten mit Warpgeschwindigkeit auf uns zu.

»Scotty, ich benötige die Photonentorpedos!« stieß Kirk hervor.

»Ich bin dabei, Sir. Derzeit kann ich Ihnen achtundsiebzig Prozent Reichweite und zwei Drittel der normalen Energiestärke geben.«

»Hoffentlich genügt das. Zielerfassung, Sarda.«

»Bestätigung.«

»Entfernung zweihundertachtzigtausend Kilometer«, krächzte ich. »Nimmt weiter ab.« Verdammt, warum zwang man uns immer wieder zum Kampf?

»Achtung!« Kirk holte tief Luft, um den entscheidenden Befehl zu geben.

Der Scanner-Monitor erfaßte nun vier elfenbeinfarbene Juwelen, die sich plötzlich voneinander trennten, um uns in die Zange zu nehmen. Mit gebleckten Zähnen jagten sie heran. Als sie die klassische Formation bildeten, konnte ich ihre Formen deutlicher erkennen: elegant geschwungene Scheiben, denen lange Ausläufer wuchsen... Ich erstarrte plötzlich, konnte es kaum fassen.

»Captain!« entfuhr es mir. »Nicht feuern! Es sind Starfleet-Schiffe!«

Alle Blicke richteten sich auf den Wandschirm.

»Spock?« fragte Kirk.

Der Vulkanier hob ein Kom-Modul ans Ohr, und seine Finger huschten über Tasten. Schließlich wandte er sich an den ungläubigen Captain. »Bestätigung, Sir. Fleet-Commodore Lyle Craig mit der U.S.S. *Hood*...«

Kirk war mit einem Satz auf den Beinen.

Spock fuhr mit fester Stimme fort: »Captain Jarboe mit der U.S.S. *Yorktown,* Captain Andreoni mit der *Exeter* und Captain Long mit dem Zerstörer *Majestic.* Commodore Craig schlägt vor, daß wir... es uns gemütlich machen und die Show genießen.« Er kommentierte die letzten Worte mit einer hochgezogenen Braue.

Der Captain verstand sofort, was damit gemeint war. Er grinste vom einen Ohr bis zum anderen, als uns die vier Starfleet-Schiffe erreichten und den Klingonen eine Überraschung bescherten.

Kirk klopfte mit beiden Händen auf die Kommandokonsole und rief: »Teilen Sie Ihnen mit, daß sie herzlich willkommen sind, Mr. Spock!«

»Das kann man wohl sagen«, murmelte ich. *Wir haben es geschafft, Scanner. Ruh dich aus. Jetzt besteht keine Gefahr mehr.*

Die Vereinte Föderation der Planeten hatte endlich beschlossen, ihre Muskeln zu zeigen.

Drei imperiale Schlachtkreuzer wandten sich vier Starfleet-Schiffen zu, und ich stellte mir die Verblüffung der Klingonen vor. Noch immer glühte das scharlachfarbene Licht der Alarmstufe Rot auf der Brücke, und in diesem düsteren Schein beobachteten wir, wie sich Craig, Jarboe und Andreoni die klingonischen Raumer vornahmen, während Captain Long mit seinem Zerstörer das nicht identifizierte Schiff verfolgte. Zwei Klingonen näherten sich plötzlich der *Enterprise — um sie als Deckung zu benutzen,* dachte ich.

Kirk gelangte zum gleichen Schluß, und seine scharfen Worte schnitten tief in meine Faszination. »Piper, übernehmen Sie die Navigation! Kurs nach achtern, z-minus dreißig Grad. Ausführung. Es geht darum, ein klares Schußfeld zu schaffen. Sarda, laden Sie die Photonentorpedos. Volle Breitseite. Feuer!«

Ich hätte wissen müssen, daß sich der Captain nicht einfach zurücklehnte, um die ›Show zu genießen‹. Jim Kirk hätte sogar mit Käseschnitten nach den Klingonen geworfen — das war ihm immer noch lieber als untätiges Abwarten.

Die energetischen Torpedos rasten davon, und einer von ihnen traf einen Schlachtkreuzer, der sich ›hinter‹ uns zu verbergen versuchte. Der Raumer trudelte davon, während es an seinem Rumpf flackerte, und er stieß fast mit dem fremden gegabelten Schiff zusammen, das unserer Salve auswich. Ich fühlte den Zorn der Gegner.

Der klingonische Kreuzer drehte sich wie ein verletztes Raubtier und fletschte Zähne in Form von Intervallern. Ich sah das Schimmern der Energie in den Geschützkuppeln, und ein Strahlblitz zuckte uns entgegen, zielte auf unsere nicht mehr von Deflektoren geschützte Backbordseite. Ich kniff instinktiv die Augen zusammen und wartete auf die tödliche Entladung.

Aber die Kavallerie war noch immer da. Eine weiße Scheibe glitt vom oberen Rand des Wandschirms herab und füllte das ganze Projektionsfeld aus. Große schwarze Buchstaben auf der cremefarbenen Außenhülle bildeten einen Namen: *Hood.* Absorbierte Vernichtungskraft flakkerte und gleißte in stabilen Schilden.

Das Schwesterschiff der *Enterprise* setzte den Flug fort und verschwand fast so schnell vom Bildschirm, wie es auf ihm erschienen war. Es hatte den Intervallerblitz mit seinen eigenen Deflektoren aufgefangen und gab uns dadurch die Möglichkeit, nach ›unten‹ zu schwenken. Jetzt wandte es sich dem Klingonen zu, der uns angegriffen hatte. Phaserstrahlen trafen den bereits beschädigten Rumpfbereich und brannten ein breites Loch in die Außenhülle.

Wir entfernten uns von der Schlacht. Die *Hood* und *Yorktown* nahmen unseren Platz auf dem kosmischen Schiffsfriedhof ein und eröffneten das Feuer. Die Klingonen begriffen, daß ihnen eine verheerende Niederlage drohte, setzten sich ab und flohen.

Captain Andreoni und seine *Exeter* nagten an romulanischen Knochen. Kein einziges Schiff des Prätors bekam Gelegenheit, ins Reich zurückzukehren. Der gegabelte Raumer schoß dreimal auf die *Yorktown* und mußte dann feststellen, daß es sich nicht lohnte, ein Starfleet-Schiff herauszufordern. Es beschleunigte ebenfalls und entfernte sich rasch. Die *Majestic* folgte den Fremden und schickte ihnen einige Phaserstrahlen nach.

»Sie haben es geschafft!« rief ich und widerstand nur mit Mühe der Versuchung, vor Freude umherzuspringen. Sarda stand auf der anderen Seite des Kontrollraums, und wir wechselten einen langen Blick. Seine Erleichterung war offensichtlich. Er nahm an der Waffenkonsole Platz, prüfte kurz die Anzeigen und sah dann wieder mich an. Ich hob den Daumen zu einem stummen Gruß. Vielleicht lag es daran, daß uns sechs oder sieben Meter trennten; vielleicht lag es am roten Licht — er schien zu lächeln.

Kirk lehnte sich im Kommandosessel zurück und schwieg. Er brauchte auch gar nichts zu sagen.

Spock stand an der Kommunikationsstation und empfing eine Nachricht. »Sir, die *Hood* stellt einen Kontakt mit uns her.« Er sprach nun mit einer charismatischen Sanftheit, die darauf hinwies, daß keine Gefahr mehr bestand, daß wir stilvoll überlebt hatten. »Commodore Craig meldet die Abwehr aller feindlichen Schiffe. Er und Botschafter Shamirian warten auf unsere Antwort.«

Kirks Wangen wölbten sich, als er ein Grinsen unterdrückte. Er betätigte eine Taste in der Armlehne des Sessels. »Ben, Sie alter Seebär! Sie sind spät dran.«

»Nun, Jim, Sie wissen ebensogut wie ich, daß es lange dauern kann, eine Flotte aus vier Starfleet-Schiffen zu bilden. Bitte verzeihen Sie mir diese Bemerkung, aber die *Enterprise* wirkt ein wenig mitgenommen im Bereich des Großmastes.«

»Machen Sie sich keine Sorgen um mein Schiff«, erwiderte Kirk zufrieden. »Wir sind noch immer heil.«

»Ich wußte, daß Sie es schaffen würden, Jim.«

Eine andere Stimme erklang. »Hier ist Craig. Es grenzt an ein Wunder, daß Sie die kosmische Balgerei in einem Stück überstanden haben, Jim. Ich bin bis auf die Knochen beeindruckt.«

»Ohne Ihr Eingreifen sähe es jetzt anders aus.«

»Was soll's? Ich war Ihnen ohnehin noch den einen oder anderen Gefallen schuldig. Können wir sonst noch etwas für Sie tun, während wir Vorbereitungen dafür treffen, Sie zur nächsten Starbase zu schleppen?«

»Wir haben einen medizinischen Notfall an Bord«, sagte Kirk. »Wir brauchen so viele Ärzte und Krankenpfleger, wie Sie entbehren können. Außerdem benötigen wir Reparaturtechniker und Brückenoffiziere, bis sich meine Crew erholt hat.«

»Kein Problem. Verbinden Sie mich mit Leonard. Er soll mit meinem Bordarzt sprechen und ihm alle Einzelheiten nennen. Es hat keinen Sinn, daß wir Kommandanten dabei mitmischen.«

»Noch einmal besten Dank, Lyle.«

»Hat mich gefreut, Ihnen helfen zu können, Jim. Craig Ende.«

Kirk ließ seinen Blick durch den Kontrollraum schweifen, bevor er sich an den Ersten Offizier wandte. »Mr. Spock...« sagte er in einem fast singenden Tonfall. »Ende der Alarmstufe Rot. Öffnen Sie einen Kom-Kanal zwischen unserer Krankenstation und der *Hood.*«

»Sofort, Captain«, erwiderte der Vulkanier, und es klang fröhlich.

Das rote Glühen wich hellem Licht.

Eine Stunde später wurden wir erneut abgeschleppt, doch diesmal nicht zur Neutralen Zone. Die *Yorktown* und *Hood* richteten Traktorstrahlen auf Kirks *Enterprise*, und die *Majestic* hatte meine *Bananenrepublik* ins energetische Schlepptau genommen. Captain Andreoni blieb mit der *Exeter* im Ciatella-System, um den Raumsektor abzusichern. Starbase Vier wußte bereits Bescheid und bereitete das Dock auf einen schweren Kreuzer vor. Endlich konnten wir uns entspannen. Ich saß ruhig im Sessel und beobachtete die wundervollen Raumschiffe, während wir durchs All glitten. Als Captain Kirk am Rande meines Blickfeldes erschien, reagierte ich zunächst nicht auf ihn.

»Alles in Ordnung, Commander?«

»Hm? Oh... Ja, Sir, natürlich. Alles bestens.« Ich versuchte, mich selbst davon zu überzeugen. An so etwas war ich überhaupt nicht gewöhnt: Ständig rechnete ich damit, daß sich neue Probleme ergaben. »Captain...«

Kirk kniff die Augen zusammen. »Dachte ich's mir doch. Was ist los?«

»Sir... Was wird mit Perren geschehen? Ich meine, was stellen wir mit einem Vulkanier an? Sollen wir ihn irgendwo einsperren und seine Genialität ignorieren? Er hat uns geholfen...«

»Ja, und ich bin sicher, die Rechtskommission von Starfleet Command berücksichtigt das. Ich werde empfehlen, ihn der Verantwortung seines Heimatplaneten zu übergeben. Dann können die Vulkanier über Perren entscheiden – es erscheint mir angemessen. Was meinen Sie?«

Das Seufzen entsprach zwar nicht den Vorschriften, aber es löste sich trotzdem von meinen Lippen. »Ich pflichte Ihnen bei, Sir.«

Kirk blieb neben mir stehen, und gemeinsam beobachteten wir die Starfleet-Schiffe, die uns abschleppten. »Was sonst noch?« fragte der Captain schließlich.

Ich sah ihn an. Er hatte den Kopf ein wenig zur Seite geneigt und musterte mich aufmerksam. Wieso wußte er immer, was in mir vor sich ging?

Nein, er konnte es nicht wissen. Ich gab den Versuch auf, meine Gedanken für mich zu behalten, blickte auf den Wandschirm und sah das Leuchten ferner Sterne. »Das nicht identifizierte Schiff ...«

Der Captain nickte und legte die Hände auf den Rücken. Er überlegte kurz, bevor er antwortete: »Der Krieg erfordert Opfer. Und manchmal gehört dazu auch die Bürde der Unwissenheit.«

Er verstand, und dadurch fühlte ich mich sofort besser. Ich konnte mich nicht von dem nagenden Zweifel befreien, aber Kirk teilte ihn mit mir. Jetzt blieb nur noch eine Frage.

»Sir, wie ist es Ihnen gelungen, Ihre Probleme bei Starfleet Command zu lösen?«

Kirk lächelte dünn und tippte sich kurz an die Stirn. »Solche Probleme sind nicht besonders ernst, wenn man sie selbst arrangiert hat. Und seien Sie unbesorgt: Die Anklagen gegen Sie wurden aufgrund mildernder Umstände fallengelassen.«

»*Bevor* ich die Sicherheitsbeamten auf dem Schoner angriff, nehme ich an.«

Kirks Lächeln wuchs in die Breite. »Da vermuten Sie ganz richtig.«

Ich schüttelte den Kopf und seufzte erneut. Der Captain sah mich ruhig an.

»Sie haben eine Menge hinter sich«, sagte er. »Gehen Sie in Ihr Quartier und ruhen Sie sich aus.«

»In mein Quartier, Sir? Ich dachte ...«

»Offiziell sind Sie noch immer ein Mitglied meiner Crew«, stellte Kirk fest und zögerte kurz. »In diesem Zusammenhang spielt die *Bananenrepublik* keine Rolle. Die *Enterprise* ist nach wie vor Ihr Zuhause.«

Das Kompliment erfüllte mich mit Stolz. Ich stand auf, und jetzt gelang es mir, mich auch in Kirks unmittelbarer Nähe zu entspannen. »Vielen Dank, Sir.«

Der Captain zuckte nur mit den Achseln. »Wir sind *Ihnen* zu Dank verpflichtet. Ich glaube, das schafft einen guten Ausgleich. Gehen Sie jetzt. Horchen Sie an der Matratze.«

Ich straffte die Schultern. »Aye, Sir. Zu Befehl.«

»Oh, und noch etwas, Piper...«

»Sir?«

»Bald findet die jährliche Segelregatta auf dem Atlantik statt. Ich brauche eine Besatzung für die *Keeler.* Sind Sie interessiert?«

Das Brückendeck der *Enterprise* schien sich plötzlich zu heben und zu senken, und ich hörte das Rauschen des Meeres. »Versuchen Sie bloß nicht, die Segel ohne mich zu setzen«, erwiderte ich.

»Käme mir nie in den Sinn. Gute Nacht, Commander.«

»Ahoi, Captain.«

KAPITEL 13

»Ein wenig Leid ist gut für die Seele.«

POKERSPIELE

In der Krankenstation ging es drunter und drüber. Dutzende von Ärzten und Krankenpflegern hatten sich an Bord gebeamt und bereiteten sich nun darauf vor, zusammen mit Besatzungsmitgliedern der *Enterprise* zu den drei Raumschiffen unserer Eskorte zurückzukehren. In allen vier Krankenstationen bemühte man sich, die Nachwirkungen des Betäubungsgases zu lindern. Einige Männer und Frauen waren bereits erwacht, aber viele andere blieben in der Bewußtlosigkeit gefangen. Bei mehreren Fällen bestand noch immer Lebensgefahr. In McCoys Abteilung begegnete ich Sarda. Er befand sich aus dem gleichen Grund hier, der mich an diesen Ort führte, trotz der Anweisung des Captains, mein Quartier aufzusuchen und mich auszuruhen.

Scanner lag in einem Behandlungsbett. Er war noch immer blaß, aber seine Augen glänzten wieder, und an seiner scharfen Zunge hatte sich nichts geändert.

»Piper! Tochter einer Schlange. Wie geht's dir?«

Ich zwickte den Zeigefinger, der auf mich deutete.

»Das möchtest du bestimmt nicht wissen. Ist alles in Ordnung?«

»Nein. Ich bin gestorben und ein Beispiel dafür, was man besser unterlassen sollte.«

Sarda gab eine direktere Antwort. »Merete glaubt, daß er in einem Tag wieder diensttauglich ist.« Der Satz klang irgendwie seltsam – bis ich begriff, daß Sarda Merete bisher nur immer ›Doktor‹ genannt hatte. *Er hat sich verändert,* dachte ich. *Er ist nicht menschlicher geworden, aber reifer.*

Scanner zupfte am Aufschlag meines Overalls. »Wie fühlt man sich im Rang eines vollen Commanders?«

Ich wich einen Schritt zurück. »O nein, nicht schon wieder! Ausgeschlossen! Vielleicht befördert man dich, aber ich lasse auf *keinen* Fall zu, daß man mir erneut so etwas antut! Eher nehme ich meinen Abschied!«

»Schon gut, schon gut... Ich habe überhaupt nichts gesagt.«

»Das will ich auch stark hoffen. Wenn Starfleet auf dumme Gedanken kommt, so weiß ich wenigstens, wer dahintersteckt.«

Scanner hob abwehrend die Hände. »Es käme mir *nie* in den Sinn, die Lamettaträger auf deine Leistungen hinzuweisen.«

Er hatte Glück — lautes Gelächter lenkte mich von ihm ab. Ich beobachtete einige Patienten, die eine Gruppe bildeten. »Was ist da los?«

»Oh, nichts«, sagte Scanner etwas zu hastig. »Überhaupt nichts.«

Ich sah Sarda an, und der Vulkanier zuckte kurz mit den Achseln. »Scanner hat einen holographischen Projektor aufgestellt, um die Patienten zu unterhalten. Ich habe noch nicht gesehen, was dort gezeigt wird, aber offenbar stimulieren die Darstellungen den menschlichen Humor.«

»Soll das heißen, wir haben nun ein konkretes Beispiel dafür, was Scanner für unterhaltsam hält?« erkundigte ich mich. »Was ist es? Alte Filme mit Laurel und Hardy? Oder Dokumentationen über Flugzeugabstürze?«

»Nichts dergleichen.« Allem Anschein nach wollte Scanner keine Auskunft geben, aber seine Wangen röteten sich.

»Ich sehe es mir an.«

»Es ist langweilig, Piper. Du wärst bestimmt enttäuscht.«

»Glaubst du?« Ich musterte ihn argwöhnisch. »Dann frage ich mich, warum die Leute so lachen. Komm, Sarda.«

Wir bahnten uns einen Weg durchs Gedränge — natürlich mit aller Vorsicht, denn die meisten Patienten waren noch immer recht schwach. Lachen ist die beste Medizin, hatte Konfuzius oder sonst jemand einmal gesagt. Es mußte etwas Wahres dran sein, denn ich beobachtete, wie gesunde Farbe in die Gesichter der Zuschauer zurückkehrte. Schließlich erreichten wir eine improvisierte Holo-Plattform, und dort erstarrte ich plötzlich — und erinnerte mich. Ich dachte an ein argelianisches Lokal, an einen Mann, der nicht zögerte, von seinem Tricorder Gebrauch zu machen, als sich eine besondere Gelegenheit ergab.

Einmal mehr ertönte lautes Gelächter, und ich sah das holographische Abbild einer Piper, die zu disharmonischer Musik tanzte. Schleier wehten und wogten, und eine klingonische Hand griff mehrmals nach ihnen. Schleier!

Sardas Stimme goß Öl ins Feuer. »Piper, ich wußte gar nicht, daß du so . . . athletisch bist.«

»Scanner!«

Drei kräftig gebaute Krankenpfleger waren nötig, um den Frieden wiederherzustellen, und schließlich beruhigte ich mich. Wegen der Behandlung der Besatzung war ein großer Teil der *Enterprise* leer, und ich genoß die Stille, als ich zu meinem Quartier schritt. Es bot den gewohnten Anblick: Meretes Koje glatt und tadellos, meine ein wenig zerknittert. Es gelang mir einfach nicht, die Laken richtig glattzuziehen.

Aber das spielte jetzt keine Rolle. Ich beabsichtigte, den Falten einige weitere hinzuzufügen. Mit einer verbalen Anweisung an den Computer löschte ich das Licht und ließ nur die kleine Orientierungslampe in der Hygienezelle eingeschaltet. Dunkelheit umhüllte mich, so angenehm wie ein warmer Mantel. Mein Kopf fühlte sich wie eine Eisenkugel an, als er aufs Kissen sank.

Ein tiefer Atemzug, bevor ich mich dem Schlaf hingab — und dann summte der Türmelder.

Stört mich jetzt nicht. Der Captain hat mir befohlen, einige Stunden zu schlafen.

»Tür auf«, murmelte ich.

Das Schott reagierte und glitt beiseite. Vor dem Hintergrund des hellen Korridors zeichneten sich die Konturen einer Gestalt ab. »Commander Piper...«

Ich setzte mich überrascht auf. »Oh, Mr. Scott... Bitte kommen Sie herein.«

Die Silhouette des Chefingenieurs trat in mein dunkles Quartier. »Ich glaube, wir haben einige Dinge zu besprechen...«

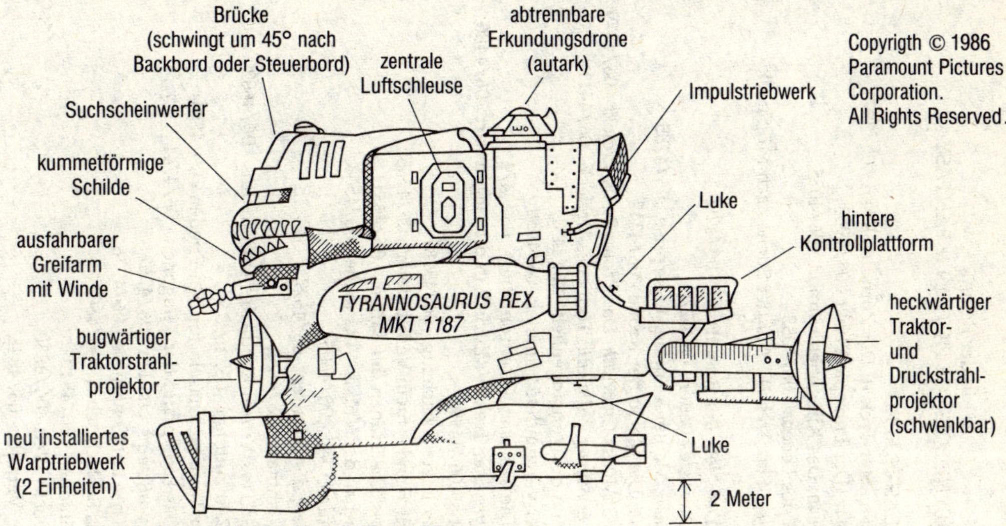

Konstruktionsschlepper Modell 87, modifiziert
Landegestell eingefahren
offizielle Bezeichnung: *Bananenrepublik* MKT 4247
neuerliche Aufnahme ins Starfleet-Register:
Sternzeit 3301.1
Höchstgeschwindigkeit Warp 4

Farben: Rumpf lapislazuliblau
Mittelteil braun
Warpgondel cremefarben
verschiedene Erweiterungen
ohne homogenes Farbmuster

STAR TREK™

in der Reihe
HEYNE SCIENCE FICTION & FANTASY

STAR TREK: CLASSIC SERIE

Vonda N. McIntyre, Star Trek II: Der Zorn des Khan · 06/3971
Vonda N. McIntyre, Der Entropie-Effekt · 06/3988
Robert E. Vardeman, Das Klingonen-Gambit · 06/4035
Lee Correy, Hort des Lebens · 06/4083
Vonda N. McIntyre, Star Trek III: Auf der Suche nach Mr. Spock · 06/4181
S. M. Murdock, Das Netz der Romulaner · 06/4209
Sonni Cooper, Schwarzes Feuer · 06/4270
Robert E. Vardeman, Meuterei auf der Enterprise · 06/4285
Howard Weinstein, Die Macht der Krone · 06/4342
Sondra Marshak & Myrna Culbreath, Das Prometheus-Projekt · 06/4379
Sondra Marshak & Myrna Culbreath, Tödliches Dreieck · 06/4411
A. C. Crispin, Sohn der Vergangenheit · 06/4431
Diane Duane, Der verwundete Himmel · 06/4458
David Dvorkin, Die Trellisane-Konfrontation · 06/4474
Vonda N. McIntyre, Star Trek IV: Zurück in die Gegenwart · 06/4486
Greg Bear, Corona · 06/4499
John M. Ford, Der letzte Schachzug · 06/4528
Diane Duane, Der Feind – mein Verbündeter · 06/4535
Melinda Snodgrass, Die Tränen der Sänger · 06/4551
Jean Lorrah, Mord an der Vulkan Akademie · 06/4568
Janet Kagan, Uhuras Lied · 06/4605
Laurence Yep, Herr der Schatten · 06/4627
Barbara Hambly, Ishmael · 06/4662
J. M. Dillard, Star Trek V: Am Rande des Universums · 06/4682
Della van Hise, Zeit zu töten · 06/4698
Margaret Wander Bonanno, Geiseln für den Frieden · 06/4724
Majliss Larson, Das Faustpfand der Klingonen · 06/4741
J. M. Dillard, Bewußtseinsschatten · 06/4762
Brad Ferguson, Krise auf Centaurus · 06/4776
Diane Carey, Das Schlachtschiff · 06/4804
J. M. Dillard, Dämonen · 06/4819
Diane Duane, Spocks Welt · 06/4830
Diane Carey, Der Verräter · 06/4848
Gene DeWeese, Zwischen den Fronten · 06/4862
J. M. Dillard, Die verlorenen Jahre · 06/4869

STAR TREK™

Howard Weinstein, Akkalla · 06/4879
Carmen Carter, McCoys Träume · 06/4898
Diane Duane & Peter Norwood, Die Romulaner · 06/4907
John M. Ford, Was kostet dieser Planet? · 06/4922
J. M. Dillard, Blutdurst · 06/4929
Gene Roddenberry, Star Trek (I): Der Film · 06/4942
J. *M. Dillard,* Star Trek VI: Das unentdeckte Land · 06/4943
David Dvorkin, Die Zeitfalle · 06/4996
Barbara Paul, Das Drei-Minuten-Universum · 06/5005
Judith & Garfield Reeves-Stevens, Das Zentralgehirn · 06/5015
Gene DeWeese, Nexus · 06/5019
D. C. Fontana, Vulkans Ruhm · 06/5043
Judith & Garfield Reeves-Stevens, Die erste Direktive · 06/5051
Michael Jan Friedman, Das Doppelgänger-Komplott · 06/5067
Judy Klass, Der Boacozwischenfall · 06/5086
Julia Ecklar, Kobayashi Maru · 06/5103
Peter Norwood, Angriff auf Dekkanar · 06/5147
Carolyn Clowes, Das Pandora-Prinzip · 06/5167
Diana Duane, Die Befehle des Doktors · 06/5247
V. E. Mitchell, Der unsichtbare Gegner · 06/5248
Dana Kramer-Rolls, Der Prüfstein ihrer Vergangenheit · 06/5273
Michael Jan Friedman, Schatten auf der Sonne · 06/5179
Barbara Hambly, Der Kampf ums nackte Überleben · 06/5334
Brad Ferguson, Eine Flagge voller Sterne · 06/5349
Gene DeWeese, Die Kolonie der Abtrünnigen · 06/5375
Michael Jan Friedman, Späte Rache · 06/5412
Peter David, Der Riß im Kontinuum · 06/5464
Michael Jan Friedman, Gesichter aus Feuer · 06/5465
Peter David/Michael Jan Friedman/Robert Greenberger, Die Enterbten · 06/5466
L. A. Graf, Die Eisfalle · 06/5467

STAR TREK: THE NEXT GENERATION
David Gerrold, Mission Farpoint · 06/4589
Gene DeWeese, Die Friedenswächter · 06/4646
Carmen Carter, Die Kinder von Hamlin · 06/4685
Jean Lorrah, Überlebende · 06/4705
Peter David, Planet der Waffen · 06/4733
Diane Carey, Gespensterschiff · 06/4757
Howard Weinstein, Macht Hunger · 06/4771

STAR TREK™

John Vornholt, Masken · 06/4787
David & Daniel Dvorkin, Die Ehre des Captain · 06/4793
Michael Jan Friedman, Ein Ruf in die Dunkelheit · 06/4814
Peter David, Eine Hölle namens Paradies · 06/4837
Jean Lorrah, Metamorphose · 06/4856
Keith Sharee, Gullivers Flüchtlinge · 06/4889
Carmen Carter u. a., Planet des Untergangs · 06/4899
A. C. Crispin, Die Augen der Betrachter · 06/4914
Howard Weinstein, Im Exil · 06/4937
Michael Jan Friedman, Das verschwundene Juwel · 06/4958
John Vornholt, Kontamination · 06/4986
Mel Gilden, Baldwins Entdeckungen · 06/5024
Peter David, Vendetta · 06/5057
Peter David, Eine Lektion in Liebe · 06/5077
Howard Weinstein, Die Macht der Former · 06/5096
Michael Jan Friedman, Wieder vereint · 06/5142
T. L. Mancour, Spartacus · 06/5158
Bill McCay/Eloise Flood, Ketten der Gewalt · 06/5242
V. E. Mitchell, Die Jarada · 06/5279
John Vornholt, Kriegstrommeln · 06/5312
Laurell K. Hamilton, Nacht über Oriana · 06/5342
David Bischoff, Die Epidemie · 06/5356
Diane Carey, Abstieg · 06/5416
Michael Jan Friedman, Relikte · 06/5419
Michael Jan Friedman, Die Verurteilung · 06/5444
Simon Hawke, Die Beute der Romulaner · 06/5413
Rebecca Neason, Der Kronprinz · 06/5414 (in Vorb.)

STAR TREK: DIE ANFÄNGE
Vonda N. McIntyre, Die erste Mission · 06/4619
Margaret Wander Bonanno, Fremde vom Himmel · 06/4669
Diane Carey, Die letzte Grenze · 06/4714

STAR TREK: DEEP SPACE NINE
J. M. Dillard, Botschafter · 06/5115
Peter David, Die Belagerung · 06/5129
K. W. Jeter, Die Station der Cardassianer · 06/5130
Sandy Schofield, Das große Spiel · 06/5187
Lois Tilton, Verrat · 06/5323
Diane Carey, Die Suche · 06/5432

STAR TREK™

Esther Friesner, Kriegskind · 06/5430
Melissa Scott, Der Pirat · 06/5434 (in Vorb.)
Nathan Archer, Walhalla · 06/5512 (in Vorb.)

STAR TREK: STARFLEET KADETTEN
John Vornholt, Generationen · 06/6501
Peter David, Worfs erstes Abenteuer · 06/6502
Peter David, Mission auf Dantar · 06/6503
Peter David, Überleben · 06/6504
Brad Strickland, Das Sternengespenst · 06/6505
Brad Strickland, In den Wüsten von Bajor · 06/6506
John Peel, Freiheitskämpfer · 06/6507
Mel Gilden & Ted Pedersen, Das Schoßtierchen · 06/6508
John Vornholt, Erobert die Flagge! · 06/6509
V. E. Mitchell, Die Atlantis Station · 06/6510
Michael Jan Friedman, Die verschwundene Besatzung · 06/6511
Michael Jan Friedman, Das Echsenvolk · 06/6512

STAR TREK: VOYAGER
L. A. Graf, Der Beschützer · 06/5401
Peter David, Die Flucht · 06/5402
Nathan Archer, Ragnarök · 06/5403
Susan Wright, Verletzungen · 06/5404 (in Vorb.)
John Betancourt, Der Arbuk-Zwischenfall · 06/5405 (in Vorb.)

DAS STAR TREK-UNIVERSUM, 2 Bde.,
überarbeitete und aktualisierte Neuausgabe!
von *Ralph Sander* · 06/5150

DAS STAR TREK-UNIVERSUM, Ergänzungsband
von *Ralph Sander* · 06/5151

William Shatner/Chris Kreski, Star Trek Erinnerungen · 06/5188
William Shatner/Chris Kreski, Star Trek Erinnerungen: Die Filme · 06/5450

Phil Farrand, Cap'n Beckmessers Führer durch STAR TREK – DIE NÄCHSTE GENERATION · 06/5199
Phil Farrand, Cap'n Beckmessers Führer durch STAR TREK – DIE CLASSIC SERIE · 06/5451

Diese Liste ist eine Bibliographie erschienener Titel
KEIN VERZEICHNIS LIEFERBARER BÜCHER!